没有奶奶们
查不出的事儿 2

恭喜你发财

兆斜——著

四川文艺出版社

Detective as Folk

图书在版编目（CIP）数据

没有奶奶们查不出的事儿. 2，恭喜你发财 / 兆斜著.
—成都：四川文艺出版社，2021.10
ISBN 978-7-5411-5952-7

Ⅰ.①没… Ⅱ.①兆… Ⅲ.①长篇小说—中国—当代
Ⅳ.①I247.5

中国版本图书馆 CIP 数据核字（2021）第 185931 号

MEIYOU NAINAIMEN CHABUCHU DE SHIER 2 GONGXI NI FACAI

没有奶奶们查不出的事儿2：恭喜你发财

兆　斜　著

出 品 人　张庆宁
选题策划　紫焰文化
责任编辑　陈　纯　周　轶
内文设计　史小燕
封面设计　赵海月
责任校对　段　敏
责任印制　喻　辉

出版发行　四川文艺出版社（成都市槐树街 2 号）
网　　址　www. scwys. com
电　　话　028-86259287（发行部）　　028-86259303（编辑部）
传　　真　028-86259306

邮购地址　成都市槐树街 2 号四川文艺出版社邮购部　610031
排　　版　四川胜翔数码印务设计有限公司
印　　刷　成都蜀通印务有限责任公司
成品尺寸　166mm×235mm　　　开　本　16 开
印　　张　17　　　　　　　　　字　数　280 千
版　　次　2021 年 10 月第一版　印　次　2021 年 10 月第一次印刷
书　　号　ISBN 978-7-5411-5952-7
定　　价　58.00 元

目录
CONTENTS

楔　子

　　时近腊月末，夜色已深，一个人影在丘陵间且爬且走。透过附近农户人家屋里微弱的灯光，可以看出此人形容瘦削，一回头，映出他皮肤白皙，两只乌目珠子在灌木后不停地闪烁。人瘦，又只穿一件旧夹克，因此衬得他怀中抱的东西格外醒目。黑暗中看去，那么扎实的、沉甸甸的一包，被他藏在夹克衫内，时时刻刻搂着，走几步，掂一掂分量，生怕不经意间，就短少了些许，叫他这么些天来的智勇付之流水。

　　要说这包裹里的东西，确实称得上是宝贝，而且是所有人的宝贝。那么粉乎乎的一张张，要什么，就可以换来什么，闻一闻，味道腥甜。自然地，他也爱这些宝贝，他亲手赢来的宝贝，有用的宝贝。这些宝贝是他每一场非凡"战役"的见证，是他将自己天赋的"绝技"发挥出来后水到渠成的奖赏。有了这些宝贝和奖赏，他能舒舒服服、逍逍遥遥地过上好一阵，直到下一场"战役"的来临……

　　说到"战役"，如今风向不稳，日子比从前是难过多了。开场的地方减少，"战利品"持续缩水，这且不谈，更恶赖的是那些人不能服输，一回二回地，想把那些粉乎乎的宝贝截留下来，不给他，甚至诬陷他出千，要卸了他的手。这次要不是他事先录了一段警车鸣笛的声音，突然播放，致使场面瞬间混乱，他还真不好脱身，指不定他现在哪只手就已经齐腕断了，回头得像电影里那些海盗似的，安一个"铁丁钩"——

　　可是那铁钩子，哪有他的手好看呢？他匍匐到一条弃用的水渠里，爬得累了，就仰躺在里面，手腕翻转，把自己的两只手来回打量。天上无星无月，只有前方绕城高速和后边农屋投来的一点儿微茫的光，却足够他自评自赏：他的手白皙，手指修长，骨节清晰，五指张开，就跟年轻兀鹰的鹰爪那么漂亮。一般女人的手跟他的相比，不够有力，而一般男人的手跟他的相比，则少了分秀气。不过一般人真正比不过他的，还在于这手的灵动，特别是一到场子上，这手像是一下拥有了意识，成了两只活物，天然知道该怎样码牌、摸牌、摊牌……

正当他欣欣得意，想要掏根烟出来消遣一口时，后边农屋的方向有了响动。人的鞋掌踏在冬日的土地上，闷闷地走近，边走，人还边说话。

"不好！"他暗地里一惊，立时想要躲闪，可又怕动作大了，草叶窸窣，反而惹人注意。心念电转，索性赌一把，动也不动，就在原地卧伏，伏得低低的，恨不能低到尘埃里。

"今年过年，不打算开几场码码？"人走近了，几乎就立在渠中人的头顶上，站定了说话。

淡淡的香烟味飘进鼻端，第二个人徐徐地喷着烟，哼道："没有肥货，你拿什么来码？又要打点条子，又怕来个红人，一下赢多了，最后里外里，我自己还能落多少？忙一场，还不够我担惊受怕吃的几盒补品钱。何况今时不同往日了，一个个口袋都干瘪瘪的，那么些个人，你喊是喊他老板，其实呢，他能拿出来的货，还没我儿子存的压岁钱多。就这样子，我还开场呀？我开了，谁来喂我，你来吗？"

那第一个人就笑："哎，夸张了吧，哪有你说的那么惨？日子呢，紧是紧张了点儿，但要说没有肥货，我是不信的。而且，越是日子难过，越是有大个儿的肥货，就跟天气越冷，人身上的膘越多是一个道理。你想一想，是不是这回事？"

第二个人手弹烟灰，正正落在渠中人的后颈上，烫着了汗毛。那人心里骂娘，却是不敢妄动一毫，尤其对于这二人聊的话题，他也是极感兴趣的。

"我想不来。"弹烟灰的道，"要不，你介绍个肥货给我，要干净点儿的。没什么问题的话，回头找个地方，我们就开一场，正好逢着农历年，我们也赚他点儿压岁钱。至于你我怎样分股……"

"这个可不忙，"第一个人见话说成容易，不由得要按一按节奏，"我丑话说在前，肥货是有的，可你还要干净的？肥货还有干净的？干净了还怎么长肥？你这不是给我出难题目吗？"

第二个人便觉出麻烦来了："你说的是什么人哦，可别把什么苍蝇蚊子都往我这里引。再说，肥货怎么就没干净的了，那些拿拆迁款的，不就挺干净的吗？"

"拿拆迁款也叫肥货？你这眼皮子浅的，还活在十年前呢！"第一个人表示不屑，"实话说了吧，我要介绍的人，是个飞码子，手上足足一大批货。他马上就要飞了，就这两天。可怜那些老头老太，一个个财迷心窍，突然间都落空，心肌一梗，不知道有多少人迈不过这个年去哟！"

第二个人听懂了，伏在渠里的人也听懂了，上面下面，两个人的呼吸都瞬间屏了一屏。

"这个……他搞非法集资高利贷，这个钱……"第二个人把烟熄灭，想得入神，也不讲黑话了，"这个钱他难道不弄去个好地方，比如哪个国外什么的？只是现在想把钱弄出去，怕是也不容易……"

"幸亏他不容易，要不然我们吃什么呀！咳，你替他作什么忧，你应该高兴他钱还在国内，这样你我才能混两口。要是每个肥货都那么轻易地带着钱，扑啦啦飞走了，那我们还混个大风？"第一个人连喷几气，干脆敞开说了，"呐，我说的这飞码子，其实是父子两个。他们的媳妇、孙子，是早早地到国外去了，这两年送出去的款，估计就不少了，不过大头还是在国内。这回他们突然跑路，身上肯定有现货，就在这年里，爷儿两个会上沽钓亭。你愿意的话，早点儿到那儿安排，我一有他们的消息就通知你……"

两个人便就这话头，叽里咕噜地商议了几回合，以为在这寒夜中、农郊上议事，当是安全无虞的了，谁想到说的话一字不落地，都进了下面那人的耳朵呢？

这上面二人，固然筹谋得切切，下面的那个，也没闲着，一边听，就一边辗转起心思。想得是那么深远，便连怀中那些粉乎乎的宝贝都遗忘了片刻，直到后来那两个人禁不住冻，说着说着要回去，他才听那最后几句道："……这爷儿两个黑心肠的，说来也好笑，喜欢钱就罢了，他们连姓都姓的是钱，你说巧不巧？"

另一人就道："这有什么，人家不姓钱的都爱钱，何况他们俩姓钱的？"

"哈哈哈……所以说，我们比不上人家嘛！"两人打诨着走了。

北风一阵阵地漫过田垄，呜呜哦哦，百草低伏，说不出的凄切。渠里的那个人，维持姿势不变，冻得手脚冰凉，却仍在那里思想。越思越想，心里越热火，两只手像是受到了什么召唤，手指一张一屈，神经质一般。

"沽钓亭……"他把听来的那个地名哂摸了好几遍，哂来哂去，渐渐冷静了些。他对那地方不陌生，可也算不上多熟悉，说白了，他并不常在那里出没，状况没摸清楚前，不宜贸贸然地前往。而今风声颇紧，人心又恶，不要一个不留神，落到陷阱里，到时真弄得丢胳膊切掌子地回来——那还算好的。据他所知，很有那么些人，是回都没能回来，去了便再无消息，无踪迹，无尸体。偶有亲朋报警，也不过做个失踪人口登记，电脑里名字一输，其实就成绝笔。再说，听刚才两人的口气，那姓钱的父子未必会上当，到沽钓亭的土场子里被人揩油水。像他们那般的人物，有胆色搂那么多粉乎乎的宝贝，多到伤神，多到烫人，多到都没了个畅快的出路，那城府、那智计，还能被那些混场子的鱼虾给算了去？想想都没什么可能吧……

那人窃听得来消息，初而惊喜，继而谨慎，终于意兴阑珊。他不久前才经历了个"生死场"，心跳还没恢复正常，需要歇几日，缓上一缓，再作别的考虑。过两天就是新年了，若刚才那人说得不错，钱家父子要飞，那没几日就该满城风雨，哭的哭，闹的闹，上吊的上吊，乱成一锅粥。而正是这么一乱，很多消息才会出来，证明事情的真伪。到那个时候，他只需要在一旁静静聆听，跟着那些心急火燎的债主，到处拍门，暗中取事，说不定能让他……

想着那可能到来的财运，他在风中无声而愉快地笑了。这么一来，他可得抓紧了，好早点儿赶到市里，熟悉熟悉情形，以方便行事。说起来，他的前妻和那便宜儿子，已是许久未见。这次见面，又逢过年，少不得得破费一下，给他们送点儿礼物，联络联络人情。人情一旦联上，许多事就容易办了。他记得清楚，他前妻跟他儿子住的地方正是个市井八卦之地，充斥着各式小眼薄皮的人物，如果这次钱家父子跑路的事不假，他打赌那里会有人被波及。事不宜迟，所以他下一站目的地就是……

第一单元

除夕夜的噩耗

腊月三十，农历除夕。

沈二皮穿着挺括的厚外套，翻着衬羊羔毛的领子，等不及年初一，就一身新装亮相。他立在"开元"麻将档门前的阶上，撮唇发出声音，将那笼中的翠羽鹦鹉逗了几回，又抬手将那保温杯里的茶水缓缓地呷了几口，边喝边向街面看望。

鞭炮是禁放了几年了，因此并无声响。做生意的人，如今也想得开了，休息的休息，回乡的回乡，铺面关得干净，因此一眼望过，街上就跟水洗般清爽。此时此刻，也就那么几个心雄的还在坚守，比如他自己，比如"喷喷香"的老板娘王小萍……吃过年夜饭，他从家里出来，特意绕去"喷喷香"张望，一望之下——好家伙！张张满座，人头攒动，连老板娘都亲自上阵，穿梭走菜。看来今天一晚，王小萍就能赚足这个数，沈二皮心里估量着，可艳羡之余，也绝不会脑袋一热，扎到餐饮业血腥的"红海"里，起早贪黑，去挣那一点儿薄利。

这倒不是说他看不上那点儿钱，事实上，只要来得足够容易，哪怕只有一块钱呢，他沈二皮也很愿意弯个腰，从地上把钱拾起来，揣进兜里。他所不愿意的，是像王小萍那样，每天忙得脚打后脑勺，明明挺漂亮一女的，几年苦下来，也跟那下了市的小白菜似的，不剩多少水分。这种行为，用他老子的话讲，就是"实打实地挣钱，傻不棱登"。

说到他老子，那个"不是东西"的，沈二皮的印象已经比较淡漠了。但不管怎样，那个"不是东西"的却很是说过一些相当有东西的言语，让沈二皮至今铭记。譬如关于这个"挣钱"，他老子当年是这么说的："……挣钱这件事，决计不能实打实。你想啊，挣钱的时候，是不是有这么个顺序？总是你先做了个什么，种菜啦，养鸡啦，替人跑腿儿啦……然后，别人认可了你做的，才把钱付给你。你给人的是东西、是一件完成的事，而别人给你的又是什么？是钞票，是票子。这钞票、票子又是什么呢？就是今天你能用它买一斤米，明天可能只有半斤，后天呢，可能就不被承认，成了废纸，或假币……就算付给你的是黄金吧，那也会被人做手脚，掺些废铜烂铁，或者别的什么的。总之，太划不来，太容易吃亏了，你给人的是实打实，人给你的可未必。既然这样，实打实地挣钱就是傻，傻不棱登。"

在场的就有人问："那该怎么挣钱？没法儿不实打实啊……"

沈二皮的老子却没再往下说了。

沈二皮以前不大明白，而今是明白他老子的。有些话不好讲得太清楚，讲得太清了，会显得你黑心肠，舆论影响不好。影响一不好，目标又暴露，这日子就没法过了。

所以沈二皮绝不会告诉任何人，他每年的净收入分别来自哪里；他也不会告诉任何人，他的这家麻将档每月也只是挣个口粮钱（至于这口粮的标准，沈二皮循惯例，就不多说了）；他更不会告诉别人，他之所以维持着"开元"麻将档，更多的是图个社交便利，每日迎来送往，插科打诨，八卦消息，有时狐朋狗友聚头，或者家里待烦了，都是一个去处。

今日，他正是家里待得不耐烦了，才叼着半截烟，竖着毛领子，到他的麻将档来散散心。本来除夕之夜，待家里是最适宜的，新春佳节，阖家欢乐，畅享天伦什么的。可对着他那老婆孩子，由于一年看到头，沈二皮就觉得吧，没什么话讲；而对着那串上门来的亲戚呢，由于一年看不见几回，同样地也没什么话讲。彼此就些家里家外的琐事，扯了两句，沈二皮将那手机在手里盘了几个来回，实在按捺不住，便借口看守麻将档，开门溜了出来。临去，他听见那亲戚问他老婆："今天还有人上麻将档吗？"

沈二皮就不禁在心里哂笑，笑那亲戚不通这当今的人情。在这老头老太太聚居的地方，越是逢年过节，越是矛盾重重，越是需要他的麻将档这个心灵港湾，给那些老家伙们一个宣泄的出口。麻将桌上能讲的，就边打边讲了；麻将桌上没工夫讲的，回头拉着个沈二皮，大讲特讲；或者干脆不为打麻将，进门迎着沈二皮，讲一箩筐。儿女不在身边的，对着沈二皮，是一番咕噜；儿女在身边的，向着沈二皮，是另一番叨咕。沈二皮连听带劝，极是耐烦，这么多年，在天堂街结下了一帮亲密的老伙伴，走到哪儿都有人招呼，停下来跟他寒暄，一说就是半天。

这不，距离麻将档还有十来步，沈二皮就知道自己料得不错。里面他那大屏幕电视机的声音，被开得震天响，那个据说退休工资即将达到五位数的马莹平马老太，背着她的褪色老棉袄，雷打不动地霸着一整张桌，嗑着免费瓜子，喝着免费茶水，看着电视节目呵呵地笑。再往里一看，好几个"硬腿子"都在，嘴上年夜饭的油腥还没抹干净，就已然撺了半池子的牌。临时抓来看店的小年轻，驼背哈腰，看手机看得眼直，见他来了，手机一收，拔脚走人，招呼都不带打的。

沈二皮财运正鸿，不以为忤，进去了，亲自烧一锅新茶，添满了零食，又将回馈老主顾的草鸡蛋大米食用油加购了一批，这才走到外边来，透透空气。身子刚刚转过，就听有人道："新年好，恭喜发财啊，二皮——"

不用看就知道，是他的邻居老水来了。此老头儿小孩不在身边，又早早地死了老太婆，听说退休前还是个搞机械的呢，几年鳏居下来，无聊不堪，便想法子在街口摆了个自行车摊。做生意给人修自行车是次，望街看人扯闲天才是主，跟沈二皮开麻将档的动机相仿。自行车摊跟麻将档，前后也就一百米的距离吧，两个需求相仿的人，一来二往，很快交接上，不是你来我的麻将档，就是我去你的自行车摊，回首往事，指点人生，相谈甚欢。

"水师傅新年好！今晚都吃了些什么好吃的？"沈二皮听水正深对他说"恭喜发财"，心想你这话还真说对了，今年一年我还真财源滚滚，而且得来并不费什么工夫，只是不便对你们这些动不动就得冠心病的老家伙说罢了。

水正深悻悻道："老孤鬼一个，能吃什么好的？还不是跟平常一样，随便弄一点儿。"

沈二皮就道："平常就算了，过年你好歹弄点儿好的吃吃，不想自己做，喏，'喷喷香'还开着呢，上那里去订啊！你都这岁数了，还有什么想不开的，老这么亏待自己可不行啊！"

两人前后脚进了麻将档，沈二皮拿杯子给水正深倒茶水，随口问："今年过年，你小儿子没跟你一起？"话刚出口，就知道坏了。

"哼，那个东西，自己满世界玩得活蹦乱跳，又是打网球，又是潜水，又是徒步旅行，哪里肯跟我个老头儿一起过年？就这几天，又不知道跑到哪里去了，说是初七回家来。你听听，初七回来——初七？初七那都该上班了吧！"

话匣子就此开启。跟许多老年人一样，在有关"儿女"的话题上，水正深也是个苦主，抓着个合适的人，比如沈二皮吧，就开始滔滔不绝地倾诉。从他小儿子开始，说他小儿子不好，不肯结婚，相亲相了不下五六十次，居然一个也没有成功。这不，都快四十岁的人了，还成天吃喝玩乐，没心没肺，一人吃饱，全家不愁，唯独把他这个老父给忧愁的……说完小儿子，再说大儿子，说大儿子也不好。这大儿子婚倒是结了——谢天谢地，但是某天他那媳妇一拍脑袋，突然鼓动他大儿子，一起出国定居去了。两个人从此天高皇帝远，不知生活得怎样，但有一点水正深是知道的，那就是夫妻俩年过四十，至今没有生育。这也就意味着，他老水家至今没有一个第三代的火种，这火种一旦绝迹……水正深两片腮肉颤抖起来，谈起这些苦恼，又生气，又惶惑，又无可奈何。要是他的老太婆还在，他还可以联合他的老太婆，一起使劲，对他的儿子们施加影响。可是老太婆走了，他就一个人，难以跟那两个正当盛年的儿子相抗衡。他感到很无力，对这个世界也越来越看不懂。

哈哈！你要是跟我一样，一个月什么都不用做，就能有这个点数的利息拿，你就不会为这些事情烦恼了，什么懂不懂这个世界的……沈二皮在心里面比了一个数，为水正深这番真情实感而好笑，暗想：你要是能拿到这个数，你根本不需要懂这个世界，那个时候，你懂不懂都不重要了……咳！

沈二皮咂咂嘴，却是不好不说话，便安慰这老鳏夫："水师傅，还是那句话，要想得开……要多想小孩的好，不要多想小孩的坏。你那两个儿子，说起来真不差呀，小儿子工作好，钱拿得多，大儿子就更不用说了，海外华侨。有这两个儿子，你叹气个什么劲啊！要你这样的都唉声叹气，天底下其他做父母的不要活了，一头撞死算了！"

这几句"台词"，其实他说过很多遍，根据对象的不同，酌情做出修改。这几句话，水正深也听过很多遍，每听一遍，便是多一个人羡慕他，认可了他的儿子们，也就间接证明他这个父亲做得尚可，算不得失败。如此听着听着，他神气逐渐开朗，两腿一架，脸上的腮肉也变得轻盈起来，笑道："他们从小到大，上学读书工作，没让人操过心倒是真的。唉，这两个东西，身上也就这点子可夸了！"

"能这样不错了，很不错！做人嘛，知足才能常乐，要多想想已经有的，别整天想那没有的。"沈二皮由水正深老头缓缓地看到那头的马莹平，心窍一动，"就算要想，也别跟自己儿子较劲呀，亲不过父子，整天噜噜苏苏的，讨小孩嫌……要我说，水师傅你真正缺的不是什么孙子、媳妇，而是个老婆。你是没有人陪，才会东想西想，胡思乱想，越想越郁闷，连饭都不好好吃……"

水正深一听，果然上当："我多大岁数了，还找老婆？二皮，我儿子都四十岁了！"

"那有什么关系？"沈二皮佯装嗔怪，"老来伴，老来伴，你给自己找个伴，管你多大岁数，都说得过去！而且，正是年纪大了，才更要找个好的、有钱的，喏，比如那边的马老太，人家一个月退休工资……"说着，嘴巴朝马莹平的方向噘。

水正深连连摆手："瞎说，瞎说……"

"不瞎说！"沈二皮佯装严肃，"她没有老头儿，你没有老太婆，大家又都是老邻居，彼此知根知底，怎么就不能凑一对？人家很节省，你呢，又很能干，正是好锅配好盖。"

"真要那样，我儿子四十岁，婚都没结，我做老子的，七老八十了，还来个二婚，哼哼……回头不被我那两个东西笑死！"

"这关你儿子什么事？"沈二皮佯装义愤，"嘿，他们一个个不婚不育，你做老子的都算了，如今轮到你想婚育，他们做儿子的还不许了？"

水正深越听越觉得离谱："婚育？我、我育个什么东西哟我！"

"怎么就不能育？做人要有信心、有梦想啊水师傅，现在科技这么发达，保不准你梅开二度，跟马老太育出个龙种来，到那时候，哈哈哈哈……"沈二皮话没说完，就忍不住笑，两朵眉毛斜飞，乐不可支。

"去去去……"听到这里，水正深也知道沈二皮是拿自己寻开心了，戳着手指头，又想笑，又想数落两句，当然最后还是笑了。

那边马老太也仿佛听到些什么，头转过来："二皮，又在说我什么坏话哪？"

"不可能，我从来只说人好话，不说人坏话，水师傅知道我的，是不是，水师傅？"一边开口打趣，一边闷声发财，沈二皮这个年可谓过得开心不已，开心又得意。得意到忘形，把个椅子坐得翘起来，只两个撑子着地，在那儿摇晃。

正笑不绝口，门外突地冲进一个状若疯狂的壮硕女人，她那两只手臂搭在一起，一横一竖，像动画片里奥特曼发招时的动作。保持着这个动作，她一颠一瘸，连蹦带跳，跳到沈二皮面前，嘶吼："姓钱的跑了！！姓钱的跑了！！！"

沈二皮一愣："什么？"随即天旋地转，失去平衡，"扑通"，连人带椅子栽下来。

来龙去脉

"二皮?"这是马莹平马老太在问。

"处长太太,你这手……?"这是水正深水老头儿在问。

沈二皮坐在地上,愣了半天,蓦然吸口气,才发觉屁股跌疼了。

那个壮硕的女人——也就是被叫作"处长太太"的金凤娇——见他如此,越发恨恨:"钱坤那条老狗,被我逮到,非当场削他的狗头!"

"你光削他,不削他儿子?"沈二皮哼哼着,终于从地上爬起来,仰脖儿对上金凤娇,"处长太太,那钱进也不是啥好东西吧?你怎么只说他老子是狗,倒把他给漏过了?这里面怕不是有什么原因?"仅在水泥地上坐了几分钟,他那堪比计算器的心算能力迅速启动,一阵加减乘除之后,得出此番损失的大致数目,自我感觉并非不可承受,心想:风吹鸭蛋壳,财去人安乐,就当大病一场,扔到医院里了!他不肯在人前露怯,一时硬忍下来,脸子一抹,又开始调侃。

金凤娇的胖脸一红,只见她扶着手臂,陡然向前迈步,往空中炝脚一踢——这是奥特曼发招时的另一个动作:"原因?原因就是,我不仅要削钱进的头,还要削下他的卵丸子来,要炒腰花那样,放油锅里爆炒!"

此言一出,大家都被处长太太的重口味震惊了,从沈二皮到水正深、到那边正在打麻将的几个"硬腿子",都瞪着金凤娇,舌头半打结。其中一位男性"硬腿子",大约着实感到不适,赶紧换个话头:"那个……你们刚才说的那什么姓钱的跑了,是什么东西?刚才说的那两个名字,我好像在什么地方听到过，他们搞的说是一个……你们俩是不是……"

沈二皮的第一个反应就是否认："不是不是……我们是那个……其实就是……"舌头发飘，含含混混地也不知说了些什么，他转眼看到金凤娇的手，"处长太太，你这是……跌跤跌的？"

"嗯，一接到消息就跑来告诉你，都怪这破鞋，就在那边丁字路口，害我摔一跤！"金凤娇叉腿站立，那身躯跟沈二皮的一对比，就像是帝企鹅对着只芦花鸡。她就那么沉着脸，立着思想了一会儿，众人都不敢惊扰她。片刻，她腿一蹬，头一扬："走吧，二皮——陪我上医院，这件事呀——没完！"

原来这个金凤娇，乃沈二皮接受义务教育的九年老同窗，当年同住在天堂街的。那个时候，她的块头是有，但是没有今天这样的重量级，一双大脚上套着黑擦擦的白球鞋，常年跟在沈二皮后面，伙着一干小地棍，做些拐东西、混吃喝的事体。当年水正深就有话评价金凤娇："不是好丫头。"当年的沈二皮呢，对金凤娇也比较轻视，觉得她样貌既不行，家境又不硬，脑袋也算不得灵光，看来看去，唯一能拿出手的就是她的块头了。金凤娇她骨架大，面相凶，无事人往那里一杵，男女先不论，唬人是足够了。秉着物尽其用的原则，沈二皮便时常"提携"金凤娇，带她一起"玩耍"，一耍若干年，二人结下了深厚的"革命友谊"。

忽然有一天，不知发生了何事，金家家道中兴，先有金凤娇的大哥金大富承包饭店，后有金凤娇的二哥金大强贩卖海鲜，一个个西装革履，摩丝也抹起来了。沈二皮就震惊了，心道他们这么多本钱从何而来？去问金凤娇，彼时金凤娇也开始读起中等师范——虽然是体育专业，终究不可同日而语了，面对沈二皮，她净在鼻孔里支吾，没有实话。沈二皮不肯死心，跟天堂街一干同样震惊的邻居们一道，猎犬一般闻了一圈又一圈，只模模糊糊地打听出一点："金家靠的是祖荫！"

祖荫？沈二皮只想起金凤娇那个老祖母，去世没两年，之前常见面，他可没瞧出老太太有什么能耐荫庇后人的……

猜来猜去，猜不出所以，金家突然阔起来的事在沈二皮眼里便有了一种神秘的意味。他估摸着冥冥之中，大概哪位财神爷看中了金家的门庭，准备烧一把旺火，让金家兄妹发达发达。这种福气，他沈二皮许是没有了，但并不妨碍他多上金家走动，婉转殷勤，好分沾一点儿光泽和喜气。尤其对那金凤娇，"革命友谊"不能断，不仅不能断，还要多培养、多联络、多交流、多学习，以达到被金凤娇多照顾、多提携的目的。至于这"提携"里面，有没有包含一层婚嫁的意思呢，外人就不可知了。天堂街的老邻居们只知道，后来金凤娇带着极丰厚的嫁妆嫁了人，嫁的当然不是沈二皮，而是一个姓彭的文质彬彬的大学生。大学生是公职，做得大约不错，慢慢地升到了处长的位子，于是由沈二皮带头，将称呼一变，呼金凤娇为"处长太太"，大家也都跟着学。

这个处长太太，就不是以前的金凤娇可比的了。自打命运崛起，这金凤娇的体重就随着家道的升华而一同升华，升华成一具令人望而生畏的——"河马"。这"河马"的毛重是那样沉，脚还是那么大，偏又把白球鞋扔开，换上玲珑的高跟鞋，走起路来，"咯里咯嗒""咯里咯嗒"，用水正深的话讲，那是"下山的骡子来了"。每当金凤娇踩着坚定的步伐，从她位于公卿巷的新家园走来天堂街，"咯里咯嗒"的声音一响起，前方的"开元"麻将档里便会炮弹一般"发射"出沈二皮，一路叫着"处长太太"，出来远迎金凤娇。不管金凤娇来天堂街是不是为找他，沈二皮都会把人拦下，背着众人，喊喊喳喳，说一番体己的话。

这些体己的话里，可大有文章，此次参与钱家父子的勾当，就是在这些短暂的"街头会晤"中，二人达成一致，回头分别入的股。本来这钱家父子的事，首先是金凤娇从她兄弟金大富那里听来的，确切地讲，是金凤娇从金大富眼下的小女朋友那里听来的，说是金大富投了本钱，已然大赚，如今连本带利地取出来，决定收手。小女朋友很年轻，心眼儿有是有，却不太多，一说起赚了多少利息来，眉飞色舞，嘴皮子快活，如走水的槽，就连"金大富不让我告诉你，说你头脑简单，容易上当，怕你赔本"这样的话都说了出来。

金凤娇一听，表面上打哈哈，心里就不乐意，再看那小女朋友明里暗里炫耀的嘴脸，更是来气。金大富越是不要她碰，她便越是要碰，从小女朋友那里打听得一星半点儿情况，回头就找上沈二皮，把话告诉他，意示有福同享，有财同发。沈二皮本犹豫，听着那高企的利率，就道有风险，万一那头跑了，便是偷鸡不成蚀把米。

金凤娇一心想入，听不进忠言，不仅听不进，还各种反驳沈二皮，特别举例出金大富，把小女朋友炫耀的那一套说辞学来，抖给沈二皮听，唯独不讲那金大富利息拿过，套现成功，已然抽身的话。沈二皮的内心就活动了，金凤娇的斤两，他是清楚的，平时叫两声"处长太太"，奉承奉承就算了，真要真金白银地去陪她冒险，那是一百个不可能。可这次做出表率的是金大富，对这一位，沈二皮的感情就复杂了。

　　猿背狼腰，英爽面孔，梳个大背头，金大富人帅得跟金凤娇像不是从同一个娘胎里出来的。人帅就罢了，偏偏还阔绰，还精悍，还能搂钱，多少漂亮姑娘一见了他，就两眼放光，就缠绵悱恻，就念念不忘。就连那个在中学里教英语、被沈二皮视为知识分子的表妹，某日见到金大富，也失声惊呼："我的天，他长得就像马龙·白兰度，却比马龙·白兰度还要野！"什么龙什么度？沈二皮不知道表妹说的是谁，却明白表妹的意思，明白在这样一个同性面前，自己就好比那武大郎对上武二郎，羡慕嫉妒或有之，"恨"却是万万谈不上的。既然谈不上，那就不妨反其道而行，不妨向这个集老天爷万千青睐于一身的人靠拢。因此沈二皮对金凤娇的这位兄长，是尊敬又羡慕，崇拜又嫉妒，有事无事，喜欢向金凤娇打听："你大哥最近在忙什么？"金凤娇呢，也不知是真傻还是装傻，总回他："还开饭店呢！"沈二皮就悻悻。所以钱家父子那档子事，若是光凭金凤娇自己，沈二皮决计不会愿意，可金凤娇搬出了金大富，沈二皮偏又迷信金大富，觉得追随金家老大的步伐，准不会错。

　　于是两人一拍即合，当天就分头取了钱，摸到钱家父子那个所谓的"投资公司"，声明要开户。钱家父子那头见来了"肥货"，心中窃喜，却故意拿乔，说不给生客开户，除非有熟客做介绍。按说这个熟客就应该是金大富，可金凤娇害怕说出名字来，回头被金大富知道，挨自家大哥的批，本来这件事她就是瞒着金大富做的。因此金凤娇拼着耍赖皮，就是不说，在那个装修辉煌的接待室里大闹大嚷。最后是钱进亲自出来接待，温声向金凤娇一一解释道歉，并当场给他俩开了户。钱进那副文质彬彬的派头，像极了她丈夫年轻的时候，金凤娇一见之下，大有好感，立马就改变态度，与其有说有笑，道："……不是非要隐瞒，而是真的跟人家不熟。就那个……开饭店的金老板的小女朋友……也就麻将桌上见过，人家随口一提，我自己留了心，费老大劲找来……连人家全名都不知道，怎么好对你说呢？"边说，边缓缓地丢了个眼波。钱进微笑点头："啊，金老板嘛，知道知道，既是金老板的朋友，那就没问题了！"将那枚眼波收了。沈二皮在一旁看他两个公然吊膀子，哭不是，笑不是，权当看戏了。

看戏归看戏，临到期看收益，沈二皮可绝对不含糊，扒着个手机，只待一个苗头不对，立马把钱撤回来。然而不知是不是金凤娇跟钱进吊膀子起了作用，连续好几个月，利率都走得稳，那钱就跟雨点子似的，哗哗地落进口袋里。金凤娇兴高采烈，以为命运再上一台阶，财运之外，自己还要走一波桃花运了，每日"咯里咯嗒"地，从公卿巷到天堂街奔好几个来回，力劝沈二皮利息当本钱，再加码投进去，还神秘兮兮地说："钱进告诉我，说利率马上还要涨，让我再追加一笔呢！"沈二皮听了，笑道："他告诉你？他在枕头边告诉你的？"说得金凤娇面色大红，一跺脚道："瞎说八道！我跟他可没有……"又紧催沈二皮加钱。沈二皮被磨不过，也是当时行情太好，胆气雄壮，他便把得来的利息，又投了一些进去——并没有全投，为此金凤娇还怪他小气巴拉。她自己一转身，是连本带利悉数投注的。看她那利（色）令智昏的样子，沈二皮本想劝两句，想想又算了。

如此又过了几月，果然如钱进所说，利率一路上扬，金凤娇赚得是盆满钵满，一下就把沈二皮甩下一大截。她心花怒放，特地跑过来炫耀，笑话沈二皮胆子小，坐失良机。"……幸好利率还在走高，你现在加钱不迟。"她最后这样说。沈二皮撅撅胡须，便也沉不住气了，他本想等本钱回来就收手的，现在本钱已经回来，这个手他却是不大愿意收了。按照这个势头，只要翻过了年，他沈二皮就能赚这个数。到时候，他不仅能在公卿巷置个小房，还能把之前为赔钱而卖掉的"通宝"麻将档再买回来。到时候，让他这个打生下来就矮众人一头的"武大郎"也吐口气，让大家看看，他也不比那"二郎"（金大富）差多少哩！

带着这番雄心，沈二皮指头在手机上那么点一点，就孤注一掷，把大半年来的本金利息送出去了。当然他也留了个心眼儿，把零头扣了下来，还不是小零头，而是尽量地往前，扣了个大零头，为的是万一 ——当然是不会有这个"万一"的，有金家兄妹作陪，怎么也不会"万一"到他身上。真到他身上了，那金大富、金凤娇只会跌得更重，更要被一掉精空，到时候不管怎样，他都能指着他们聊以自慰了。

本来一切都很顺利，也很美好，唯有在阳历年快结束的时候，利率往下一掉，经历了个小波动，把沈二皮惊出身冷汗。然而还没等他考虑好要不要把本钱撤回来一点儿，利率又缓缓地爬回到原来的水平，甚至还高出些许。沈二皮的身上便暖洋洋的，冷汗没了不说，还在大冬天里感到一股春天般的气息。

这春天般的气息一直维持到农历年的最后一天、最后一晚，在沈二皮哈哈大笑中戛然而止。

"到底怎么回事？"两人打车上医院的路上，沈二皮顾不得外人在场，就在车里质问金凤娇，"是谁跟你说姓钱的跑了？总不能是钱进自己告诉你的？"

金凤娇失了钱财，跌了手臂，吊膀子的对象也飞了，正是窝了一肚皮恼火，有苦难言。她狠啐了一口："狗屁钱进！"便直着嗓门儿，将今晚的事情说了。

原来这一晚，金凤娇吃过年夜饭，照例挎着小包，蹬着她那一双坡度可疑的短靴，"咯里咯嗒"地走去她兄弟金大富开的饭店，去到那里会牌友。本来上"开元"麻将档打也可以，但一来今天是除夕，她更愿意跟娘家人一起，二来呢，如今她手头富余得很，打那些小牌嫌不过瘾，恰逢节下，人情豪阔，她就想同一班同样富余的朋友，敞开来快乐。那些朋友都有谁呢？便是她大哥金大富的小女朋友、二哥金大强的前妻和前妻的现任丈夫。几个不尴不尬的人，凑成一桌麻将，换了谁都是坐不下去的，偏这几位都是极大方的人，不仅坐得下去，而且挥洒自如，并不以对方的身份为异。

金凤娇赶去的时候，饭店里灯火通明，一层层正吃得热闹。那前妻两口子还没到，她找了半天，先找着了自家大哥，招呼了两句，便问他小女朋友人在哪里。金大富知道他们今晚约牌，早留了位子给他们，就在那员工餐厅。金凤娇便"咯里咯嗒"地，穿走廊过去，老远就望见那小女朋友，亮闪闪的小皮裙下，两条细腿儿直捅，嘴里叫着"凤姐"，一阵风似的奔前来："凤姐，问你个东西！"

"干吗？"金凤娇以为她要借钱，心想不至于吧，大哥给你过年的红包这么快就花完了？

金凤娇大不以为然，刚想敷衍两句，让她问金大富借去，就听小女朋友悄声道："姓钱的那边，你没投钱进去吧？我刚得到消息，那帮子人跑啦，卷了好多人的钱……"

"啊？！"金凤娇五官登时扩张，眼睛瞪，嘴巴张，连鼻孔都大了一圈。

见她如此反应，小女朋友也吓住了："凤姐，你不会……哎呀！你投进去多少？"

"你听哪个说他们跑了？不可能啊，前两天钱进还发消息祝我新年快乐……"片刻，金凤娇回过了神，第一件事就是摸出手机，给钱进打电话。

这边小女朋友也忙点开手机，给金凤娇看："就是他们公司的前台，那个叫什么娟娟的，我跟她聊过化妆品……她也是才知道……"

"您好，您拨打的号码是空号……"冷冰冰的语音提示响起，击溃了金凤娇最后一线希望。她愣了愣，不肯死心，再打一遍，"您好，您拨打的号码是空号……"又打一遍，"您好，您拨打的号码是空号……"三遍下来，结论已定，她冲着手机发呆。

"凤姐……"小女朋友怯生生地叫。

金凤娇耳朵一动："对了，把那个给我看……"手一伸，要看小女朋友的手机。

小女朋友连忙奉上："喏，就是这个。"用手指点。

只见屏幕上，一个昵称叫作"娟娟"的人说："钱家两只蝙蝠已经确认跑路，受害人快行动，自己的心血追回一点儿是一点儿，等蝙蝠飞到国外就难追了！"后面还跟着一个长着翅膀的不知道是蝙蝠还是什么鸟儿的表情符号。

虽然不知道为什么钱家父子俩会被称作是"蝙蝠"，但金凤娇立刻明白了这句话里的暗示，于是也就想起来，她确实听钱进隐约提过他老婆孩子都在国外的事。当时自己还暗中高兴，以为这样一来，可方便两人进一步发展关系，不料这哪里是什么幻想中的方便，而是钱家父子给自己留的后路哩！

这么一想，再无可怀疑，金凤娇一时心中大恨。她想起平日里钱进那副笑容款款的温柔貌，再想起钱坤那个眼神勾勾的阴凉相，想来想去，渐渐地两副相貌叠在一起，变成一张，她终于领悟到：此乃父子俩玩的一出仙人跳！

想到这里，她两手一拍："姓钱的，好样的！"噔地跑起来，预备跑去沈二皮处，把事情报告给他。小女朋友急得在后面叫"凤姐"，金凤娇哪有空去理，"咯里咯嗒"地，既像那"下山的骡子"，又似那"发怒的河马"，从饭店狂奔出去。奔了大半程，奔至公卿巷口，不知是地下有霜冻还是怎的，鞋跟一跩，失了"后蹄"，"啪嚓"！金凤娇摔了一个倒仰，临倒地时手一撑，这才没有摔实。可就在那一撑之间，小臂骨剧痛，约莫折了一二，然而于金凤娇，肉痛事小，破财事大。她从地上一撅，撅了起来，托着手臂继续跑，面目狰狞，一路跑进"开元"麻将档……

听到这里，沈二皮就想起来："那出了这事，你大哥怎么说？他统共投进去多少？"此时他跟金凤娇已经到了医院，正站在急诊室外等候。除夕之夜，值班的医生、护士都少，可是前来就诊的患者——出于种种原因，却是分外地多。金凤娇到了后，只两个护士出面，给她临时固定了，便让她等待医生来。绷带绕颈，打横挂住小臂，金凤娇这模样成了名副其实的"吊膀子"。沈二皮见了，搁往常必要调侃两句，可惜眼下不比往常，更没有外人在场，他也就没那个心情再弄嘴。

金凤娇听沈二皮问，一下心虚，知道事到如今，无可隐瞒，只好吐出实话："我大哥多精明的人，会上姓钱的套？我当时为了拉你入伙没告诉你，其实那个时候我大哥就撤资啦……"

沈二皮一听呆住，寂静之中，他仿佛听见什么东西"哗哗啵啵"开缝碎裂的声音。他木愣着两眼，嘴唇哆嗦几回，半天，从牙缝里挤出一句："金凤娇，你好……"多少年来第一次，他叫出了处长太太的全名。

见他的表情如此不堪，没准下一秒就会饮泣，金凤娇就体恤他，不跟他计较，反而放下身段来安慰，道："二皮，你不要瞪我，我也是好心，想拉你一起发财，你之前也真的赚了不是？如果我们有前后眼，早几月我们就把本全部撤回来了……咳，不说啦！我来找你，不是让你瞪我，我跌了老大一跤，撑着跑过来，是有大目的。说起来，沈二皮你大小也算个强人，强人就没有吃闷亏的，这次那一大一小两个姓钱的让我们吃了这么大的亏，你说说，咱们下一步该怎么办？"

沈二皮冷笑一声："怎么办？哼，有困难，找警察，当然是报警喽！"

"报警？"金凤娇回他一个冷笑，"哈，要报警，那些老头老太一个个不报得比你快？你一个强人，真好意思提报警……得得得，不跟你个矮陀螺讲，你现在是年纪大了，火性也没了，整天就知道盘你那个麻将档。我不如去找李老太，说不定人老兀鹫还比你强点儿，人家老归老，翅膀还是硬的。"说着，用那只完好的手去包里掏手机出来拨打。

沈二皮就诧异："李老太？老兀鹫？你说整天在三楼扒窗户口的那个？"

金凤娇"唔"一声，指头在手机上面飞动。

沈二皮越发诧异："出了事你找李老太干吗？你……你不会也拉李老太到这里面……"

手机已经提示在拨号，金凤娇不耐烦地说："我拉李老太怎么了？介绍人都有奖励的，多拉多得，你不也知道？"

"那你拉别人去啊，金凤娇！"沈二皮干脆嚷出来，"那些年轻力壮的你不拉，去拉那些说倒就倒的老家伙。你一个电话过去，她心脏病、中风什么的齐发作，回头她那些儿女能烦死你！老家伙嘛，蹬腿就蹬腿了，他们那些儿女可不是省油的，就我上回跟黄心红的事，你忘记了？……"

这回便轮到金凤娇听得发呆，心里"丁零哐啷"一阵乱响，直觉沈二皮说得对，自己这下恐怕真惹了个大麻烦。

心念一变，急忙就想摁掉电话，然而还是慢了，电话已然接通，李国珍的声音传来："喂，哪个？"

"啊，那个……嗯……"金凤娇下意识接口。

那边李国珍立刻认出她的声音："噢——是处长太太啊，新年好，新年好，恭喜你新年发财啦！嗯……对了，就那地方我投的那些钱，现在情况还好吧？"

金凤娇在这边打，沈二皮就把耳朵贴在手机另一边听，听到李国珍问到钱，他两条胳膊往空中一撂，是个"完了"的动作。

金凤娇看见了，更加一丝凉气，觉得这样一个除夕，于她是过于艰难了。她举着手机，咽一口唾沫，再把眼闭一闭。

"李阿姨，呵呵……"她听见自己发出机械般的假笑，"这个……你先找地方坐下来，听我跟你说……"

第三单元

祸扫一大片

这一个除夕，李国珍依例还是在儿子家过。虽说是儿子家，到底是上门，上门就不好空手，况且又是过节。李国珍没得说，依例预备下老母鸡、猪头肉、牛肚、羊腿……扎扎实实一小轮车，拉着上儿子家当节礼。

儿子是出息儿子，住在个门禁森严的高档小区。李国珍打车至小区门口，依例等到了来迎接他的儿子。"妈，怎么又买这么多东西？我们吃不掉的，家里做饭少，都是从外面买得多。你年龄大了，也少忙一点儿。"

李国珍道："我倒是想少忙呢，可我好意思空着手来吗？我一个老太婆，别的都不懂，只懂买这些，你们吃不吃是你们的事，买不买是我的事。"

如此说着话，一路"哔哔"地刷卡进去。过了好几重关卡，终于启开门，进到屋里。已经长大成人的孙女步子一绕，过来叫一声："奶奶新年好！"跟着媳妇也出现在房门口，道："妈来了？"脸上淡淡表情。

"新年好，新年好……"李国珍手一掏，依例将准备好的压岁钱递给孙女，当着媳妇的面。

儿子就有话："妈，莎莎都毕业了，不是小孩子，不用再给压岁钱了。"

眼角的余光里，媳妇的身影动了一下，李国珍佯装未见，笑道："在我面前是小孩子就行！"

孙女收了钱，谢了她，步子又一绕，绕去自己房间，抱着手机玩耍去了。媳妇扫了眼李国珍带来的节礼，指挥儿子："你给放冰箱去。"便又缩回房间里，坐床上吃零食，看电视。

儿子即刻听令。李国珍吸吸鼻子，不好说什么，两只手一揣，到客厅沙发上坐着，也看电视。看这个频道是又唱又跳，舞来舞去，看那个频道是张灯结彩，披红挂绿。

有什么事值得欢喜呢？李国珍往后一靠，看那边儿子又被媳妇叫过去，交代事情，就不由得在心里叹气。

唉，有什么法子呢？儿子是出息儿子，媳妇更是出息媳妇，或者说，是媳妇的娘家很出息。这个出息的娘家，把媳妇、儿子都安置得好，包括现在已经毕业了的孙女，一家三口，全部在银行上班。刚上班的孙女就不说了，就说她那爹妈，这么多年下来，自己家住的、外面出租的、户头上存的，再加上些零零碎碎，不出意外的话，这辈子是无忧了。

儿女生活无忧，做父母的自然高兴。平日里，李国珍没少向她的老伙伴们吹嘘，她的儿子出息，媳妇能干，夫妻俩有房有车有存款：房是多大的房，车是多少万，存款的数目又是多少，还有那房所在的小区光物业费就……扳着指头报账，说得有鼻子有眼。老伙伴们就依例羡慕她，恭喜她，说她这个儿子算是养出来了，老李这辈子可谓功德圆满。

"圆满，圆满……"李国珍就打肿脸，不好再说什么牢骚话，听到其他老太背后议论媳妇，也不便加入。只能一反常态地，闭合了口，边听边摸她的尖鼻子，回想她那死鬼老头儿生前说儿子的话："我们家兆庆这门亲，你也清楚，是高攀了人家。所以我们这两个做公婆的，就比不得人家公婆。人家能讲的，我们不能讲，人家能骂的，我们不能骂，更别提让人家侍候什么的。只要人家能待见我们兆庆，就很好了……"

"好你个……！"多少次，李国珍忍不住不服，这样子回嘴。可话一出口，自己先虚了，心里并没有底。

死鬼老头儿就嘲弄她："你这句话，不要跟我讲，去跟你儿媳妇讲去嘛，看人家怎样回你……"

李国珍就悻悻，就心脏"噗噗"地跳。越想越跳，越跳越想，见再跳下去不是个事，赶紧找出救心丸来吃，一粒下去，勉强压住了心火。

可那媳妇凭什么呢，那媳妇的娘家又凭什么呢？气头过去后，李国珍就背着死鬼老头儿独个儿琢磨。而这也不是什么困难的题目，她媳妇和那亲家之所以傲气冲天，无非是仗着家里有人，仓里有粮，有外物傍身。好比生着大翅膀子弯钩嘴的兀鹫，对上那刚出壳子的小鸡崽儿，会横行无忌一样。

李国珍自己就是"老兀鹫"，这么多年，横行天堂街一带，挖掘出多少秘密，传播了多少消息。结果在家外头得志，关起门来却要受挤对，这口气她吞吞咽咽，总在那喉咙口打转，不能完全下去。身为一只"老兀鹫"，心气就是这样强，尽管她家中无人，仓里少粮，说起来不过一退休的老太太，老头儿一去，如今更是独居了，没什么外物傍身，远不能跟她的亲家相比。可李国珍不甘落后，能搂一点儿是一点儿：无事就上银行，打听这个基金，那个债券，不断比较利率；偶尔感到手热，也上那"开元"麻将档，摸他个几圈，赚些零花钱；更有以前单位同事老金家的女儿——如今住在隔壁公卿巷里、已是处长太太的金凤娇，不忘交情，暗中提携，介绍一个好渠道给她，按本金一万块钱存进去，一个月的利息能拿到……

"嘿嘿嘿……"想到这个，李国珍像是终于找到了一点儿支撑，不仅在沙发上面坐直了，看那电视上的贺年节目也顺眼多了。说到底，别的都是假的，只有这个——她手指对搓，做了个数钞票的动作——才是真的。跟金凤娇介绍的那处相比，其他什么基金啦债券啦，都是"毛毛雨"，小意思，更别提她在麻将档里赢的那些零头。自从她得到金凤娇的指点，在那一处存下钱，她想起她那媳妇和那亲家来，心里的火就小多了。她吃了那么多救心丸，没有一粒比在那一处存钱更有效。早知这个——她每次利息到手都会感慨——又何必花钱上医院开药？她早把钱存到那里去，哪儿还会得什么高血压、心脏病？要是全国人民都能像她这样，坐在家里，利息么牢牢地拿，那医院差不多也可以关门了吧？

李国珍自喜不已，吃年夜饭的时候，就忍不住透露："莎莎，马上开春就是你生日，你喜欢什么，跟奶奶说，奶奶给你钱买，不要客气！"

正在摆弄手机的孙女听了，面上一喜，那端了碗坐沙发上、边吃边看电视的媳妇也掉脸朝这边看。

儿子又有话："妈，别浪费钱了，莎莎她什么都有，你给她钱她也是大手大脚、不二不三地花了。你的钱你留着自己用，人老了，花钱的地方多，拿点儿退休工资也不容易……"

儿子在这边说，孙女在那边撇嘴，媳妇则把头掉过去，目光却仍是往这边瞟着。

李国珍笑道："我就光那点儿退休工资啊，你也太小看我老太婆！你上次不说嘛，现在挣钱的办法多的是，光靠拿死工资怎么行？你妈我就听你的，那个……通过人家介绍，挣了点儿小钱，跟你们是比不了，但给我孙女过过生日，买点儿像样的东西，这钱还是掏得出来的！"

儿子是警觉的："什么经人介绍挣钱？妈——你不会被人骗了去搞传销吧？"

媳妇也怀疑："是呀，你们年纪一大把，还能怎么挣钱？现在挣钱的方法多是多，可没有哪个是容易的，能让你们老太太都赚到钱的方法，恐怕不可信。"

唯有孙女嘟囔着："有什么不可信，万一奶奶捡到钱了，打麻将赢了，彩票中奖了呢……"

"哎，还是莎莎说话讨喜。"李国珍点头。

儿子不理："妈，讲真的，你没跟别人干什么吧？现在乱来的人太多，就是看中你们老年人手上有点儿积蓄，又贪小便宜，钓你们上钩。这些人总是说得很好听，开始呢，也会给你些甜头尝尝，等哪天卷着你的钱跑路了，你就知道……"

"亭亭白桦，悠悠碧空，微微南来风。木兰花开山岗上……"儿子话没说完，李国珍带来的包里就有音乐响。

孙女便提醒："奶奶，你的手机……"

"大概是老向她们给我打电话拜年来……"李国珍丢了碗筷，仍忍不住驳儿子两句，"大过年的，你就不能给我说点儿好话，什么把我的钱卷跑……你就这么看不得我一个老太婆发财？"

接了电话，听过两声："噢——是处长太太啊，新年好，新年好，恭喜你新年发财啦！"

如此说着，心里一动，瞧儿子儿媳并不怎么注意，李国珍慢慢地往卫生间里去，装作要如厕的样子，把门一关，压低嗓门儿道："嗯……对了，就那地方我投的那些钱，现在情况还好吧？……"

"妈怎么在卫生间里这么长时间？"儿子吃着饭，渐渐觉得不对，扭头问沙发上的媳妇。

媳妇盯着电视屏幕:"她是你妈,你去问啊,我怎么知道。"

这厢碰了壁,儿子便转向另一厢:"莎莎,去敲门问问奶奶,怎么在卫生间里那么长时间,是不是什么地方不舒服。"

孙女把玩手机,更不愿意挪窝:"老年人动作慢,上厕所时间长呗……"

"奶奶是上厕所吗,"儿子终于坦言,"我怎么记得她是接了通电话进去的?"

"那你都知道奶奶在接电话,还要我敲门?"孙女将他一军,"我知道她打没打完?"

"什么电话打这么长时间,里面都没声音了。"儿子持续不安,"不要真的出什么事……"

孙女不再接口,媳妇也不动,儿子无法,只好自己过去,叫道:"妈——"手刚举起来,没有叩下,卫生间的门开了,李国珍握着手机出现。

"哎,兆庆啊……"她望了望儿子,有气无力。

儿子道:"妈,你没事吧?是不是身体不舒服?"

"不是不是,"李国珍脑袋一缩,步履匆匆,"那个……老解,解阿姨你知道吧,她……眼睛不好,出了点儿事,我马上回去看看她。反正饭吃得差不多,我也吃饱了,你们忙你们的,不用送我,我自己打车回去。"

"天太晚了,我开车送你吧,妈。"见李国珍到处收拾东西,去势惶急,儿子不便留她,就这样提议。

"不用不用,我自己打车,这点儿事我还是能做的。"李国珍拽着小拉车,步子一拧,寻方向似的,在原地打了个转,才转到门口。媳妇和孙女都诧异地望着她。

"妈,还是我送你好了,你真没有事情吧?"儿子眼看不对,就要取车钥匙。

不想李国珍态度坚决:"哎哟,说了不用,不用,不要你们插手!整天这个那个的,显得你们多能哦!"说完,打开门,身子一闪出去,"吧嗒",又把门带上。

儿子怔怔地,过会儿反应过来,几步赶到窗户口,扒着往下面张望。不一刻,果然看见老太太同她的小拉车出现,蠕蠕地一路向外。步调慢是慢了点儿,倒还算平稳,走了一段,拐过弯去看不见了。

儿子若有所悟，回到客厅的时候，仍是不大放心，正在犹豫，媳妇冷不丁地说道："明明是什么处长太太的电话，却又说是什么解阿姨，这不前后矛盾吗？老太太这是有事不想叫我们知道呢，就你不知趣，非要追在后面……"睨了一眼，继续看电视。

孙女跟着嘻嘻两声，儿子一时讪讪。

救心丸一连吞了三粒，接着电话的李国珍才没有眼前一黑，手一抖，把手机落马桶里。那头金凤娇仍在呜啦呜啦地讲，李国珍没听下什么，只把马桶盖一放，慢慢摸索着坐下，缩颈塌肩，好像"老兀鹫"中了暗箭。

"李阿姨，李阿姨，你在听不在？你可不要出事……李阿姨，李阿姨？"金凤娇一声高似一声地叫。

"你不要号，我还没死呢。"萎靡中，李国珍仍不肯输阵。

"好，好，这才是我认识的李阿姨！"金凤娇听上去像是松了一口大气，"你没事就好，你没事就好……李阿姨，我跟你说，钱虽然没了，但只是暂时没了。这件事情，我们不能让他完，不能就这么算了！李阿姨，你知道我这次损失了多少，嗯？我告诉你，前前后后我一共投进去……"

到底是处长太太，破了这样大的财，中气还是那么足，心跳还是那么强劲，李国珍奄着脑袋听，听得有一句没一句，只等待那救心丸的药效起，等待身上那一阵冷缩过去。如今她唯一庆幸的，就是把救心丸随身带了，不至于直接倒在儿子家卫生间的地上，叫儿子识破了真相，孙女大失所望，媳妇看个大笑话去。

"……你看，李阿姨，我这次损失了多少，家里姓彭的还不晓得，当然，我也不怕他晓得——但我到底是损失了这么多钱呀！难道人家的钱是钱，我金凤娇的钱就不是钱？我刚才一听这消息，也是急得失心疯，从我大哥那里一路跑过来，祸不单行，在公卿巷口还跌一跤，把手骨折了，呐，现在正在医院看医生……"

"哎哟，处长太太啊，你也是……"不知是救心丸的药效起了，还是金凤娇骨折的事予以某种安慰，李国珍的手脚渐次回暖，脑袋慢慢地上昂，鼻子一抽，她两眼开始泛出"老兀鹫"惯常的生命之光。

"……你说要论倒霉，李阿姨，这个春节没人比我更倒霉了吧？刚才二皮还冲我瞪眼睛，说什么报警的风凉话。我就跟他讲，我也是受害者，受害者不要瞪受害者。至于报警，哼哼，我一直觉得，求人不如求己，你有那报警磨叽的时间，不如自己去追，趁着姓钱的没飞多远，连人带钱给我追回来——这才是做事情的风格！我金凤娇可是从来不吃哑巴亏，也不会吃了人家的亏，去求爷爷告奶奶地让别人给我出头。自己的事，永远只有自己最上心，李阿姨，你说我说的对不对？……"

"嗯，对……"救心丸毕竟不是仙丹，药效起来，先头那阵心悸是压下去了，却无法让李国珍即刻反应如常。她歪靠在马桶的水箱上，嘴里答应着，心里却在痛悼那笔失落的财富，想着：该是什么样的鬼，会把她个老太婆的棺材本儿给卷跑了？卷走别人的棺材本儿，是为了给自己造个超级大棺材吗？可那样大一棺材，他一个人也睡不了呀，除非再拉上他儿子、孙子、重孙……

"……怎么样，我就说李阿姨人老翅膀不老嘛！对上这坏消息，你比二皮还多显三分劲头呢！"那头的金凤娇越说越铿锵，"这追钱的事，要做就尽快，你要是愿意，马上就去把那些能干的人，拉拢几个来，也不要太多了，一两个、两三个就行！我今晚瞧瞧过大医生，马上就打听消息去。明天早上七点，我们在二皮的麻将档后面碰头，怎么样？争取在初七之前，我们把钱给他追回来，嗯，李阿姨？"

"嘶……"李国珍捂着心口，终于觉出些荒诞了，"我们自己去追钱？这个……好好的一个年节，不能坐着享福，还得自己去折腾着追钱？这个……唉……""老兀鹫"也有颓废的时候。

"享什么福哦，李阿姨——"金凤娇简直要苦口婆心了，"有钱才有福享，你没钱，只有坐在家里吃心脏病药的份儿！吃药也叫享福？得，你自己想想吧，到底是愿意在外头折腾着追钱呢，还是在家里坐着吃药干着急呢？两个你选一个。我反正这个春节是打算跟姓钱的死磕到底了，我姓金，他姓钱，我倒要来看看，是姓金的比姓钱的更硬呢，还是姓钱的比姓金的更坚……这两只姓钱的狗，打的好算盘，这里圈了钱，就想跑国外去——我金凤娇这次就算是拦飞机，也要把两个姓钱的给截住了，然后……哼哼，我一屁股坐散了他！玩花样玩到我们老金家头上来，也不看看我们老金家祖上是干什么的！这口气我要是不出，我就不姓金……"

在金凤娇咧咧的市骂声中，通话结束了。李国珍歪在那水箱上，听得极是对胃口，仿佛金凤娇猛发一通火，也替她把火气给发掉了。挂掉电话，心气平顺，李国珍正想考虑考虑那"追钱"的提议，儿子忽在外面叫门。她虽一下紧张，却老练地开门、扯谎、走人，拖着她的小拉车，直奔向"老巢"，预备从长计议。

此时药效全开，李国珍站在马路边上，依循往常的思维轨迹，忖道：我该怎么回家？真的要花钱打车，还是……坐不花钱的公交车算了？

方才金凤娇的豪言犹在耳边，尤其是那句"在家里坐着吃药干着急"的话，再没有什么能比这个更加刺激"老兀鹫"了。

"我会是那种干坐着吃瘪的人吗？"大约受到金凤娇的感染，李国珍忽然学着处长太太的语气，叨给自己听，"大钱给人卷走千千万，我还在这里节省这打车的小钱，敢情我这钱都是给人家挣的，没有这道理！"

一辆显示"空座"的出租车顺道而来，李国珍望见了，当即手一伸，招呼司机。

出租车靠边停了，门一开，司机问她去哪里。

李国珍七手八脚，把自己和小拉车一块儿弄进车里，道："天堂街——老年活动中心！"心里拿定了主意：先上那里找老向，明儿跟老向一起去找金凤娇，这个春节呀——嘿嘿，我也不过了，大家一道追钱去！

自若干年前起，每逢除夕，天堂街的老年活动中心都会为社区的孤寡老人举办"温暖年夜饭"活动，照平时核实的情况，向每一位符合条件的老年人发放票券，届时凭券入场，免费吃一餐。向英和解德芳两个孤老太婆，年年都领券，然而去上两回，向英就不愿再去了。倒不是饭不好吃，而是跟那清一色瘪嘴巴、皱脸皮的同桌，说起话来，半天才一句，用向英的话讲，那是"有气也要变没气"。因此李国珍上儿子家，她就跟解德芳在家里过节，两个人，弄几个菜，简单又稳便。

今年，李国珍照例上儿子家，解德芳呢，老家突然传来消息，说是一个什么小辈结婚，请她去吃酒。解德芳面子软，说不出拒绝的话，拿上份了钱，又交代了向英几句，就搭着兄嫂的小汽车一道去了。她这一去，向英成了个结实的光棍，百无聊赖，实在找不到事，便揣着票券，往日嫌弃的也不嫌弃了，上那活动中心找乐。

在活动中心，她先是帮厨剁鱼头，接着往门上贴画，快到饭点，又立在门首，搀扶那些拄拐的。最后一张眼，望见老邻居黄心红开着他那"小坦克"，努力地要上坡来，推挡操纵杆，一副辛苦相。向英就过去，帮他一把，连人带轮椅，推到室内安顿下，不忘笑道："老黄，你有儿有女的怎么也来这儿凑热闹？家里又不是没饭吃……回头被居委会晓得，侯主任又要说你。"

黄心红扬脸坦荡荡："她说又怎样？反正都是这么一大锅饭，多一双筷子不多，少一双不少，我一个老头儿又能吃多少？瞧她那小气样儿……"他捣鼓轮椅，要找一个绝佳的位置，"再说，她发下去那么多票，真正来的有几个？呐，你对门的那个解老太，今天就没来，还有水正深、马老太他们，不都没来吗？没来就是浪费，我给她少点儿浪费，她还不愿意？"

好容易找好地方停下，大约是累了，他叹口气："家里的饭是容易吃的？侯主任将来也中个风，坐轮椅，她就知道喽！"

向英闻言，就不多说了。

很快，人来了一多半，开电视兼开饭。向英平时为了体检的指标好看，唯恐一个不对，发个心梗脑梗半身不遂什么的，不敢大鱼大肉，只能夹嘴吃个半斋，一年吃到头，正是嘴里淡得没味的时候。今日过节，老伙伴们又不在，在一群胃口衰落的老家伙面前，她也就不拘了，专把筷子往那荤食上戳，又是肥来又是瘦，吃得直点头。

就有人羡慕她，道："老向，你身体好啊，随便吃肉，不用忌嘴，换了我们像你一样吃肉，那等于吃催命符啊！"

向英吃得嘴飘，心里也跟着飘，她笑说："我身体这底子确实不错，除了上回吃保健品吃错了，住医院挂水外，还真没有出过大毛病。"

黄心红就瞧不过了，他也是个不能吃的："老向又能耐了。我说，真有本事，吃完后咱们量量血压，看你这底子是真好，还是假好——你可别偷着吃降压药哦！"

向英念其老弱，也不生气，抹抹嘴："我又没高血压，吃什么降压药？我连降压药长什么样都不知道咧！"

黄心红听了，脸越发拉长："你自己说了不算，咱们饭后量，正好我这边有个电子血压计，随身带着……饭后我来给你量。"说着就在"小坦克"上的包袱里拿血压计。

就有人啧啧："大过年的，说什么吃不吃药，这么大年纪了，吃顿年夜饭都不省心。"

向英哼道："量就量吧……我反正是照样吃的！"量得高了，难道还罚她的钱不成？她心里一哼，便接着啃手上的蹄髈。

黄心红捧着血压计，就等着她啃。那边一啃完，这边就拉开绑带，非要马上就测量。旁边好几人都唠叨他，说他"事多""晦气"，还有老太太道："你们闹得我连电视声音都听不见了！"黄心红不在乎，只盯着要测向英的血压。

"老黄，刚吃完饭，你量什么都不准的，要量也该休息个一刻钟、半小时……"终于有懂的人说了一句。

向英笑了，骨头一丢，她道："没关系，我来量！"说着，褪衣袖，裹绑带，按按钮，那边黄心红想叫停也迟了。

"呜"的一阵机械声响，随着绑带收紧，血压计上的数字不断变换。老年人多寂寞，忽地有一热闹瞧，好多人都围上来看。那边黄心红袖着手，看向英一张胖饼脸，两腮酡红，正是气血健旺之相，颇为酸妒，又烦恼一会儿量出来没有问题，该怎样给自己找台阶下。

正紧想着，活动中心的门霍地洞开，李国珍身子一挤，道："老向！"急着往里闯，却忘了身后的小拉车。门扇回弹，正将小拉车的轮子卡住，"哐啷咚"！李国珍不提防，被扯得一个跳脚，顿在原地，不得前进。

一室惊动，向英也不例外，血压计上的数字登时"忽忽"上跳。

"哎，你们看，你们看，哈哈……"黄心红手指着血压计，拊掌大笑，那个向来讨厌的"老兀鹫"，来得可真是时候。

大家便纷纷地望向李国珍，多以为在这个时候、以这个架势出现的"老兀鹫"，所来非吉。

李国珍也懊恼。本来么，如果是好事情，这样惊天动地也就罢了，可现在事情不好，遮遮掩掩还来不及，反一不小心，吸引来一屋子的耳目，这就有点儿麻烦了。

果然，那个轮椅上的黄心红，身残心不残，马上敏锐地动问："老李啊，怎么，是不是有什么祸事？来来来，坐下说，不要急，说出来，我们大家一起给你想办法。"

李国珍是何许人，会上这个套？她嘴巴一撇，就流利地扯谎："乌鸦嘴！

大过年的，哪来的祸事！我刚接到老解的电话，给我们拜年，正好走到这里，顺便来看看老向，让老向也来跟老解说两句……"装模作样，掏出手机来看，"呐，被你们一吵，人家就把电话挂断了！"嘴里犹咧咧。

向英便起身："老解打电话来？"总觉得哪里不对，却是不捅破，顺着李国珍的话头说，边说边随人往外走。走过了几栋楼，老年活动中心里的人准听不见了，她忍不住道："老解她……"

李国珍方才在人前强撑一口气，这会儿走上几步，气概已泄："唉，要是老解就好喽，是我们的处长太太金凤娇来的催命电话……"

"金凤娇？"向英一时想不起，"她怎么会……"

"怎么不会？你忘记了，她给我们说过那个存钱的地方……"

向英眨巴两下眼："哎哟，是那个呀！"

她想起来了，大约是去年这个时候，金凤娇曾向她和李国珍推介过一家公司，说是在那里开户存钱，利率是银行的多少多少倍，怂恿她们都过去，还夸说自己已经存下多少本，迄今已收了多少利，还翻出手机上的划账记录给她们看，言谈间，俨然一理财方面的成功人士。

老太太们呢，常年在钱上面小心翼翼，其实并不容易哄的。然而天堂街一带的老人家，跟沈二皮一般，对突然发达的金家总有股说不清楚的迷信。尤其对那个排行老三的金凤娇，人们是打心眼儿觉得这三丫头走了狗屎运，以至于平时想起来，一个个心里都是："我家姑娘哪点不强过金凤娇？要说当处长太太，那也该我家姑娘当才对呀！"可惜那么多家的姑娘，不仅没能成为处长太太，连成为科长太太的都不多。老人们遗憾着，羡慕着，妒忌着，情感层层叠叠，终于化为一种对老金家的隐约景仰。

李国珍就是景仰者之一。她的女儿不是处长太太，她的儿子又越做越像个上门女婿，闲来她看看自己儿子，再看看人金大富，想想自己女儿，再想想那金凤娇，立刻就觉出明显的气短来。因此金凤娇给她介绍门路，她不过脑地相信，心血一腾，立马就要拉着向英去开户，还道："对了，把老解也拉上！这么高的利息，八辈子都碰不见一回哦！"

"就是因为利息太高，才怕他是骗人的咧！"向英没有子息，对于金家的事迹就没有什么感触，因此对于金凤娇的鼓吹，就不大以为然，"那些人干什么能给你这么高的利息，敢情他们自己在家里印钞票？"

李国珍道："只要有利息拿，你管人家干什么呢！你把钱放银行，银行也给你利息，那你知道银行背着你都干了些什么吗，咳！"

向英无话可说，也就迷迷糊糊地随李国珍去开户。为谨慎起见，她只存了一万块钱，也就是入了一股，而李国珍则入了三股。本来李国珍还想让解德芳也加入，被向英给劝住："算了吧！老解的荷包，你是知道的，每月开药都要开掉多少，哪里有闲钱跟你搞这个？"

说这话的时候，向英的侄孙刘振邦也在，李国珍贪恋那点子奖励，便转向刘振邦，想把他给拉入股。刘振邦就笑："我也没闲钱啊，工资多少时候不加了，想把自行车换成电瓶车都办不到哩！"李国珍只好作罢。

拿高利的日子里，向英是坐卧不宁，每天就盯着那月历牌，掐指计算那一万块本钱什么时候回来。其时风平浪静，利息皆按时到账，每每她跟李国珍碰头，后者都眉开眼笑："哎，老向，这个地方好吧？来钱比什么都容易，不是真跟我要好的，我都不告诉他！"向英心道：我情愿你不告诉我咧！

不几月，本金已回，向英忙不迭地退股，把钱落袋为安。多赚的利息，给她用来更换家里的电冰箱、热水器。有时望着新家电，她心里也高兴，然而要她把心脏悬一悬，再去入个股，赚点儿钱，却是打死也不肯了。

她这里不肯，却有人千肯万肯。李国珍本来打算，本金回来就退股，然而钱来得轻易，势头又盛，"老兀鹫"肉食者鄙，临到头来反悔，决定不退了。不仅不退，还要追加几股，满怀雄心，做起老来发财的梦，指望将来把她那媳妇、亲家比下去也未可知。当然这一节，她的老伙伴们就用不着知道了。李国珍知道向英退股后，只说："我再赚他一点儿，过些时日再去退。"并不把追加的事说出。后来向英不提，她也就不说。

而今事情黄了，再无隐瞒之必要，李国珍就一讲一吁地，把内情道出来，包括金凤娇号召一起去追钱的话。

"去追钱？"向英就奇了，"这要上哪儿去追？而且就凭我们？"

李国珍连跺脚，也不知是急的还是冷的："我也是这么说，可人处长太太这么放话，我能扫人兴吗？你也知道，我这次是栽了大跟头，与其坐在家里着急上火，不如跟着他们跑跑。听金凤娇的口气，她这次栽得可不小，还有沈二皮……嗯，有他两个牵线，说不定有点儿戏，老向你说呢？"

向英心想，有戏不晓得，有热闹那是肯定的，便道："这还用说？处长太太破了财，还能够轻易放过？就凭金凤娇的门路和手段……没错，老李，我看你跟着处长太太没错！"

这番话正中李国珍的心声："哎，我也是这么说！有金凤娇在前面替我顶着，我还担心个屁，就死马当活马医吧！反正我一老太婆，出力是出不了，但混在里面，充个人头，给他们摇旗呐喊，壮壮声势，这还是能做的……讨钱么，人当然越多越好，刚才金凤娇就让我拉人来着，怎么样，老向，你也来一个？跟我一样，你就出个人，别的都不用，就当帮我个忙吧！"

向英呢，一来磨不开跟李国珍的交情，二来舍不得瞧一场热闹，双管齐下，她笑道："行啊，我反正闲着也是闲着。"

李国珍一听，就很高兴："好，好！"立马感到一股"人多力量大"的喜悦来。乘着喜悦，她再接再厉，还想拉更多的人："对了，那个小滑头刘振邦，能不能叫来？这种私底下追债的事情，就适合他那种小滑头、小年轻，不然人堆里光我们这些老家伙，人家不吃劲的，随便耍个花头，就把我们蒙过去了……就算有金凤娇吧，嗯，身子那么笨，还有沈二皮，矮陀螺一个，这样走出去，就不像个样！而且我们入股的事情，小刘他也知道，这个小滑头，他嘴上说没钱，谁知道他有钱没钱，最后有没有入股。所以你赶紧打个电话，探探他口气。年前他不是说这次春节要加班，不回老家吗？你就问他班加完没有，没什么事的话让他来一趟，实在不行我来请他，他要是能帮我把钱要回来，我情愿分他一半！"

"老李你这话说的，这钱是你的棺材本儿，刘振邦哪能要你的棺材本儿？"向英见李国珍急得什么似的，便摸出手机来，"就算他肯要，我这做姨奶的也得拦着他呀！"

向英的电话打来的时候，刘振邦正窝在他出租屋的床铺上，高架腿脚，津津有味地阅读。所阅读的文本，封面半残，书脊磨损，一眼望不出名堂，唯在那封底一角，隐约显示价格标记为"四块两毛五"，可见是 20 世纪的旧物。这旧物不知打哪里弄来的，外观七零八落且不谈，打开来，人离得近了，还能闻到一股千万双手摩挲过后的霉烂气味。然而愈是霉烂，刘振邦愈是脸带异笑，看得眼珠渐渐上吊。床铺旁桌上的小煮锅，"咕嘟嘟"地滚出佐料的味道。刘振邦看得入神，翻一页，从锅中夹片牛百叶，咂舌大嚼，再翻一页，从锅中捞个鹌鹑蛋，两口吃掉，又翻一页……看看吃吃，惬意极了。

今晚他当然没有加班，不过快放节假时，轻巧地在各处都扯个谎，便安然躲过了"合家团聚"那个修罗场。修罗场上，就跟最后的审判似的，几代人都到，几乎一个不落，到了之后，便评判你，评判我，论道起功过。特别是几个小辈，只有被论的，没有论人的，一问起来，就是"月入几何""婚恋几何"，被拎来作比较。依据从小到大的经验，刘振邦以为自己必成众矢之的，因此早就盘算要逃避这场"审判"——开玩笑，他干了一年活，可不是为了在那最后一天被人当成靶子打的！于是不买车票，统一口径，对外称要加班，其实买吃买喝，夹带读物，在室友们统统走空了的除夕夜，一个人猫在屋里煮火锅、看小说——大约是小说吧，刘振邦的手指间，露出了扉页上残存的"掘金记"三个字。

"咕嘟咕嘟"，锅中的汁水低落下去，只剩下半块腐皮漂荡。刘振邦筷子一挑，挑了个空，正探头去看锅子，一串"丁零零"的声音从某处传出。

"啧，又是什么人……"刘振邦心生警惕，跳下床，循声从一堆衣物下面找到手机，取在手里，看清楚来电显示，心中有数，才接通了，道："姨奶，新年好，恭喜发财啊！"

与此同时，他的高中同学史达才正茫然地随在自家爸妈和一干叔伯婶娘后面，望着他们把爷爷架出门。机灵的堂妹早拨通了救护电话，已经在楼下跑前跑后联络。老成的堂弟留在最后搬轮椅。出了电梯，还有台阶，史达才见了，想帮忙一起搬抬，被堂弟说："不用，我一个人就行！"肩膀一扛，将轮椅扛出楼去。史达才讪讪跟着，被妈妈鲁冰花看到，见几个小辈中，唯有自己儿子空着手，跟个傻子也似，话不会说，事也不会做，加上刚才吃饭时谈说的，顿时有股气上头来："史达才，你帮下你弟弟啊，怎么干站着跟没你事儿似的！"

史达才就不懂了。他想起方才大家明明在吃年夜饭，吃得好好的，爷爷到房间里接个电话，回来后就不行了，还没坐下，就扶着椅子，跟面条似的软了下去。其时一大家子人，围坐一桌，正边吃边聊。聊史达才的堂妹，交往的男朋友是多么才俊，家世多么好；聊史达才的堂弟，跳槽后的工作是多么轻松，薪水多么丰厚……聊完一转，聊到史达才身上，先问女朋友，自然是无有，再问工作情况，乃一家服务老年人的机构。"服务老年人，那是什么？"就有婶婶问他，"是养老院吗？""不是不是，就是……"史达才也不知该怎么说明是好，解释半天，大家早失了兴致。就听伯伯道："年轻人，还是做一些有活力的事比较好，整天跟老年人打交道，这个……"旁边伯母道："这也没什么，以后老年人越来越多，这一行不正吃香？"又有叔叔说："吃不吃香先不管，我是觉得要想往上走，史达才这性子得改一改，你看他从小就是……"婶婶在桌下踢他一脚，截住了话头，道："我看史达才很好啊，为人忠厚，那些小年轻滑头滑脑的，我反而不喜欢。"叔叔就笑："谁要你喜欢了，真是——你不喜欢算什么哟！"史达才人丛中坐着，听自己被一帮亲戚嚼来嚼去，固然没有一刻自在，那边他爸爸史帅跟妈妈鲁冰花，眼见儿子落后于人，平常自己家里看着没觉得怎样，陡然被拉上场去遛，骡骡马马，一比就比出了差距，面上绝谈不上光彩。一家三口正在煎熬，那边离席的老爷子走回，口里咕哝了句什么，突然就倒了。一席混乱，年夜饭就此打断，那边对史达才的品评自然也中断了。

从修罗场里出脱的史达才，无论如何，是舒了口气，隐隐于心下某处以为爷爷的这一倒，可算帮了大忙。一念过后，又即刻责备自己：怎么能这么去想爷爷生病的事呢，爷爷可待我不差呀！

史达才正发着呆，一行人闹哄哄的，又有动作。原来救护车不知怎的，总也不来，叔叔伯伯当机立断，主张开车送老爷子上医院。堂弟自告奋勇："我来！"没有异议，大家便又纷纷地帮忙。忙了一通，又商量谁先去，谁后去，先去的随车去，后去的就各显神通，自行上医院。史达才跟爸妈就是自行上医院的。去了之后，老爷子人在急救室里，医生有言，要进行心脏支架手术，喊家属签字、缴费。儿孙们自然遵命。史达才跟在人后，就听叔叔悄声对大家道："……你说是不是多出来的事？老爷子要是不想发那财，至于受这个罪，害得我们跟着多忙？现在好了，财没发到，先送医院一笔钱……"爸爸史帅看来也知道一点儿："就是老爷子上次说的那地方，什么存一万拿多少来着？""是啊，刚在路上我们接到赵阿姨女婿的电话，说那地方啊，哈，跑啦！什么存款啊利息全泡汤！赵阿姨这会儿也在家瘫着呢，之前那电话好像就是赵阿姨打的，她女婿还问我们老爷子现在怎么样，我能说什么？他们是老糊涂，你们做儿女的也糊涂？事情轻重不晓得，管人家心脏受不受得了，一个电话就把我们老爷子打到医院里？哎，你别说，我当时来气，还就是这么讲的，那个女婿听了不吱声了……"就有人道："完了，不知道老爷子这次多少钱扔里面……"马上有人接："多少钱也只好算了，大家以后也都不要提。老爷子都这样了，我们再抱怨，不是要他的命吗？"议论个不休。

史达才混在里面，东听一句，西听一句，总算听明白了是怎么回事。可听是听明白了，心里却不由得发愁，既以为爷爷不该妄想那天上会掉馅饼，又气愤那些人做得太绝，把别人也许省吃俭用下来的钱，卷得一个子儿不剩，又是新年头月的……看看周围，众亲戚都挂着脸，候在手术室外等结果，爸爸史帅则跟妈妈鲁冰花小声说着什么。气氛压抑，史达才百无聊赖，下意识地摸手机，一眼看到刘振邦给他的贺年短消息。花里胡哨一大段，一看就是转发别人现成的编辑，搁往常史达才并不会在意，依葫芦画瓢回他一个就是了。可现在家中遭难，爷爷还在手术室里，加上之前吃年夜饭时那些评语，这些"快乐""发财"之类的祝福于他就显得有点儿讽刺了。何况对方又是"振邦永远最伶俐"，对这一位，史达才是向来不客气的，手指一动，他便回道："有什么好快乐的？""嗒嗒嗒嗒"，将今晚的事如实说了。

"我的妈呀，你家也成了网中的鱼？这伙人网撒得够大，我还以为只有这边的老姑婆中招了哩！"接着，刘振邦把他那边的情况略讲一讲。

史达才颇为吃惊："李奶奶他们也是？那……那这伙人该弄去了多少钱？"

"一笔巨款吧大概……嘻嘻，大头鬼，你想不想把钱追回来？"这时节刘振邦居然还笑得出来，末尾一个奸笑的表情符号看得史达才好不乐意。

"追回来？怎么追？就算报警人家警察过年也要休息呢！"自然没好气。

刘振邦道："大才啊，你能不能发挥一点儿主观能动性？既然知道人家要休息，既然自己做了这种不光明的事，你好意思去报警，我还不好意思呢！——我是说老姑婆不好意思。说真的，老姑婆都比你强多了，人家七老八十，都决定哪里跌倒，哪里爬起来，打算自己去追钱，还要找我做帮手。我们好几个人，明天就碰头了，就在沈二皮那儿……"末了问他要不要来，"要来就趁早，不来就拉倒！"

史达才捧着手机愣怔，直觉这个刘振邦在开玩笑，至少也是虚张声势。自己去追钱？自己要怎么去追钱？这没名没姓，连个地址都没有，说起来又是外地。不过看李奶奶那边的架势，倒是很足，也许真给他们知道了些什么隐情也说不定……

思来想去，还待再跟刘振邦说两句，那边手术室的门一开，爷爷被推了出来。

心脏支架手术不算太复杂，据医生说，又只需做一个，于是没个把钟头，就完成了，而且非常成功。大家心中的石头落地，都拥上前去看。不想老爷子一动，自己抬起头来了。

"你们都知道了？"血流一通，老爷子又恢复了长者之风，张口就把一众儿孙问住。

"这个……"大家尽皆口拙。

不待反应，那边老爷子又来一句："哼，不是你们要孝敬没孝敬，要出息没出息，我会蹚这个浑水？"

这么一说，大家就更口拙了。还是旁边护士道："别围在这里，先去监护室。"众人这才醒活，有问医生的，有跟着去监护室的，还有张罗着回家取日常用品的……史达才脚下一慢，原地已经不剩几个人。妈妈鲁冰花似乎回家取用品去了，转角处，爸爸史帅倒跟伯母说着话。史达才趋前几步，就听伯母道："老爷子这话说的，反而怪起我们来！闹得好像我们多不孝敬，多没出息……别的不说，我们小丰自从工作，逢年过节，哪回不孝敬他？平常东西也不少买，结果还落不到一句好话。"

史帅就道："老爷子还是想那钱，等钱回来了，他就气平了。"

"这钱出去了还能回来的？"伯母冷哼，"你又不是不知道，这现在的人一个个……哼，恨不得从你口袋里抢钱才好！也就我们老爷子轻信，觉得天上会掉大元宝。"

这边说着，那边堂弟过来，伯母叫声"小丰"，迎上去了。史帅回过头来，见到自家儿子，也在一处站着。

"听到没有，爷爷嫌弃咱们呢！"史帅发话了，"人小丰够出息会来事的了，都挨爷爷说，你说像咱俩这样的，在爷爷心里会得什么评价？"

史帅的心态是很好的，说这话也不过自嘲两句，调节一下气氛，却不想想自家儿子那一副柔肠，能不能禁得住这份嘲。

垂着大脑袋，史达才才实感到难过，他有点儿可怜爷爷，也有点儿可怜自己，可怜他们家。走投无路，他想起刘振邦要他一起去追钱的话，一念之间，心想与其耗在这里，在众亲戚面前现眼，不如剑走偏锋，跟着李奶奶他们去碰碰运气。那个李奶奶，他是知道的，外号"老兀鹫"，很有些神头鬼脸，年前他跟她打过交道，替她找过龚雪，后来的结果呢，是相当地不坏，要不是找龚雪，他还得不到现在这份工作呢！说来这份工作，他做得得心应手，虽然别人总有微词，以为不如别的工作好，譬如他那几个亲戚不就是……

如此一想，史达才有主张了，他对史帅道："老爸，爷爷丢钱的地方，不就在我上班的市里？我想是不是去看一看，打听到底怎么回事，是不是能挽回一点儿损失？"

史帅讶道："你要去吗，在这个时候？"

史达才道："要去当然就尽快了，要不过个十天半月，人都跑得没影儿了，去也问不出什么了。"

史帅倒也同意："就你一个人吗？要不要找个人一起？"

"不用，爷爷生病，这里需要人，我嘛也是顺便，正好回上班的地方处理点儿事情……"

后面半句话，自然是作假，好在史帅并不怀疑，点了点头："那你就去吧，去问一问也好，有消息来电话。"

接着他就把爷爷那所谓的"投资"跟史达才说了一说，讲了个大致的数目，还道实际怕是只多不少。他一边说，史达才就一边在手机上订车票，购了一张明早出发的。他上班的那个市，实在也近，坐列车也就二十分钟吧。订好了票，他先告诉史帅，随后又发消息告诉刘振邦。

刘振邦稍后回他："很好，很好，到时我给大才接站。"跟着一个眯眯的笑脸表情。

事情定下来，不多会儿四处传开，到诸位亲戚的耳朵里，少不得又有一番微词。有嘀咕他"不想出力，临阵脱逃"的，有泼凉水说"问也是白搭"的，还有劝"吃亏是福，别再搅和"的……史达才心意已决，顾不上许多，一觉睡过，背着个双肩包就上了车站。

年初一的车站，毕竟冷清。正值清晨，不得不到岗的工作人员，伴着广播里欢天喜地的旋律，做这做那，举止懒散，神气十分萧索。

史达才从来没有在年初一出过远门，这会儿拧着大脑袋，左瞧右看，感觉倒很新鲜。检票进站，找着了车厢，往里一钻，他正要寻座位，过道上迎面来个人。一双眯缝眼，两个肉颧骨，身上那件雨过天青色羽绒服，是怎看怎眼熟。

那人站住了，史达才一呆。那人盯着史达才，史达才心虚地看着他："包……包老师，这……这么巧啊！"

第四单元

不速之客

　　正月初一，饭馆"喷喷香"关门大吉。说"大吉"，是真的"大吉"，老板娘王小萍昨晚尽力地做生意，儿子臧小磊、妹妹王小露甚至她母亲王小凤都来帮忙了，加上她自己，以及临时请来的两个帮厨，总算将这么多桌年夜饭对付了过去。最后一桌吃完，个个累得胳膊都难举，好在老板娘体谅，说不要收拾了，还每人封一个大红包，挨个递手里。发红包的气氛，本来欢快，却偏有王小凤王老太，当众打开来，数一数："哎哟，就这几张！"又扯问其他人，"你得了多少？""你得了多少？"王小萍无法可想，借口打扫卫生，把人轰走，门锁一落，和儿子分头去睡觉，大堂里那一派狼藉，就留待新年里再说了。

　　这一觉，却也不曾睡稳，隐约地总感觉哪侧眼皮在跳，仿佛要发生事情。做生意这么多年，考虑问题成习惯，梦境尚依稀，就心念自动，一个个问题排好了队：大门锁好未？营业款收好未？厨房老鼠肆虐未？停业休息的通知贴出未？儿子臧小磊又不睡觉通宵玩"俄罗斯方块"未？……这些问题中，别的倒罢了，最后一个，也就是儿子臧小磊，才是真正的老大难，王小萍毕生的忧念所在。

　　按说这儿子，头脸白净，性情平和，不惹是不生非，唯一的嗜好，就是喜欢玩个"俄罗斯方块"，可算是个好孩子了。然而唯其如此，才叫王小萍忧虑。她想起儿子小时候在学校被人欺负，是膝盖也破了，脸也抓花了，如果不是他的同学彭展展——金凤娇那生得跟小河马似的女儿——替他出头，以一敌四，打架打得教导主任都惊动了，事情恐怕没法解决得痛快。事后王小萍问："那些同学为什么欺负你？"儿子跟往常一样，反应慢半拍，还没张口，那边彭展展抢道："他们说臧小磊的爸爸不务正业，是个赌棍，还进过派出所。"末了加上一句，"我爸爸说，当面给人难堪的，都不是善类，那些人就不是善类。"儿子则温吞吞地说："现在没事就好，以后看你的面，他们是再也不敢了。"自己低头给伤处搽碘酒，一如既往地平和。

然而儿子愈平和，王小萍愈愧疚，以为如今儿子受欺，多是自己之过，要不是当年鬼迷心窍，跟那人结了婚……顺着想下去，没完没了，再待儿子就愈加宽松。学习学不进，并不多强迫，喜欢玩游戏，也那么算了，上班受委屈，把人叫回来，跟饭馆里帮忙，舍不得累着，只派些小杂活儿……王小凤就常说她："这一个儿子，你算是养废了，以后你一死，小磊他喝西北风去！"王小萍就跟她吵，说"你外孙喝西北风你得意"，心里却是惶恐，恐怕儿子日后真得落个衣食无着，更不要提娶妻生子这些大事……

愈想愈睡不着，愈睡不着愈想，王小萍眼睛闭着，脑筋却经历几重动荡，不得安身。索性爬起来，套上羽绒服，倒了刷牙水，口里含着牙刷，习惯性地掀帘子，冲那街面一瞄。

天光亮开，颇有阴霾，几个早行的人，身上穿得臃肿，摇摇摆摆过去。也有不怕冻的，单薄一件夹克，手上拎东西，东一脚，西一脚，跳猴儿似的走近。那人一直走到"喷喷香"门前，对着拉门看看，再一抬头，对上王小萍的窗户，仿佛昨天才离开似的叫："哎！"

王小萍一愣，牙刷歪出嘴去，幸好没落地。她往后退一脚，心道：他怎么来了？！

大约一刻钟后，臧杰就坐在他前妻王小萍的饭馆大堂里，微笑正襟，感受一把所谓的天伦之情。昨夜客人的残羹原封不动摆着，杯碗盘碟，看去又冷又脏又油，还有白花花的餐巾纸，一撮一撮的烟蒂……臧杰绝不在意，他宿过比这邋遢百倍的环境而依然酣睡，这些方面他从不讲究，他讲究的是另外一些东西。为此他不辞辛苦，专程赶来拜年，给他的前妻、儿子、前丈母娘、前小姨子都封红包、买礼物，狠下血本，希望能以小博大，获得丰收。

"这个游戏机怎么样？"他询问臧小磊，后者已经拆了包装，抓着瞧了又瞧。

臧小磊憨笑一下："太复杂了，我玩不了。"父子俩眉眼肖似，却是一个黠一个钝，怎么也不会弄错。

臧杰道："游戏还有复杂的？都是别人设计好的东西，两下子还不摸清路数……要不怎么叫游戏呢？"

王小凤王老太就笑："小臧，你的脑袋瓜是没得说，万里挑一地聪明。可就是一个不好，没把你的聪明脑子传给你儿子，哪怕给你儿子十分之一，小磊他也不至于……"听到前女婿来，王小凤是最欢喜的，知道必然有好处，饭没吃完就撂筷子，还不忘通知幺女王小露。虽说是前女婿，可臧杰见多识广，谈吐有趣，出手又大方，每回来都给钱给东西，所以王小凤就觉得这女婿不错，对那些有关臧杰的传言不予理睬。但凡说起来，她就道："我女婿一不偷二不抢，怎么就见不得人了？人家长得好，脑瓜又灵，你们把自己女婿换给我，我还看不上！"

听她这么说臧小磊，王小萍还未怎样，王小露倒发话了："妈，你怎么这么说小磊呀，我倒挺看好小磊的。小磊他是大智若愚，不把聪明摆在脸上……"末尾一句，仿佛有贬低臧杰的意思，急忙又道，"我可不是说你，请不要多心。"冲臧杰点头。她自己养出了个高才生闺女，读书住校，向来在外，同她并不亲近，倒是外甥臧小磊，普普通通，什么话都可以聊两句，颇得她心。

这边母亲和妹妹一递一句，议论自己儿子，王小萍听得心烦，冲着她前夫道："你这次是干吗来的？别是被通缉，流窜过来的，我们可窝藏不起！"不怪她怀疑，臧杰是有前科的人，附近一带的人都知道，所以才会有臧小磊上学时被欺负的事。即使离婚多年了，影响犹在，回头被人认出他来，人家嘴上不说，心里会讪笑。臧杰呢，又总是神出鬼没，要么连着几年见不到影儿，要么不知从哪里突然冒出来，暴发户一般，铺天地撒钱。一问起来，就说是"发财了"，至于发财的方式，王小萍不问也知道，心想"狗改不了吃屎"，也是没办法的事。然而自己吃屎就罢了，这还要把屎带过来，带进她的地盘，她就不乐意。因此每次臧杰来撒钱，王小萍就犯头疼，心想"别是什么黑钱"，想拦着娘家人不要收他的，却哪里能够拦得住，尤其是她母亲王小凤，倒打一耙："你个臭丫头，想要磨死我，拿红包都不让我拿得舒服……我养你这么大，福没享多少，狗屁倒灶的气倒生上一堆，好不容易弄得点儿孝敬，还跟我讲是黑的……"

那边臧杰被王小萍喝问，也不生气，手指下意识地屈张，侧头去望街上："来看老熟人，毕竟好久没来了嘛，那个……沈二皮，他还开麻将档？"

瞧瞧，张口就问麻将档，这不是狗改不了吃屎是什么？王小萍心里想着，鼻子里跟着一哼。

王小露接话："沈二皮自然还开麻将档，要不他还能干什么呢？"

"别这么说，二皮很可以的，他自己，再加上处长太太，他们两个人……"王小凤说着，忽然一抹诡笑，"就刚才，大清早的，我还看见处长太太上二皮的麻将档，前面不走，专从后门进去。那走路的声音，咯里咯嗒，老远就听见，也不知道避避人。"

"为什么要避人，你真当他们两个会闹绯闻哪？"王小露道，"可惜，我过来的时候，看见'老兀鹫'跟向老太也进了那麻将档，也是走的后门，我还奇怪来着，难道那前门坏了？我急着赶过来，就没有多管。"

"啊，李国珍她们也……这俩老太跑去干吗？"王小凤明显失望。

王小萍捂着哈欠："可能他们约了牌。"

"约牌？这个时候？现在才……七点不到，又是初一……"王小凤不大相信。

"那要不……你也去那后门，看看他们到底在干吗，不就行了？"王小萍说完，就站起来，准备上楼，她有许多事情要做，没工夫陪在这里废话，同时也是做给臧杰看，希望他自觉点儿，能赶紧走人。

臧杰却坐得很稳，听她们母女三个说话，低头垂目，屈伸手指，看上去非常专注。

场面一时尴尬，那边一直没说话的臧小磊突然爆一句："处长太太他们出事了，昨晚上碰见'亲亲爹''爱爱妈'，他们说的，说是修自行车的老水告诉他们，处长太太昨晚上跟疯了一样冲到沈二皮的麻将档，嚷嚷什么'姓钱的跑了'，就猜他们是破财了……"

此言一出，在场的三位女士倒不觉得如何，王小凤还幸灾乐祸："哎，那两个人，整天发达不够，什么钱都想搂，怎么样，这回给他们栽个跟头……"

却不曾注意，臧杰蓦然抬头，眼里放出异彩。

"开元"麻将档后面的杂物间里，依照昨晚计议的，已经到来了几人，分别是处长太太金凤娇、主人翁沈二皮、"老兀鹫"李国珍以及前来搭帮的向英。

几个人在此聚首，沈二皮还唯恐被人窃听，特地桌上叠椅子，爬高下低，要去关那气窗。那边金凤娇看了心烦，道："你去前面把'小太阳'拿过来是真的，你这鬼屋子，冷得像太平间，连我都受不住，更不要说人家两个阿姨！"边说，边用那没有伤的手，抓着面包，蘸那疙瘩汤吃。

她两眼通红，是一夜未曾眠。昨天从医院打完石膏回来，就一个电话接一个电话地打，一条消息接一条消息地发，恩威并用，暂且迈出了追款的第一步。一切稍定，已将近凌晨三点，勉强躺下去睡觉，心怀激荡，犹有余愤，坐起来踢了三脚席梦思，又踹了两下棉被，才稍微舒服些。丈夫彭文栋睡在另一头的房间里，不知听到也未，不过他两个多年来互不干涉，听去了也无所谓。

这边金凤娇红眼，那边沈二皮也是一样。他忍心耐气，从桌上下来，去前面取了"小太阳"取暖器，插上电开亮，向金凤娇道："处长太太，事情闹成这样，你非扛着不告诉你大哥，有多大意思？金大哥知道了，抓紧时间出手，或许还有希望。你这边瞒着他，想自己干，咳……我说句难听的，凭你的水平，实在是困难。我跟李阿姨被你坑一回不够，还要再被你坑？"

自己去追钱，这个可以有，但依沈二皮的意思，这事应该报给金大富，让那个人中之龙带头，走门路，打关节，事情或有转机。可是金凤娇坚决不允，两人昨天在医院里就为这个吵架，最后金凤娇势大力沉，以拳头在沈二皮脊梁上钉了三记结束："矮陀螺，你要钱不要命！你好好想想，这事能不能让我大哥知道，我大哥一知道，其他多少人都要知道，这其中利害关系，你好好想想！"

沈二皮照她说的，回去想了一夜，似乎想明白了，又似乎没明白，又焦躁又糊涂，就觉得最好还是求助金大富。经过昨儿个一夜，他如今也不怕得罪金凤娇了，这边见到了人，就直说了出来。

金凤娇听他说完，道："你这么想捅给我大哥……那好，我大哥的号码你也有，就由你打电话跟我大哥讲，怎么样？"

包括金凤娇、李国珍、向英在内的六只眼，便齐刷刷望向沈二皮，看他什么举动。

沈二皮一滞，他可没想要跟金大富直接对话，脑海中，只见金大富缓缓地向他转过脸来，目中光芒冷促……他手按在口袋上，半天，也没取出来手机。

金凤娇见状，发个冷笑，又蘸着疙瘩汤，继续吃面包。

李国珍便道："都是一条绳子上的蚂蚱，大家不要闹僵喽！处长太太不找金老板，肯定有她的理由，就像我出了这事，我不也没让我儿子他们知道？唉，这种事情说出去，是真不好听，能不弄破还是不弄破的好。否则人家听了，那头是个坏的不假，可说起来，我们不也都是贪的吗，不贪的能上这贼船？"

提到"那头"的事，向英有问题："那头到底是什么人物，居然有本事弄这么大乾坤？听说是一对父子俩，可我去几回，是既没见到老子，也没见到儿子，你们有见到过？"

沈二皮笑道："当然只有钱坤本人，才有本事弄乾坤啦！他那个儿子，我见过好几次，大概书读得多一点儿，讲英文，摆派头，倒没有什么。可那个老家伙，我只见过一面，还是因为处长太太跟他儿子钱进的关系，才见到的。哼，那个老东西，我告诉你，绝对不简单，除非我老子当年，大概能降住他，而今凭我们几个……哼哼！"

金凤娇将汤碗一搁："沈二皮，你听听你说的，要不是我亲自见过那老狗，连我都要被你唬过去。你把钱坤捧上天，当我不知道你的心思，无非还是想我大哥出马，替你去斗他。我现在把话给你摆这里，找我大哥的事，你就别想了，不说他自己那么多飞禽走兽还斗不过来，就是他有工夫，我也不能让你去找他。我就奇怪了，你也说你老子当年是多厉害的强人，不会怕那钱坤，怎么轮到你这辈，就变得……按说你当年，也不是这样啊，怎么几十年一过，倒越活越没气了？你自己没气，也就算了，趁早回去，老老实实坐家里，等我们的消息。这一回，算我对不起你，所以不管好歹，我都尽心尽力，万一弄回来钱，我首先补偿你，怎么样，嗯？"

这一番话，可谓"深明大义"，极显处长太太的气度，非沈二皮可比。沈二皮满脸悻悻，无可答对，至此，是走不得，不走也不得，便拣张椅子，远远地坐着，看那金凤娇得意。

李国珍一心指望金凤娇，她道："谁不知道处长太太是个豪性的人，这次不是你来牵头，我们稀里糊涂，两眼一抹黑，哭还来不及，哪能想到自己去追钱？这次的事情，我想过了，丢钱是一方面，关键那口恶气，一定要出出去！那混账父子俩，太不是东西，这样骗别人的钱，把人往死里逼！"

金凤娇一蹬脚底板："就是这个话！钱能不能回来，要看老天爷，这口气出不出，可就要看我们的了!"气焰高涨，五指猛地一捏，再张开来，手里的面包变了形。

向英道："那这追款的事，处长太太有什么头绪没有? 那两个姓钱的会跑去哪里，你可知道?"

金凤娇嚼着被捏成硬疙瘩似的面包："老实讲，我也没什么神通。跟你们一样，我也是直到最后一刻还蒙在鼓里，损失的又比你们谁都多……依我看，现在大鱼是跑掉了，但还有一些小虾米留下来，我们也只有在这些小虾米身上下功夫了。昨晚上我从医院回来，专门就干了这事，到处联系。可你们也知道，眼下这风头，小虾米也不敢冒头哇!"

俩老太太听了，是听一句点下头，不过还是得问："这小虾米，你指的是?"李国珍伸长了颈子。

金凤娇道："还能有谁，不就是那……"话说一半，倏地截住，拿手去掸衣上的面包屑。

大家便都有点儿不爽，耐着好奇心，看着处长太太动作，包括沈二皮在内。沈二皮连着被金凤娇"陷落"几回了，不爽尤甚其余，他两手往胸前一抱，拿眼角去看金凤娇，嘴里默不作声，似乎已经骂上。正在这个时候，有人"笃笃"敲门。

"哎，说曹操，曹操到，是不是小范来了?"金凤娇面堂一亮。

"小范?"沈二皮坐得最近，边嘀咕着，边去开门，"什么小范?"

打开来，门外一个穿单夹克的男人，乌发白肤，眼里含着笑容："二皮，好久不见，还记得我? 我今天来给你拜年……"

沈二皮愣在当地，这相貌、这容光，片刻，跟记忆中的一个人对上。他舌尖颤抖着，食指竖在鼻子前："哎哎，你不就是……"

却是金凤娇听着不对，在里边问："是谁呀? 不是小范吗?"

沈二皮眉头一拧，下意识地把门掩上，人在门外转脸对上那人，绽开表情："小臧，哎，你是小臧! 你是小臧!"

臧杰笑道："看来还记得。"手上一动，顺势一个红包，贴到沈二皮手里。

沈二皮心上一动，握着那红包，手心莫名发热。他刚在一夜之间，损失巨矣，正丧心失气，加之被金凤娇言语挤对，面上无光，那一腔恼意，就从头贯到底，没一个毛孔是舒坦的。这个时候，却有朋自远方来，开门一封红包，落到怀里，这一个彩头，可谓亲切至极。沈二皮那颗冷却的心，登时回暖，四肢舒活得像是泡在热水池子里，那望向臧杰的眼，几乎要滴出蜜："哎哟，这多那个！好几年不见，结果你一来，就给我这么一个……"捏一捏，分量还不薄，"叫我怎么好意思！"

他这边说，那边门开条缝，门缝里"唰唰"地，自上而下，分别出现金凤娇、向英和李国珍三张脸。三张脸对上臧杰，"咦""啊""呀"，个个惊呼。

沈二皮听见，不露声色，他一手藏起红包，一手搭门把，"咯嗒"干脆将门闭上了。"小臧，本来你是客，应该我请你，可是不巧我倒了大霉，就昨天过除夕，被人骗走一大笔钱，现在正焦头烂额，实在是……"不知不觉，就往外掏心窝子。

臧杰佯作吃惊："啊呀，你也遭骗了？怎么回事？我去年经朋友的手，投了一点儿钱，说就是你们市里的公司，利息还可以。我投了一段时间，感觉不错，就没怎么在意。结果昨天半夜里，朋友打电话来，说是老板跑了，钱都打了水漂！我是没投多少，打水漂就打水漂了，本来就不靠这个吃饭，可我那朋友就……所以借着拜年，过来问一问，你二皮是地头上的，你大概有听到风声？"

沈二皮听着他说，越听越眉毛耸起："你们也？那对方姓什么，你们知道吗？"

臧杰一副思索的样子："据说是姓钱？"

"呵哟！"沈二皮两掌一击，"我也是被姓钱的骗了，钱进、钱坤，是不是这两个？哎呀呀，想不到，我们都是着了同一家的道！"手抓着臧杰，找到同志一般。

臧杰道："就是他们了，你们这儿还有几个姓钱的？"

这里一说开，正彼此道亲热，那在门后听话的三人，霍地门一拉，也纷纷跳出来："你也被姓钱的骗了？""你也被他们骗了钱？""你被骗了多少？"尤其金凤娇和李国珍两个，围着臧杰打问，是受害人与受害人之间的一种"自来熟"。

原来在天堂街，臧杰始终是让人侧目的。他那身奇技淫巧，搂钱多是多，可惜上不了台面。一般人自诩正派，于他惊异有之，歆羡有之，畏惧有之，然而谈起来，私底下还是撇嘴居多，都道："那种歪门邪道，能养人一辈子吗？"及至后来事情发了，臧杰进了派出所，大家那种不屑，就更是摆到脸上来。李国珍她们几个，平日里装"老兀鹫"，小打小闹地也做过一些不寻常的事，可真遇上臧杰这般偏门里出来的，彼此掂量，心里明白，终究没什么交情可讲。至于金凤娇，早早地发达起来，摇身一变，焕然一人，对臧杰那种污点人物，更是不便多接触，然而暗地里又好奇，曾多次套问沈二皮："小臧那手法，到底是怎么使的？"沈二皮就回她："什么手法，人家靠的是脑子，脑子！没有那种脑子，就不要想太多了，该干吗干吗好了！"两句话，堵得金凤娇不爽，因此对于臧杰，便又添了一种情绪，以为其"恃才傲物"，得了颗聪明脑袋，就看不起人，后来臧杰案发，她个人是很痛快的。于是这么些人中，也就一个沈二皮，天然地棍出身，众所周知，再低无可低，再劣无可劣，反而放得开来，乐得接纳臧杰。可惜臧杰是个"独脚蟾"，向来不与人合伙，而他那身"绝技"，又不是能随便学来的，沈二皮纵使有心，也尝不到实在的甜头。尽管如此，他仍然推重臧杰，臧杰每次回天堂街，他也仍然招待，一谈半天。

见这些昔日的邻居，一个个改换面孔，热烈提问，臧杰不慌不忙，一一回应。他是有所谋而来，对这些自然有准备。"你也被骗了？""要不我也就不来了。""你投了多少？""胆子小，怕出事，只买了十股，后面还取出来一些。""那你是真少，唉，哪像我……你朋友是干什么的，他投了多少？""他？他就多喽，房子都不买了，拿来买这些，你说他投了多少？他家里面做生意，他都是吃家里……"

几个人站在小夹道里说话，正在喧哗，就有人走过来了。沈二皮以为是谁呢，忙推着金凤娇："快进去，快进去，有人来了，什么好事情，站在这里嚷！"

被他一催，大家都有点儿慌，纷纷地掉头，往屋里跑，却听那边道："姨奶，我们来啦，你们跑什么呀！"

"哎？"大家一听，又都停下来。

只见刘振邦在前，龇牙咧嘴，却是高兴的意思，他引着两个人，一个就是史达才——浑圆的脑袋，负着双肩包，还是那副愣头青的样子，还有一个眯缝眼、肉颧骨的中年人。

李国珍一见史达才，道："大才，你怎么来了？你没回老家过年吗？"

史达才傻笑着："我回了，不是……出了事情，我就又来了。"

沈二皮也是认得史达才的，他眼瞅那个中年人："那这一位——"

刘振邦咳嗽一声，做个介绍的手势，指着史达才和那中年人，笑道："这位就是我们包剑荣包老师，人称老包。他跟大才一样，都是受害者的家属，想跟你们一块儿去追钱。"

第五单元

孔雀与鸡

在场的人听说包剑荣是老师，还是高中教化学的老师，都朝他望一望，脸上说不出的一种稀罕表情，仿佛养鸡场里飞来一只白孔雀，看上去很不和谐。

金凤娇头一偏，嘀咕一句："当老师的也会上这个当？"

偏偏包剑荣耳尖，捕捉到了，神色一紧，眯缝眼里寒光闪烁，一记"眼刀"就射向金凤娇，以示警诫。

无奈处长太太皮糙肉厚，不比他那些茅庐未出的学生，"眼刀"飞来，好像针尖碰上铁铠甲，连个声音都不出就消弭掉了，处长太太甚至都没有"防御"。

沈二皮一拉金凤娇，小声道："没听见人家是家属？说不定是家里的老人……"

"是老人，是老人！"史达才连忙搭腔，尴尬不已。包老师是他邀请来的，也纯粹是出于好心，没想到这里鱼龙混杂，一上来就闹不愉快。他偷看包剑荣脸色，肉颧骨往上面堆，眼睛眯得只剩下两条线，根据以往的经验，那是老包即将发火的预兆。包剑荣要发火，对象不是自己，可不知为何，史达才却比谁都要紧张，挥着两只手，替人作声明："不是包老师上当—— 包老师怎么会上当呢？是包老师的岳母，一个姓赵的奶奶，说来也巧，这个赵奶奶认识我爷爷，我爷爷这次被骗，还是赵奶奶介绍他去的……"

原来如此。刘振邦立在一旁，听得笑容可掬，一边听，他一边去看包剑荣，看那一副火山将要喷发却被人封住了火山口般的表情，心里乐开了花儿。

本来，他大清早起来去车站接史达才，想着新年里，出这样一个意外，肯定有很多趣味可寻。一路上，他甚至想好了一些俏皮话，专门等见到史达才后见机发动。谁知钟点到了，从那出站口里，前脚刚走出来一个史达才，后面紧跟着雨过天青色的人影一闪。

刘振邦想要招呼史达才的声音就哑在了口里。他先还心存侥幸，以为自己眼花了。"大头鬼怎么会跟他走在一起？这不可能啊！"自言自语中，他擦眼镜，眯眼睛，再去看时，那个人影是远看像包剑荣，近看像包剑荣，待人走得更近了，他定睛一看，可不就是包剑荣么！

这一看可不得了，汗毛皆乍，刘振邦首先想到的是向后转，齐步走，混在人群里溜他个大吉大利。这是几年高中生涯留给他的应激性恐慌，凡老包所到之处必退避三舍，否则难有好果子吃。然而在那一片恐慌中，又有个逆反的念头：不对啊！我毕业这么多年，早不受老包管辖，凭哪门子他来了，我就得走，难道我就这么不长进？继而又想：蹊跷啊！老包居然跟大头鬼一起走，看样子还挺热络，他们这是半路上碰到的呢，还是……

还没有想好，那边史达才望见他，大呼："刘振邦，刘振邦——"

左右不能躲避，刘振邦铺眉展眼，干脆迎接上去："新年好呀，大才……哎哟，这不是包老师么，真是想不到，居然在这里……咳！包老师，新年好，祝你新年发大财呀！"

话一出口，包剑荣脸上的表情似乎一下扭曲，随即恢复正常，刘振邦又一次以为自己眼花。只听包剑荣道："刘振邦，你还是跟以前一个样啊！"

对此，刘振邦嘻嘻笑，默默心道：彼此彼此。

接下来，就听史达才那个大头鬼颠三倒四地说明，原来他跟包老师在列车上偶遇，攀谈起来，发现两人是一个目的地，深谈下去，又发现俱是为家里丢钱的事情而来。同病相怜，又是师生旧谊，史达才便主动将李奶奶那边的计划说了，并邀请包老师同往。钱财事大，包剑荣自然没有拒绝，于是便有了两人并肩出站的一幕。

原来如此——得知包剑荣是为丈母娘而来，大家一个哄然，纷纷地感叹："哎哟，那你为人是真不错，像你这样的女婿，以前不多，现在更少有！换一个人，知道丈母娘这样丢钱，不骂人就不错了，还肯来帮忙？""是啊，所以说人不可貌相，这位老师看着不大和气，没想到心肠很热，大年初一，节都不过，就老远坐车来了……""呵呵，都是为了钱，为钱谁都心热，你看咱们一群人哪个不是？"

最后一句，说话的是沈二皮。他本也是无心，且说完就赶众人进屋，说不要堵在门口，像什么样子！说者无心，听者却未必。包剑荣起先听人家恭维他，夸他肯为了丈母娘出力，脸上微微笑，心道：不出力还能怎的？懒得做解释，他们要夸便随他们夸好了，反正这些人看上去都是市井之徒，也不指望他们能发表多么高明的言论。正佯装谦逊，其中一个矮子突然哂笑，直指他不过是为钱财而来，跟其他人一般，没什么了不起。包剑荣一听，气得脸发烧，接着便对那矮子报以怒目：这真是以小人之心度君子之腹了！我包剑荣会是为了钱汲汲营营的人？不是为了躲避家里，我为什么出这一趟远门？本以为出来能散散心，谁想离开一团乌烟瘴气，又遇上另一团乌烟瘴气。如果不是看在昔日学生的面上，我立刻要抽身走人的！

想到那"昔日的学生"，包剑荣不由得去望史达才。谁知史达才更是敏感，先前他们说"这位老师不大和气"，他已经捏一把汗了，生怕包剑荣不高兴，不想接下去沈二皮更加直接，索性将老包拉得与众人平齐，一律成了那"奔利小人"，想那样一个老包，如何能受得了这个气？莫名感到心虚，尽管那话并不是自己说的，却以为自己需担一份责任，因此脑袋一缩，史达才眼睛从下面去看包剑荣，还试着解释道："包老师，这个……他们说话就这样，其实没有别的意思……"

包剑荣瞧着他，不知怎的，轻轻一叹，就跟着进屋，居然没有发作。

史达才连忙松气，刚想找刘振邦，告诉说"老包变了耶"，刘振邦就从后面拍上来，嘻嘻道："大才，不要多此一举。"

"呃？"史达才摸不着头脑，怔怔地跟脚进去。

进去了，发现里面也并不消停。首先是现成的座位不够，沈二皮跑来跑去，把那从外面捡来的人家不要的椅子——各式各样，原本堆在角落里，还没来得及刷洗——搬出来，抹一抹，就请众人坐。好在这时节，没工夫讲究，大家就着那些椅子，随高逐低，坐了个半圈。金凤娇一副领导的姿态，当仁不让，架在太师椅上，手一伸，要沈二皮给她添茶，再一伸，要沈二皮给她递纸巾。指挥完沈二皮，她综观全场，慢慢地就看到包剑荣和史达才身上："你们两个是什么情况？姓钱的都把公司开到你们那里去了？"

史达才盘在个小小的塑料椅上，全场最矮，仿佛幼儿园里的小朋友，正东瞧西望，忽然对上金凤娇——那位太师椅上的女士。她不知什么来头，占据了房间里正中央的位置，大斜的身子斜靠着，一只手负了伤，另一只手拨弄"小太阳"，好叫它既不刺眼，热气又全向着自己。

对于女士，史达才从来都是礼让三分，何况金凤娇这般威仪的女士——一张大脸盘子，好像另一个"小太阳"，她转向谁，灼人的光线便烧向谁。这种光芒，史达才无可抵挡："是我爷爷他……"不知不觉要作答。

"你等等。"却突然被人拦住，身旁的包剑荣眯缝着眼，面朝金凤娇，问道，"请问您是哪位？"文辞绍绍，气态昂昂。

坐在最末的刘振邦马上"嘻"一声，手挡着嘴，道："老包发动了。"他想起当年班级里流传的"老包黄金三定律"，其中第一条就是"老包只提问，从来不回答"。

包剑荣半路杀出一问，出乎寻常，大家都怔了一怔。可随即就有人替金凤娇回道："她是我们处长太太啦，今天这事就是她发起的，这回也是她损失最大，这位老师你尽管放心！"

说话的是向英，一语完毕，金凤娇遥遥地冲她点头，以示感谢。

这声"处长太太"，叫了这么些年，在一干老邻居听来，是司空见惯，没有多少意味。可在并非天堂街出身的包剑荣听来，就远非如此了。这声"处长太太"让他想起来一个人，一个与他专业相同、年龄相仿、如今正积极往行政路上进取的同事。该同事虽是学化学的，却是高高的个子，生得一表人才，上课的时候，据学生反馈，是吹牛的时间多，讲课的时间少。但凡有活动、有饭局，这位同事都是个杰出的代表，话说得动听，酒也喝得好，学校里几个领导，只要一见"小蒋"，就好像枯木逢春，发自内心地微笑。好几次老师们之间开玩笑，都道这个"小蒋"恐怕前途无量，如今还只在教务处、学工处，依照这个势头，以后调去市教育局，别的不说，弄个处长当当，该不是什么难事。大家趁现在，跟未来的处长搞好关系，将来就算不为什么，作为"蒋处长的前同事"，说出去都很好听。见大家都看好"小蒋"，坐在办公室一隅的"小包"，内心就很愤愤。为什么一个不思教学的人偏能得到追捧？为什么一个化学专业出身的人偏又能说会道、拍臀捧屁？这两个问题，包剑荣百思不得其解，纳闷起来，只能用自己的毕业院校比那个小蒋高档来排解。然而作为老师，日常考核，并不看你的毕业院校，而是要看你教学生的本领——说到教学生，包剑荣又是一叹。通常，他只喜欢"得天下英才而教之"，至于英才之外，那些蠢笨的材料，他见着就很束手。他无法理解，为什么明明很容易的一个关节，那些学生就是转不过弯，明明已经强调了很多遍的东西，那些学生偏就是记不住。如此一生气，就忍不住刻薄，将学生刺上几句。学生挨刺激，成绩更提不上去，那包剑荣在学生中间的口碑也就很马虎，考核起来，又是不如那"未来的蒋处长"。

因此那声"处长太太"，特别其中"处长"二字，在包剑荣听来，就分外刺耳。他眼皮子一夹，冷对金凤娇，道："她是处长太太？这倒看不出来……我走得急，岳母说得也不清不楚，可能我们那里有代理……这边市里的情况怎样，这位太太，要不你先说说？"

金凤娇一愣，众人跟着她愣。刘振邦这时捂着嘴道出"老包黄金三定律"之二，即"老包若回答，提问更复杂"。旁边的史达才，见包剑荣出言即不逊，隐约挑衅，对方呢，又是那么凶相的一位处长太太，这要是闹起来，该如何是好？遂急得什么似的，在小椅子上面扭。

金凤娇皱着眉，将包剑荣重新打量。她见包剑荣戴副眼镜，虽然是个文化人，然而模样既不俊俏，举止亦非文雅，离她所爱的那种斯文气息差了至少八竿子的距离。这样一个人物，说话却这么不客气，又是初次见面，这到底为的是什么，她想来想去，只能归咎到"钱"上去，以为包剑荣急钱急疯了，胡乱拿人撒气。

可她金凤娇是供人随便撒气的吗？哼，也不打听打听，她金老三出来混世的时候，你这位老师还不知道在哪个考场里"吭哧吭哧"地答题目呢！

金凤娇鼻孔一翘，正要说些辣人的话，忽然有人道："这边什么情况，你瞧瞧我们，还不知道吗！就是我们能坐在这里，还要感谢处长太太咧。不是她，我们连追钱的念头都没有，更不要说聚在一起，商量出路。大家都是为了救急，这位老师，你要是有点子呢，就贡献出来，要是没有，就那个……客气一点儿。到目前为止，处长太太贡献最大，你钱被别人搂去了，却跟处长太太别扭，这从哪里说起？"

说话的是李国珍，她心系钱财，急于探知金凤娇追款的手段，谁想陆陆续续地来人，总是被打断。尤其这个叫什么老包的，一看就不讨喜，如果不是瞧在他是大才和小刘的老师的面上，她是要发作的。

见又有人接替自己回答，而且出言维护，金凤娇是说不出地受用。她靠在太师椅上，向李国珍报之以微笑。

可这样一来，包剑荣就受不住了，他狭窄的眼眯着，目中寒光乱舞。这是一伙什么样的人哪，他想。之前那个矮子，小人心肠，已经让人反感了。接着那个所谓的处长太太，更不必说，他多看一眼都难过。如今又跳出来一个老姑婆，尖长的鼻子，贼亮的眼，论及外貌，明明很不一样，可她身上那神气，为什么会让他想起他的丈母娘？

镜片低垂，包剑荣一声不响。外人看来，都当他生了气。可怜坐他左手边的史达才，别人之间龃龉，他闹个满脸通红，一张拙口，想调和两句都不能够。刚想找"振邦永远最伶俐"帮忙，肩膀被拍，头一掉，刘振邦一脸郑重地问他："大才，'老包黄金三定律'第三条是什么来着？"

"呃？"

包剑荣不知听到也未，身子一动，似乎要站起来。那边臧杰突然道："门口有人！"

大家登时紧张，包剑荣屈着膝，屁股堪堪抬起，就那么僵在那里。

"笃笃，笃笃，笃笃"，门上几下轻叩。沈二皮看看金凤娇，金凤娇看看沈二皮，视线来回交换，沈二皮往地下一跳："我去！"

结果被金凤娇大掌一捺，捺回原地，挂臂的处长太太一步一顿，踱到门边，声音压得低低，问道："谁啊？"

"凤姐，是我呀，小范——"一个年轻姑娘的娇音，边说还边跺脚。

金凤娇一喜："小范呀，你总算来了！"说着把门打开。

河马一咆哮

门开了，果然一个姑娘闪进来。沈二皮翘首以待，以为金凤娇口中的"小范"是个什么人物，结果一看，嘿——这不是金大富金老板新交的小女朋友吗？搞了半天，原来是这个"小范"！

大失所望，他对那小女朋友哭丧："小嫂子，怎么是你呀！"

小女朋友拢着身长及脚踝的大衣，蹬着小皮靴，一头蓬松的乱发里，小脸儿白白的，带着煞气。听见沈二皮叫，她没好气："怎么，不愿意见我啊？不是凤姐叫，我还不来呢！"往周围一看，更不乐意，"怎么连空调都没有，冻得要死！"

金凤娇把门一关，走回来道："讲正事，讲正事，你先坐下来……"她自己在太师椅上稳坐了。

小女朋友四顾，哪里还有座位？角落倒有两把脏兮兮的椅子，她才不愿碰。蹬着小皮靴，实在阴冷，刚从包里搜出围巾来，就有一个大脑袋、稀发顶的年轻人站起来，期期艾艾："你来坐我的……"

她眼一瞥，见是一张矮小的塑料椅，表面斑斑点点，不知道是什么东西。心里不愿意，以及不想承陌生人的情："谢了，我站着就行！"脚跟一转，转去边上的半截橱，把包放了，倚橱站住。

史达才讪讪不已，只好又坐下来，偏那个刘振邦又拍他的肩膀，嘻道："大才，不要多此一举。"

这是刘振邦今日第二回说这话，这回史达才听懂了，马上涨红头脸。幸好一屋子的人，想钱心切，不拘小节，目光被吸引在那个叫"小范"的姑娘身上，心中不乏嘀咕。

臧杰转向沈二皮，问道："小嫂子?"

沈二皮小声道："就是金大富的……"向着那小范，迅速地打个手势。

臧杰微笑颔首："嗯——"鼻子里哼个花腔，表示了解。

他们这边说，那边旁人全在听，臧杰了解了，其他人却是一知半解。瞬间喊喊喳喳地，一片交头接耳。史达才问刘振邦："金大富是谁?"李国珍胳膊肘捣捣向英："上次我们见到的是不是就是她?"唯独包剑荣纹丝不动，对着那小范，嘴角一提，眼睛一乜。

小女朋友就不干了，她冲着金凤娇："凤姐，你不是说要讲正经事，我可是瞒着金大富，偷跑出来……"

金凤娇眉尖一攒，她不喜欢小范对她嚷嚷，可大家这样谈论她大哥的私生活，她同样也不喜欢。于是——"好了好了，不要废话! 时间宝贵，再说姓钱的就要上飞机了，到时我看你们对着天上哭去!"这句话，是敲打那些"八婆"。"算你聪明，还知道瞒着我大哥! 这事要是弄破了，你说他是更怪你呢，还是更怪我，嗯?"这一句，则用来敲打小范。

小女朋友心中一凛，看一眼金凤娇，低头摆弄围巾，不言语了。

李国珍道："处长太太，你不是不想找金老板帮忙吗? 既然这样，你把人小姑娘叫来是……"

沈二皮望着小女朋友，忽而一笑："我明白了，嘿嘿! 处长太太找小姑娘是假，找那大姑娘才是真——"

"什么意思?"史达才一头雾水，简直听不懂，"谁是大姑娘?"扭来扭去，总是问那"振邦永远最伶俐"。

刘振邦又哪里知道哩! 在座的也多半不知，金凤娇将半截雪白石膏的手臂举上一举，道："小范，昨天我在电话里已经跟你说了，你再跟大家说下!"

小女朋友无法，眼皮一撩："你就是想让我联系那个前台接待嘛! 昨天电话里，看你那么急，我没想太多，就答应了。可后来一想，我怎么联系人家，把人家约出来? 我跟她也就在那公司见过几面，聊过一点儿化妆品，其他的……什么交情也没有! 你让我怎么跟人家说，这个风头上，人家躲还来不及……"

她一面讲，沈二皮就一面给大家做注解："昨天，钱家父子跑路，就是小范告诉处长太太的。小范呢，又是接到他们公司前台的消息，就钱家那个公司……现在呢，处长太太就想通过小范，找到那个前台，慢慢套出钱家父子的去向——处长太太，我说得对不对？"

一圈人中，包剑荣冷不丁道："为什么那个前台会知道他们的去向？"

臧杰颔首："这个问题问得好。"

包剑荣听见，乜臧杰一眼，臧杰回报他一个微笑。

史达才又忍不住转向刘振邦："这人是谁？"指点着臧杰。

沈二皮被问得一愣，眼珠子横来横去，就有些话，不知道当不当讲。他的心窍向来是很通明的，发言之前，先拿眼去望金凤娇。却见太师椅上，金凤娇半脸悻悻，一改往日的盛气，五官都往下走。她闭一闭口，好一会儿，欲言又止。

见她如此，小女朋友不禁感到点儿痛快，之前被金凤娇敲打的霉头扫空了大半。她笑着接口："你们都没看出来吗？那个钱进……跟那个前台……他们两个……"说着眉毛暧昧地一挑。

包剑荣冷笑一声："钱又不是我投的，我看个什么，哼……"将自带的水杯捧在手里，又扶一扶眼镜。

李国珍更是莫名："我说，前台是个什么东西？他们公司还有什么前台？"探着她的"兀鹫"颈子，转来转去问人。

沈二皮拍拍脑袋，分外无奈：这都是些什么歪瓜裂枣哟，连前台是什么都不知道……靠这一帮人去追钱，哼哼——老天爷都要哭哦！预感不妙，却也不好说什么，坐在椅子上，自顾自叹气。

就有好心的史达才，跟李奶奶解释了。李国珍明白过来，立马嚷道："没注意！一进门在那儿坐着的，好像是有这么个丫头，但她具体长什么样，没注意过！哎呀，我到那边去存钱，还管那许多，他不少我钱就好了，我管他们谁跟谁！"

向英道："对咧！前头我不说么，那父子两个我就压根儿没见过，不是你们讲，连他们叫什么都不知道，别说其他了……怎么样，这个前台的丫头是跟那个姓钱的儿子搞对象？那这下他们一走，这个对象不就泡汤了？"

"搞的屁的对象！"金凤娇蓦然叫起来，"钱进他老婆孩子都在国外，他搞什么对象？他搞姘头还差不多！"说着鞋跟往后，对着太师椅一磕，"咚嗒"！好像河马撒蹄。

处长太太遽然发作，除了那知情的一二，其余的人大多诧异，顿时目光纷纷投向金凤娇，有纳罕，有探究，有好奇。其中那个臧杰，暗地里冲沈二皮一挑眉，眼珠再往金凤娇那边一斜。沈二皮见了，回他一个两连挑，接着眼皮一翻，一脸促狭地笑。臧杰便深深地颔首，一副"了解了"的表情。这一幕"哑剧"，除了金凤娇，大家都看在眼里。

小女朋友忽然有点儿改变主意了。她侧歪着头，仿佛很认真地道："其实……要我去联系她，也不是不可以，但你们得给我想一个理由吧！不然这么重大的事，又没什么好处，人家凭什么给你帮忙，对吧？"

"……好处？"金凤娇喃喃地，说了这两个字，就默然下来，脸肌一阵纠结，嘴也跟着乱噘。昨晚上事发突然，她火急火燎地，只望挽回钱财，没想那么多，以为找来小范，再通过小范接触上那个叫什么娟娟的前台，是很容易的事。至于那个女人跟钱进之间是不是有私，昨晚她跟李国珍电话里说得豪气，大手一挥，愣是没放眼里。结果今日一看，先不论那个什么娟娟能不能轻易见到，单说那个女人总有意无意勾着钱进的那副媚态，她一想起来，就"咯咯"地切齿。如果不是这回款子实在太大，她八辈子也不会想跟那种女人打交道！不是为了那些款子，她会给那女人好处？哼哼，不给坏处就不错了，还好处！

见金凤娇久久不表态，沈二皮坐不住了："要不……我们还是凑点儿钱？"除了这一样"好处"，他也想不出别的了。

金凤娇听了，哼笑一声："你还有钱呀，二皮？"

沈二皮一滞，自知失言，连忙偏过头去，他可不想大庭广众地抖搂出家底。

却见李国珍舞着手，惊起的兀鹫似的："没有钱，没有钱！钱都栽光了，还凑什么钱！不要一份钱没回来，再送两份钱，那样的话，我真是自己买副棺材，趁早躺进去得了！"

金凤娇道："李阿姨，不要着急，别说你没钱，我也没有哇！而且给一个不认识的人塞钱，怎么知道她拿了钱，一定给我们办事呢？万一她瞎说八道，姓钱的往东，她偏说是往西，那我们可真叫小便池上与人赌——喝了一壶又一壶！"

她说这话的时候，包剑荣正在喝水，一口水下去，就有点儿说不出的那种滋味。他望一眼金凤娇，将水杯放下了，边上刘振邦看见，掩嘴窃笑不已。

小女朋友又道："哎，你们不认识那个前台吗，不会吧？你们应该算是大客户了，她跟钱进关系那么好，你们平常都不那个……聊聊天，招呼一点儿的？"眼睛睁圆了，好像很天真的样子。

沈二皮皱皱眉，终于觉察出什么了，他望望小女朋友，又望望金凤娇。

金凤娇自然也不是傻子，她抬眼看着小范。看她那白白的小脸儿，看小脸儿上那一堆眉毛鼻子眼，往日里觉得没有什么，今天不知怎的，越看越看不得。那些小巧玲珑的五官，好像偷袭的小鬼，随着表情，排出各种阵势，换一个，刺你一下，再换一个，又刺你一下，针尖似的，力道不大，却刺得人怪疼的，一下，两下……金凤娇先还不觉得，这会儿对上小范，见她那副眉眼，收来放去的，几分讨巧，几分取笑，还有几分极尽掩饰的得意。看得久了，竟从那脸上看出点儿那个前台的影子，漂亮女人与生俱来的那种不经意的倨傲。

这一下，金凤娇才是真正被戳痛了，痛彻心扉。由太师椅上，她慢慢地站起，边站边到处看，好像找什么东西一般。找来找去，大约找不到更称手的，拎起那个"小太阳"，劈手向小女朋友砸过去："好你个小范！！"

"哎呀！"小女朋友失声尖叫，忙中一让，"喳嘟嘟"！取暖器砸在半截橱上。"小太阳"上的插头，被拽松脱了，长长的电源线跟条尾巴似的，半空中那么一甩，"啪嗒"，正抽上沈二皮的脑袋。"哎哟哟！"沈二皮抱头叫唤，好像一只矮陀螺，蹲在地下，围着椅子转。

叫声不及骂声响，只见李国珍、向英一边一个，紧扯金凤娇，史达才又抱着"小太阳"，挡在小女朋友面前。处长太太冲不过去，大口张着，唯有怒吼："……你在我面前装什么大头蒜！我招呼钱进就算了，那个前台什么东西，我还去招呼她？！明白告诉你，我看那个钱进很对眼，看钱进对眼，看那个女人，我就不对眼！我看谁对眼不对眼，你还不知道，嘻！我要能自己去找那女人，我还找你干什么劲？不是要顾全你，我早就去找我大哥，谁还吃饱了撑着到处去求人！好你个小范，你大概好日子过多了，小尾巴翘翘，都翘到我脸上来。我呸！真把自己当人物了，也不看看你什么斤两，我一只手就能把你撕两半！真惹火了我，我今天就打电话给大哥，告诉他，是你引我去存钱的，还要说，找你帮忙你不干，给我推三阻四，作头作脸！哼，我还是那句话，小范，不要太把自己当头蒜，你现在是年轻漂亮，可世上年轻漂亮的又不只你一个，更不要说几年一过，那更年轻更漂亮的……"

金凤娇唾沫横飞，追着小女朋友骂。小女朋友吓得花容失色，兼以听在耳中，句句戳骨，不由得当场红眼，落了几滴梨花泪。

史达才见状，又动起呆心肠，忍不住道："唉，你、你别往心里去！"

谁知小女朋友眼皮一翻："关你屁事！"抓上自己的包，"噔噔"地往门口走，心道：聚在这里的，能是什么好东西？对金凤娇她没办法，对这种小子她也没办法吗？又"噔噔"几步，开门溜了。

"小范，你别溜啊！话没说完，你就想跑啊！"金凤娇气势如虹，想要乘胜追击，被李国珍一把拉住。

"哎哟，处长太太，你省点儿劲吧！一分钱没回来，先自己闹内讧，你看看这事情搅得……"

又被指摘，金凤娇蓦然回头，一脸的余怒，大口一张，想再吼上一场。

李国珍一个激灵，手一探，取出来救心丸："闹得我呀，几乎心脏病发……"捏一粒，作势往嘴里送。

见到救心丸了，金凤娇才稍微收口——她已经失了一大笔钱，可不想再担负"老兀鹫"余生的医药费。

这时沈二皮已经从地上起来了，持小镜子，正验看脑袋上的伤。史达才灰头土脸的，将"小太阳"复归原位。刘振邦在一旁作壁上观，瞧得乐不可支，刚拿脚拨两下椅子，就听臧杰道："几点了，该吃中午饭了吧？"

李国珍立马接："对，该吃中午饭了！这个可不能耽误。"趁这工夫，悄悄地又把手掌心里的救心丸收起。

向英也说："是时候了，要不……大家先回去吃饭？"

包剑荣好整以暇地站起来，手拉着包带："饭当然要吃，但吃完饭，我就不过来了，我这里先说一声。"昂着脸，谁也不看，说完就走了出去。

"包、包老师！"史达才大窘，慌慌张张地，对众人脸上望去，特别去望刘振邦，指望讨个主意。

刘振邦大白牙一龇，却是不置可否。

史达才没法，人是他邀请来的，现在人走了，作为中间人，他说不过去。携上双肩包，追在包剑荣后面，"包老师，包老师……"一路叫了出去。

屋子里，向英转向刘振邦："中午到我那边去吃饭？"

这还用说？刘振邦就等她这一句："好，好，吃过了饭，我们再来……"边说边笑着望金凤娇和沈二皮。

两个人却都悻悻然，沈二皮把小镜子一扔，叹口气："再说罢！"金凤娇跟着哼上一哼。

刘振邦和俩老太太便没什么话，鱼贯走了。

臧杰跟在他们后面，悄无声息，正要迈脚出去，沈二皮眼快，一下把他喊住："小臧，中午跟我们一道？"

"这个……"臧杰看一眼金凤娇，"我……还是上王小萍那里，难得来一趟，等吃过了……"尽在不言中，扬扬下颌，笑着走出门来。

出来了，紧一紧身上的皮夹克。一过小夹道，臧杰左右一望，没望到熟人，瞬间姿态一变，两脚如飞，嗖嗖两下蹿过了街，一路小跑向南。

小女朋友捏着手机，耸肩缩背，在寒风里等她呼叫的计程车。这里的街巷迷津一般，屏幕上显示车子所在不远，可等了又等，就是不见来，她冻得把脚乱跺。

跺脚是冷，是急，也是气，只要想起刚刚金凤娇说的话，小女朋友就一阵心悸。是啊，眼前的日子如梦如醉，说好是真好，说虚也真虚，哪天突然梦阑酒醒，她又该何去何从呢？她当然知道得做长远打算，可知道归知道，怎么个打算法，却轻易不能得出头绪。风由北面过来，尘沙籁籁，小女朋友独个儿立在街头，想到将来的日子，一时陷入迷茫。

正心神怅恍，就听一个声音道："小嫂子？"殷殷勤勤。

小女朋友一惊，连忙转身，便见一个白面、细瘦的男人，穿件皮夹克，正冲自己微笑。笑脸不生，小女朋友皱皱眉，想起来了，这人原是方才屋中的一位，同在钱家父子手上破了财的其中一个倒霉鬼。

"干什么？"她睃着眼，心猜莫不是金凤娇派这人来叫她回去。

"来给你想法子，让你同处长太太重修于好呀！"此人正是臧杰，他赌得不错，附近几条马路，唯有南边的最近，小女朋友要坐车，首选就是向南走，果不其然，在这里被他截住。

"修好？她都把我说成那样了，还修好？"小女朋友嗤一声，"我知道，她看不起我，不会对金大富说我什么好话，我呢，也是过一天算一天，反正大家早晚都要散……"

"别呀！小嫂子，你干吗这么悲观？"臧杰靠拢上来，"你看看我，又是进派出所，又是离婚，好不容易挣来的钱，这次又被人拐跑，我几十岁的人都还好好的，你一个大好年华的姑娘，反而丧起气来？"

臧杰自暴其短，听着是挺惨淡的，小女朋友望望他，心道：我们两个，有什么好比的？却是没说出来。

臧杰又道："你这么年轻，这么漂亮，眼下又钓到了金老板，这是多少人羡慕不来的。你看大家都叫你'小嫂子'，这个时候，你还不努力一把，把这'小嫂子'做成'真嫂子'，至少也要将这'小嫂子'做得长一点儿，眼下正是个机会，你怎么就抓不住呢？"

远远地，计程车过来了，小女朋友对照车牌和车型，迈步走去："眼下什么机会，我怎么不知道？"

臧杰紧跟着她："就是联系上那个前台，这是多好的机会呀！这个忙你只要帮成了，金凤娇感激你，这不用说，回头金老板知道了，也会认为你能干，对你刮目相看。要知道，这'能干'两个字，可比'漂亮'值钱多了！"

计程车停下，小女朋友拉开车门，一手扶着，一脚跨着，好一会儿，都是这个姿势。"可是，我……我不能干啊，那个前台……我该怎么跟她说？"她犹犹豫豫，"金凤娇又不想给钱，估计他们也是真没钱了……"

"啧，当然不是给钱了，钱能解决的事情，还叫事情吗？"臧杰轻促地笑。

小女朋友就更不懂了，她询问地望向臧杰。

计程车司机不耐烦了："动作快点儿啊，门开着暖气都跑光了！"

臧杰便推着小女朋友："先上车，先上车，我到车里跟你说，说完让司机随便在哪儿把我放下来……"

那边司机催，这边臧杰推，小女朋友急于听取下文，半推半就地，只好上了车，随后臧杰也坐进来。两人坐好后，计程车缓缓地启动离开。

"咦，李奶奶，你家过年就吃这个呀？"李国珍家里，刘振邦对着饭桌上一盘子馒头、一碟炒韭黄、半锅排骨汤，一脸大失所望。

向英坐在边上，揪着馒头，已经吃下去半个，她笑道："老李家的好东西，都统统在她儿子家的冰箱里，你就不要想咧！"

李国珍闷在沙发上，无心进食。听到向英说，她手一挥："也就今年了，明年再没有！我现在是自身难保，往后啊，说不定我自己都要吃素省钱，还给他们买肉吃？嘻！"

刘振邦拿勺子，在锅里捞了几转，捞上来骨头若干块、藕十来片、葱两根……再细看那骨头，光滑溜溜，一丝肉也无，翻搅勺子，才发现一层散碎的肉渣，沉淀在锅底。这样一来，他也无心进食，心想早知如此，还不如上姨奶家吃去，姨奶生得这样胖，家里肯定多囤了肉，哪像这个食腐的"老兀鹫"，把边角料留下来，好的都藏在别处……

向英便对李国珍道："事情不是还没结论吗？我不信处长太太能就这么算了！"

"处长太太？"李国珍眼一瞪，嘴一努，"就金老三刚才那样儿，还处长太太？哼，这个金老三啊，平常没有事，你好我好，看着像个人样儿，一到关键时候，就现出原形来。她刚说人小女朋友好日子过多了，我看啊，她自己才是！轻重缓急都拎不清，大嘴一张，啊呜啊呜，逮着谁都一通乱咬，这不就是疯了吗？这人一疯，还怎么做事情？不是我说一个大胆的话，有时候想想人彭处长，这么多年，也怪不容易的……"说着也拿一个馒头，学向英揪着吃。

向英给自己舀了一碗汤，真的都是汤，好在油不少："要说疯，她也不是疯这一回了，谁不知道呢！之前水老头儿就跟我说……"

老姑婆喁喁地说话，趁这工夫，刘振邦潜进厨房，将那窗台上的一溜盖盖儿的碗钵，一个一个地揭开来看，见依次分别是：小米粥、大头菜、干辣椒、几只破壳的皮蛋、一大碗白腻腻的像是荤油，以及吃剩的半个红烧鲢鱼头。他脑袋垂了下来，然而很快，便矬子里拔将军，把那几个皮蛋剥干净了，捣一捣，又找到糖和麻油，适量淋了，抽双筷子，边吃边走出来。

"……谁说不是呢！"李国珍频频叹气，"我现在不是推车抵了壁，没办法嘛！就看今天下午，那一位能不能缓过疯劲儿来。唉，想我年纪一大把，也是可怜，那一头，有个儿媳妇，这一头呢，金老三她又……咳！活到这份儿上，皮都蜕了多少回了，还被这些小蜈蚣拿捏，老向，我这一想起来啊……"

向英未尝不感同身受："蜈蚣虽小，但架不住它毒啊，不是仗着这个……算了，不说了！我说老李，你也别太着急，你急，有人比你更急咧！比如那个沈二皮，你当他不介意？今天他怎样急吼吼，想找金大富，金凤娇又怎样说的，你没看到？所以说，你真不用上火，有沈二皮在，轮不到你着急。你又不是一个人，就说今天到场的，哪个不急得火烧屁股？有那么多人陪着你……"

皮蛋臭，皮蛋香，臭中带香滋味长。刘振邦嚼着凉拌皮蛋，吃得兴起，听到向英说"哪个不急得火烧屁股"，心思一活，突然想起一人来："等等，姨奶，今天可是有人看上去一点儿都不急的。"

向英一寻思："你说我啊？哎，我跟你一样，没丢半分钱，当然急不起来。"

"我跟你当然不算，我是说……'喷喷香'王小萍的那个前夫，他是王小萍的前夫吧？"刘振邦坐了下来。

李国珍道："你说小臧吗？就是他，他好几年都不露面了，今天也不知道从哪里冒出来的。"

刘振邦点着头："那更不对劲了。我反正今天看他，挤鼻子弄眼，优哉游哉，没一点儿着急的样儿，跟个看客似的……"最后半句"就跟我一样"，不便说出来。

"哎，他就那德行！"李国珍夹一筷韭黄，"而且他自己说，没损失多少，就算损失了——你知道他干什么的？嘿嘿，给他个场子，身一翻，就能手到钱来，这种诀窍，我们是比不了。"

"哇，那是什么绝活？"刘振邦举着筷子，"那他这么厉害，还在乎这点儿小钱？"

"小钱？"李国珍嗓门儿一高，"嘿，小钱不是钱吗？人还有嫌钱多的？"

向英也道："哎，再说过年没事做，就过来一起问问呗，问问又不损失什么。"

"说得好，反正问问不损失什么，"刘振邦笑着夹块皮蛋，"回头我也问问他，我想想，该问些什么好……"

后半句声音说得低，李国珍耳朵不行，没听见他说什么，光见他吃东西了。她眼睛却是很尖的："小刘，你吃的是什么？"往前一凑，"哎呀，你把我的皮蛋给吃了?!"

刘振邦不慌不忙："李奶奶，对不住，天气冷，我得吃点儿好的，不然没有力气……"

"这皮蛋破了壳，里头有小虫子，你也吃了?!""老兀鹫"自己也只是食腐，并不食虫。

刘振邦张着嘴，半天不能合上。

第七单元

狼狈谁堪说

"开元"麻将档杂物间间壁的小厨房里，支起一张桌子，沈二皮与金凤娇对桌而饮。饮的是白酒、红酒和啤酒，下酒的有豆腐干、辣白菜、涮羊肉，以及一碗盐水花生豆。桌上架着酒精炉，上面坐着锅，随着火苗幽蓝飘忽，锅中的肉片一个个滚了上来。沈二皮擎筷子，随夹随吃，随吃随喝酒。这些酒，并这桌吃的，皆是从"喷喷香"临时筹措来的。付钱的时候，沈二皮左右一张，没看到臧杰，就问那边的臧小磊："你爸人呢?"臧小磊正抱着新到手的游戏机探索不已："他不是找你去了吗?""他说过来吃饭，他来了吗?"臧小磊摇头："没见到……他大概到别处吃去了。"啊? 沈二皮心中存下疑惑，却没有声张，取了东西，回到麻将档，铺席点火下菜，"啪"，开一听啤酒，先灌一大口，以浇浇心头的郁火。

几口喝过，郁火渐熄，灵感渐起，沈二皮磨砺豆腐干的舌头，正式准备"战斗"。他望一望金凤娇，见她一块磐石似的，镇在对面，喝红酒，喝白酒，吃花生，吃羊肉，尽管沉默着，吃得却很多。

能吃就好——沈二皮撸直了舌头，又抓一把肉片丢进锅，随着滚水回落，将胸中酝酿多时的叹息由鼻孔里催出来："唉，外长太太，今天这事你可办得一点儿都不漂亮啊!"

金凤娇筷子一顿，却是没说什么，继续喝酒。

沈二皮胆子便大了些："你说你一个处长太太，跟一个小丫头计较什么劲? 那样一个丫头，按你说的，世上又不只她一个，你就那么上赶着跟她平起平坐？又是这么一件紧要的事，你就算要计较，事情办成了，你尽可以慢慢地计较，用得着当着这么多人，要风度没风度，要由头没由头？那些人，包括我在内，都是你召集来的，都是看你的面子。看的什么面子？处长太太的面子，不是以前混世的那个金老三的面子，这一点，你还不清楚？"

金凤娇筷子再顿，仍是没说什么，扶着杯子不动。这一回合，沈二皮不输。

他头就渐渐昂起来了："本来，大家损失这么大，一败涂地，急得要发病，是你！"筷子指着金凤娇，"给了他们一颗定心丸，加一根主心骨，又把小范找来，合情合理，让他们以为这事没准有戏。你先给人家一个希望，拉他们从水里上来，结果哩？你骂跑了小范，又打破这个希望，把他们重新推下水去。这一上一下，一来一回，谁能受得了？多来几次，那老弱病残的，不真要被你折腾过去？敢情姓钱的没把我们打趴下，最后倒死在姓金的手里，姓钱的要知道你帮他背这个锅，梦里都要笑醒！"

金凤娇眉头一攒，筷子顿在汤锅里，发半声低吼。这一回合，沈二皮打平。

他吃了块肉，越发抖擞："之前，你向李老太夸下海口，说什么来着？哦，说你要跟姓钱的死磕，要跟他们比，说就算拦飞机也要抓住他们，把他们坐散！这都是你金凤娇说的吧，嗯？你不会不知道，这说出去的话好比泼出去的水，尤其你处长太太金凤娇说的话，这话中的分量，这水的滚烫，你自己没感觉，其他人也没感觉吗，嗯？你看你每次到天堂街，包括我、包括李老太在内，我们这帮老相识、老邻居都跟你亲热，你以为这是为什么？就光为了你那顶处长太太的帽子，嗯？——不是呀！为的是你这个人，为你过去这些年，不管你发达之前，还是发达之后，那一身仗义！你不是处长太太的时候，这一身仗义还不大好发挥，现在你是处长太太了，所谓地位越高，能量越大，能量越大，责任就越大。这次钱家父子的事，对你来说，既是挑战，也是机会，这机会你若是抓住了，办成了事，那你在天堂街的人气，就好比那过节放的礼花，咻溜上天，还不带下落的。可你要是跟今天这样，捡芝麻丢西瓜，抓小放大，为一个小白脸，得罪老相识，得罪能助你一臂之力的人，那你辛苦攒下的名声，过去这么多年的积累，就全都白费啦！到时候，你再到天堂街，谁还跟你亲热，嗯？谁敢跟你亲热，嗯？到时候，你落个孤家寡人，一身寂寞，再回想起今天这个处于转折的节骨眼，那种滋味，你又跟谁说，嗯？"

通常这个结尾的"嗯"，只有金凤娇"嗯"给沈二皮，沈二皮绝不敢"嗯"回去的。今日不知怎的，沈二皮灵感迸发，胜券在握，口才不同以往，舌头利索非常，便大胆地篡夺了这个"嗯"字结尾的使用权。一席话毕，他很自然地饮酒、吃肉，回味刚才的发言，在心里给自己鼓掌，想道：我这样的水平，却不得不辅佐金凤娇，实在是太屈了！咂咂嘴，又开一听啤酒。

金凤娇被"嗯"了一大通，终于搁下筷子，瞭着沈二皮，道："矮陀螺，你现在能耐得很啊！"白酒换红酒，呷了两口。

沈二皮赔笑："我这不都是为了大局嘛！"知道金凤娇每次一呼他"矮陀螺"，即为让步的表示，所以这一回合，他沈二皮大获全胜。一时心情大好，两朵眉毛并一横胡子，成品字形乱舞。

金凤娇喝着酒，望着锅上氤氲的水汽，略有醉意。透过水汽，她眼神蒙眬地想起一干电视剧里，失意的女主角在男主角那里碰灰，也会像这样消愁买醉。这时又往往会有一个男二号，前来软款地安慰。那些男二号，通常风度翩翩，温暖可人。相形之下，她并非没有人作陪，可是眼一斜，望到沈二皮，望到他那两朵眉毛一横须，不知怎的，在那脸上乱窜，她就把手里的红酒放下，深深地叹了一口气。

史达才坐地铁上，陪同包剑荣一道，上那所谓投资公司的原址摸情况。

从麻将档出来，追上包剑荣后，按史达才的意思："……包老师吃过了饭，最好是再来，跟着这伙人，还是有一点儿希望的，万一他们搭上那个前台了呢？"包剑荣不屑道："一群乌合之众，你看他们像是能成事的样儿吗？"疾步向前，又道，"与其在这里浪费时间，不如我自己到那家公司去看看，你要不要来？"史达才一想也好，便跟在后面，亦步亦趋。

地址是现成的，两人在手机上搜索了路线，便乘公交、坐地铁，接着又徒步，摸上了众多林立的高档办公楼中的一处。走进去，又摸上了对应的那层，出电梯，不用再摸，迎面一位染发、烫头、梳高髻的老阿姨，挑着细眉，一脸不善地过来。

见到他俩，老阿姨一顿："你们也是在这里投钱的？"声音尖厉，仿佛某种鸟鸣。

对于这一类人物，包剑荣从来憎恶。他眍着眼，故意不答，还是史达才道："我们是……还是从外地来的。他们这里……怎么样了？"

"外地来的？"老阿姨"哈"一声，"那你们真是白跑！这公司老板跑路，他们自己员工都不知道，有的人年前工资都还没拿到！有人急了，喏，就把办公室的东西给搬回家，三文不值二文，卖掉拉倒。我本来还想抓着其中一两个，逼他们联系他们老板，结果这些员工也不是好东西，能躲就躲，昨晚好不容易给我们逮住一个，就在下面停车场，好多人哦！男男女女，追着他，不让他走，一群人围得哟……跟抓小偷似的！可是抓到他又有什么用？他又不是老板，让他联系老板，又联系不上！那老板多精啊，直接不接电话、关机、换号码，你能怎么办？闹到现在，是老板跑了，员工也跑了！我反正住得近，随时过来看看，就想碰运气，给我碰着一个两个，可哪有那么好运气呢？唉！"诉说完了，扭头又走。

这一通话，足以作为此行的结果了。然而包剑荣鄙弃老阿姨，连带着鄙弃她的话，总要亲自摸去，隔着玻璃门，朝那里面望。史达才站在旁边，陪他一起望。望那一片昏暗，昏暗中，桌椅歪的歪，倒的倒，纸张四散，连角落里的植物都仿佛枯萎了。

看得发怔，突听钥匙"丁零当啷"地响，有人走过来："你们怎么又来了？昨晚一场大闹，又没闹出结果，把人放掉了。今天这里又没人，你们捉个鬼？"

一回头，大约是管理处的值班人员，一身棉制服，晃荡着钥匙，由这里过。

见到钥匙，包剑荣不禁道："那个……师傅，能不能麻烦你开下门，让我进去看看？"

值班人变脸："还看？得了吧，里面都空了，你进去也抢不到东西！里面被他们的人抢过一轮，昨天又被你们抢过一轮，还剩下个鬼？你进去也白搭，我也不会给你开门！"

史达才忍不住小声解释："我们昨天又没有来，今天早上我们才坐车到的……"

值班人不知听见也未，他手一挥："不行，我不能开这个头！昨天值班那人，门还是他们员工自己开的，结果就因为他们大闹，从楼上闹到楼下，又闹到停车场，最后还有人报警，上头领导把那人骂了一顿，说就不应该放那些人进来，闹成那样，影响不好。今天我就慢一拍，你们又溜进来了……我说，他们老板都跑了，你们还跑来闹，能闹个鬼？真要闹，上警察局去闹，这种事情，警察铁定管！"

他说完就走，走到安全通道口，又回头："你们就两个人，在这里看一看可以，但不要大声喧哗，更别喊更多的人来，不然我可得请你们走！"

值班人去了。包剑荣不肯死心，在那门前绕来绕去，又望上几回，其间再没有别的人来。

史达才是放弃了，抱着保温杯，他接连喝水，以水代食，觑着包剑荣的脸，道："包老师，这里没什么看头了……"

包剑荣又何尝不知道，可就这样返程回家，他想想都头皮发麻。脑海中，除夕那日的乱象又倏然而至。那一日，轮到在丈母娘家过年，他百般不情愿，却也无法，只好带着小儿，跟妻子去拜节。所谓丈母娘家，真的就是丈母娘当家。一进门，老丈人给小儿子红包，得去问丈母娘："红包在哪儿？"丈母娘指示了，偏偏老丈人耳背，丈母娘指示再三，老丈人才取到手。一阵寒暄，光说出太阳，就说了有十来分钟，从出太阳说到洗被子，说到被子不好晾晒，说到秋衣秋裤，说到附近做衣服的小裁缝，说小裁缝如今骄傲起来，收费拔高，看不上送上门的小生意……包剑荣听得脑仁儿不由自主紧缩，要知道当年读书做再难的卷子他的脑仁儿都没紧缩过。他想说点儿什么打断，可妻子跟丈母娘两个，一个噜噜苏苏，一个苏苏噜噜，一唱一和，说不出的拖泥带水、连绵不断。包剑荣的刀子嘴，试了几次，刚插进去，丈母娘张口一阵噜苏，好像春风化雨，将他未发的刻薄扼杀在摇篮里。包剑荣无奈了，携儿子，直接跨进了客厅去。"呜啦！"小儿见到糖果，放飞自我，扑上去就吃。丈母娘的地盘，老人又护犊子，包剑荣不好说什么，只好听任小儿，眨眼间，吃得脸上手上都是巧克力。老丈人是念过书的，喜欢跟做老师的女婿谈天，走过来，关心工作，问他学校里的事。包剑荣又无奈了，学校里的事有什么好说的呢？他"小包"又不是"小蒋"，可以平步青云，他这辈子也就在那池里划着了！对着老丈人，不过敷衍，然而敷衍都不容易。老丈人耳朵背，说一句，"啊，什么？"再说一句，"啊，什么？"几句下来，包剑荣背上出汗，少不得要去阳台上透气。

整整一天，就这么消磨。转向哪儿，丈母娘都有话说。择菜时，说菜价的贵贱；洗菜时，怨地上有水；烧菜时，东南西北指挥；打开电视，评价这个丑、那个美，一说一撇嘴……半日下来，包剑荣格外心累。借口上卫生间，喘息一会儿，再出来时，只见丈母娘同妻子头碰头，叽里咕噜，不知在密谈什么。包剑荣望望丈母娘，又望望他的妻，忽然惊恐地发现：丈母娘是大饼脸，妻子是小饼脸；丈母娘身子胖，妻子身子壮；丈母娘说话时，嘴巴鼻子乱撇，妻子说话时，口鼻也抽动，只是动得不明显……是否有一天，他的妻会成为另一个版本的丈母娘？这个问题让包剑荣顿时陷入沮丧。记得当年谈对象的时候，所有人对妻子的评价都是"宜室宜家"，他自己也认为她"宜室宜家"。娶来成为妻室之后，他发现，"宜室宜家"倒是真的，然而"宜"不"宜"他包剑荣呢，这就有待商榷了。不过话说回来，对于妇女，包剑荣本不抱期望，以为她们大多头脑有欠，就算好不容易出了一个居里夫人呢，一看照片，是那样一个男相的老阿姨。直到有一天，他听说了海蒂·拉玛……

"呜——轰隆轰隆轰隆……"刚想到海蒂·拉玛，房间里，小儿拖着个收纳箱式的小车，叫着跑出来。跑到拐弯处，人过车不过，强拉硬拽，"哗啦"，小车翻覆。里面的"宝贝"，什么画片、水彩笔，撒了一地。妻子一见，立刻呵斥："满满！"老丈人赶到："哎哟，多大的事！"帮小儿捡拾。丈母娘拍拍妻子，转移话头："可以上菜吃饭了，天气冷，早点儿吃。"那边又电话铃响，丈母娘一歪一歪地去接。

接了没多久，丈母娘身子转过来，一声不响。包剑荣正蹲地上，跟老丈人一块儿拾掇玩具，偶一抬头，见丈母娘两眼吊直，面皮黄白，嘴巴撇得厉害，活像发了毛病。妻子也瞧见了，"妈！"赶紧上前，"妈，你怎么啦？"扶丈母娘坐下。老丈人也吓得围上去。

丈母娘软瘫着，却是不答。左边妻子催，右边老丈人催，实在被催不过，她终于开口："我栽了大跟头啦！"说着，泪随语下，鼻涕呼啦，妻子忙把纸巾给她。一抽一噎，攥着鼻涕，丈母娘把丢钱的事说了个囫囵。小儿眼瞪着，好奇地看外婆哭。老丈人听得似懂非懂，总转过来问包剑荣："她说什么？""老太婆说什么？"妻子亦受打击，禁不住埋怨："妈，你不是说你把钱都拿出来了吗？"丈母娘此刻格外脆弱，一听抽得更厉害："你还说哪，上次不是你说玩一票就跑，我才投的钱。我只是想等等看，等利息再高点儿……"妻子烦乱着，来望包剑荣。

妻子望他，老丈人也望他，那边小儿道："爸爸，我饿了。"丈母娘又说了句："这一下，我该怎么跟老史他们讲！"瞟来瞟去，居然也瞟到了包剑荣身上。

这一来，包剑荣压力陡增。本来随着丈母娘诉苦，他的心情就直线下沉。你说怎么会出这种事情？怎么会有人相信这种歪门邪道？还想靠这种歪门邪道发财？如果走这种邪路都能发财，那置那些兢兢业业生产工作的人于何地？置那些贡献聪明才智推动社会进步的人于何地？置那些冒着生命危险维护和平生活的人于何地？这个丈母娘，之前他只觉得其鄙俗，现在看来，何止鄙俗，简直愚蠢贪婪透顶。这样一个愚蠢贪婪的人要能发财，那才是对其他人的侮辱，是个天大的笑话呢！因此心底某处，隐隐觉得痛快，望着丈母娘哭诉，望那一张饼脸被眼泪洗刷，仿佛过了油的面筋，只觉好笑不已。笑过了又生气，妻子是独女，无兄弟姐妹可分担，这次丈母娘失手，以后但凡有个风吹草动，就全指着妻子和他支援了……

"小包，那个……你就代表我，给老史打个电话，跟他们说……"丈母娘垂涕，"我呀，现在是一点儿力气都没有，只要一想起这个事，我的这个心呀……"

老丈人又来问他："老太婆讲什么？她要让你干什么？"

小儿又道："爸爸，我能不能吃这个肉？"边斩边奏，攥着个鸭翅，勉力一撅！"啊啊啊……"热油飞到脸上，烫得乱跳。

妻子扭头吼："满满！"

老丈人这回听见了："不要叫，不要叫，小孩子嘛……"又过去救场。

丈母娘哀唤："小包……"

包剑荣真真无奈，可作为"小包"的他，似乎理应落入这种旋涡里。他在学生面前的那些兀傲脾气，此刻是丝毫发不出来了。于是，去打电话，于是，去应付那姓史的人家。自己说不清楚的地方，还得有请丈母娘，话筒递来递去。好不容易打完了，一室沉闷，唯丈母娘"唏唏"地擤鼻子，纸巾摔满地。于是，好好一桌年夜饭，吃得长吁短叹。大人"行瘟"，小儿也受传染，鸭翅吃一半，就不要再吃，张着油乎乎的手，去抓手机："我要看那个视频……"被妻子一把夺过去："满满！"饭后，又把丢钱的事拿出来讨论。丈母娘突生一念："老史心脏不好，不会出什么事吧？"又让包剑荣打电话去问，怕老史就此没了。此时的包剑荣，内心无奈，成一潭死水，为这个家庭，鞠躬尽瘁。再打过去，史家儿子接的，说老爷子送了医院，夹枪带棒，尽向包剑荣发泄。至此除夕一日，包剑荣遭遇的恶俗，已经逼近极限。

挂掉电话，再来看这一室，丈母娘、妻子、小儿、老丈人，说不出地琐碎、黯淡、无法逃离、令人窒息。然而包剑荣必须逃离，哪怕只逃离几天，否则他真要窒息，窒息在这个旋涡里。

于是他说："我明天上他们公司总部，看看有没有什么希望……"

此言一出，丈母娘眼登时亮了："哎，说不定可以……"老丈人见她笑，也笑问道："小包说什么？什么可不可以？"小儿终于看上视频，也高兴了，"呀呀"歌唱。妻子亦变得柔和起来："那……你一个人去？"令人窒息的旋涡，忽然呈现生机。

为了这份生机，也为了多喘几口气，次日，包剑荣行囊简单，只身来到列车站。本想一个人静静，谁知又在列车上遭遇昔日的学生，外号叫"大才"的，印象里，是个如假包换的拙人。恰巧两人前后座，招呼过了，列车发动。那学生跟家里频频通话，汇报事宜，一些字眼，诸如"丢钱""跑路""追钱""总部"，就蹦到了包剑荣的耳朵里。听上一刻，包剑荣心中疑惑，那学生通话毕，他就转身，"循循善诱"。对方是拙人，他也诱得容易，不多会儿真相大白，那学生就是昨日史家的孙子，被他丈母娘带得丢钱，今日同为追款，上那隔壁城市走走。学生说那隔壁城市，已有受害者集合，誓要追回钱款。

此趟出行，包剑荣虽为散心，然而倘若事情真能有转机，自然再好不过。别的不说，钱回来了，哪怕只回来一部分，家里那个旋涡就不会太过窒息，临别时的那一份生机，也就得以持续。

于是，跟着史达才走，于是，结识了金凤娇一行，于是，大开眼界，跟这一伙人相比，他丈母娘的那一点儿东西，可谓小巫见大巫。他小巫尚且不能忍受，还能受大的？于是退出来，干脆自己上那公司，希望碰些运气。可眼下看来……

包剑荣眼望半空，默然犯想。尽管出门的时候，他没有承诺任何，但任谁都能看出，一家人的期待，期待他带回一个好消息。眼下他到了地方，转了一圈，该问的问，该看的看，眼见任务达成，可以返家了。然而就这样两手空空，不咸不淡，返回去，无疑又一脚踏入旋涡，生机凋零，不是叽叽哇哇，就是哭哭啼啼，照样窒息。

包剑荣不想窒息，可在家不窒息的前提是他在家外得出成绩。而在家外又怎样能出成绩呢？这又不是考试做卷子。话说要真是考试做卷子就好了，他"小包"反而不惧。眼下这一摊，于他可比做卷子困难多了，简直束手无策，进退失据！

史达才饿得水都喝光了，胃瘪下去，胆大起来，轮到他对包剑荣"循循善诱"："包老师，我们……先吃饭吧？吃过饭，可以再来……"

包剑荣无法，加上自己也饿得慌，便同史达才一块儿出来。年初一的日子，商家稀少，走过了好几个路口，两人才在一家连锁快餐店里买到了饭。不管味道怎样，反正吃得很香，面包、炸肉，一吞一大口，再来一杯碳酸饮料，嗯唔——

饥饿不再骚动，骚动的是另外一些东西。捧着饮料，两人步出店门，望眼前，道路宽阔，可他们能走的道路，却注定狭隘，狭隘又崎岖。

站在路口，包剑荣一阵踌躇：他是不是要再上那无人的公司去？还是就此回家，呼啦啦一趟列车，直达那个阴云密布的家里？

风儿轻轻地吹，轻轻地吹来冬日的寒意。气候是寒的，生活是寒的，连带他整个人生都是寒凉的，这一切——都是他还是个意气风发的少年时万万意料不到的呀！

咬着吸管，史达才道："包老师，那个公司你还去吗？"

包剑荣蹙眉，在寒风中憋气。

"去……也没什么用，那个公司都空了，"史达才抠着饮料瓶盖，"不如……还是跟着那伙人，他们人多，说不定有什么门路呢……"

包剑荣继续憋气，不肯承认被这个拙人给说动了，毕竟，自己可是说过"吃过饭就不再来"的话，如今再去，不是打自己脸吗？

史达才继续抠盖："还是把钱找回来比较重要，其他的……没人会计较的……"

还真是这个理。包剑荣看看史达才，生平第一次认为自己在某些方面，连这个拙人都不如，难怪自从大学毕业就处处掣肘，始终不得意。

"唉！"他在风中叹息。

叹过之后，他道："走吧，上那伙人那里。"

史达才高兴了："哎，哎！"早就该如此嘛！

于是原路返回，地铁换公交，接着又徒步，由公卿巷穿过去。冬日天短，路程不近，等他们快走到的时候，夜幕蒙蒙，街灯已经亮起。

对面就是"开元"麻将档了，包剑荣想到马上就要在众人面前打脸，心率骤急，不由得张眼，到处乱看。一看看到街灯之下，款款地走来一女郎。女郎身穿长衣，头巾自上而下，裹到脖颈里。头巾是素色的，两边几缕乌发，不羁地卷着波浪，随步态微晃。

女郎脚踩高跟，手插口袋，在麻将档门前同包剑荣他们相遇。离得近了，可清晰地看见她红唇、高鼻、眼波深深、长眉弯钩如剑戟。包剑荣看了一眼，依循习惯，忙将目光移开。却是忍不住，再度去看，边看边惊讶：这是海蒂·拉玛？

这当然不是海蒂·拉玛。走出街灯的光影，女郎站定了，见包、史二人走向麻将档，她叫一声："喂！"

两人停下来。

"你们住在这儿附近？处长太太金凤娇你们知道吗？"女郎发问。

包剑荣望着她，说不出话。是史达才道："处长太太？我们上午才见呢。我们正要去找她、找她有事……你、你是……"

女郎一笑："你们找金凤娇有事？什么事，是不是为了那丢钱的事？"

包剑荣一凛，向她投去怀疑的目光。史达才支支吾吾道："这个……"

"真巧，我也为这件事而来。"女郎又笑，"我就是鄂娟娟，金老板的小女朋友邀请我，让我来助你们一臂之力。"

第八单元

有凤来仪

鄂娟娟突然降临，让人措手不及。史达才愣了好几秒，才想起来："噢！你就是那个……"那个令处长太太大为光火的前台啊！那位太太上午才发一通火，吓死个人，你怎么现在就跑来了？不怕再引发一场……史达才望着鄂娟娟担忧。

鄂娟娟道："是啊，我就是……我不该来吗？这种事情，不是宜早不宜迟？"

说话间，包剑荣敲开麻将档后门，找到沈二皮，把话一说，两人匆匆赶来。见到鄂娟娟，沈二皮先叫一声："哎——呀！"仿佛见到第二个处长太太，滴溜溜上前，"哎呀，大菩萨，你总算来了！你要是再不来……"又贴上去秘密地问，"是不是姓金的想通了，亲自去请你？"

鄂娟娟用戴皮手套的手，抵着他肩膀："离我远一点儿……我来是有条件的，金老板的小女朋友说处长太太愿意答应我的条件，电话也是那小女朋友打的，其余的我不知道。"

条件？沈二皮一怔，心想难道金凤娇同意给钱了？中午吃饭时怎么没听说？疑疑惑惑，沈二皮只好先把"大菩萨"请进去，十手八脚，点起三四个"小太阳"，又泡茶、递水。这边安顿好，他即刻打电话给金凤娇，呼叫了又呼叫，却总没人接听。

"嘶……"沈二皮就伤脑筋了，再一回头，鄂娟娟去外衣，除头巾，挑起长长的鬈发，一水儿顺在左肩上。只见她挺腰肢，抬下颌，曲线玲珑，一手搭着靠背，整个人像影楼拍照那样坐着。可怜包剑荣和史达才师生，好像两个没见过世面的雏儿，低眉垂眼，不敢正脸瞧人。

沈二皮在心里啧啧，想了想，他转手接通了"老兀鹫"李国珍的号码叫人立马过来，那头自然说好。

这边电话刚断，那边有人敲门，道："二皮，二皮!"听上去是臧杰的声音。

沈二皮眉心一皱，慢慢过去，把门打开。刚开条缝，臧杰就擦着缝进来："趁没吃饭过来瞧瞧，是不是有什么进展……"

一眼望到鄂娟娟，他笑容可掬："哟，这位美女是……"

鄂娟娟只道："金凤娇呢?"

臧杰道："处长太太? 咦，她不在吗? 我还以为……"转望沈二皮。

"她中午吃过饭，说是酒喝多了头晕，回去躺躺，现在应该在家……"沈二皮说着，又猛摁手机，呼叫金凤娇。

公卿巷的家中，金凤娇仰在卧室的床上，经过长长、长长的一觉，眼皮掀动，不情愿地由睡眠中醒来。隔着皮包，一低柔的女声不倦地唱："女人花，摇曳在红尘中，女人花，随风轻轻摆动。只盼望，有一双温柔手，能抚慰，我内心的寂寞……"床边，帘影低垂，街灯的昏光，透过窗帘，影影绰绰地映在墙上。丈夫外出，女儿亦不在，空落落的房子里，金凤娇睡眼惺忪，聆听另一个女人幽幽的唱腔："我有花一朵，种在我心中……"来来回回，停了又起。

金凤娇终于坐了起来，起身去取手机。她扶着头，摇摇晃晃地走，也不开灯，独个儿在房间里摸索。她想起许多电视剧的女主角，也曾像这样，在朦胧的黑暗里，昏沉地、凌乱地、没有方向地——摸索。是摸索希望? 是摸索出路? 还是摸索一个迟到的救赎? ……

当然在剧目中，总是不乏救赎的，女主角从不失败。怕什么呢? 错过一个，又来一个，而且比前一个更好。到那个时候，就该前一个源源不断追悔，对身边邪恶的女二号心生厌倦了，到那个时候……

单脚倚靠橱柜，脖颈弯垂，磐石般的金凤娇也学习蒲柳，展示一番曲线美。她在对剧目的遐想中沉浸了一会儿，将手机取到手。一看之下，居然全是那个"矮陀螺"的来电，可谓大煞风景。然而转念一想，电视剧中，一些女主角身边似乎也有那么一两个丑角般的男伴。如此看来，那个"矮陀螺"并非没有用武之地……

边想边点，金凤娇接通了电话，无力地叹气："唉，我就睡个觉，你个矮陀螺怎么就……"

"处长太太，别睡啦！我告诉你……"沈二皮亢奋地述说。

金凤娇一个激灵，身体一直："怎么会？"不顾那头沈二皮喋喋地问"我说，你是不是答应给她钱了"，脑中只盘旋着一个念头，那就是——

邪恶的"女二号"来了。

麻将档后间，除了金凤娇，余者皆已到场。鄂娟娟手臂延展，腿搭十字，鬓发顺在一侧，坐在太师椅上，毫不在意地接受众人的注目和瞻仰。

李国珍走过来，打量鄂娟娟："噫，这样一个大娘娘，坐在办公室里，我之前怎么没有注意？"

鄂娟娟莞尔："也许阿姨你去的时候，我正在里面办公室整理资料，或做别的事情，所以彼此错过了。"

人美，嘴甜，声音清润，李国珍一听之下，大为受用，以为这样一个姑娘，分明难得，打着灯笼也找不到，比她那媳妇强八倍！

沈二皮陪在边上，给鄂娟娟的杯中添水，他道："李阿姨你什么眼色！这样一位美女，人家老板不留在办公室里，自己慢慢看，还真的放前台，接待你们这些人？"

向英走上来，望着鄂娟娟："咳，不怪处长太太不肯拉拢你！"

鄂娟娟目光流转："什么意思，她不想把钱追回来了吗？"

沈二皮忙道："瞎说，瞎说！没有的事！"绕着太师椅转，"处长太太只是比较苦恼，该怎样开口，请你帮这个忙。毕竟，大家只见过几面，不过点头之交……"

"点头之交？"鄂娟娟用脚将沈二皮拨开，"怕是连点头之交都不算吧？那位太太见到我，就好比见到仇敌。"

刘振邦道："原来你都知道呀！既然这样，你为什么要来帮一个把你当作仇敌的人？"他从间壁的厨房里取了个苹果，削皮切块，用碟子装了呈上来，鄂娟娟点头笑纳。

沈二皮指着道："好哇，借花献佛！借我的苹果，来讨好美女！"

史达才也看不下去，刘振邦坐下后，他凑过去耳语："振邦永远最伶俐，请注意你的嘴脸。"心里为灵机一动想出这样一句俏皮话而沾沾自喜。

刘振邦却一下回首："大头鬼，这句话好像是我对你说的吧？那是什么时候来着……"摩挲下巴，开始追忆。

"呃？"史达才显摆失败，立时心虚，忙转移话题，"好了好了，美女姐姐说话了，不要打岔！"朝鄂娟娟那边一指。

只听鄂娟娟道："这我已经说过了，是金老板的小女朋友劝我，劝我来跟处长太太谈谈。毕竟这边的事情，我能帮上忙，而我提的条件，也不费处长太太什么力。"说着拈一根牙签，戳了苹果吃。

臧杰含着笑容，明知故问："你的条件是什么？"

"对呀，是什么？"沈二皮急切道，生怕数目太大，自己得不偿失。

鄂娟娟眼一瞥："我么……想劳动处长太太保我。尽管作为前台，不够什么资格，可是以防万一，万一被追究起来，还望处长太太替我疏通，把我择干净了就好。"

"这个呀……"大家一听，倒是面面相觑，都不敢轻易接这个茬，除了金凤娇，也没人能接下这个茬。

鄂娟娟吃着苹果，左右顾盼，望到哪个人头上，那个人就装呆。她心里好笑，又有点儿生气，偏放过他们，越是装呆的，越是去看。轮到包剑荣，他早就垂眉闭眼，观鼻观心，一副正人君子态度。过一会儿，他估摸着差不多，鄂娟娟不望他了，悄悄地张眼。岂料眼一张，一双美目，瞪得老大，正在那儿等着他哩，还带着长眉一挑。

哎呀！包剑荣骇一跳，赶紧往回缩，慌忙中，说不出的一股恼羞，隐约地，又有说不出的一种受用。好几般情绪，交织来去，捎带着那对眯缝眼，都变得活泼许多。这一副模样，瞧得鄂娟娟大乐，抿一抿嘴，忍住了笑，放过包剑荣，又看别的去了。

这边，包剑荣好歹松一口气。气松了，清明的理智也就回来了。对着鄂娟娟那张脸，眉梢眼角，几分肖似海蒂·拉玛，他莫名生出感想。这样一个女人，自然是既不宜室也不宜家的了，放在以前，他会避免接触，同时看她们还会带点儿轻蔑。今日不知怎的，望着那张脸，他就感到很愉快，明知道那不是海蒂·拉玛，也仍然愉快。愉快地看着她，愉快地听她说话，愉快地看那么多人围着她转，一面排斥，一面觉得本该如此。这样一个女人，平时都靠什么生活呢？他不禁猜想。这样一个女人，卷入到这么一桩事情里，居然并不惊慌，这又是一件让人愉快的事，愉快又迷惑，或者说，因为愉快而加深了迷惑。怪呀！他一个凡事追求精确的人，居然也会迷惑，居然还会在迷惑中流连，心情翩然，从而看轻了很多事情，就连眼下这一桩、家中那个旋涡都不能再影响他，让他一味沉郁不可自拔哩！

正当大家众星拱月一般，目光都聚焦在鄂娟娟身上时，"咯里咯嗒""咯里咯嗒"，熟悉的登音来到，接以"啪啪"的击门声："二皮！二皮！"势大力沉。

众人面色一变，鄂娟娟也有点儿变色，笑意一收，随即又绽放开。

包剑荣注视着她，好奇接下来会发生的事情。

沈二皮清咳一声，仿佛提醒谁似的，这才走过去开门。

打开了门，金凤娇照例挂着半截白手臂，整个人支在两点细高跟上，脚并拢了，好像牙签上戳着棉花糖。门扇的阴影打在她脸上，半明半暗，半火焰半海水，这边沈二皮"处……"刚发个音，她白手臂一提，沈二皮便噤声了。

"咯里咯嗒""咯里咯嗒"，金凤娇走了进来，一进来就望到那张原属于自己的太师椅，如今坐上了别的人。自下而上，见那人足踝摇曳，见那人身段微斜，见那人笑靥深深，忽地手一掠，那人遮住小半张脸的厚厚鬓发飘然开来，脸蛋儿完全露出，只听她招呼："处长太太，又见面了！"

金凤娇暗哼一声，不答她的，先左右张张，给自己张一个座位。她就知道面前这些人，骨头轻软，不堪信任，一见到这种交际花似的女二号，就把属于她金凤娇的太师椅拿出去讨欢心，一个个好像是过来聚会的，那种欢声笑语，她在门外就听到了，哼……如果不是她上午失策，逮着那个小范，把力气都发出去了，此时此刻，这间屋子里，包括你们这些吃里爬外的东西在内，才有好戏瞧呢！

好在沈二皮忠心尚在，这时推了张椅子给她，虽不是太师椅，也不算太坏，处长太太一天不能打两场仗，略看一看，就坐下来了，同时在心里如此安慰自己：算了，女主角嘛，总要受些磨难的，先让对方得意一阵好了，所谓有来有往，我就暂时隐忍，慢慢地等待时机……

金凤娇正胡思乱想着。"处长太太，事情你都知道了？"鄂娟娟发问。

什么？金凤娇一个不察，被对方抓住先机，问题抛来，她反应不及。她乜鄂娟娟一眼，迅速地调整："你说什么？什么事情？我这不刚到，哪知道你们在说什么……"说着，又瞪沈二皮，"你们刚说什么来着？可别趁我不在，答应什么不该答应的……"

沈二皮无奈："我们能答应什么不该答应的？别说我们没有，就是有，你不同意，我们答应的能算数？这不算数的东西，人家能信得过？"

李国珍便道："处长太太，刚才我们正说到要紧处，专等你来拍这个板儿，你看看……"三言两语，替鄂娟娟把要金凤娇作保的话说了。说时满怀希冀，其他人也希冀，一个个支棱颈子，观察金凤娇的反应，私心都想她答应。

大家是这个心愿，鄂娟娟更是这个心愿，于是乎悄然地，大家和鄂娟娟站成了一边。

金凤娇那边听了，第一个反应是："不行！我怎么能保你？我又不是什么派出所、法院的，我上哪儿保你去？你这是异想天开，我做不到！"做得到也不给你做，你这种卖弄姿色的女二号，正是应该送去劳教，把你那点儿姿色磨没了，从此洗心革面，将来也许分你一个陪衬女主角的小配角什么的……

金凤娇一口回绝，斩钉截铁，好像冷锋过境，呼啦一刮，众人脸上的希冀之花齐刷刷凋谢。花儿谢了，那可能回来的钱款也就成了泡影，大家失望着，委顿着，渐渐地就有了怨言。

李国珍首先道："啊，不行呀？怎么会这样？你不是处长太太吗，处长太太也有不行的时候？"

金凤娇便难得谦虚："嗐，李阿姨，你真是不了解形势，还处长太太、处长太太的！如今处长太太算什么哟，不然这次我也不会……说出来怕你们不信，我这个处长太太，是驴子屙屎外面光，空搭一个架子，也就你们这些老邻居抬举我，一口一个'处长太太'，以为我有大能耐，其实呢……"

沈二皮听不下去了："拉倒吧，金凤娇，少来这一套！你要是驴子屙屎，那其他人连屎都屙不出来了！你还处长太太不好使？那你上次在街上跟你二哥他们动手打群架，拘留了好几个，不是彭处长走门路，把你保出来的？唉，你干脆就明说，因为你跟鄂小姐有私人恩怨，才不愿帮忙，宁愿拖大家一起下水，也要出你那口犯不上的气！"沈二皮矮陀螺一般，边说边舞，说完了，两手一摔，转身去喝茶。

沈二皮每次直呼其名，金凤娇就知不好，想拦着也来不及了。嘴上一慢，噼里啪啦，就被接连揭老底。揭得是那样彻底，使得她一忽儿耳热，一忽儿心惊。再看那众人的脸上，都是一副"原来如此"的表情：原来这个处长太太，是这么一个气短的人物，看来她说自己没大能耐，还真是没有大能耐啊！一个个斜眼、歪嘴，像看头号大反派似的看着金凤娇，而另一边，鄂娟娟则端坐在太师椅上，巧笑情兮，仿佛一跃成为女主角，反受众人的拥护。

金凤娇就急了，邪恶的女二号，岂能篡夺她的位子？虽说女主角总会遭遇一些磨难、一些误解，但这也太过分了！开什么玩笑，她金凤娇在天堂街住了几十年，交下一帮老邻居，这鄂娟娟不过才到一刻，就把他们给争取过去了？若真如此，是该说她金凤娇没用，还是她跟这些人之间的交情是纸糊的呢？

处长太太当然不会没用，她自己说自己没能耐，那叫作谦虚，别人说她没能耐，那就是寻晦气了。尤其那个沈二皮，当着这么多人，呼她"金凤娇"，把那个前台，却称作"鄂小姐"，听听，"鄂小姐"，多么矜持，多么端庄，然而其本人……

金凤娇望着鄂娟娟，磨牙片刻，脸一掉，却是冲着沈二皮："二皮，你这话可说得我太冤了！我那时不过打个架，跟眼下能一样吗？我那时是多少年前，嗯？现在又是什么时节，嗯？我那时的罪名，也就寻衅滋事，现在这个叫什么，你知道吗，嗯？你什么都不知道，在这儿瞎说八道，闹不好，让大家误以为我整天干什么勾当，让姓彭的给我擦屁股。我在此声明，这么多年，除了那一回，我没再麻烦过姓彭的！我也不要麻烦他！而且那一回，也不是我理亏，你们也都知道我那二哥……算了，那些家务事，没什么好说，你们只要知道……"

再转过来，对着鄂娟娟道："这是二皮一个不对。这第二嘛，鄂小姐，你不要听信他。我不帮忙，就是对你有私怨？我对你能有什么私怨呢？我不帮忙，纯粹是没法儿帮，原因我也说了。至于你这方面，这个……我想啊，你一个小小的前台，根本不用担心。现在呢，事情大概还没什么，就算事情发了，上头来查，你顶多也不过被叫过去，做笔录、问个话什么的。你只要自己行得端、坐得正，怕什么呢？你放心，没有证据，他们不会胡赖你的！"话虽这么说，心里却想：你呀，还是到看守所里待个十天半月的再说吧！其间再有谁揭发一下，暗示你跟钱进之间，这样那样的……嘿嘿！金凤娇想到妙处，几欲喷笑，赶紧转身，假装给自己倒水。

鄂娟娟听了，微微笑着，身子向前倾："这话说得够玄的，'只要我行得端、坐得正'。什么叫'行得端、坐得正'呢？处长太太，你说我算是'行得端、坐得正'吗？"

金凤娇背转了身，正在喝水，被鄂娟娟一问，"咕嘟"一口，被水一冲，顿时接不上气。

只听鄂娟娟又道："在别人看来，我跟钱进关系不一般，大概不能算'行得端、坐得正'了。而在我看来，处长太太你跟钱进的关系也挺不一般，那你算是'行得端、坐得正'吗？"说着，拈一块苹果站起身。

哈哈哈哈……沈二皮听了，默默拊掌大笑，心想：金凤娇哇金凤娇，你可遇上对手了！包剑荣眼望鄂娟娟，见她连续扼住金凤娇的话头，简直愉快极了，心道：所谓妙人当如是。其他人看鄂娟娟占上风，亦是眉飞色舞，以为追钱有望，一个个捏着拳头，静观鄂娟娟的动向。

那边金凤娇一噎，身子没转过来，就嚷嚷："你有没有搞错，我可是受害……"

说到个"害"字，口牙大张，冷不防一个东西进来，"哎！"没了言语，拿下来看，居然是一块苹果。

鄂娟娟巧手轻投，用苹果打住金凤娇的气焰，她人立着，曼声道："你是受害者，我就不是受害者吗？你们钱被吞了，叫作受害者，钱家父子一跑，我们这些员工，一分好处没有，平白被他连累，就不是受害者了？"

鄂娟娟边说，边款摆身姿，围绕金凤娇蹀步："损失有大小，受害无等级。既然同为受害者，就应该一致对外。谁是我们的朋友，谁是我们的敌人，这个可得弄清楚。如今想追钱的是你们，想择干净了的是我，想找到钱家父子的是你们，而能联系上钱进的是我，这么看，处长太太，你认为谁是你们的朋友，而谁又是你们的敌人呢？"鄂娟娟蹀到金凤娇侧首，偏了头问。

金凤娇口里"吧唧吧唧"地嚼苹果，她睨着鄂娟娟，道："你不就是想说，你是我们的朋友吗？哼……"

鄂娟娟笑道："这倒是真的，但这话不能由我来说，我说了会显得不谦虚。

各位以为呢？"面朝众人，将鬓发一撩。

沈二皮就笑："鄂小姐，你这样的人物，是不需要谦虚的。我这里替大家回答一个，你说的呀，每一个字都对，简直对极啦！"

话说得谄媚，但众人并无异议，除了一个金凤娇。她感到势头不妙，怄着沈二皮，自取一块苹果，"吧唧吧唧"地嚼了吃。

"谢谢。"鄂娟娟点头致意，身子一晃，回到了太师椅上坐下，一撑臂，一搭腿，"这是第一个问题。这第二个问题，处长太太，还是要请问你，你认为照目前的情况，谁又是你们的敌人呢？"

这时李国珍忍不住了："这还用说，不就是那姓钱的父子两个吗？"

"没错，是父子两个。"鄂娟娟伸两根手指，"俗话说，'擒贼先擒王'，我这第三个问题就是，处长太太，这两个人中，你以为谁是那个'王'，需要我们去重点擒拿呢？"

金凤娇"吧唧吧唧"，接连嚼苹果，看众人跟鄂娟娟一唱一和，她越嚼越用力。见问，她眼皮子一翻："谁呀？我不知道……你们知道吗？"转向众人。

沈二皮一击巴掌："哎哟，处长太太，这都看不出来，你装糊涂吧你！那一对姓钱的，当然是老子为主。我不早跟你说嘛，别看钱坤那个人，小老头儿一个，穿的衣裳跟清洁工似的，可真正有脑子、有胆子、在后面出谋划策的，肯定是这一位'清洁工'老儿，而不是他那个喝咖啡、说英文、头上抹得香喷喷的宝贝儿子！"

听他形容，刘振邦笑道："嘻，听你这么说，这个钱坤成扫地僧一类人物了？"

沈二皮一愣，不清楚"扫地僧"是谁，却是挥一挥手："反正是个老狐狸就对了，而我们就是上了老狐狸当的鸡崽儿。这老狐狸带着个小狐狸，给我们下个香饵，设了个套……"

鄂娟娟打断他："是老蝙蝠，吸血老蝙蝠，你们都是被吸血的。钱就是血，他们吞了你们的钱，就是吸了你们的血。"

"好一个'钱就是血'，"包剑荣忽然开口，透过眼镜片，他凝望鄂娟娟，"那么请问，这已经被吸去的血，该怎样才能回来？或者用你的话，该怎样擒住钱坤这个'王'？我记得你之前说，你可以联系上钱进，就是那个儿子……"

"没错，我是可以联系上钱进。"鄂娟娟感受到那股凝望，回看过去，"我不过想事先提醒，你们要重点注意谁，否则我就算把人引出来，你们主次不分，一通乱忙，最后逮不住钱坤，你们的钱也是难回来的。"这一位眼睛不大，眼神的穿透力却不弱，就像钱坤那老儿，贼眼小小，目光如锥。对这些眼神具有穿透力的人，鄂娟娟总是很感兴趣，感到一股挑战的兴趣——你们这么喜欢看，我就让你们看，你们自信能将人看穿，而我鄂娟娟又岂是那么容易被看穿的？

这时李国珍道："姑娘，你就别卖关子了，时候不早，你赶快联系钱进，把人给我们引出来吧！"

鄂娟娟眼瞟着金凤娇："处长太太，你怎么说？我要是成功将人引出来，你那边……"

沈二皮拍着胸脯："没说的，鄂小姐！我替处长太太答应你，只要你把人给引出来，将来不管怎样，没人会为难你。处长太太要是不答应，你也放心，我死皮赖脸去求彭处长，总让彭处长帮你的忙就是！我沈二皮的为人，别的不说，是最念交情、最讲诚信的，鄂小姐你卖了我们这么一大好处，我们却不能礼尚往来，这还像话吗？这要是传开了，别人会怎样看我们，以后我们还要不要混了？"

这边金凤娇一听，立刻把眼一瞪，指着沈二皮："你个矮陀螺，谁准许你……"

沈二皮理直气壮："怎么，我说错了？还是你金凤娇不想追钱，以后也不想在天堂街混了？"

金凤娇被他一堵，说不出话来，眉毛压在眼睛上，鼻孔里哼哼的。她感到大势已去，却不肯就这样认输，低头想上一想，她忽道："不对，你怎么还能联系上钱进？他都关机了，你怎么还能……"

"他是关机了，"鄂娟娟打开她的皮包，取出手机来，"那个是他业务往来的手机，现在一跑路，多半是不用了。但他还有另一个手机，另一个号码，事发之后，我还没有联系过，现在我就来试一试，只要他能看得到……"

向英道："有两个号码呀，果然是老板！我知道的大老板，还真是有两部手机，两个号码！"

李国珍急道："姑娘，你真能忍得住！既然你都知道，不快帮我们联系，都什么时候了，还在这里一板一眼，他们可别已经跑到国外……"

"不可能，不可能，哪有那么快！"沈二皮赶紧否认，也是给自己鼓气。

"怎么不可能，已经一天一夜过去了，这乘飞机去国外，需要一天一夜吗？"金凤娇偏要说打击的话。在人前落败于鄂娟娟，已然是个耻辱，紧接着，得知钱进原来有两个号，那个用于业务的号，是人尽皆知，另一个私人用的号，自己一无所知，鄂娟娟却偏偏知道。尽管已然跟钱进势不两立，金凤娇仍被这其中的亲疏差别所烧燎，仿佛胃酸泛上，火辣辣不爽。自己不爽，也不愿别人爽，不管不顾，非要打击沈二皮，即使沈二皮是为了追钱也不管，以为这个矮陀螺活该，谁叫他今天总是偏帮鄂娟娟来着，哼！

鄂娟娟眼皮一撩："他们要是光想脱身，早就可以到国外了，没有身外之物，谁都可以很轻松。但问题是，他们能没有身外之物吗？他们忙来忙去，忙了这么久，难道是为了自己跑路，却把钱留下来的？这一天一夜，人是足够跑掉了，可钱呢？他们该怎么把钱给弄出去？一天一夜，是不够把钱带走的。那么多钱，他们是带现金呢，还是从银行转账？不管是哪一种，这笔钱的大头眼下多半还在，在没有确定这些钱能顺利弄出去之前，姓钱的是不会离开的。姓钱，就要跟钱在一起，没有钱，他们活不了的，去哪儿都白搭。"她一边说，手指一边在手机上敲。

包剑荣不禁微笑："说得很好。不过，你真的能把他们给引出来？在这个风口浪尖，他们会这么容易上当？特别是那个钱坤，我没有见过他，但照你们说的，他是个老狐狸、老蝙蝠，就算他儿子肯出来，他就不会拦着他儿子？"

"好了，发出去了。"鄂娟娟按下手机，望着包剑荣，"你也说得很好，我的确没十足的把握。如果他们不肯上当，就是按兵不动，那我们今晚全都白费功夫。"

"啊，你没把握啊？"沈二皮脸上一垮，声音也跟着垮，"闹半天，你也是半桶水……"一指伸出，指向鄂娟娟。

"这话说的，谁又不是半桶水呢？"鄂娟娟姿态变换，靠向另一边，"本来做事情，就是一半靠自己，一半靠运气，自己努力了不算，还得靠运气成全。我这里发短信，把人引诱出来，表面上是对钱进，其实是针对钱坤，只要他动摇了，一切就有希望。我已经够想方设法戳他的软肋，剩下的，你们就多多祈祷那只老蝙蝠忍不住怀疑，自己飞出洞来吧！"

包剑荣依然望着她微笑："你刚发的短信内容是什么，能否分享一下？"

这已经不知道是今晚他第几次微笑了，坐他边上的史达才一直在观察他，见他自从鄂娟娟进屋，就像变了张脸，脸上始终笑吟吟的，边说边笑，笑意从眼里流出来，不小心流满一脸。

史达才就惊奇了，悄悄拉扯刘振邦，道："你觉不觉得今晚的老包有点儿反常……"

关于这一点，"振邦永远最伶俐"早就注意到了，不仅注意到了，还在心里"哧哧"地笑，同时有一首旋律响起——什么旋律呢？

他低低地道："老包啊也有春天。"

那边鄂娟娟将手机一收："这个暂且保密，等到明天……"说到这里，"对了，明天有请各位到这个地址进行探险。到时我会把我的破车开来，你们最好也开一辆车，否则这么多人，我怕坐不下，就算坐得下，所有人从同一辆车里出来，会让人怀疑。停车的时候，好好选一个点，既不要惹人注意，也不要让交警贴条儿。"边说，边取出纸笔，唰唰地写。

刘振邦一听来劲："明天去什么地方探险，是不是他们的蝙蝠洞？"

沈二皮也来劲了，往鄂娟娟手边凑："初二就被贴条儿，交警上班了吗？"

鄂娟娟胳膊一挡他，写好了字条随即折起来："交警不上班，摄像头上班啊，我这不是以防万一么！"

她起身将字条交给金凤娇："处长太太，请收好了，明天早上九点，你们到了之后发消息告诉我。请务必保持低调，我人没到之前，不要打草惊蛇哦！"

金凤娇接了字条，到底好奇，打开来看，其他人也围上来，除了一个包剑荣。

那边鄂娟娟趁大家注意力转移，头巾一裹、穿衣、拿包，静悄悄地开门。临出去时，朝屋里一望，望到包剑荣，挑眉一笑：你看穿我没？

不待包剑荣反应，闪身走了。

包剑荣立在原地，被她那一笑倒闹得失笑，想上一想，想不出所以，正满心都是谜题，忽听沈二皮道："嘶……这个地方，不、不就是运河对岸吗，那我们明天岂不是要过运河！"

第九单元

娟娟其人

鄂娟娟从天堂街出来，在夜的掩护下，好像影子一般，穿城回到自己的小公寓。到了楼底下，先不上去，转到车位上，对那辆许久未用的车进行了一番检查，确定一切无虞，才上楼进家。进门后，又查看手机，看有无消息进来。都是些拜年的例行祝福，还有几个丢钱的客户以及一二同事追问她钱家父子的话。她浏览遍了，人靠餐桌，一边吃点心，一边将这些人挨个儿敷衍。

敷衍不易，尤其对那些客户和同事，总要字斟句酌，不多不少恰恰好，免得给他们嗅出点儿什么，旁生枝节。鄂娟娟吃一口，打几个字，偏头想想，又打上两句，匹配上表情符号。通读过了，认为对方必捉不到一丝口实，才轻点指尖，给它发送出去。过后她放下手机，横抱胳膊，足踝在桌下不经意地摇曳。

说实在的，这些人未免天真，以为上下嘴皮一碰，找她问一问，她就会将弥足珍贵的线索轻易告诉他们，以减少他们的烦恼，缓解他们的焦虑。这样无须代价的事情——他们凭什么以为会发生？又凭什么以为会发生在他们自己身上呢？还是说，她鄂娟娟看上去像什么救世主、大善人，不求回报，专门利人？

想到这儿，鄂娟娟偏了脸，望一望镜中，左看右看。她想，这样一张脸，无论从哪个角度看，都跟"救苦救难"不挨边吧？

回过头来，她又想，所谓弥足珍贵的线索，就得用同样珍贵的东西来交换，不说等价吧，至少不能差得太远，差太远的交换，是要出岔子的。钱——

她并不想收，这次的事情就是因钱而起（话说有多少事不是因钱而起呢?），她可不想在这个节骨眼，再多沾一些腥，授人以柄。毕竟，她身上的把柄并不缺，她正为此头疼。可不要钱的话，又有什么能值得她交出线索来? 要知道，如今这点儿线索，是她唯有的筹码，这筹码一旦放出去……

自确认钱家那两个跑路起，鄂娟娟一直在为这个烦恼。身为公司的前台，身为看上去似乎跟钱进过从甚密的人，她拿不准，自己这回会受多大的牵连? 倘若她主动说出线索，于自己又会有多大的好处? 而这其中的关键，又在于这线索给谁，她能获益最多? 鄂娟娟学会计出身，算账成习惯，一个人在家里算了半天，发现这线索不论给谁，都算不得什么明朗的出路。一面没有好出路，一面那些倒霉鬼频频地来电，钱家父子跑了，她倒成为目标，那些人一个个激动的，言下之意，仿佛她是钱家的儿媳妇，都来质问她，问她讨要人。

鄂娟娟烦不胜烦，颇有些后悔自己一念之仁，将钱家父子跑路的消息早早地散播了出去。本来指望替倒霉鬼们多赢点儿时间，自己也可以折一些过，谁知这些个鬼，扑不到姓钱的，把气撒她身上。得亏她好涵养，设置了免提，一边在垫子上练瑜伽，一边听那些鬼谩骂、念叨、哭诉……末了鄂娟娟还得敷衍，别人骂她，她依然得客客气气的，将人劝转——也就面子上客气罢了，这些出言不逊的鬼，有一个算一个，她鄂娟娟就算把话烂在肚子里，也不会叫他们知道哪怕一丁点儿线索!

好不容易手机消停了，鄂娟娟抱着臂，也生了气。倒不是气那些倒霉鬼，而是气钱家那两只蝙蝠。蝙蝠要吸血，这可以理解，但吸血快活的是你，留下来挨批的却是别人，这就不是事了。本来这世上行事，就一件事有一件事的好处，亦有一件事的坏处，现如今那两只蝙蝠，只想取好处，不想担坏处，这样无须代价的事情——还是那句话，他们凭什么以为会发生? 又凭什么以为会发生在他们身上? 还是说，她鄂娟娟看上去就像替罪羊、冤大头，遇事毫无办法，事到如今，只好忍个肚子疼，默认倒霉呢?

一想到自己被视为冤大头，再一想钱坤那阴凉的、嘲弄的眼神，鄂娟娟就心头火起，一股斗志上来。她忍钱坤已经很久了——是的，是钱坤，不是那个儿子，是钱坤那个老儿，那个在幕后筹划一切的吸血老蝙蝠。

鄂娟娟跟前夫分手之后，就辞了高薪的工作，远离那些对她不满意的家人，独自搬到了她的小公寓里休养生息。休养生息的日子里，她想了很多，想通一个道理，那就是这世上行事，一件事有一件事的好处，亦有一件事的坏处，不存在只有好处、没有坏处的事情，如果有，那肯定也是有别的人承担了坏处，好处被独吞了。一个人，只见到一样事情的好处，就扑上去，不顾性命，别人愿不愿意她不知道，反正她鄂娟娟不愿意就对了。记得那个谁说过，人最宝贵的是生命，生命每人只有一次。基于此，即便一段婚姻能提供再多的利益，一份工作能支付再高的薪水，然而这些却要你不断地劳心，拿命去换，鄂娟娟挣扎、踌躇半天，最终还是放弃了。她太爱惜性命，爱惜这些年富力强的时光，她不要那些好处了，她只想在这些时光里尽可能地舒展，自行其是，制造一些生趣。

因此她再度投简历时，便随意很多。她想要接着休息，但在家毕竟无趣，不如自降薪水，找一些简单的职位，边干边玩。她对薪水无要求，因为公寓的贷款已经接近还完——感谢外婆，这个小公寓从按揭到还款，大半都是外婆在支持。尽管她一离婚，外婆就被气得一命呜呼，遗产全无她的份儿，她仍然要感谢她老人家。她自己手里的钱，尽管不多，应付剩下的贷款还是绰绰有余的，而这一点，要感谢她给上一个东家卖命卖得投入。至于接下来再找东家，对薪水，她无要求，对其他，她就有要求了。因此面试的时候，人家在挑剔她，她也在挑剔对方，她打定了主意，这一回，她不是去工作，而是去"玩儿"的。既然是"玩儿"，就要找一个适合"玩儿"的地方——钱家父子那个所谓的公司就是这么一个地方。

面试的时候，鄂娟娟就察觉这家公司不太对劲。公司上下，拎不出一个真正做事的人，也就罢了，面试时间到，接待她的小姑娘到处问，满场飞，一个劲儿地请她稍等，又介绍她坐去一个无人的小隔间。鄂娟娟并不着急，看这模样，心里有数，让过去坐，她就过去坐，鬈发一甩，刚迈了几步，迎面一个房间的门打开，一个戴眼镜、打领带的男人探出身来。那小姑娘叫一声："经理！"就跑过去说话。说的自然是鄂娟娟面试的话，说的时候，鄂娟娟端着下巴，偏着头，鬈发跟帷幕似的全部顺到一边。那男人频频地朝她这边看。鄂娟娟发现了，不动声色，背转过去，假装去瞧墙上的公示栏。很快，那小姑娘过来，请她去前面那间办公室，经理将亲自对她进行面试。

那经理便是钱进了。乍一看，钱进一表人才，肩宽腿长，穿那种半休闲的西装，发型一看就是精心打理过的，鼻梁上一副宽边眼镜，配上略窄的脸型，倒也相得益彰。眼镜后面，一双不大的狡黠的眼，冲着鄂娟娟很温柔地笑："鄂娟娟小姐吗？请坐。"

鄂娟娟回他一个微笑，坐了下来。

面试正式开始。钱进看到简历上，这位鄂小姐过去几年的经历，皆是"全职主妇"，个人信息一栏，又填的是"离异无孩"。手按简历，钱进望望鄂娟娟，一双眼睛笑得格外温柔："鄂小姐，你离开职场已经很久了……"

鄂娟娟看着钱进，始终保持微笑，听了这话，笑容一缓，垂眼道："是啊，我以为我不会再回来的，可惜……"语气低回。

片刻沉默，钱进又道："你的工作态度呢？老实说看简历，你的态度不大令人放心，做全职主妇之前，在两个地方做前台，时间都不长，间歇却不短……你不是一个兢兢业业的人吧？"

"那是以前。"鄂娟娟忽抬眼，"以前，我可以那样，现在……现在我没退路了。"

两双眼睛对视。钱进的目光缓缓、缓缓地在鄂娟娟脸上游走。鄂娟娟则佯装露怯，不时低眼，心里却道：这人如果没了眼镜，会是什么样子？

钱进声音轻柔道："如果你很快再婚呢？会不会又要告别职场，做回全职太太？"

鄂娟娟抿抿嘴，灰心地笑："再来一次？我还能再来一次吗？我已经得了这么多教训，结婚这件事……"望一望钱进，欲言又止。

钱进依旧声音轻柔："这我倒能理解，毕竟，我也是过来人……"眼望着鄂娟娟，眼里好像有一只小手，对她飘飘地招。

鄂娟娟低颈浅笑，没有再答话，浓浓的沉默，将短暂的留白淹没。

随后便是些例行的谈话，关于薪水、加班、个人技能情况等，鄂娟娟一一对答。其间钱进就这家公司谈了两句，只道他们是进行项目投资的，至于什么项目、哪些投资，就语焉不详了。

鄂娟娟认真聆听，暗中标记，偶尔在一两处安全的地方，问上一问，那一副恰到好处的无知，让钱进舒服极了。谈了又谈，最后钱进问她还有没有什么想问的，鄂娟娟张张眼，略做沉吟："可以把你的眼镜给我看看吗？我认识一个人，他跟你戴的好像是同一款眼镜。"

钱进显然意外，对着鄂娟娟，看上一会儿，他忽然摘下眼镜，笑着递过来："你要看的真的是我的眼镜吗？"失去遮掩的失神的双目，极力向她飞眼。

　　鄂娟娟看他一看，顿时大倒胃口。她料得果然不错，有的人不戴眼镜好看，而有的人不戴眼镜，就成了灾难。这位钱经理没了眼镜，灾难不至于，那脸上的变化，大约也就是汽车的前进挡变成了倒车挡，差得那么多。

　　"……好像真的是同一款。"说罢，她将眼镜归还，嫣然一笑。

　　钱进将眼镜重新戴上，他笑问道："鄂小姐，如果被录用，你什么时候可以开始上班？"

　　嗯？鄂娟娟看着他恢复模样，又变"前进挡"，正暗自发笑——什么时候能上班吗？

　　戏既然演到这里，秉着有始有终的态度，她也得把话说圆了："随时都可以，我现在需要挣钱……"显得很急切的样子，心里却道：这样一个上司，这样一家公司，从自保的角度看，还是不要接触为妙吧！

　　正欲说两句话就抽身，办公室的门霍然启开，一个穿得蓝灰灰的小老头儿直闯进来。

　　"你，"小老头儿竖着食指，径直走向钱进，"在这里干什么？我跟你说过，这些事都交给别人去干，我们只干真正重要的事……你把上星期的账给我看。"

　　眼一掉，看到鄂娟娟，他上上下下打量："她是谁？你们在干什么？我告诉你，我不会让你乱花钱……"一双小小的刺猬眼，看人如锥如针。

　　鄂娟娟暗暗纳罕，她望着这个看上去穿得好像修理工的小老头儿。听出他话中的意味，她微微生怯："我是过来应聘的。"仍是那种温婉的口吻。

　　"应聘？"小老头儿目光越发尖锐，将她扎了好几下，"应聘什么？唔，你当销售，应该很不错。"

　　这时钱进道："她是来应聘前台的，爸爸。"

　　爸爸？鄂娟娟瞪圆了眼睛，看着这其貌不扬的小老头儿，又看看钱进——好吧，这没什么，想一想钱进摘掉眼镜后的样子……

　　却听小老头儿道："前台？我们已经有前台了，你这个败家子，为什么又把她喊来浪费你的时间？我们不需要两个前台，这种不干什么活却要我们支付工资的人，我们不需要！更不需要两个！"

　　声音裹在嗓子里，仿佛隐隐的滚雷，他边说，边拿手指点鄂娟娟。钱进并不回应，只是尴尬地笑，用目光向鄂娟娟示意，予以她温柔的安慰。

鄂娟娟微微颔首，表示不介意，心里却怒气涌动。不待小老头儿继续，她道："我先告辞了。"

钱进忙站起来："鄂小姐，请等我们的电话！"

鄂娟娟微笑示意，转身离去。门关上后，她又立了一会儿，听见里面那小老头儿毫不避讳地说："……我不许你招这种女人，这种女人是要花钱的！我告诉过你，不要把时间浪费在女人身上，她们不重要，重要的是……"

鄂娟娟没有听完，因为有人过来了。她不便久留，随即向外走，拐个弯儿，又碰见之前接待她的小姑娘——看样子，她就是这家公司现有的"前台"。

"不好意思，刚才我面试的时候，一个穿蓝衣服的老头儿突然闯进来，"她问那小姑娘，"你们经理说，那是他的爸爸，这个——是真的吗？"

小姑娘听了，一副了然的表情："是真的呢，他叫钱坤，他每天都在公司……"表情又变无奈。

鄂娟娟点点头，向她道了谢便离开。

是故当后来，那小姑娘打电话通知她去上班，鄂娟娟有一丝丝意外，又有一丝丝迟疑——

这家"父子公司"，到底谁说了算？现在拍板让她去上班的又是谁？如果是钱进，他要么逆了钱坤的意，要么说服了他老子，不禁想问他说服的理由。如果是钱坤，就更有意思了，她这样不干什么活却要花钱的女人，他们不是不需要吗？现在为何又需要了？更进一步，这家公司到底是做什么的？进行投资的话，敢问他们手上的钱，是上哪儿去，又从哪儿来？

握着手机的一瞬间，鄂娟娟就将这些问题过滤了一遍，越想疑问越多，多得堆成疑云。彼时彼刻，她有两种选择：一是选择自保，婉拒去这家公司上班，这也是大多数人会做的，不与风险打交道；另一种是选择涉险，满足自己的好奇心，有疑问，我就去亲自揭开疑问，把"上班"当成一次探险。他有他的设计，而我亦有我的用意，这听上去是不是挺有趣？只是需要小心，不要变成"好奇害死猫"，那样可一点儿都不有趣了……

"喂喂，请问你在听吗？"停顿久了，对方在那头发问。

鄂娟娟主意已定，马上回道："在的！我……我真的很高兴，贵公司能给我这么一个机会！我知道，我自己的条件并不优越，贵公司愿意选中我……"表示一番，传达拳拳的心意。

挂掉电话，鄂娟娟在屋子里转着圈走，思忖之前的那些问题。转过一圈又一圈，最后她问自己：那么多问题中，最主要的、也是统领一切的是哪一个？

而她也立刻就抓住了答案，那就是——这家公司到底是干什么的？他们靠什么生"钱"？搞清楚他们"钱"的来龙去脉，大体也就能清楚，他们为什么会聘用自己。可以说，"钱"是一切问题的核心，搞清楚了"钱"，也就搞清楚了其他许多事情。

带着这个最大的疑问，鄂娟娟打点精神，到岗就位。她跟那小姑娘两个，同为前台，每日接待、登记、接接电话，以工作量看，确实挺轻松，干活之余，有许多空闲。然而一有空闲，那个叫钱坤的老儿也就来了。

那个叫钱坤的老儿，果然如同事小姑娘所说，时刻都在，每日早来晚走，巡视来去，好像一个工头。只要看见前台停下手，他那一双刺猬眼中的针芒就起来了："你们没有事做了吗？好，你过来，把这个柜子理一理……"声音裹在喉咙里，向那小姑娘发命令。

小姑娘初出茅庐，无奈何，自然只好去做。钱坤命令完这个，又点着鄂娟娟道："你，把这块地扫扫，这盆树去扔掉，记住盆不要扔。"

鄂娟娟坐着不动："那样子前台就没人了……"

钱坤眼中的针芒一闪："有我在这里。"

鄂娟娟又说："经理交代我做的事情，我还没有完成。"

钱坤眼中的针芒再闪："你先做我让你做的，再做其余……"

鄂娟娟不动，她始终面带微笑，望着钱坤。这老儿目中的针芒很尖，就像她的前公公，以为只要略施压迫，就能调动别人的服从。

鄂娟娟不动，钱坤只好动了，眼中的针芒朝鄂娟娟一刺，他掉头就去找他的儿子，把钱进一路拽过来："她，在做什么？她说是你让她做的，你让她干什么？"

钱进望着鄂娟娟，鄂娟娟也望着他。钱进吩咐过她很多事，然而都是些杂项，并不紧急的。吩咐的时候，他俯下身子，贴着她的鬓发，把话轻轻地吹。偶尔一两回，鄂娟娟理头发，手一抬，"噗"地打在钱进的唇角上。她匆忙道歉，却见钱进一面抚摸唇角，一面望着她笑。鄂娟娟呢，只好佯装羞怯，低眉垂眼，在心里哀叹：自己为了探险，真是牺牲良多，想一想这位除掉眼镜后的样子……

可就是这种"牺牲"，才能离间他们父子，将二人组成的铁板撬开，哪怕不能撬开太多，哪怕只一点点儿罅隙。

鄂娟娟望着钱进，努一努嘴，又鼓一鼓脸颊，做出一副受气后的娇嗔样儿，接着对上钱坤，一翻两翻眼皮。

钱进便忍俊不禁，笑得一脸柔情，二人之间，春风骀荡。彼时唯有钱坤那个老儿仍冷冰冰、硬饯饯道："回答我的话！"

"没错，是我让她做的，她没说错。"钱进抚着鬓角，笑意绵绵不绝。

钱坤道："你让她做，我就叫不动她了？我们付她工资，结果我叫不动她？"

钱进神情也颇无奈："我没有这么说，你有事当然可以叫她……"

"可她不动！"

"那是因为她有别的任务，我给她的任务，需要在电脑上完成，那比较重要……"

听到"电脑"两字，钱坤稍微收敛——对此钱进后来解释说："我爸不会操作电脑，这方面他一窍不通，很多时候只能依赖我，没别的选。"

停顿一下，钱坤凝着两只刺猬眼，盯住了钱进："你让她用电脑做什么？她只是一个前台，不要让她做超出范围的事情……"

"当然，当然。"钱进微笑保证，表现出绝对的服从，钱坤又训示几句，他依然全部接受。父子再次同心，钱坤不再抓着鄂娟娟不放，两人避到隔间里，切切地商议事情。

鄂娟娟待在工位上，一边佯装忙碌，一边越过电脑上方，注意那一对父子。刚才那一幕说明什么？她向自己提问，想了又想。

不久，她看到钱坤走出来，往另一个方向去。同事小姑娘也回归了，她悄声通知鄂娟娟："经理让你过去。"

嗯？鄂娟娟道："过去？去办公室？"

同事小姑娘点两下头。她觑着鄂娟娟，低低地笑："我觉得……经理好像对你有意思。"

"别乱讲。"

"才没有，经理就是喜欢找你说话啊……"

"然而经理结婚了，这种话可不能乱说哦！"

——是的，钱进是个已婚的，面试时他自己提到过。根据同事小姑娘的说法，"经理的太太带着儿子，两人待在国外，经理却一个人在国内，看样子，一年中也见不上几回"。言下之意，颇不以这种聚少离多的状态为然。

鄂娟娟便顺着她的话："是吗？这个样子，很容易生分呀……"实际上，这一类妻儿在此地生活、丈夫在彼地揾食的"候鸟家庭"，这些年她所见多矣。至于双方会不会变生分——还是那句话，"钱"乃一切问题的核心。只要"钱"的方面满意了，无论如何也不能生分，而"钱"上不满意，想不生分也难哟。

彼此调笑两句，鄂娟娟便来找钱进。一进办公室，钱进正在冲泡咖啡，见到她，钱进举一举杯："你也来一杯？"

鄂娟娟微笑摇头："谢谢，我喝不惯。"

"那我们还真不一样。"说着，钱进掩上门，示意鄂娟娟向里面去。

鄂娟娟照办了，跟着他来到房间一隅。休闲沙发上，两人相对而坐。

一坐下来，钱进拿出一份清单样儿的册页，摆在台面上："我们假装在谈工作好不好？比方说，这是我要你定期采购的东西……"

鄂娟娟无声地笑，俯仰间，宛如花儿的开合："为什么？怕你爸会不高兴吗？"

钱进望着她，笑意盈盈："明知故问可不是好姑娘……"

鄂娟娟睇着他："我本来就不是姑娘呀！"

钱进又笑，啜一口咖啡，他言归正传："刚才的事……我替我爸向你道歉，他人老了，头脑顽固，你不要太介意。"

鄂娟娟一手摸着鬓发："其实没什么，不过我想多一句嘴，你爸他老人家……我是说，他是不是对我有什么成见？那天面试的时候，他就反对招聘我。"

钱进道："啊，他就是那个样儿！"

"那我再多一句嘴，既然他反对，为什么又录用了我？"

"又明知故问……"钱进望着鄂娟娟鬓发绕指，次第往上，望着她的肩颈、口鼻、眼睛……借着搁下咖啡杯，他慢慢向她倾身，"你说呢，我为什么不顾反对，要录用你？"

绕着鬒发的手骤然丢开，鄂娟娟羞缩地偏过脑袋。大半张脸藏到鬒发之后，她故作嗔怪："我不知道。"说罢却又偷眼，朝钱进一瞥。

　　钱进便退回去，笑影频频摇曳："开个玩笑，请不要介意。这样吧，我两罪并罚，既是替我自己，也是替我爸，请你吃顿饭，好吗？"

　　鄂娟娟辗转心肠，从鬒发后边探出脸："不敢当，吃饭是要花钱的，回头被你爸知道，又是一个话柄，看我就更不爽了。"

　　"你大可不必担心这个。"钱进不经意地伸长腿，触到鄂娟娟的足尖，"我告诉你，只要你肯出力，成为自己人，他心里也是有数的，自己人吃个饭，算什么？你看如果我把你这样安排……"

第十单元

图穷匕见

　　于是自那天开始，鄂娟娟和钱进的关系变得越发密切。虽然还是前台，更多的时候却是待在经理办公室隔壁一小间，一人一机，帮忙处理事务。玻璃门这边是钱进，那边就是鄂娟娟，人来人往，大家都看见。临下班了，钱进又每每将她叫住："等一下，我们去吃饭？"如此邀请，不能不答应，却也不能每次都答应，鄂娟娟估摸着，总给他三次中答应两次，还会戏谑道："你光请我，不请你爸吗？我还从没见你请过他。"钱进笑道："这个真不敢，我怕看到菜价，会气到他。"鄂娟娟也就一笑，待下班，坐上钱进的车，两人同行。

　　同行的目的地，不外乎远远近近、各式风味的餐厅。圆桌方桌，高高低低；筷箸刀叉，逐次不一；这一处，光线幽渺，那一家，彩灯华美。鄂娟娟和钱进两个，就在这不断变换的场景中，各怀鬼胎，展开话题。钱进热衷的话题，不外乎两个：一是历数当年作为交换生留学时，当地的风物见闻；再有就是探问鄂娟娟的上一段婚姻，再由鄂娟娟的答案，引申到他自己的婚姻，表感慨，叹幽情。鄂娟娟想知道的关于公司的信息，他绝口不提。鄂娟娟婉转相询，钱进蜻蜓点水，模糊两句，下一句就把话岔开。鄂娟娟心里有数，丢开公司，转而去刺探钱进的妻儿在国外的生活："哪一年出的国？""住在哪里？""你老婆上班吗？""那边开销怎样？"……在心里默默地估算数据（假设钱进并未撒谎）。吃完饭，两人开车兜风，沿着运河，敞开顶窗，音响里流淌出英文歌曲。一路开到鄂娟娟的公寓楼下，钱进有时拿出礼物送她，作为告别，还会轻轻地问，眼中有微光："你家里什么样，我可以上去看看吗？"鄂娟娟就故弄玄虚地道："这只是住的地方，不是家。""哦，为什么？""因为家是长久的陪伴，不陪伴，不行，不长久，也不行。"钱进听了，勉强地笑，眼中的微光自行熄灭。

终于分手，鄂娟娟携礼物上楼。进了门，在灯光下看那些礼物，不外乎化妆品什么的，说昂贵不昂贵，说便宜也不便宜。看过了，她把手上的礼物跟钱进之前送她的那些收到一起，原封不动，以备"将来某一天，这些可能要全部归还"。盥洗之后，又散头发，披浴衣，一张纸，一支笔，鄂娟娟盘在床上开始"算账"，记录她在公司看到、听说、亲手接触过的事物：客户、业务员、续签合同、转账……钱进号称投资的项目，她所知寥寥，而每日前来注资的客户，男男女女，却多如牛毛。看年龄，看衣着，看谈吐，鄂娟娟着实为他们担忧。尤其那些老头老太太，夹着现金，抖抖索索，一摞钞票，来回地数，一个问题，来回地问。鄂娟娟见状心道：什么人，会把这些人当成目标客户？此外就是些中年人和他们的亲朋好友，一个个或计较，或咋呼，或两者兼而有之，没什么可说。其中只有一个，让人印象深刻的，那就是一个姓金的据说是开饭店的老板，英悍面孔，梳个大背头，带一个一看就比他小一辈的女友。鄂娟娟那日一见，挑眉心道：哟，这是哪里跑来的许文强？再看接待他们的钱进——果然"货比货得扔"，站金老板边上，他便连那丁力也算不上啦！随后悄悄地留意，得知那金老板全名"金大富"。这位又"金"又"富"的老板果然有水平，在利率的峰值出手，两个月后本利回撤，捞一票就跑，任钱进百般利诱也不松口。他最后一次来办公室，鄂娟娟恰在前台，手续办好了，金大富对她看了又看，微微一笑。"许文强"都笑了，难道她还能哭吗？鄂娟娟便回他一个笑。于是那一阵，钱进的脸色就极难看，钱坤的脸色比他更难看。如果不是后来金大富胞妹的出现，两人的脸色恐怕不容易缓回来啦！

那位胞妹，自然就是金凤娇了。然而起初不是她自报家门，恐怕没人能看出她跟那位金老板存在着某种神秘的血缘上的联系。形貌既远，心智更大相径庭，几乎从金凤娇第一次出现，鄂娟娟就知道，钱进要把在金大富那里损失的，在这位胞妹身上找回来，也许还不止。这位胞妹，也是有趣，第一次见面就向钱进示好，递媚眼，送本金。越送越多，频频现身，哪怕不为什么事，哪怕只跟钱进聊十分钟的天。越混越熟，渐渐开始邀请钱进吃饭，送他礼物。钱进呢，彼时居然学习鄂娟娟，三回中应邀两回，礼物酌情收取。私下里，却向鄂娟娟发怨："不是为了业务，谁愿意应付这母河马！"又拜托鄂娟娟，帮他挡一挡，但凡金凤娇在场，就做出争风的样儿，还道："我被母河马纠缠，你就一点儿都不吃味？"鄂娟娟被问得哭笑不得，干脆闪过这一问："帮你挡驾可以，但这样一来，我就得罪那位太太了。这一点，你怎么补偿我？"钱进笑道："你想要我怎么补偿？"鄂娟娟亦笑："回头告诉你。"于是金凤娇再来时，鄂娟娟就时常作态，摆身段，弄风情。钱进默契配合。金凤娇果然上当，归咎于鄂娟娟，对她或怒目，或白眼。鄂娟娟不以为意，依旧摆弄姿色。"强敌当前"，金凤娇渐渐来得不那么频繁了。

为了答谢鄂娟娟，钱进愈加殷勤地请她吃饭，只是仍然不谈公司的事情。不谈论公司，这饭鄂娟娟就吃得兴致缺缺。数月过去了，她对钱进的意图，始终不能达到，而钱进对她，同样不得推进。他们两个人，好像武打片中对峙的双方，兜兜转转，僵持许久，一个不露破绽，一个不透口风，心里似乎都厌烦，又谁都不肯先撤退。

一日，钱进邀鄂娟娟上运河对岸的新区吃饭，回程中钱进的手机响，"丁零零零零，丁零零零零……"刚开始鄂娟娟没有留意。钱进的手机铃声设置得倒很朴素，就是那种老式的电话响铃。然而就是这种普通的响铃声，也有细微的区别，有较为尖细的"丁零零零"，还有较为暗哑的"丁零零零"。钱进惯常使用的，就是前一种"丁零零零"，鄂娟娟听过很多次。铃声一直在响，钱进像是没听到，目视前方开车，并不去接。鄂娟娟本来在跟钱进聊天，见铃声响着，钱进总不理，知道因为自己在场，他不方便接，这也没什么。钱进常用的手机，大约在他的外套口袋里，铃声就从那里传来。又听上几声，鄂娟娟陡然惊觉，她发现，这好像不是之前熟悉的尖锐的响铃。这铃声更沉、更钝、更暗哑，肯定不是原来那一个。鄂娟娟看一眼钱进，心思一动：只有两种可能，要么他更换了铃声，要么……

响铃终于停止。鄂娟娟望望前方，笑着开口："前面好像有公厕？可以停下吗？"

"当然。"

钱进说着，变道、减速、转弯，将车开进道旁的一个小停车场，后方是一座看上去新建不久的公厕。鄂娟娟下了车，穿过小停车场，进了公厕，绕了一圈，又回到门口，却是不出来。门口侧首边，是个开水房，公厕管清洁的人员一般作休息、吃饭用。这时节，管清洁的人不知去了哪里，却有个学龄的小男孩，坐在开水房门口，抱着手机用功。鄂娟娟看见了，眼珠半转，有了主意。

"咦！"她打开皮包，做出一副懊恼的样子，"手机呢？"哗啦哗啦，翻来找去，又将包一合，冲着停车场上望，嘟嘟囔囔。

动静不同寻常，小男孩终于丢开手机屏幕，朝她看看。一看之下，小孩子心性，又忍不住再看两眼，奇怪这漂亮阿姨为何站在这里，又为何一脸丧气——是有人欺负她吗？

见小男孩望她，一切就好办了。只听鄂娟娟道："这位小朋友，你能帮我一个忙吗？"温声细语，楚楚有情。

小男孩走过来，道："什么忙？"对这漂亮阿姨喊他"小朋友"，心里不大愿意，对漂亮阿姨请他帮忙，却是极愿意。

"你看那边停车场上，靠路边那一排，左数第三个，是不是有一辆黑色的车？"鄂娟娟将他拉至一边，"你能不能替我过去看看，车里面那个男的是不是在用手机打电话？最重要的，帮我看他用来打电话的是什么样的手机，大小、颜色、牌子……好让我知道，他是不是拿了我的手机去用，害我现在都没的用！"

这个忙大约过于特别，小男孩看看鄂娟娟，又望望停车场，挠头迟疑。

鄂娟娟再加一把力："他如果真拿了我的手机，我自己是不方便去看的，否则对质起来，容易伤和气。最好就是你帮我去看，帮我看清楚了，不管那是不是我的手机，我都感谢你！"又取出一张十块钱纸币，夹在指间，看来是要作谢仪。

小男孩脸涨红了："帮你就帮你，不要给我钱！"一气之下，就要冲过去。

鄂娟娟忙将人给拉住："好，好，小朋友，有志气！算是我不对。"把钱收起来，"但那人很警觉的，你这样子去可不行。"

小男孩奇道："那要怎么样？"

"你装作做别的事情，让他不要在意你呀！你能做到吗，就像侦探那样！"

"侦探？"小男孩越发感兴趣，望着鄂娟娟，眨巴两下眼，"我知道了！"说完，脱兔一般去了。

"哎！"这下鄂娟娟没有拉住，看小子一副冒失相，以为事情要糟。闪在边上，悄悄张望，见小男孩打开自己手机上的电筒，半蹲着身子，一边向钱进那边包抄，一边"咪咪""咪咪"地叫，把光往汽车底下照。照着照着，离驾驶座越发近了。

鄂娟娟见状，忍不住打个响指，叹道："果然后生可畏！"

钱进正在驾驶座上打电话，时不时瞭着后视镜和边镜，以防鄂娟娟回来，他好提前收线。正在说着，镜中人影一晃，带着白光，"咪咪！咪咪！"好像小孩子在唤猫。白光闪来闪去，不离他前后左右，钱进一边持手机，一边往外看。只见一个小男孩，站起蹲下，跑跑停停，拿光到处照，嘴里唤"咪咪"。好几次挨着车边，看他车底下，站起来时，冷不丁地，光就刺到脸上。钱进嫌恶地撇过头，讨厌这孩子，却更讨厌有东西跑他车下，不小心轧死了，想想就晦气。好在小孩子找过一圈，又渐渐地走远，等钱进挂断电话，早已什么都没有，四周清静得很了。

"怎么样？"重新见到小男孩，鄂娟娟迫不及待，向他询问结果。

小男孩告诉她道："那个叔叔果然在打电话！"

"是吗？"见事情不出自己所料，鄂娟娟笑得眉眼飞扬，"那他用的手机……"

小男孩又道："手机大概这么大，颜色是深的，好像是黑色，但好像又比黑色要浅……"他用自己的手机作比画。

比画的结果，是小于他手里的手机，且小了不止一圈。跟时下绝大多数手机一样，小男孩的手机屏幕宽阔，阔似手掌，鄂娟娟自己的手机和钱进惯用的手机也是这样。

"你是说，他正在用的是小手机？"鄂娟娟要问仔细了，"就像前几年那样的款式？"

"是的，就像是以前的样子，"小男孩笃定点头，又颇为抱歉道，"牌子我没看到，他正在打电话，被他的手挡住了……"

鄂娟娟笑道："没有关系，你能看到这么多已经很棒了，我非常非常感谢你！"对小男孩竖起拇指。

小男孩脸又涨红，十分不好意思，挠着头，想笑又忍笑，眼睛到处看。

鄂娟娟头微昂，想上一想，最后做一次确认："你确定是这么大的一个手机，比你手上的机子要小？那边光线不好，你没有看错？"

小男孩瞪大眼睛，举一举自己的手机："我用手电筒照他的，我看到的就是一个不大的手机啊！"说完，又关心地问，"那个……他到底有没有拿你的手机？那个手机是你的吗？”

鄂娟娟颇为遗憾道："不是，我的手机颜色不深，也没有那么小……"

小男孩便好不失望："哦……"

"但你仍然很棒，我也仍然感谢你，刚才那个方法，不是谁都能想出来的哦！"鄂娟娟说着，又给他一个拇指。

小男孩知道这是指他假装唤猫的事，再度不好意思："我也是跟别人学的……"

这时有人进来，鄂娟娟不便耽搁，又赞美小男孩几句，便行道别。她穿过停车场，缓步走到车边，向里边的钱进挥手。

钱进见到，笑着给她开门。鄂娟娟上了车，笑道："我是不是太耽搁了？"

钱进道："没有没有，女士耽搁一点儿，很正常。"顿一顿，"而且马上回去，途经一个地方，我给人送东西，也要耽搁一下，不知道你……"

鄂娟娟忙道："没问题，完全可以，大晚上的，我又不赶时间。"意见达成了，随着钱进发动车子上路，她的心窍也缓缓启动。

道路宽阔，畅通无阻，运河这一岸的新区，几乎全部在开发中。透过车窗望去，远处好几座高楼，颇具雏形，正在堆叠中，配合旁边的塔吊，映在夜幕上，显示出钢铁般的决心。

鄂娟娟也有钢铁般的决心。她运转心窍，猜测不已，想钱进马上要去的，会是个什么地方，他说要见的人，跟他是什么关系，至于送过去的东西嘛——她未必能一一都搞清楚，但她可以先找方向，只要方向正确，弄清楚具体内容是迟早的事，一旦范围限定了，里面的东西无非那几样……

她飞快地思量着，心弦紧绷，面上却要放轻松，好像没事一般，跟钱进谈笑。谈笑的内容不重要，喏，眼前这些就可以：新区啦、规划啦、项目啦、价格啦……随看随说，随说随发散。重要的是不能太沉默了，在这样的社交场合，留下可疑的空白。空白如缝隙，缝隙映人心。空白多，代表人心分裂得就多，即使人心从来分裂、从未聚合，也还是不要暴露出来比较好吧！

鄂娟娟精神抖擞之下，处处想得周到，同时鼓弄唇舌，不断提引话头，将一张聊天的网编织得缜密。然而不知为何，钱进那边，一反往日的夸夸其谈，不是回应得短促、平淡，就是支离破碎，不能搭首尾。而钱进本人，观察之下，也有点儿魂不守舍的光景。看上去他颇想要静一静，却苦于社交礼仪，说不出口，只好勉力跟鄂娟娟周旋。

　　相较之下，两人的表现，高低立判。鄂娟娟心底一笑，倒也不迫得那么紧了。她心想：钱进这个人，其实没有什么，真正不好对付的是他那个老子，那个姓钱的老蝙蝠。

　　说到那只老蝙蝠，已经好一阵不来寻她的晦气。自从上一回，钱进从中调和，又格外垂青鄂娟娟，让她坐办公室隔壁，接触各样事务，钱坤就好像真的如他儿子所说，接受她加入己方阵营，不再那么苛待。作为老蝙蝠，他自然仍在办公室里，拉着张瘦脸，每天飞来飞去，见缝插针，摊任务，派活计。被他盯上的人，原本脸不长的，也会拉长，就算能脱身，也要扒层皮。而看到别人脸长了，钱坤自己的面孔，却奇迹般地缩短了点儿，心情上扬。再看到玻璃门这边的鄂娟娟，多数时候，可以克制，少数时候，仍忍不住找些小小不言的碴儿，挑两根刺，亮一亮眼中的针芒。还有更少的时候，鄂娟娟同钱进说笑得热烈，偶一抬头，见钱坤站在不远处，望向这边，微微地笑。彼时他脸色仍阴，眼神仍尖利，如此二者之下，却又泛出笑意来，仿佛恶土中开出了花儿，滴着黑汁，渗出毒蜜。鄂娟娟心中"咯噔"，心神恍惚。她感到自己不止一次见到过这表情，这副"恶之花"似的表情，上一次是在谁的脸上？又是在哪里？……

　　钱进慢慢地将车泊住，他向鄂娟娟点头："我马上就来。"

　　鄂娟娟笑着回应。只见钱进下了车，径直向前走，脚下"咔嚓咔嚓"的，不知踩的是什么样的路。他走入一大片平房的阴影里，迅速不见了。

　　路灯不济，鄂娟娟回过神来，挺身而望，见附近老大一片，似乎都是自建的民房，这里一小楼，那里一屋脊，东墙挤西墙，西墙挨北窗，一路推拥着向运河岸边去。为什么是岸边呢？因为对岸的一标志性建筑上的霓虹灯已然在望，赤橙黄绿，闪烁不定。鄂娟娟坐车里看了片刻，突然解了安全带，走下车来。

　　人下来了，却用皮包抵门，不叫门关上。脚踩到地，发现都是渣土，却顾不得许多，她加紧脚步，循着钱进消失的方向，深入到这片民居。穿过小巷道，再抹两个拐角，蓦地视野一开，深黑色的运河就横在下方，其上点点波光。从河岸边起，一大片斜坡，缓缓又宽长。这些民房就依傍斜坡，密匝匝地铺开来，人家的灯火好似繁星，远近高低，散落在这片区域。

鄂娟娟立足的地方，差不多算个制高点。她举目下望，见这块自建住宅的地，简直比她以往见过的任何地方都更加杂乱，更像迷津。每一户的家前屋后都有巷道，从那种几人宽的到仅容一人通行的，互相连接，错综复杂，暗藏不少捷径。假设一个人想从最东到最西，至少有十来种路线，这样走可以，那样走也行，穿穿绕绕，随心所欲。

瞧上一会儿，鄂娟娟心道：有趣——这样一座迷宫，不派上用场，简直可惜！可就是这样一座有趣的迷宫，把钱进那家伙深深地藏匿，让她无法跟踪，更无从找起。

等等——果真无从找起吗？鄂娟娟只沮丧了一下，决心又起。钱进临去时留的口风是"马上就来"，之前他也说只"耽搁一下"，除去社交上夸张修辞的成分，鄂娟娟猜他的确不会耽延太久。如何才能不耽延太久呢？无非路程短，事情小，最多再加一个走得快。钱进走得快不快，她无从猜想，但看这种地势，跑步怕是有点儿困难。再回想路上，一通电话过后，钱进就突然改口，说要"给人送东西"，同时变得心不在焉，懒于言语。这样看来，他这一趟是所来非小，至于是什么事情呢？鄂娟娟大胆做个猜测——不是"钱"上出了问题，就是跟钱有关的方面出了问题，而且这问题，恐怕连钱坤那只老蝙蝠都感到了棘手。这么一看，那最后一个剩下的"路程"，总归是不能太远的了，不能是紧邻河岸的低洼地带，也不能是那些边边角角的空旷之地，说不定——

鄂娟娟四下环顾，专朝那些有灯光的房子望，从左至右，几户灯光大亮的、人声大噪的，均被她排除。她将目光锁定在剩下那些房屋。那些房屋距她不远不近，不是带大院，就是有楼阁，比起左近那些低矮逼仄的平房，想来这些房屋的主人，心气都不低。

鄂娟娟一边思想，一边走动，却不是向着那些目标房屋去，而是向周边那些低矮的平房，下几级台阶，取一条宽绰的甬道，挨家挨户打量。彼时天已入冬，路过的人家多关门闭户，没什么人出来。过了好几家，见一个半秃的男人，端着杯子，站在门前漱口，那一声声"呼噜噜噜""呃呃""唰"，让鄂娟娟难以启齿。又走几步，见一个臃肿的妇女，在垃圾堆边上，翻来翻去，挑选可卖品。鄂娟娟上前碰运气："你好，向你打听一家姓钱的人，你知道这里哪家姓钱吗？"

那妇女拣着东西，瞟她一眼，没好气道："干什么，查户口啊！不知道，不知道！"嗓门儿特别大，像是在吵架。

鄂娟娟无奈，只好绕行。吵架她是不怕的，她怕的是那个嗓门儿，有碍听力不说，这个时候，引来什么人可不好。于是匆匆地走，还没走多远，灯光下一看，居然走不过去，尽头又是人家，成了个死胡同。

呀！鄂娟娟蹙眉，对着条死路沉吟，心想今晚是不是算了，还是赶紧回去为妙，大晚上的这样摸来摸去也不是事。反正地方就在这里，莫若改个白天，自己一个人过来，从从容容地打听，只要人不跑，还怕打听不出来？

正欲转身，却听有人道："哎，你……你找钱家吗？"

嗯？鄂娟娟回头一看，只见一个瘦小的老太太，满脸鸡皮，白头发剪得跟耳朵平齐。眼睛虽然陷下去了，却于那两个陷坑里，射出精微的光。

老太太看着鄂娟娟："刚才不就是你打听钱家吗？你打听钱家干吗？"

鄂娟娟也看着她，心念电转，她道："还干吗呢，当然是让他们还钱了！怎么，你认识他们？是他们家亲戚？"

老太太道："哈哈，我攀不起这样的贵亲，你来，我们到那边说……"她自缩到道旁的阴影里，示意鄂娟娟跟上。

鄂娟娟直觉有戏，便跟在老太太后面，闪入一间半封闭的石棉瓦搭的小棚。棚子旁边大约就是老太太的住处，不起眼的两间平房，小小的窗子里泛出暗淡的光。

棚子里有桌有椅有杂物，老太太自顾自坐下："怎么样，窗户漏风也有好处吧？我正在那儿泡脚，就听到有人问钱家，要是窗户不漏风，以我这耳朵，不就错过去了？唔，你刚才说……你来找钱家要钱？"

鄂娟娟道："可不是？我也是一时糊涂，信了他们的话，说什么借钱去投资，利润很大。可后来一想，现在这个行情，还有利润很大的事？被人七说八说，加上家里需要用钱，便找他们要。他们倒好，今天推明天，明天推后天，最后干脆不接电话……我也是听人说，他们家住这里，就过来摸摸门。你老太太心好，告诉我他们家的门牌，我也就不白跑了。"边说，边在老太太对面坐下，唉声叹气。

老太太哼道："就知道这一家不是东西！哼，钱嫂子可没少吹嘘，什么大媳妇出国、大儿子挣钱、老头子多能干、在哪里哪里搞个什么东西……我就不信她！这种人家，平时晒衣服都要多占你二尺……当初盖院子，非堵到我家厨房窗户底下，一点儿淌水的缝都不肯留，你看，他们家就是这种人。这种人，要么不挣钱，要挣也是挣的坑蒙拐骗的钱，瘦了别人，肥了自己。话说回来，这种人挣了钱又怎么样呢？会给你钱嫂子用吗？你大媳妇大孙子出国，儿子自己买好房子，老头儿也买房子，把你钱嫂子一个人扔在这儿，好多天不来看一下……"

鄂娟娟急忙打住："啊，他们不来吗？"

老太太竖起一根指头："怪就怪在这里，以前是不大来，来也就逢年过节，送点儿东西。他们家呢，是大儿子跟老头儿过，小儿子跟钱嫂子……懂吧？除了那小儿子，一家子都是人精。本来钱嫂子跟老头儿有矛盾，两边不来往，可去年小儿子的丈母娘还是什么人说是生大病，小儿子整天往那头跑，这头顾不上。钱嫂子一个人，不知怎么搞的，又跟老头儿搭上，两边走动起来。可人精就是这样啊，看你个孤老婆子，没钱没势，理你干什么呢？何况来也不好空着手，对吧？我家后面窗户就对着他们家院子，人一来我就知道。以前来得很少，来也就点个卯，意思意思。最近这几个月，奇了怪了，经常过来，就那老头儿，还有大儿子。两个人还不是白天来，都是晚上天黑了，偷偷摸摸，鬼影子一样。还往这边搬家具，又是橱又是柜，磕在台阶上，'咚'一下，'喱'一下的。我们问钱嫂子，她说是老头儿亲戚家不要的家具，觉得扔了可惜，暂时放这里。我从窗户口看，那些家具哦，又破又旧，烂得不成样子，劈开来烧火估计都够呛！就这样的东西还留着呢，还拖到亲戚家？唉，不知道搞什么鬼，反正从他们嘴里掏不出实话。就这么一家子人，你还敢借钱给他们哪？"

鄂娟娟呜呼道："我不是不知道吗？我要是早碰见老太太你……对了，你说他们家就是你家下面那一户？带一个大院子的？"

"是，正对着的，"老太太明言，"四号杠十七，就是他们家。怎么，你现在就要去？"

鄂娟娟踌躇道："现在……怕是不行吧？天这么晚了，我又是一个人……"

"我想也是。你呀下次来，最好多带几个人，趁他们人都在……"老太太又絮絮地说。

鄂娟娟却是不敢再耽延："你老太太说得对，我这就回去，找人合计，看怎么办比较好。"又闲扯两句，辞谢了出来，急急地踏上回路。

走上一段，想起什么，她又掉头回去："老太太，你贵姓？"

"啊?"老太太已经进了门,却是没关上,"哈哈,叫我屠老太就行啦!我的姓啊,一点儿都不贵……"

鄂娟娟听罢一笑:"今晚多谢屠老太你啦!"说完又快步地走。边走边想,今日一夕知道的未免太多,其中真真假假,虚虚实实,一时半会儿是理不清了。唯一可庆幸的是,花了如许心思,弄来了"四杠十七"这个门牌,将来不管出什么事,都是一个筹码,问题只在于这个筹码给谁最适宜。为确保筹码的可靠,她最好找个机会,再过来一趟,探探那个"四杠十七",是不是真如屠老太所说……

上台阶,抹拐角,鄂娟娟寻思不已,冷不防地出了巷道,撞见车边有人。再一回神,原来是钱进,一只手拿着她的皮包,正低了脑袋看。忽然人影晃动,他一抬眼,就望到了那端的鄂娟娟。

鄂娟娟乍惊,随即笑着走过去:"你回来了?我当你还要好久,便四处转一转,看这块地方,位置太好,怎么没有人来开发,反盖上这么一堆丑东西,真是浪费……"

钱进难得不搭她的话:"你心真大,把包就这么丢下,人跑了。我回来不见你,看这样子,还以为你出了事,正想着要不要报警,你就回来了。"语气淡淡,目光深深,盯着她的脸。

鄂娟娟略微欠身:"实在抱歉,是我的疏忽,本只想下来透透气,没想到走远了点儿,我的包被人拿走倒没什么,要是害得你的车失窃……"

钱进将她的包丢回去:"我刚看过,我们都很幸运,什么都没少。"

"那太好了!"鄂娟娟看上去笑得完全发自内心,钱进盯视良久,没再说什么,绕到对面,坐进车子里。

鄂娟娟也坐进去。剩下的路途,两人破天荒地双双陷入沉默。倒不是鄂娟娟想这样,而是今晚她操劳颠惊,委实撑不住了。勉强提个话头,遇上钱进的冷脸,单音节敷衍一番,彼此心知肚明,又有什么意味?索性打破习惯,留下大段的空白,痛痛快快地沉默,你不说话,我也不说话,看那人心多分裂,缝隙多深刻,从来都这样,从未改变过。

两旁的街景如飞倒退,车中的二人如飞向前。夜色如幕,钱进将车开至鄂娟娟的公寓楼下,缓缓地熄火。

鄂娟娟早想好了说辞:"今晚实在抱歉,看来我惹人讨厌了。为了让你心情好一点儿，我主动回避一下，向你请个年假，你同意吗？"

后视镜中，钱进冲她一笑："你道歉的方式是请假？真是特别，你觉得我会同意吗？"语笑温柔，掩盖住剑鞘。

"你不能不同意，你欠我一个人情。"鄂娟娟徐舒地撒手，终于将一直扣着的筹码掷出去，"我替你挡驾金凤娇，你还没有正式谢我呢。"对着后视镜，她狡黠地眨眼。

钱进不笑了，他盯着后视镜中的鄂娟娟，温柔的潮水退去之后，留下一地突兀的岩石。

这种感觉就像……就像什么呢？鄂娟娟思来想去，终于想到一个词——图穷匕见。

钱进最后还是准了她的假。假期中，鄂娟娟一是在家里细细"算账"，二就是向同事小姑娘打听："公司这两天情况怎样？""钱家父子两个在干什么？""客户那边呢？"同事小姑娘每每在电话里揶揄她："拜托，你放假还这么关心公司？那你干脆来上班好啦，换我去休假！"接着告诉她，"钱经理看上去蛮严肃的，不像以前爱开玩笑了，钱坤不用说喽，还是那么恶劣，一有机会就使唤人……"彼时，她跟同事小姑娘之间，已经不比刚入职的时候。小姑娘年轻人脾性，见鄂娟娟不顾钱进已婚的事实，两个人一来二去，过从甚密，对她抱有某种道德上的愤慨。尽管鄂娟娟待人亲切，言谈风趣，也不能原谅这种行径。鄂娟娟不便解释，就随她去。也亏得小姑娘年轻，好好向她打听，她也拉不下脸不睬，鄂娟娟问着问着，她也就说开了，最后还道："客户有啊，每天都有钱进来，比以前还多……"

比以前还多？鄂娟娟感到不解，既然"比以前还多"，钱进为什么会变得"严肃""不爱开玩笑"？那一晚他明显的焦虑又是为什么？总不能是她弄错了，钱进的改变难道跟公司无关？还是说——

鄂娟娟心头半跳，突地冒出一念，若真如此，运河对岸那边会不会……

不及多想，鄂娟娟立刻驾自己的车，赶了过去。她找到那个屠老太，问了问题。屠老太道："没啊，人还在，我刚才还看见呢！"屠老太引鄂娟娟进屋，隔着窗户，指点给她看："你看，钱嫂子不在那儿？"只见一个高挑的老太太，衣着鲜艳，在院子里拾掇。鄂娟娟又问有没什么人来，屠老太道："这两天倒没来。"鄂娟娟点头，拉着屠老太，两人密谈一场。谈妥了，她留下一个号码，告诉屠老太："要是有情况，打我这个电话。"屠老太答应了。从屠家出来，鄂娟娟假意离去，却是环绕一周，又从小夹道里穿出，在"四杠十七"号附近盘桓。她一面走动，一面看觑地形，听候动静。其时，有邻居隔墙说起要拆迁的传闻，此话头一开，好几户人家尖耳朵，推门出来，你一句，我一句，纷纷地追问。钱嫂子也在其中，问补贴，问时间，热火朝天，好几次有人说"钱嫂子，你家这么大，这下发财啦"，钱嫂子便笑，脸上锐利的皱纹缓和了。鄂娟娟都看在眼里。

回到家，她又"算账"，综合所有的事实猜测真相。事到如今，她几乎确定钱家父子吸引资金一事没有经过报批。没有报批，就是违规，就是黑户，朝不保夕，心底惶惶。惶惶的日子，不可能久长，是故黑户都想变白。此地变不了，就去彼地变，只要成功抵达，只要无人知晓——知晓的也捉不到，你奈我何？

害怕公司有变，鄂娟娟提前一天结束休假，赶去上班。她甫一露面，就被同事们围住，告知她："二钱出差去了，说是等你回来，让你帮忙照看，有关事宜可以去问销售……"

嗯？鄂娟娟立时感到不对："为什么是我？那些销售、财务不都比我有经验吗？"

就有同事道："大概钱经理更信任你吧！"又有销售说："没错，经理隔壁的位置，可不是谁都能坐……"如褒似贬，阴阳腔调。更糟的是几乎所有人都认同，连同事小姑娘也夹在里面，很是不以为然地望着她。

鄂娟娟知道事情坏了，当场拨打钱进的电话。却是打不通，没有关机，就是没人接。鄂娟娟试了几次，都是如此，当着同事的冷眼，只好又发消息，死马当活马医，同时她说："我就算坐到天上去，也不如各位懂业务，到时客户来了，我一个字说不出，还不是得你们去谈？"说客户，客户到，同事们趁机四散。

也就是那一天起，事故一桩桩地出来。先是客户取款不遂，再是挤兑引发不满，继而找经理经理不在，最后财务来一句："账上没钱，我也管不了！"不告而别。账上没钱，工资发不出来，于是不只客户，便连同事都闹起，来找鄂娟娟："钱进人呢？""二钱去了哪里？""你不知道？你还能不知道？你蒙人吧你!"从那一日就这样质问，一直问到今天，对于她，在原来道德的愤慨之上，又添上利益的愤慨，万丈怒火，只烧她一个。

钱进那头，开始还回了两个消息，只道在外谈项目，一切等回去再说。就这几句话，将众人稳住了几日。后来再去消息，便再无回复，打电话去，也不接听，最终显示关机。众人恐慌起来，一面无头苍蝇般求助，一面将办公室"洗劫"，其间不忘威胁鄂娟娟："再不讲出二钱的下落，我们就去报警!"

对此鄂娟娟的回答是："欢迎报警。"

她还能说什么呢？她就知道自己千算万算，仍然算差了一着，让两只蝙蝠溜掉不说，自己还成了个"挡箭牌"，帮姓钱的转移了视线，拖延了时间。而这一着，回过头看，很可能早在姓钱的计划中，早在她面试那天、早在钱坤那"恶之花"似的表情中就开始酝酿了——

如今她可明白，钱坤为何放任她跟儿子接近，同时也想起来，那个"恶之花"似的表情曾在哪里看见。就在她前公公的脸上，就在当初婚礼的现场，她偶一瞥眼，望到酒席之后，她的公公笑着流露出恶意，微妙的恶意。相形之下，她的娘家人是真高兴，以外婆为最，高兴她结了一门贵亲，婆家阔极，此生是不用愁了。

不用愁了吗？

婆家阔极，无非有钱财花。别人的钱财，能够给你，看中的是你的侍奉，以及侍奉之外，种种人情上的媚悦。媚悦一个两个不够，还有一众各据山头的亲友。寒来暑往，日夜周旋，越周旋，越拮据，鄂娟娟不禁怀疑，她原以为，钱财是用来扩大自由的，却不料到头来，她的自由更少于以前。揽镜自照，她化了妆的脸庞宛如面具，毫无神采可言。

这说明什么呢？

直到她离婚，也没有想明白其中的关节。直到后来，直到姓钱的跑路后，她目睹那些倒霉鬼如何一夜之间变了模样，枯槁的枯槁，病倒的病倒，才猛然醒悟：钱就是血，这不假，但钱是"死血"。一潭死水尚且会遭受腐蚀，何况一堆"死血"？古人云，问泉那得清如许，为有源头活水来。同样，"死血"若想不腐，便需要源源不断的"活血"，即活人的劳动和服务。真正高明的人，追求的都是"活血"，譬如她的前公公，肯定就深谙这一点。他们用钱财这个"死血"为工具，换取她鲜活的侍奉、媚悦……她自己因此憔悴了，她侍奉的人却满面红光，焕发出生机。她的前公公懂这个，钱坤也懂。他们当初露出的笑，就是笑鄂娟娟不懂，笑她为"死的物质"（钱财、吃饭、礼物等）而奉献"活的用处"。他们心里想必都很得意，却一个没料到鄂娟娟竟然胆敢提出离婚，一个则看走眼，以为此时此刻，她必定在一堆攻讦和质问中焦头烂额，为可能的前景而惊慌失措……

　　鄂娟娟立在阳台上，眺望运河的方向，回想着从前以往。她想起今天中午，终于计划好运河那边的事情，却是"只欠东风"，不知道这一个筹码卖给谁才好。正在思量人选，小范突然来电，向她递过来"橄榄枝"——"……我给你说个人，你去找她正好！"这个金老板的小女朋友，就推荐了金凤娇。不是她说，鄂娟娟绝想不到。

　　她也想不到，这个小范的口才，居然那么好，利害关系，一条一条，分析得头头是道。鄂娟娟不禁心叹：真是后生可畏了！谢过小范，挂了电话，就想同金凤娇携手的事，想怎样跟这个昔日的"情敌"修好。而这一点，是难不倒她的。傍晚一实践，果然成功。如今就看——

　　鄂娟娟撩起厚厚的鬓发，对着夜空自语："如今就看明天，大家一起上蝙蝠洞……"夜空深沉，望得久了，钱坤的脸仿佛闪现。她微微一笑，心道：你们知道的东西，很多我的确不懂，我知道的东西，你们也未必懂哟！

第十一单元

三探"蝙蝠洞"

自凌晨起，刮了半夜的风，从北至南，阴霾尽散。初二一早，阳光灿烂，沈二皮驾驶着平时进货用的小面包车，欢快地奔赴运河对岸。面包车约莫是超载了，区区小空间里，装有肮脏的座位、没睡醒的人、赶早蒸的馒头、真空包装的板鸭、疑似过期的皱皮水果……一车子人，其中以沈二皮为首、金凤娇为副，两人坐在最前，一惊一乍，冲着路面指点，以躲避交通警察；往后一排，李国珍向左，臧杰向右，各个扒车窗，一个说"运河水脏，再也不能游泳"，一个叹"楼房价贵，是谁住在里面"；两人之间坐着向英，随着他们说，声声地打哈欠，打一个，满眼泪，腹中还有半膀胱新鲜尿水，叫人不是滋味；他们后头，一字排开包剑荣、刘振邦和史达才，分别沉思、默想、吃煎饼馃子就豆浆。那个煎饼馃子，是史达才亲手制作，凌晨时分起床，用出租屋里的旧材料，一口气做了六个，没有香菜，就用韭菜馅，火力一开，烘烘的气味出来。史达才吃在口里，自己不觉得，同车之人亦不讲究，五六七八个人，同在韭菜味中颠簸。

运河不宽，眨眼颠簸过了，他们根据鄂娟娟给的地址，很快就到了地头。大家坐汽车里，齐刷刷地伸脖子望。金凤娇道："这个地方，好像八十年代的天堂街，都自说自话，圈地盖房。"沈二皮道："我该怎么停车？鄂小姐说要隐蔽，哪儿有隐蔽的地方？"臧杰道："这个不忙，肯定有地方……她有没有说是几号，我们先摸去看看。"金凤娇翻出字条来："没有，就说是四号。"刘振邦目视手机上的地图："这一片应该都是四号，鄂小姐不说具体位置，大概是还有别的话。"向英道："不管她，那个……二皮，你先把车停一停，我要解个尿，这个可忍不得。"史达才两边望："这边没有公厕吧，可能要走好远……"李国珍就道："大才呆了吧，真急起来，处处都是公厕，有挡的就行！"此言一出，引得史达才张口，包剑荣侧目。前头的沈二皮倒是理解："就是这个话……你们看，那边坡子上去，是个小山岗，有草有树，我就把车停那里，方便上厕所。"说着一踩油门，"呜"地爬上山岗，背靠大树，将车泊住。

车门开了，众人都下来。向英来不及招呼，率先奔到深草丛里，绕到树后瞧不见了。李国珍见状，略有感觉，道："我也去解一个！"跟着往草丛里跑。包剑荣睃她们一眼，无法可想，只好往别处看。

"咯里咯嗒"，金凤娇脚踩着土岗，吸一口此岸的空气，眺望下面如带的运河，说道："不是要来追钱，今日的天真适合游玩，吃吃喝喝，什么都不烦……"

沈二皮道："美得你，还什么都不烦，明明今天就要烦个大的……我说现在几点了，鄂小姐人呢？"

包剑荣接口："差不多九点了，那位小姐却不知在哪里。"对于"迟到"一事，作为班主任，他真正深恶痛绝。

却几乎同时，金凤娇的手机响起，一接之下："鄂小姐，哈哈……他们正说到你，啊，你人来了？在哪里？我们就在后面这岗子上，我在这里挥手，你看得见？"面向运河，把手画圈儿地招。

便听鄂娟娟道："看见你们了，我就在你目前所在位置的大约十点钟方向。你们不用找，我这就到你们那儿去，请你们在车子里，安静地等我，不要引人注意。"没说两句，电话断开。

金凤娇拿着手机："十点钟方向？"四下里望。

包剑荣走上前："大概是那里，怎么说，她人在那儿吗？"指着左下处。

金凤娇就将鄂娟娟的话复述，说完，"咯里咯嗒"，又回到车上，大家也陆续上车。唯有包剑荣，聚目去看那个十点钟的方向，见那方可谓处于下面这片民居的中位线上。从左至右，缓缓地移目，他发现位于这条线上的房屋，都造得不俗，起码从选址上，就占据了最佳地势。

所以鄂小姐选择那里的考虑是……包剑荣正在思索，偶一抬头，望见前方稀疏的灌木摇动，轻哗声中，从后面钻出来一个——

鄂娟娟甩着鬘发，将身上散落的枝叶拍打，她身上挎一大包，见到包剑荣，把手一挥，轻疾地走。今日她穿一件泛旧的外套，平平无奇，脂粉未施，乍看之下，跟昨晚那个神似海蒂·拉玛的模样相去甚远。走得近了，包剑荣更见到她眼角的细纹、眼下的暗影，阳光斜照，他心里不可谓不惊奇。

"早啊，各位！"鄂娟娟站定了，朝包剑荣、朝车里的一众招呼，尽管形象改变，她举手投足，情态宛然如昨，似乎不以周身的变化为意。

沈二皮见之便笑："鄂小姐早！突然这么一身打扮，看来今天要大闹一场了！"

鄂娟娟道："事急从权，我这一身打扮，就跟你们马上要另一身打扮一样，都是为了我们的目标。光打扮还不够，还要好好地演一出戏，论起来，还是要各位多辛苦……"

"演戏？演什么戏？"金凤娇眼睁睁地，被勾起了好奇心。

鄂娟娟打量着她："处长太太这身衣裳，倒也差不多，不过有几处，还需要完善。请让个地方给我，容我给你们讲解，今天这几出戏，应该怎么排演……"

众人一听，忙倒腾座位，前后一挤，空出中间的地方给她。鄂娟娟轻盈地往上一坐，打开背包，依次取出围巾、礼帽、披肩、镯子、胸花……还有一个化妆包。她一样一样地往外拿，大家一眼一眼稀奇地看，包剑荣横竖挤不过去，就攀住车门，站起来俯视。

只见鄂娟娟纤长的手指，竖起一根，在空中缓缓地画圈："演戏不是好玩，说到底，还是为了引出那只老蝙蝠。老蝙蝠眼下在哪儿，我不知道，但老蝙蝠的软肋在哪儿，我倒有点儿清楚。"

臧杰听了，耳朵不由牵动："软肋？软肋在哪儿？"

鄂娟娟手指往下一点："就在那四杠十七号的住家！"

四杠十七号的院子里，"钱董氏"脱下沾泥的手套，摸出一根香烟，打着了火，送在口里吸。吸一口，吐出烟气徐徐，阳光下一照，莫名一股怀旧情绪。

"钱董氏"望着那烟气，揣着手，一阵发怔。初一初二两日，没有人上门，也没有地方去，大清早的，这么好太阳，只能没事找事，坐着给花儿培泥。本来这种事情，类似于穿衣打扮，最好有人观看。别人看着看着，就要说话，一说话就有戏。好说好回应，歹说歹回应，一来二去，夹七夹八，那股人间的闹腾劲儿就起来了。不晓得别人怎样，"钱董氏"自己是爱极了这种闹腾，越闹腾，越舒活，越闹腾，越快乐，越欲罢不能。为此，她积极地烫头发、搽口红、穿裙装，紧跟电视上那些女郎的形象，渴望被人搭讪，被人谈论，被人说一声"钱嫂子，你好时髦哟，穿得跟小姑娘似的"，她心里就很高兴。要是那人肯换个称呼，不叫"钱嫂子"，她会更高兴。

换个什么称呼呢？譬如"钱董氏"。为什么要叫这个，这里有个来历。一日，街坊里几个老太太聚在一处叠纸元宝、说闲话，捎带着看电视，"钱董氏"喜爱社交，自然位列。尽管那些个老太，邋遢的邋遢，龙钟的龙钟，"钱董氏"在其中最小，可这几个人，近在眼前，触手可及，聚起来就是人气、啰苏、温暖、闹腾，强似独守一座空房。"钱董氏"坐在当中，以看电视、吃零食为主，边看还边评价，跟其他人交流。她们看的是一部古代电视剧，时下正受欢迎，讲的是一座大宅子里，媳妇丈夫翁姑兄弟妯娌下人老妈子及各自娘家亲朋之间发生的一系列戏剧性事件。剧集很长，讲得又琐碎，符合老太太们的口味，因此都在看。看着看着，便有人说话："像这种日子，我是过不下去的，一大家子人，抬头不见低头见，做什么事都不痛快，幸亏我不是活在以前。"又有邻居屠老太道："是啊，特别这种家庭，关系复杂，随便说个什么，都会有人多想，想你这话里是不是还有话……我估摸以前人死得早，就是这方面想多了。"大家一听都笑，纷纷附议。唯有"钱董氏"反对："我看这种日子很好！"

笑声一滞，大家都来看她。"钱董氏"就道："别的我不管，我只知道，作为女人，能嫁到这种人家，就比现在强！"屠老太不说话了，光用眼睛瞄她。"钱董氏"扬着脸，扳着指头数："第一，嫁过去做正房，不出意外，很难被休掉，不像现在，想离婚就离；第二，丈夫供养妻子，天经地义，管你有钱没钱，都得出一份，不像现在，老头儿高兴了，给你一点儿，不高兴了，直接赖掉，心想反正你有退休工资，饿不死你；第三，小辈讲孝顺，跟父母伴，陪在父母身边，每天不寂寞，能找到人说话，人多也热闹，不像现在，别说媳妇，连儿子都不理你，一年到尾，都在外面！"

说到这儿，有人插嘴："不对吧，钱嫂子，你小儿子不是住得不远，经常过来吗？"

"钱董氏"悻悻道:"你说守一呀?哼,你也知道,不比他哥哥,不会读书,不会赚钱,不会说话,闷得要死……"

屠老太又道:"可钱嫂子,过去的女人没有大名,譬如你,就是……那个钱董氏,你就顶着俩姓,不觉得别扭?"

"这有什么别扭的?""钱董氏"头昂着,"那样才庄重,才规矩!大家一听,就知道我是有门有户的,那样子才有归属。不像现在,你看看你们,一盘散沙,各过各的,老头儿一死,更成了孤寡,亲戚亲戚不在,儿女儿女不来……"大概踩到了屠老太的尾巴,屠老太便追着她:"好!这话可是你说,我以后不叫你钱嫂子,就叫你钱董氏,你别不答应!"

"钱董氏"道:"我巴不得!你们自己想想,我有没有说错,以前的日子就是不赖……"

因这一场争辩,"钱董氏"这个外号便传播开来,一时间,屠老太带头,大家都跟着叫。他们那边叫,"钱董氏"这边应,端端正正,大大方方。那些人觉得没趣,慢慢就不叫了,只偶尔提起,当一个玩笑。"钱董氏"掐腰计较,那些人马上打哈哈,随说随走,自认讲不过,心中记上了,不再来闹她。

"钱董氏"就很遗憾,她宁愿人闹,也不愿人不闹,她宁愿闹不过,也不愿无人可闹。不闹腾的生活,于她毫无滋味,不闹腾的人生,简直如槁木死灰。可事情就是这么不如人愿,她能闹得过的街坊四邻,越来越少回应;她闹不过的老头儿和大儿,对她也不哼不哈,除了借她的院子放置一堆破烂家具——也不尽是破烂,倒有若干贵重物品,老头儿为此还支付她保管费,每月一回。想起这个正月,她又该收费了,那老头儿人却不知什么时候露面,他要是逾期,东西有闪失,可不要责怪她……

"钱董氏"想到这儿,不免得意,知道自己又得借口同老头儿闹一场,说不定趁机还能多索取。至于多取多少,她得好好算算,过两天不给钱,她主动找老头儿要去。

一根烟尽了,又取一根,"钱董氏"正要点火,就听"咯里咯嗒""咯里咯嗒""咯里咯嗒"……奇异的脚步声,混杂着对话:"……这一大片,位置好是好,可拆起迁来,该补贴多少,我是不敢想!"一个男人的声音。"哼,你不敢,有的是人敢!运河边上,无限风光,我的决心是,无论如何都要拿下来!"一个女人的声音。"哎,都不要过激,这补偿的事,可大可小,关键要找几户开头。只要有人肯搬，这个头一开，剩下来的……"又一个男人的声音，愈说愈低下去。

"钱董氏"的烟就不急着点了，她突地站起，凑到墙根里窃听。却只听见"嗡嗡"一派低语，耳朵贴到墙上了，才模模糊糊捕捉到几句："……找些什么样儿的?""那肯定要找识相的。""这么多家，你知道哪家识相?""今天不就是来探访的吗? 多聊几家喽……""哼，年初二，都不一定在，你跟谁聊哦!""咯里咯嗒""咯里咯嗒"，仿佛又要走开，往别处去了。

"钱董氏"情急之下，拾起墙角一只花盆，托在手里，攒步开了院门，迎头撞见三个人：中间一位女士，两旁各一男士。只见那中间的女士，吊着石膏手，阔背圆腰，头戴着卷檐帽，帽上招展羽毛。左边的男士，个头不高，夹一四方包，小胡子修得漂亮，发上闻着带香。右边的那个，身条最顺，灵动的眼睛，面白微须，冷天里散着围巾，敞着外套，一只手插裤袋里，气质颇不羁。

河畔这片民居里，出现这三个人物，好比三朵花儿掉灰烬里，如何不鲜明! "钱董氏"一见之下，大为倾倒，皱纹里都泛出笑："你们几位找谁呀?"

"哈!"白面的男士一笑，冲着俩伙伴，"阿姨，我们谁也不找，就在这儿转转。你大概听说，你们这一片要拆迁，我们吴女士想要合作开发。今天我们来，一是看地皮，二是见见人……阿姨您贵姓? 在这里住多久了?"

"钱董氏"即道："老住户，老住户啦! 从一开始全是荒地，我们就扎根了! 喏，这整座房子，都是我们自己盖的，中途还翻新过。对了，你问我姓……我娘家姓董，夫家姓钱，附近人都叫我钱嫂子，但这个都是他们叫，我自己是……"

"原来是钱嫂子，"小个子男士笑道，脑袋朝院门里探，"哎呀，这外面看不出来，里面院子这么大，这要补贴起来……"

"钱董氏"道："这不是当初圈院子，反正地那么多，就随手……其实这地方啊，看起来大，用起来是一点儿不觉得，稍微摆点儿东西就……你们几位进来看，进来看，没关系!"

在"钱董氏"的邀请下，三个人不知不觉进了院子。两位男士即刻走位，横多少步，竖多少步，估量起面积。那个所谓的吴女士，则边走边看，嘟着俩腮肉，神情挑剔着，从院子看进里屋，从楼下看到楼上，一间一间，过一遍场，至今未有言语。

"钱董氏"心知这位才是正主，便一路紧随，跟到二楼平台，看吴女士扶着栏杆，四下里眺望，那帽上的银白羽毛，迎风而动，那衣上钻白的胸花，太阳光一照，熠熠闪耀。

"你这房子，加这院子，有三百来平方米吧？这儿每一户要是都跟你家一样，我这开发的成本，要上天喽……"终于，吴女士开了口，很保守的样子。

"钱董氏"忙道："这个不会！这一块跟我家一样大的没有几户，就我们最早的几家，其他那些后来的，喏，您往上看，房子窄瘪瘪的，他们两三家加起来，还抵不过我一家，您来这边看……"

"我知道，你们家是大户嘛！"吴女士沿着栏杆走，"你们这些大户，拆迁是最赚的，我反而不头疼。就上面那种小房子，才容易不满意，谈来谈去，那么多家，哪里谈得过来？一家狮子大开口，我要是给了，那么多家知道，是不是家家都要给？那我这成本……像我前面说的，真要上天了！"

走到院子上方，看两位男士进到人家雨棚子里，围着一堆破旧家具看，指指戳戳，还上手去摸，吴女士眉头一皱，刚想讲什么，被"钱董氏"抢先。

"家家都给，那肯定不现实，但一家不给，也不现实。钱这个东西，要花在刀口上，你认准了几家，多给一点儿嘛，叫这几家子，帮你去做人……"

吴女士听了，乜"钱董氏"一眼，似笑似不笑："万一这几家帮不上忙，也做不了人呢？这么一大片，我靠几家就拿下了？"

面孔一摆，仿佛不信"钱董氏"，直朝下面喊话："你们两个，好好的动人家东西干什么！可别欺负人家阿姨，人家一针一线都很贵重……"

就听白面的男士道："的确贵重，是个宝藏，贾老板见了肯定喜欢，就这个独门橱，估计他能出这个数……"比几根指头，朝楼上一晃。

晃得太快，"钱董氏"没看清楚，勾着脖子，心思转了向。吴女士也仿佛有兴趣："我看看，什么好东西？你们呀正事不干，就知道替小贾忙活，他去年在家具上已经败了不少钱，还不算储藏、保养，今年又来……""咯里咯嗒""咯里咯嗒"地下楼，"钱董氏"连忙跟上。

雨棚子内，小个子男士东钻西钻，爬高蹲低，好像老鼠一般，摸索这里的榫卯，查看那里的锁眼，还取出手机来，一张一张地拍。

"咯里咯嗒""咯里咯嗒"，吴女士顶着羽毛到来："你们看什么呢？"

白面的男士试着提起一把交椅，笑道："钱嫂子，你家哪儿来这么多老古董？一百年没有，好几十年肯定有的啦！"

"钱董氏"心眼儿活动，顺着那话："穷人嘛，东西一来舍不得扔，二来拼命往家里拾，有我自己的，有我老头儿的，有我儿子的，这么多年，你算算，就这些都算少啦！"

"那你们家眼光可真不错，"小个子男士说着，从八仙桌下出来，笑对"钱董氏"，"这些呀都是好木料、好做工，就是不够爱惜，这么扔在棚子里，受潮得厉害，有几个快散架了！"

"快散架的就别给小贾啦，他又不是捡破烂的！"吴女士说着，打开这个橱、那个柜，拿手慢慢地探。

"那不还有没散架的吗？"小个子男士点着手机，"我且发给他，他要感兴趣，就自己过来看，到时候钱嫂子在，他们两个谈价去……"

"钱董氏"忍不住了："你们说的是谁？我这家具是我老头儿要的，你们……也要？"

白面的男士道："不是我们要，是贾老板……他喜欢收集这些有年代感的家具，我们跟贾老板有合作，成交了我们也赚钱的。"

"你们也赚？你们不是开发地皮的吗，怎么也管家具……"" 钱董氏"着实不懂。

白面的男士笑道："这年头，谁只干一行呀？多点开花，才不容易翻船……"说到这里，吴女士那边听见，马上打个手势，他笑一笑，就噤声了。

"钱董氏"佯装不觉："哦……但这个事，我还得问我家老头儿……"

小个子男士问道："那就问呗，这种赚钱的事情，老爷子还能不答应？"

"钱董氏"就为难了："唉，老头儿不是不在家吗？要是我能做主……"

吴女士道："那就不急了，小贾他们反正得先验货，要不要还不见得。"蹲下身，去摸柜子底。

白面的男士道："贾老板今天也在运河这边，他来的话很快的！你把地址也发过去了？"转问那小个子男士。

"发了，四号嘛，他知道的！你这户是四号杠——"

"四杠十七，四号杠十七！""钱董氏"急忙答应。

小个子男士点头，又开始按手机。

吴女士走出雨棚子："行了，先这样吧！再上别家看看，看哪家有人的……"

"哎哎，那、那补贴的事……""钱董氏"追在后面。

吴女士笑道："钱嫂子你放心，你们家还能吃亏吗？贾老板跟我是老朋友，他在这里淘家具淘得高兴了，一来一去，有了交情，我还能亏待你？到时候，说不定还要请阿姨一家帮忙，帮我去做人啊……"如有似无地丢个眼风过来。

"钱董氏"登时领悟："哎呀，这还用说，一定、一定，一句话的事情！"新年里头一次，满怀红火喜庆。

小个子男士亦笑："声音小一点儿，声音小一点儿，钱嫂子，闷声才能发大财……"

"钱董氏"捂嘴，却是捂不住笑："是是是，你们都是行家啦！"一路称赞着，将人送出来，看人走着走着，往下面去了，本想跟一段，听听他们在别处怎么说，想想又算了，缩回院子里，来看旧家具。

与此同时，包剑荣师生三个正坐在鄂娟娟的汽车里，透过交错的树杈，瞭着一处巷口。鄂娟娟指点说："待处长太太回来，过半小时，你们就由这巷口进去，一直走，不用拐弯，走到头，门口堆着好多花盆的，就是四杠十七号，门牌朝南，不难摸的……"

包剑荣道："过半小时就去，太急了吧？那老阿姨不会怀疑……"

鄂娟娟巧笑："就是要她怀疑呀！她怀疑了，才会找钱坤，给他打电话，一个两个沉不住气，钱坤就会不安，就要过来看。到时候，能不能把人给截住，就看你们的本事了。"

"我觉得……这个……有点儿难唉……"史达才人没"上场"，已然十分惴惴。本来自告奋勇来追钱，于他这个拙人而言，已属不易，没想到如今还有更加棘手的任务，而且接连两项，紧张的气氛压顶，他需要吃东西来排遣。吃什么呢？就是那自制的煎饼馃子，韭菜馅的，还塞一个给"振邦永远最伶俐"，表示不吃独食。

刘振邦也是饿了，既塞之，则食之。两个人"吧唧吧唧"，不一会儿，车里就充满了"宜人"的韭菜气味，鄂娟娟回头瞄了瞄，嘴巴抿起，没有说话。

包剑荣看见，却是替两个小子报颜，忙接着史达才的话头，引开鄂娟娟的注意："只要他人来了，我们人多，他一个老头儿，腿脚不行，捉住他的可能性还是比较高的。"

刘振邦道："就怕他也带人来，到时大家混战，乱七八糟，又给他溜了！"

"这个倒不用担心。钱坤那老儿，恨不得独自行动，一个人把钱全吞了才好，他是不会找太多人做帮手的，尤其这种事情，知道的人越多，分赃的就越多，风险就越大，老蝙蝠不喜欢这样。他喜欢的是趁着天黑，张开翅膀，悄悄地来了，又悄悄地走了……"

鄂娟娟说着回头，胳膊横搭："亲爱的男孩们，请问这种韭菜味的煎饼馃子，过年期间你们从哪里买来的？"

"呃？"史达才冷不丁地，被问愣住，头一抬，对上鄂娟娟戏谑的眸子，呆张的嘴中还有待咀嚼的韭菜。几秒钟后，他一下捂嘴，终于反应过来，脸唰地一红，狼狈道："这个是……是我自己……"

刘振邦抹抹嘴，却是不慌不忙，将车窗开开："美女姐姐，你嫌味儿就嫌味儿，何必拐着弯子说呢，你看把我们大才憋的……我们大才在美女面前，向来很注意，就怕一不小心，惹美女嫌弃。可事情往往就是这样，越怕什么，越来什么，我以为，他现在极其需要你的鼓励……"

话没说完，被史达才狠踢一脚："胡说，我、我才没有！……美女姐姐，你、你不要信这个振邦永远最伶俐，他……专门胡说八道，耍嘴皮！"急急地把煎饼馃子收了，脸上的血红却迟迟不下去。

鄂娟娟不禁莞尔："不要误会，这点儿气味我还是能承受的。我不过提醒一下，那位钱老夫人看人下菜，怕是有点儿讲究，到时你们开口一股韭菜味，可能会于事不利哦！"

包剑荣再度拨转话头："我有个疑问——我们这么煞费苦心，使那老阿姨联系钱坤，把人引出来，那你昨天发短信又起到什么作用？你昨天给钱进发短信……"

鄂娟娟双眸一瞥，轻轻地笑："谁说我给钱进发短信了？昨晚我其实在给朋友拜年。"

"呃？""啊？"史达才、刘振邦同时小声惊呼，双双俯身，讨要进一步的解释。

包剑荣则久久地微笑着，抱臂于胸："所以——你其实不知道钱进的另一个手机号码，对吗？"眯缝眼里起光华，朝鄂娟娟一洒。

"你很厉害嘛！"鄂娟娟知道他无恶意，索性大方一点儿，自揭老底，"钱进可是老蝙蝠的亲儿，他们私底下互相联络的号码，怎么可能被我知道?"

"所以实际上……"包剑荣听了，不知怎的有点儿高兴，刚说几个字，鄂娟娟目光一横，似笑非笑地睨视过来，他后面的话就打住了。

史达才仍不明白："那……你为什么要做样子，骗我们说你给钱进发短信?"

鄂娟娟微微侧头："为了做戏呀! 你要知道处长太太的心理，以及其他人的心理——不露一点儿货出来，他们不能十分地相信我，而露出来的货不够戳心，处长太太也不会轻易答应合作……"

刘振邦笑道："这么说，美女姐姐，你所知道的只有钱坤的老婆住在这里这一个? 你也只确定这一个?"

"没错。"

包剑荣诧异了："只知道这一点，你就敢夸这么大海口? 看你昨天那样，我们以为你掌握多少内幕……你简直是在豪赌，难道你就不怕出岔子? 从你的角度看，会出岔子的地方太多了。首先，处长太太未必答应你；其次，钱家完全有可能跑光了，一个人都不见了；还有，不管我们怎么演戏，那老阿姨就是不联系钱坤呢? 最后，要是钱坤就是忍住不来，抑或他没有在四杠十七号留下什么宝贝，你不就前功尽弃，忙了老半天，结果——"

"结果沦为笑柄?"鄂娟娟以手撑头，接下他的话。

包剑荣微笑："这可是你说的。"

鄂娟娟颔首："没错，没错，不过我不介意——不介意沦为笑柄，也不介意来一场豪赌。"

"那——你也不介意赌输吗?"包剑荣望着后视镜里的她。

"我现在输了吗?"鄂娟娟在后视镜里挑眉。

"暂时是没有，但后面就……"包剑荣正在镜中跟鄂娟娟角力得愉快，后座上的两个小子正听得一脸纳罕，他们所在的汽车后面，忽然绕出来三个人，把他们吓了一跳。

金凤娇扬着脸，带羽毛的帽子歪到后脑瓢儿，笑得志得意满，她拍拍车窗，道："我们回来啦——大功告成!"

鄂娟娟一见，笑逐颜开，她开门下车："你们从哪儿冒出来的? 没走前面那条巷子吗?"包剑荣师生亦跟着下来。

金凤娇连挥手："能出来就不错啦！心拎在手里，跳得扑通扑通，还管得了这个？"

鄂娟娟笑道："处长太太很紧张？"

金凤娇瞪眼："能不紧张吗？我可是第一次挑大梁骗人，扮演开发商，以前再怎么犯浑，都没干过这事……"

臧杰抽下围巾，还给鄂娟娟："以前虽没干过，可你一干就很上手。处长太太，实话实说，我要表扬你，看不出来，你还有当演员的天分！"

金凤娇一听，一张圆盘子脸，笑得肉挤肉，好似年节时吃的肴肉冷盘，那么粉红白嫩："哈哈，要我说，我们仨都挺有当演员的天分！虽说是第一次，可居然都不怯场，往那边一站，该怎么做，该怎么说，张口就来，都不带排练的！"

"呵呵，我们三个都是本色演出，当然不需要排练。"沈二皮喝着水，笑得挺有意味。

金凤娇兴致勃勃，正自回味，被沈二皮一说，没反应过来，那边包剑荣冷不丁地问："那个院子里有玄机吗？几位演戏演得高兴，可不要忘了正经事……"

这句话金凤娇反应过来了，带羽毛的帽子随之掉落，她看一眼包剑荣，俯身拾帽子，觉得这个眯缝眼老师实在不够讨喜。

"还真有点儿玄机。"臧杰接口，"那些老古董家具，看着破烂，却都死重死重，刨去木料的分量，我猜还有别的东西。那几个橱柜压在下头，我搬不出，可那几张桌椅……"

"桌椅怎么了？我都看过，桌子抽屉，是空的，椅子底板，是死的，没什么暗格。"金凤娇甩着帽上的灰。

沈二皮若有所思："会不会是暗格做得巧妙，不容易发现？我也怀疑有暗格，把每一块板都敲了，可敲来敲去，听声音，挺实的，不像中空啊……"

"还有一种可能，"包剑荣缓缓开口，"就是那些宝贝已经被转移走了，之前也许还在家具里，但我们来晚了，眼下已经不在了。"隔着好几个人，目视鄂娟娟。

鄂娟娟耸耸肩，无所谓地一笑。

金凤娇却是越发看不得这个眯缝眼："这位老师，你也是跟我们一伙儿的，怎么总没好话呢？东西不在了，对你有什么好处？你倒挺得意?"挺着胸脯，冲包剑荣嚷嚷。

包剑荣冷然道："我跟你们一伙，并不妨碍有这种可能性；对我没有好处，也不妨碍有这种可能性。我不过客观陈述一下，你们不愿意正视，我也没办法。"

处长太太一憋气，胸脯挺得更高了，手中帽子一扬，正要跟他顶真，沈二皮伸手道："好了好了，人老师说得也没错——虽然有点儿乌鸦嘴，唉！要是东西真的转移了，那我们可就……"长太息声，按下那顶帽子来。

臧杰立在边上，目光闪动，睃着他们几个，来来回回。

这时史达才道："那我们还要演下去吗?"他问的是鄂娟娟。

鄂娟娟转手又将问题一抛："各位的意思呢?"

金凤娇立马道："当然要！凭什么不要？这还没失败呢，就灭自己威风，还没见棺材呢，就先掉起眼泪——我就不高兴这个！我的主张从来都是，就算要失败，也要向着胜利失败！就算见了棺材，也不掉一滴眼泪！何况，现在还没有失败，更没有棺材，还有很多希望、很多……那个……可能性嘛！我们仨刚才把戏做得那么足，那老阿姨是真信了我们，以为贾老板很快就要过去相家具了。我们开这么好一个头，可不是给某人糟蹋，在那狮子头后面，画一个小蛇尾巴的!"边说，边朝包剑荣丢了半打白眼。

刘振邦就纳闷了："狮子头?"

鄂娟娟忍笑道："这个不重要，领会精神即可。"游目一周，最后落定包剑荣，双目盈盈，专等他表态。

包剑荣呢，被一暗骂一明看，眼见着"逼上梁山"，哭笑不得："都到这份儿上了，我还敢不积极？二位女士一个有豪言，一个有豪赌，无论如何，我不能扯你们的后腿，是不是?"话虽这么说，心下却感慨，以为这世上的妇人，从他丈母娘到妻子，从处长太太到鄂娟娟，无论老少媸妍，在驱使雄性来达到目的方面，各有其变幻莫测的手段，叫人难以推却。而且她们彼此之间，还极善于合作，不信，你看那鄂娟娟从昨日起，怎样一步一步笼络金凤娇，就知道了。在那之前，处长太太是多么厌恶鄂娟娟，在那之后，两人又是多么合拍！从头至尾，包剑荣亲眼看见，而正由于亲眼看见，他才不得不叹服——这世界上的力量分为许多种，而鄂娟娟擅长的恰恰是最随风潜入、润物无声的那一种，等明白过来，为时已晚。

当即换装，从头到脚修饰了，包负在肩头，包剑荣临去，向鄂娟娟道："鄂小姐，在某些方面，我对你是甘拜下风。"

鄂娟娟则一如既往地笑，谦逊地回他三个字："不敢当！"

第十二单元

群魔乱舞

"钱董氏"猫在雨棚子里，良久不出。她摇一摇橱，摸一摸柜，挪一挪桌，动一动椅，想要发现点儿什么，却是一无所获。

这就怪了——"钱董氏"撑在桌角，慢慢在交椅上坐下，回忆刚才那二男一女对这堆玩意儿认真地捣鼓，仿佛很看重的样子，还介绍人来收购。这些做生意的，个个精似鬼，他们看重的东西，必有特别的地方。"钱董氏"本来或许没觉着怎样，经那些人一点拨，忽然意识到，这堆玩意儿大概不寻常。怎么个不寻常法儿，她没捣鼓出来，然而那种"奇货可居"的感觉，却是油然而生，难以磨灭了。

这也难怪——"钱董氏"继而想起，老头儿和大儿当初把这堆玩意儿搬抬来，且愿意付她保管费，那时她就有点儿疑心。只是同时捎来的还有几件金饰玉器，尽管老头儿说："这些和外面的，替我看紧了！"她潜意识里，以为那些家具是小钱，这些金啊玉的才是正经，没想到真相却是反过来的吗？

想到身下坐着的交椅可能价值不菲，"钱董氏"一个激灵起身，眼望旧家具，对着一堆暗漆漆的木头，硬是看出了金光闪闪的意思。金光闪闪，如梦里光景，她沐浴其中，一股说不出的激动，逐渐地生发幻想：她将家具偷卖，带钱远走高飞，从此成为一个富婆。富婆年纪大了，却也不算太大，一个年纪不算太大的富婆，将怎样开启另一段生活……

"梆梆，梆梆，梆梆梆！"有人敲击院门，击门的同时也击碎了"钱董氏"的那片金光。

"钱董氏"一惊，就不大高兴，脑海里尚存留梦境，猛一回到现实的平凡中来，须臾不能适应。"谁呀？"扯着嗓子问，却是不挪动。

"是钱家吗？四杠十七的钱家？"一个冷静的、陌生的男声。

"钱董氏"道："我是……"不由得过去。她对这种冷静、自持的声音，莫名好感，以为其中一股中正端庄，就跟她的"钱董氏"三字一个样。

"我姓贾，吴老板说你这里有旧家具，我带人来看看。"仍是那股中正之腔。

"噢！""钱董氏"一听大喜，立时开门，要看看这个贾老板，听其声，这般有风度，想来其人也——

一个中年人，眯缝眼睛，宽白的脸，天青色羽绒衣外面，罩着马甲。马甲上许多口袋，每一个都有物事，长的长，扁的扁，轻易不能辨。另有两个小年轻，一个头大显呆，一个牙大显衰，跟在边上，看样子是打下手的。

"钱董氏"不禁失望：堂堂一个人才，被一双眼睛给带累坏了，听声音，是上上等，结果一见面就变成……

"钱嫂子是吗？我现在相一下家具，方便吗？"贾老板冲她点头，把肩上的包卸下来，"今天正好在附近，他们一给地址，我就来了，阿姨你——新年好啊，恭喜发财！"包卸在脚边，很闲适地搓手。

"钱董氏"一听就笑了："哎，同发财，同发财！进来进来，你们就是我的财神，这才年初二，我就把你们迎来啦！"欢喜之下，对于贾老板相貌上的遗憾，立刻扫空了。

贾老板笑道："你是迎财的，我是散财的，里外里，还是我吃亏啊！"中正的派头之中，流露一股平易，刚柔并济，恰到好处。

"钱董氏"太能领略这种好处了："你们当老板的，几时吃亏哦！是我老太婆跟你们沾光才对！"若不是腰板太硬，真愿意学那弱柳，随风拂上几拂，心中才痛快。

贾老板微微笑，随她进雨棚子，迎面见到家具："就是这些吗？"

"是，是……""钱董氏"手里，不知如何变出纸巾，殷勤地拂拭，"不好意思，有点儿脏。我也是不知道，早知道这些东西有价值，肯定不能摆这里，肯定要好好保养，哪怕花点儿钱呢，是不是？"

贾老板道："你要知道有价值，还轮到我来捡漏吗？"一双眯缝眼，弯成上弦月，谈笑间，自马甲口袋里，取出小手电，拧亮了，往近处照家具，开始工作。一头工作，一头伸手，问俩小子要辅助工具，气氛渐趋严肃，"钱董氏"插不进去。

"你们慢慢忙，我给你们去泡茶。"想借着泡茶的机会，再来一段轻软的说笑，以慰老怀。说来，她在这世上有多久没有被重视、被恭维、被温柔相待了呢？

"钱董氏"一去，贾老板——也就是包剑荣了——立刻姿态一变，丢开笨重的橱柜，直奔那几件桌椅。"钱董氏"在时，为了不教她生疑，他不得不假模假式，一件一件研究，看上去很认真，其实在空打转。对着镂空雕饰，想那桌椅的玄机，想假若沈二皮他们说得不错，没有暗格，也无中空，那桌椅怎么会那么重？记得"桌椅超重"的话，是那个臧杰说的，那一个人，看着和和气气，最是精明不过，他既然说出这话，必然有一定的把握，认为其中的关窍就藏在这几件桌椅里。至于关窍是什么，短暂逗留之下，他大概也没参悟出来——等等，他真的没参悟出来吗？还是说……

一想到这点，包剑荣顿时心生惕厉。尽管身为成年人，对这种"藏私"的行为已司空见惯，但身临其境，多少仍有感慨。

"哎，你们两个，平常不是挺能耐吗？怎么一到关键时候，就变成木头，光我一个人在这里……"想到臧杰有可能已经掌握了机关，即掌握了主动，包剑荣不禁发急。一发急，就脑筋打结，对着几件笨家具，更看不出名堂，烦躁中，怪起两个笨学生："尤其是你，刘振邦！你这么伶俐一个人，该表现的时候不表现，给我突然哑火。"不敢大声说，压在嗓里骂。

刘振邦何时怕被骂过？他推一下眼镜，笑容可掬："那是包老师您表现得太出色、太不同往日，我光顾着欣赏您的演技，都快忘记我自己也在舞台上了。"

包剑荣攀着橱柜，听其言，观其色，感到"此中有深意"，张一张嘴，却又"欲辩已忘言"。

史达才眨着他的小牤牛眼，很诚恳地道："是啊，包老师，您跟这种老阿姨有说有笑，聊得挺好哇……"手指那边的屋。

包剑荣半愣，莫名有些自得，不知想起谁的说辞："……你要知道她们这种老阿姨的心理，一把年纪了，却仍旧心怀憧憬，特别这种年轻时有点儿姿色的……你不说说笑笑恭维她，她不会给你好脸，你不亮出点儿真金白银，她不能真的对你放松警惕……"

"是的，是的，"刘振邦冲史达才点头，"不到两天的时间，就能活学活用鄂小姐的真传，老包的潜力果然不可估量啊！"

史达才到底没忍住："呵呵呵哈……"嘴巴一咧，像个熟得裂开的南瓜那样笑了，边笑边瞄着包剑荣，生怕他变脸，端出师长的架子教训人。

包剑荣嘴角抽搐，半脸悻悻，自觉高兴不是，不高兴也不是，又见那边刘振邦欣然飘然，跟史达才两个挤鼻子弄眼，一副好像立下了不世之功、恨不能当场飞升的样子，又觉好笑：两个小子，正是贫嘴的年纪，我跟他们计较什么？还是来看看这里面的机关……

借着这个，他道："来来来，刘振邦，别光顾着弄嘴，请把你的伶俐劲儿分一点儿，来看看这两个橱柜到底怎么回事。"

然而在兴头上，"振邦永远最伶俐"一时收不住缰："不是吧，这种技术性难题，来找我这个连氧化铜的分子式都能写错的人？"

这下好了——包剑荣的好脾气可谓一推到底，他脸色冷下来，睃着刘振邦，不声不响，突然眯缝眼一眨，仿佛有无形的暗器飙撒，钉得刘振邦脸上一痛，不由自主地拿手去摸："哎哟！"瞬间福至心灵，想起来"老包黄金三定律"中的最后一条，乃"老包默默不语时，漫天暴雨散梨花"。

"哎呀！"刘振邦一声叫过，紧接着又有一声，却不是刘振邦所发，而是"钱董氏"捧一茶盘，徐徐地来了。滚茶烫水，本就怕失手，那边刘振邦蓦地一声，她整个人一抖，泼了些茶水出来，沾湿了衣袖。沾湿了衣袖，却不肯说破，临时捏个谎，道："哎呀，这水不是很开，我才看出来。不好意思啊，我去换一下……"转身又去。

包剑荣望着她去的方向，若有所思，忽而扭头道："考考你们两个，刚才这老阿姨说水不开的话，是真是假？"

"呃？"史达才的反应总是有点儿慢的。

刘振邦就不同了："当然是假的啦，我猜水泼了，才是她回去的真正原因。"说完了，看看包剑荣，知道他这么问一定有缘故。

包剑荣就分明感到，朽木还是可雕的："也就是说，你们承认，一个人说的一些话，不一定为真，很可能是为了掩盖一些事实？"

这下，连史达才这个拙人都听出来了："那肯定啊！长这么大，谁都有一些需要遮遮掩掩的地方……不过包老师，你干吗突然说这个？"不由感到紧张，以为又有什么把柄被老包捉到。

包剑荣继续："也就是说，一个人说的话，不可随便轻信。之前有人说'橱柜搬不出，桌椅里有玄机'，是需要重新鉴定的。"

刘振邦眨两下眼，把手一挽："嘻……你是怀疑……"

史达才又听不出了："怀疑哪个？"望望刘振邦，又望望包剑荣。

包剑荣暗中摇头，如果说刘振邦他还能带得动，这一个他可带不动了。无力做注解，他背转身，打量橱柜，由刘振邦去向史达才循循善诱："嘻，这个先放一边。大才，我且问你，'橱柜搬不出，桌椅里有玄机'这句话如果是假的，是为了掩盖实情，那它的逆命题，也就是实情，应该是什么？"

史达才懵懂地抽抽鼻子，缩缩脖儿，恍惚又回到高中考场："干吗，我哪知道？反正……大概就是'橱柜搬得出，桌椅里没有玄机'？"极度不确定，去瞄包剑荣。

包剑荣那边听见了，他手摇橱柜："不是哦——这橱柜还真的不大能搬出。"

"啊？我又答错了？"汗毛一竖。世界上的创伤后压力症候群有许多种，对史达才来说，"答题错误"是最刻骨的一种。

"没有完全错误，至少后半句'桌椅里没有玄机'多半是成立的。"包剑荣随口一句，教史达才脸色缓和不少。答对一半的话，及格应该不成问题——他如此自我安慰。

史达才抹抹那不存在的汗，转过眼来，见包剑荣望着橱柜，刘振邦也望着橱柜。橱柜总共两件，一件大些的独门橱，一件小点儿的床头柜，上面层层地负着木板、床架、花盆等物，不是挪开了桌椅，人都走不过去。

如今桌椅当然挪开了，师生仨都对着橱柜看。不仅看，还依次上前，开了橱门柜门，又敲又摸，"咚咚""噗噗""叽叽"。包剑荣头探到独门橱里："沈二皮不是说，他每一块板都看过了，应该不存在设计方面的秘密……"

刘振邦并排蹲着："这种老式的设计，打开门，就是空当，还能往哪里秘密？"

包剑荣头抬起来，上半身直立："空当是没法捣鬼的了，除非他会魔术，搞障眼法。剩下的就是这些木板，这些木板……"手扳住了，下意识地想拆开来看。

他们俩占住了橱边的位置，史达才迈不过去，在柜面上摸得两手浮灰，退到一米线后拍拍。听到老包说"木板"，他条件反射地去看，看独门橱和床头柜的侧板，正面比较，两者的厚度似乎……

"哎呀，不好意思不好意思！把你们晾在一边，半天喝不上水。""钱董氏"换了身衣服，一路从屋里喊出来，"家里客人少，待客上就没经验，给你们倒个水就半天，你说我老太婆还中用？"

滚烫的冒着热气的茶，一人一杯，用盘托着。盛情难却，师生仨只好放下事情，轮流取一杯。包剑荣持着茶水，心中已有计较，道："阿姨你还不中用吗？就这么短短一刻，就展示了两套衣服，可见你心态积极，热爱美丽，热爱生活，很多小年轻都不如你呀！"

这样的话，"钱董氏"如何不爱听？"哎呀呀，贾老板你真是……我还跟小年轻的比呢！"再一次，一把老腰身，想学杨柳摇，嘴上说人家谬赞，私心里恨不得多赞几句才好。

刘振邦跟着过来，笑道："嘻，钱嫂子这么热爱生活，正应该放宽心、多享受。这回价钱合适，我们成交了，钱嫂子拿着这钱，打扮打扮、吃吃补品、出门旅游……能做很多事，何必困在这空院子里，求人家上门做客哩？到时出门在外，你就是客，是贵客，该是人家求你……"

这样的话，直戳"钱董氏"的心窝，简直是她梦里的生活——金光闪闪的富婆当不了，退求其次，银光披肩的贵客总该让她做做了吧？那样无忧无虑、盛装出席……真好，这个大白牙小伙儿说得真好！之前他不讲话，看着挺衰的，没想到一张口这么动听，带着那牙也变得可喜起来。

"那……那这家具你们准备给多少钱？"这是"钱董氏"最关心的问题。

"你打算出手多少？"包剑荣又踱回去，"先说一声，我只要这两样橱柜，这些桌子椅子我那里太多，就不进了。这两样橱柜，我很喜欢，不瞒阿姨你说，在我们这行绝对有价值。现在就看阿姨你想卖多少，多了我出不起，少了也对不起你……"

"这……""钱董氏"听其口风，敢情这旧木头真是宝藏？刚一激动，又被扎口——对方要她出价，这可为难了，她一个不大不小老太婆，哪里懂这个？

想了一想，只好老实道："唉，你不瞒我，我也不瞒你。这些家具，是我老头儿的，具体他卖不卖、卖多少，我还得回头问他，这个……"

包剑荣很体谅地道："那就不急，等老爷子回来，你问问他！我这两天都有空，老爷子要是同意，你们打我电话，这是我名片……"递过来一张。

"钱董氏"刚拿到手里，又听"贾老板"道："画掉的号码是原来的，已经不用了，旁边手写的才是现在用的号码，到时你就打这个……"整理马甲，收拾工具，"老爷子回来了，你记得问，这两天我都在这边，等年后忙起来，我不一定在了！"

包一拎，手拍那边大头小伙儿的肩："走了！"

大头小伙儿一惊，傻不棱登地唯唯答应着，往后瞅两眼，走几步，又忍不住瞅。"钱董氏"顺着他视线，不经意往上，遽然望到上面屠老太家的小窗户里，贴了一张陌生的脸：尖尖的鼻子、凶狠的贼眼，那样俯瞰着她的院子，好像兀鹫俯瞰着猎物。

"钱董氏"一惊："哎！"以为眼花了，定睛再看，那窗户上人脸已无。

此时"贾老板"走到了门口，他道："我先走了，钱嫂子，这两样橱柜，就拜托你，跟老爷子说说！"

"钱董氏"忙攥过来："哎……你们这就走啦？"不知怎的，在晌午的阳光下，心里发慌，此情此景，极不愿"贾老板"一行离去，然而没法说。

大牙小伙儿笑道："要是能成，过两天我们还要来嘛！"

"这个你们放心，我一定劝他卖，我家老头儿啊是最听我的……"不管真不真，冠冕的话儿先放出去，依依惜别的目光中，"贾老板"并俩小伙子去了。

"哎哟！"李国珍从窗户上撤下来，连声道不好，刚刚那什么钱嫂子好像发现了自己，她是不是得赶紧跑？

按照鄂小姐的计划，李国珍负责进到这户姓屠的人家，闪在厨房窗户后，监视下方院中的动静。"老兀鹫"其实并不清楚这户人家跟鄂小姐的关系，只当是鄂娟娟碰巧认识的熟人。记得沈二皮他们去后，鄂小姐即引她到这里，由门口棚子的石棉瓦下摸出钥匙来，启了院门。又带她进去，一直带进厨房。"他们说您老人家眼神好，就请您在这儿看着，有情况，随时打手机！"又交代几句，鄂小姐便退出去了。李国珍一个人在这陌生的别人家的厨房里，东瞧瞧，西瞅瞅，里外摸了两圈，觉得新鲜又激动。厨房是自建的，占地宽敞，一字横开，东边还拐一个直角过去。西面与主屋相连，眼下相连的那道门锁了，这且不去管。只看这厨房外，一东一西，门开两扇。两门之间堆着杂物：大大小小的鸡笼、鸟笼，数不清的箱、盒、木板、塑料桶……杂物之上，还悬着灌香肠。厨房里倒还整洁，有水有食：吃剩的半锅鸡汤，汤少骨头多；一盘子炸带鱼，上了点儿冻；几根大蒜贴在碗底，看来碗还没洗；一大碗白饭，自然是冷的……所有食物用纱罩罩着。

李国珍一屁股坐下来，依窗傍桌，前后左右看看，唯她而已，也就不拿自己当外人，伸手拈一块她最看得上的炸带鱼，不嫌腥冷，放嘴里有滋有味地嚼。没嚼两下，金凤娇顶着根羽毛，打扮得跟唱戏似的现身。李国珍一见，心里叫个倒好：乖乖，这还是处长太太吗？这该是部长太太啦！

李国珍高踞在上头，一边吃鱼，一边"看戏"，吃得咸了，停下来喝水，下面的戏也收场了。她咂着嘴，权当中场休息，以为这差事美极，"老兀鹫"得用武之地，简直比在天堂街家里看得还要精彩。不多久，小刘、大才跟他们的老师上场，李国珍劲儿来了，站起来看。这回不再吃鱼，聚精会神，慢慢地两手一搭，脸贴上窗，以为置身天堂街的家中，忘乎所以。正看得津津有味，不料快收尾了，好死不死，被那四杠十七号的主儿瞧见了，一副见鬼的样子。

对方见鬼，鬼亦受惊。好一会儿，李国珍惴惴地在厨房里转圈：怎么办，怎么办？是不是三十六计走为上？当即脚一迈，可又嗖地缩了回来：不行，万一又有人来，我走了，谁来替我监视？鄂小姐说，演戏是为了引出钱坤，万一接下来来的就是钱坤呢？从三十晚上到今天，费了老鼻子劲，等的就是这个大贼头，结果他来了，我反而要走？

一念之差，就听外面小院儿有人声："屠师傅？屠师傅你家里有人吗？"

李国珍一听，吓得七窍闭了五窍，只瞪一双老眼——正是四杠十七号那主儿的声音，人家呀找来了！"老兀鹫"遭遇"座山雕"，瞬间一呆。

"屠师傅？屠师傅？"她没有听错，隔着道铁门，正是"钱董氏"在打门。那张可怖的人脸，在"钱董氏"心中留下深刻的印象，令她十分不安。尤其是她记得，那个屠老太一大清早就出门走亲戚去了，穿得绿肥红瘦，活像个洋花萝卜，还被她笑了一场。按道理，屠家该没有人，可没有人的屠家又怎么会出现一张陌生的脸？那样鼻子尖长、目光贼溜，好像旧时的神婆，暗中窥伺一切……一个人留守院中，对着隔壁院子里的"神婆"，"钱董氏"又是害怕，又是疑虑，又是好奇。最后好奇心占上风，她咬咬牙，高举邻里关怀的大旗，跑上边去探探。叫了几声，无人答应，她手抓着铁栏杆，仔细一瞅——

咦，这门居然没上锁？

门是老式的插销门，需要上挂锁。可眼下，挂锁失踪，门虚掩着，"吱嘎"一推，门开了。

"钱董氏"心惊胆战，登时疑心屠家遭贼。遭贼了该怎么办？她第一个念头是报警，然而……她定一定神，把门推得更开了，一望到底。

她跟屠老太向来不对付，屠老太家遭贼，她为什么要报警？警察来了，问她证据，她有证据吗？就凭窗户上的人脸？要是警察来了，见不到贼，人家嘴上不说，心里肯定觉得她老太婆有毛病。到头来，她为屠老太得罪警察，这真是正月里一桩好笑话了，邻里一传，又要说她好出风头，背后不晓得怎么埋汰她……

想到这儿，"钱董氏"欲转身回去，屠老太家里怎么样不知道，她那里如今可有宝贝，当务之急，是联系老头儿，劝他出手，自己好从中抽成，别人家这些事——

慢着，那个贼该不会到她院子里去吧？翻一圈，觉得屠老太家穷得淌屎，没有值钱的，干脆换一家。刚才那贼鬼似的盯住她的院子，也许已经知道，她那里有宝贝……

想到这儿，"钱董氏"一急，起脚往里闯，欲亲自看个青红皂白。"屠师傅，你在家吗？你外面门怎么没锁啊？"眼看往厨房来了。

厨房内，李国珍情急智短，仓促中也找不到躲藏的地方，那边"钱董氏"越叫越近，她无计可施，身子一屈，往下一蹲。乱中眼一瞥，瞥见地上刚吐的鱼刺，忙用手拨到一边。这个时候，"屠师傅，屠师傅？""钱董氏"站到了厨房的西门口。

往里瞧瞧，空无一人，"钱董氏"慢慢地踏脚进来，边走边两边看。李国珍呢，"老兀鹫"下树，摇身变王八，不得已，"钱董氏"顺时针走，她顺时针在地上爬，拐过直角，爬出"钱董氏"的视线。"钱董氏"慢慢地走，她慢慢地爬，"钱董氏"紧走两步，她向前猛蹿三尺。从厨房的东门出来，她藏身于一干杂物之后——感谢这些杂物，及厨房内臃肿的碗橱、冰箱、桌台……这些物事充分地隔绝了视线。可以说，她跟"钱董氏"就是绕着这个厨房的直角转圈，不是这些物事遮挡，也许她早被发现了。

"钱董氏"贴近窗户，狐疑地看，记得片刻之前，就是这扇窗上贴着人脸，阴气森森。不过一刻工夫，人脸就没了，屠老太也不在家中，这就怪了……她一面想，一面走，转过直角，回看这地方，说不出的一股诡异之感。亭午的日光，明晃晃地照在外头，她一个人在厨房，背后却莫名发凉，整个人疑神疑鬼——

　　偏偏这个时候，李国珍膝盖着地，实在吃不消，稍微抬起身，想松快一下，谁知肩膀一动，碰着个鸡笼。鸡笼上架鸟笼，本已倾斜，她这一动，鸟笼子顺势掉落，"啪嚓"一声！

　　里外两个，双双惊骇，"钱董氏"三脚两步出来："什么东西?!"李国珍魂飞魄散，撅在地上，逃命也似的爬，"噜噜噜"，一口气爬回厨房，两人交换位置。

　　看到鸟笼子落地，"钱董氏"不知更加放松还是更加紧张，她唯一知道的是，这地方她不想再待了，不管这里有什么，她都不要管了，她还是回自家院子，守着那些宝贝……"钱董氏"当机立断，撒手出了院子，把门一带，走了。

　　李国珍伏在地上，蓬头垢面，两眼张着，绝不敢松懈。久久，不见"钱董氏"回头，她"吁"地一屁股坐下，喉咙口那颗老心脏，终是缓缓地落回了原处了。

第十三单元

今夜宜有星光

　　"……就是那个床头柜，我看它的板壁特别厚，里外加起来，有我手掌这么宽，门关着还看不出来，柜门开了就……特别跟旁边的独门橱一比，就觉得木头很厚，比独门橱的厚多了，上下左右都这么厚……"依照包剑荣的吩咐，史达才把自己的观察向众人讲解。他看看大家，担心自己没讲清楚，教人不好理解："呃，我的意思是……"

　　"他的意思是，那个床头柜木料厚得不正常，在排除有暗格的情况下，那个木板里面恐怕……有点儿意思……"包剑荣接过他的话头，不经意地盯着臧杰。

　　臧杰动一动脚，眼神一飘，却是望着沈二皮他们。

　　沈二皮并金凤娇拨拉手机上的照片，头碰头地研究："这张不好，没拍清楚……这个还行……唔，好像是有点儿厚。""它这是一整块木头？还是几块板拼起来的？照你包老师的意思……它这木板里是被掏空了？""不会不会，我敲过的，不是中空，绝对不是！"沈二皮连连晃头，兼以摆手。"那这个……"处长太太望向包剑荣。

　　包剑荣道："掏空了里面可以灌东西，知道贵金属吗？价值上、储藏上，都比纸币更稳定，比方说黄金……"

　　沈二皮击掌道："对了，太对了！还有黄金，这玩意儿可比钞票实在多了！记得我老子当年就特别喜欢黄金，对纸币反而瞧不上……"

　　金凤娇——出于某种原因——也对黄金一物充满了感情，她深深地同意包剑荣的见解："老师你说到点子上喽，黄金这东西，随便弄弄，收藏个一二十年不成问题！等你想用了，再拿出来，称一称，还跟以前一样，说不定还更值钱了！"

臧杰觑着他俩，哼笑道："你二位看样子很有体会，这么说，你们都认定那柜子夹层中灌的是黄金了？"

"没有肯定，只是一种猜想。"包剑荣看着臧杰，"先猜想，再求证，对与不对都是有可能的。"

"怎么求证？"鄂娟娟饿了，史达才向她劝了几次煎饼馃子，她终于接受，正盘坐在地上吃。

刘振邦坐她对面，将板鸭大卸八块，举着根鸭骨："老包的想法，是叫我们挑个时间，再去一趟四杠十七号，偷偷摸摸地，带上工具，把那柜子钻孔，钻到夹层，看那里面到底是什么。要是黄金呢，我们就赚了，要是木头呢……"

"赚什么赚，那才多少点儿黄金？"沈二皮不以为然，"现在黄金一克才多少钱？而我们在姓钱的那儿又栽了多少，你知道？撑死了，也就——杯水车薪吧！"

处长太太见刘振邦吃得热烈，手一伸，点明要鸭脯："有一杯水，总比没有强啊……"

刘振邦悻悻地把肉分她，语带双关："处长太太，您是一点儿也不错过啊！"

"等一等，我们到底是来干什么的？"臧杰上前两步，"本来是来钓钱坤，现在目标变成人家的床头柜了？"

鄂娟娟接道："我也说一句，我只负责助各位见到钱坤，并不负责其他，各位如果自己三心二意，最后把人弄丢了——处长太太，这可不能算我未完成我们的协议哦！"

金凤娇一滞，嘴里塞肉，没来得及开口，那边鄂娟娟又道："依我看，无论那柜子里有什么，都不值得各位分心。当务之急，是钱坤那只老蝙蝠，老蝙蝠逮到了，还怕钱不回来？如今两场戏演过，各位何不评价一下，自己演得怎么样，那位钱嫂子会不会照我们所希望的，联系上钱坤，把他给引来呢？"

史达才是乐观的："我觉得……蛮有希望，今天包老师简直爆发了，判若两人！你没看到，鄂小姐，他把那个钱嫂子哄得合不拢嘴，怎么说怎么好，刘振邦说他这是受了你的影……"

"嗯——吭！嗯——吭！"包剑荣以拳抵口，连连咳嗽，将话头截断过来，"这个……鄂小姐，钱坤能不能被引出来，一方面取决于我们演得到不到位，但更重要的——还是那个院子里有没有他看重的东西。如果他不看重那些家具，如果——不好意思，我又要乌鸦嘴了，如果你一开始就判断失误，钱坤卷走了大钱，早就看不上这些小钱，那就算钱嫂子联系上他，他为了稳妥起见，恐怕也不会露面的。"

鄂娟娟笑道："说得很好，我要是钱坤，万贯财富到手，那是一秒钟都不耽搁，立刻远走高飞。不要说露面了，任何人都别想联系上我，不管以什么理由，我都不会回头……"

金凤娇就不高兴了，她抓着半截鸭脖："这话说的！鄂小姐，今天可是你主事，要连你都发丧气，那我们大老远跑这里干吗来？就为了……那个……磨炼演技？我们眼下是争分夺秒，鄂小姐，可不是时间多得用不完！"掰下来一块，就手扔嘴里，凶巴巴地嚼。

"别上火，处长太太，"鄂娟娟说着，取出手机，"我假设我是钱坤，可我到底不是他呀！他心里究竟想些什么、会怎么做，谁也不知道。话说回来，从头到尾，我都没给你们打包票，我也是在陪着你们冒险。现在我打电话给李奶奶，问一下你们走后，四杠十七号的情况，而你们呢，就祈祷两件事，一个是钱嫂子联系上钱坤，二个就是钱坤多多疑心，快快出现……"

"嘟——嘟——"拨号声响，她不再说话，举着手机去一边。剩下来的人，或站或坐，或吃或喝，或默不作声，或互相使眼色。譬如沈二皮肩膀倾斜，向着金凤娇，双手悄悄地比了一个矩形。金凤娇鼻子一动，暗暗地哼，一根食指就在身下，勾了两勾。这一个来回，在外人看来是哑谜，在他们自己，大约是心领神会的暗号。刘振邦瞧在眼里，去看包剑荣，包剑荣也瞧见了，转眼望臧杰。臧杰见有人望他，暗中笑笑，低头抚摸鼻子，不知什么心思。唯有一个史达才，"吧唧吧唧"，吃着煎饼馃子，满怀希望，以为他们如此卖力，钱坤父子的出现是水到渠成的事，包老师他们为什么要担心？歌里不都是这么唱："他们齐心合力，开动脑筋，斗败了格格巫，他们唱歌跳舞，快乐又欢欣！"

"嘟——嘟——嘟——"正当鄂娟娟打电话的时候,"钱董氏"也在打电话。这是她第三遍拨打电话,许是因为年节,老头儿和大儿格外繁忙,连个电话都不接。当然,就是不过节,要他们接个电话也是难的。她已经想好了,事不过三,这次还是没人接的话,她就自作主张,把那两样橱柜脱手,卖给贾老板。回头老头儿质问,她也占理:"谁让你不接电话?马上要拆迁,东西能出一样是一样,不卖我也给你扔了,不然我还给你贴运费?你还欠我保管费呢!"先斩后奏,不怕老头儿闹——哼,闹起来才好,她半辈子的窝囊气,就指着这些时候发了。

四声响过,按照"不会有人接"推定,"钱董氏"该挂电话了。可能天气冷,动作迟缓,手一慢,又"嘟"了一声。她刚要按下,那端突然一空,老头儿那轻短得仿佛地下接头般的声音出现:"哪里?"

头既然接上,"钱董氏"吸一口气,也就毋庸讳言了:"是这里——已经年初二了,就不给你拜年了!你是个爽快人,我也不跟你废话,我今天来问你讨点儿小债……"

这一件事,说得不长,几句一过,那头不知回了什么,便听"钱董氏"道:"刚给你戴高帽,说你爽快呢,你就打我的脸,什么转不转账的,我不懂!我要看得见摸得着的,当面点清楚,互相不亏欠。你要么人过来,给我现金,要么托人给我送来。要都不行,还可以这么办,我说给你听啊,是这么一档子事儿……"

这一件事,说得就长了,"钱董氏"捧着话筒,极力地劝诱:"……多好的机会,一箭双雕,又能脱手赚一笔,还能跟开发商攀交情,将来拆迁时,还能再赚!我的意思呢,你要是同意,我就做主,把家具给人贾老板,卖得的钱——我就不跟你算抽成了,全放这儿当作你的保管费,什么时候用完了,什么时候我再问你讨,你省事,我也省事,你看……人贾老板虽没说多少钱,我估计万把块总有吧?"

便听那头"嗡嗡","钱董氏"慢慢地面色转阴,那头的态度显而易见。

"不好意思,我眼皮子就是这么浅,多一根草都是好的!你自己跟儿子能搂钱,我和守一比不上你们,只好能搂一点儿是一点儿,勉强过过日子。这些家具——你要不想卖也行,你马上把保管费给我送来,不然我是不会担惊受怕给你免费看东西的!四号这地方,你也知道,不比市内,什么人都有,年前晒出去的咸鱼都有人偷。就上面屠老太家，今天好像又遭贼了，一张脸，怕人得很，从来没见过。我是管不了了！现在守一又不在，四面邻居都出去玩，到处那么安静，真有小偷来，我一个老太婆反正保护不了你那些烂木头，出了事，别怪我，你自己想办法！"

那头的"嗡嗡"声就低了下去，大约不欲硬碰，想缓靖地达到自己的目的，然而这一招"钱董氏"也会："我说你就过来一趟，把事情安顿了，稍微出点儿血，能破费你多少呢？就算不为我，还有守一哪！守一是没什么出息，但没出息就不是你的种了吗？说句不好听的，你信不信，你要真有个好歹，最后能耐着性子服侍你的，还是我跟守一。你别看现在你跟你儿子两个热络，真出个事，你看你大媳妇他们还会不会来管你？哼，指望人家出国的人对你拉下身段，你自己想想吧！你这辈子，整天想着搂钱，可钱也仅仅是钱。钱是死的，人是活的，有人才能有钱，可有钱就一定能有人吗？你这么聪明一脑袋，还用得着我讲？你给守一补贴一点儿，你真的吃亏吗？唉——行了，就说这么多，你来也好，不来也好，反正我把话都讲给你了，情况就是这样。你那堆木头，我不给你卖，可也没能力给你看着，半夜三更要有贼来，我也没办法……"语重心长地，"钱董氏"轻轻搁了电话。

"啊——呜呜呜呜……"岗上的面包车里，向英张牙欠口，宛如咆哮的野兽，打了个充沛的哈欠，眼眶蓄满泪水，对上半明亮的天，百无聊赖，"天黑喽，撒网抓蝙蝠喽！"

说是"抓蝙蝠"，但至今好像没她什么事，眼看着其他人一个个出动，化装的化装，做戏的做戏，瞧着十分有趣，就连李国珍，也凭借"老兀鹫"的特长，捞了个差事，被派去"放哨"，监视那四杠十七号。独剩她一个，宽宽胖胖，鄂小姐对她看看，道："这位奶奶，车里不能无人，就麻烦您留守，看着车子和东西。如果岗上来人，特别是开车的，麻烦您警觉，第一时间打我手机，好吗？"

说是"好吗"，其实就是拍板，认定她这个胖老太，只适合留守面包车，充一个后勤保障的角色。身为陪客，又是对着这么个神通广大的鄂小姐，向英不便计较，让她留守她就留守好了。况且也确实需要人留守，人来了，发食水，问情况，传消息……偶尔再解决一下自己的尿急。这不，从上午到现在，分别有二皮来要板鸭、臧杰来拿水、刘振邦来取馒头、鄂小姐来告知情况。从他们口中，她得知了事情的进展，知道今日要打"消耗战"。除她以外，大家都要在四杠十七号附近守株待兔，张网等钱坤来投。向英守在车里，打了一盹又一盹，精力正上来。鄂娟娟来的时候，她就道："鄂小姐，你们忙一天，晚上还要守，就没个累的？眼下天还早，不如换我一换，你们晚上才有体力熬哇！"鄂娟娟一想也对，就打李国珍的电话，让向英去换她："……我们没关系，你老人家要多休息。"可那个"老兀鹫"，怕差事被抢，就是不肯回来，还说："没事没事，我为自己的钱，还有嫌累的？我就等姓钱的来了，好大干一场呢！"鄂娟娟摇摇头，向英就知道，自己又得接着在车里打盹了。

"算喽，我今天就是陪太子读书，"从座位上下来，向英感觉又尿胀了，"这么多能干人在，可轮不到我出头咧！"滴滴溜溜，转到深草之后，例行排解去。

十八点整，天已黑透。位于四杠十七号院外的西南角，正对石阶，是人家的墙垣，沿墙扎了一排架子种南瓜。这个天是没有南瓜了，然而细细地看，这个时候，却有一个酷似南瓜的脑袋，全神贯注，冲着面前的巷道、道旁的石阶，以及石阶所通向的下处。等信号发动，该脑袋的主人就要配合捉拿。信号什么时候发动呢？不知道。那人能不能被捉到呢？也不知道。捉到了钱就能回来吗？更不知道—— 一问三不知，换别个人，许就耐不住。"风向飘忽，不知何往，风中骚动着的，是一颗颗轻浮的心灵，却无法动摇，地里笃实的南瓜。"史达才就是这样一只"南瓜"，坚守在鄂娟娟指定的位置上，心无旁骛，一双牛犊眼，瞧左、瞧右、瞧中间——没人，再来——瞧左、瞧右、瞧中间……

二十点整，万家灯火。隔一条走巷，位于四杠十七号西面的一户，据称举家出门探亲，至今未归。该户的露天楼梯上，黑灯瞎火，此刻却有清晰的声音传来，"咕吱呱吱"——那是刘振邦在进食。私藏的新鲜麻花，好吃又磨牙，吃几口，抬抬头，把嘴一龇，"唰"，仿佛电视上的牙膏广告，射出白光两道。除了麻花，还有牛轧糖、火腿肠，刘振邦极有先见之明地备足了粮草，帮助自己在这种悬而未决的枯等中提神醒脑。背靠着墙，坐在人家的棉拖鞋上，他跷着腿，嚼着糖，望着对过的院子，望着下面一整片民居，望着远处的运河、河上的天以及天上他那近视眼无法看清楚的星星，忽然很想放歌——但他不能放歌，悄悄是抓人的罩袍，叫春猫儿也因此沉默，沉默是今晚的四杠十七号！

二十二点整，夜气初上。位于四杠十七号院外的西北偏北角，包剑荣时而搓手，时而跺脚，时而推一下眼镜，审视每一条来路，时而侧一侧耳朵，聆听附近的声音。十年寒窗，又十年执教鞭——这二十年生涯让他对于枯燥的环境适应良好。不冷的时候，他很自然地立在阴影里，身体放松，仿佛是身边那棵枯树的伙伴，和周围融为一体。偶尔有一刻，他也会开小差，回想离家至今，不过短短两日，却发生多少转折，经历多少奇遇！说起来，谁能够相信，他这个班主任，平日里两点一线，一本正经，却忽然脱轨，跑来运河边上，跟一伙莫名其妙的人共同捉贼！对了，就是这个词——莫名其妙，莫名其妙，无法说清其中的奥妙。如果能抓住姓钱的，就更妙了。如果抓住了姓钱的，他又该怎么做？

零点整，万籁俱寂。位于四杠十七号北面的小夹道里，窸窸窣窣地，从一摞摞纸板箱之后，冒出了沈二皮。他刚在抽第五根"提神烟"，陡遇一股穿堂风，冻得他烟都含不住，嘴唇一抖，香烟随火星子落地，差点儿没烧起来。亏他脚快，"噗噗"两下给它踩灭了，瞧瞧边上的纸板箱，心里一阵后怕。不敢再吸，裹紧了外套，"擅自离岗"，往旁边来寻金凤娇。

走了十多步，在一防雨布拉起的遮挡里，金凤娇披军大衣，窝在个破藤椅上，手拈五香蚕豆瓣，对着面前的手机屏幕看电视剧。画面几闪中，沈二皮看到上面身着古装的男女。见他来，金凤娇点击暂停，拿下耳塞，指着屏幕上一文弱的男人道："这人长得怎么样？"口咧开，眼放光，一副花痴相。

沈二皮无法可想，夺过那手机来，一下按灭了："金凤娇，你是等钱坤，不是在值夜班。你用手机看电视剧，把电看完了，到时鄂小姐呼叫你，你还能收到吗？真是——我都不抽烟了，你还看电视剧？你分得清轻重吗你？"沈二皮顺一粒蚕豆瓣，义正词严地嚼。

金凤娇撇撇嘴，一把夺回手机，哼哼道："我就不高兴你这话！鄂小姐这，鄂小姐那，鄂小姐是神仙哪？你看看都几点了，还呼叫——叫个屁！她轻轻松松，上下嘴皮子一碰，我在这里等得是腰酸背痛，哼……"

沈二皮道："那还能怎么办？你不在这里等，你还能上哪儿？看过猫捉老鼠没，猫不知道老鼠在不在洞里，可它还是等在洞口，为什么？因为那是最有可能见到老鼠的地方。现在也一样，除非你知道钱坤在哪儿，除非你能直接找上门，否则这儿就是最有可能见到钱坤的地方，我们能做的也只有一个字——等!"

"等可以呀，要是能等来个结果，别说等半夜，我等多少夜都行。怕就怕白等，我们还在这里苦挨，那老东西都不知道飞哪儿去了。"金凤娇昂头望天，确切地说，是望着上方挂下来的拖把布，"二皮啊，假如你是钱坤，就目前的情况，你会不会回来?"

"哈!"沈二皮干笑一声，"你可抬举我了，我这辈子，只有被吸血的份儿，没有吸人血的命，不过……"

金凤娇眼珠一斜，她就喜欢听"不过"两个字："不过什么?"

沈二皮抚弄唇上须，微微地笑，他两边看看，附在金凤娇耳边，切切地述说一番。

金凤娇边听边点头，脸色绽开了，听到好处，突然起立："我也早有此意!""哗"一下，蚕豆瓣撒了一地。

四杠十七号院子正东，是一隆起的小高地，生有老树嫩花，被讲究情趣的钱嫂子相中，种韭菜、栽小葱，迅速占为己有，砌了几级台阶，供人上来下去，却把小高地另一面拿砖头砌高了，扎上碎玻璃，用来防盗。之前分派位置的时候，臧杰主动要去小高地蹲守，鄂娟娟不疑有他，就同意了，让他想法儿翻上去，由树后监视下面的院子。鄂娟娟没想法，沈二皮就未必。站在北面这头看，那小高地地势绝佳，伸手就是那摆家具的雨棚子，夜深人静，轻轻往下一跃，不就可以……有了这层疑心，视线便不离墙头，隔一会儿，扔个石子，看臧杰在不在岗。石子一跳，那边就自上而下地，丢烟给他，一刻一根，一刻一根。见有回应，沈二皮略放了心，每每不厌其烦地，走过去，把烟拾起。

臧杰是踩着一废弃的坛子，再借由紧邻的墙头，从碎玻璃上越过的，"噌噌噌"，一气呵成——可见其身手，可见其平日功夫都下在了哪里。早个几十年，年轻的沈二皮和金老三当不输于他，然而安乐乡里待了多年，虽不至于"死于安乐"，这翻墙头的技术大幅倒退却是真的。二人之中，又属沈二皮稍好些，他咬着牙，绷着脸，依臧杰的原路，缓缓上到小高地。过来了，人往下一坐，张嘴直喘。金凤娇就不乐观了。身为处长太太，蹬着高跟靴，又折了一条臂，钱家的这个墙头于她就成了道险峰。早在地面上，沈二皮就劝她："你这样子，就别翻了，我一个人上去就行！我们俩什么交情，你还信不过我吗？"金凤娇哼道："我还真信不过你！"执意要翻。

沈二皮就看着她，双脚独臂，身子又沉，试了几次，一下上不了坛子，只好拾几块砖，摞起来垫脚。先踩着砖，由砖再上坛，单臂攀住了，硬使膂力想上来，却哪能呢？这种引体向上的动作，还是独臂向上，别说如今的处长太太，就是当年的金老三也做不到哇！撅在坛子上，就听她左一声"嗯"，右一声"嗯"——乃是使劲的象征。沈二皮恢复点儿力气，走上来，轻轻道："别'嗯'了，再'嗯'要把人'嗯'来了。别出声，我拉你上来！"他是好心，为了顾全大局，可谁知道，手一搭，就是搭上一河马的分量呢？沈二皮立脚不稳，没把人拉上来，差点儿反被金凤娇给拽下去。只听"嗯——"沈二皮腋下硌着碎玻璃，自己叫出声了。他翻白眼，咬黄牙，两只手一道，愣是把金凤娇一寸一寸地攥上墙头。当然金凤娇也很努力，两只脚"踢突踢突"地，踏着墙上的不平处，又跪又跨，狼狈不堪，"咚"的一声闷响，到底胜利"封顶"。沈二皮本来挺欣慰，咧着嘴乐，不想肩膀一抬，腋下隐隐作痛，借光一瞅——好嘛！上好的皮袄子，生生被碎玻璃给磨穿了，雪白的羊羔毛翻出来，手指一戳，就是俩窟窿！

新衣服破了，沈二皮难免心痛，马上指给金凤娇："处长太太，你看……"

攀登过程中，金凤娇的伤臂磕碰了好几次，她忍耐着爬起。见到沈二皮的破衣，她一语不发，指指自己的石膏手，轻蔑地瞥眼。末了手叉腰，单膝弯曲，很庄严地立在了小高地上，俯瞰着下方。

沈二皮悻悻走了两步，忽然想起什么："哎，小臧人呢？"忙扭头寻找。

金凤娇压着嗓子："别管他了，我们干我们的！"

"这……"沈二皮匆忙寻一圈，没找到人，只好按下疑窦，听金凤娇的。两人踮着脚，顺阶下到他们白日来过的四杠十七号的院里，一路摸进雨棚子，直奔里面的床头柜。

只听两人悄声对话："柜子还在？""好像在，你看……这个……这个不是吗？""在就好，你快点儿，看看里面是什么……""这个我不在行，要不你来？""我来就我来！你扶着，我来钻！""哎等等，你可别钻出声音，把人招来。""哎哟，这废话啰唆的，钻孔还不出声音，你来你来！……"两人蹲在柜子边，争个不休。

正当他们埋头捣鼓，那雨棚子顶上，肢体大张，架着一活人，翻着冷眼，瞧这俩人追随自己的脚步，挖掘金子来了。此人正是臧杰。他身携工具，早在给沈二皮丢香烟的间隙，将小高地周围摸了个清，并趁沈二皮走去吸烟，下来掘金。原以为陈年的木头，很容易钻孔，不料换了好几样工具，费了几膀子力气，愣是打不进去。拿手去试，指尖所及，冰凉凉，硬邦邦，那是木头呢，还是金属呢？这么一想，心道坏了，搞不好里面套的是钢板，这玩意儿不上大家伙，不弄出声音，可怎么打穿？转而又想，越是这么搞，越证明这柜子里有名堂，越是舍不下了。心痒痒的，前后左右、里面外面，各取几点，试着钻孔，可惜全都宣告失败。他又提防着屋里人，又要顾忌沈二皮，给他丢香烟，蹿上跳下，忽蹲忽起，忙了半夜，拿那钢板没办法。正苦思冥想，小高地上有了动静，暗中一窥——好嘞！"河马""陀螺"二人组来了，不用说，铁定是冲着这床头柜。就凭这两只鬼，也想柜中取金呢！管不了许多，先找地方遁起来。狭小的雨棚子里，除了家具就是杂物，遁哪里呢？臧杰一抬头——有了。"噌噌噌"，他踩家具，上了顶，存身于雨棚子的几根铁支架上。"吱悠""吱悠"，雨棚子的顶和四脚，全靠几根架子支撑，平时雪下大了都怕塌，何况多一个成年人的分量？因此臧杰栗栗惴惴，五体僵直，希望下面的人快滚蛋。

可重金在前，哪儿那么容易滚呢？就听金凤娇沈二皮两个，左一声"嗯"，右一声"嗯"，高高低低，在那儿使蛮劲，跟钢材打拼。听得臧杰一面屏息，一面摇头，以为这两个人技艺废退，掘金都掘得这么猥琐，可见没什么前途可言了。正在腹诽，那屋子里蓦然出现一团光，跟着就有人影过来。

臧杰暗暗叫糟，他自己倒是不怕，却不知下面两只鬼要怎么应对。只见沈二皮一惊，扯着金凤娇，却是没时间逃了，四周一望，望到那独门橱，好似望见了救命稻草。他打开门，急急推着金凤娇，二人同挤到橱里，门勉强地阖上。

门阖上的一刻，亮光照了进来。雨棚子里，又出现两个人，其中那个老阿姨，是白天刚见过的钱嫂子，另外一小老头儿，瘦脸颊，歪撇嘴，看神气应该是——

臧杰心中一凛，那个名字呼之欲出：是他，是他，是他来了！是钱坤，他是钱坤！

他猜得不错，正是钱坤。至于钱坤如何进到四杠十七号的院里，为何没有惊动附近任何一个"岗哨"，臧杰却是来不及多想，因为下面的人已经在说话了。

"把手电筒灭了！"钱坤说着，迅步走到里边来，冲着床头柜。臧杰见到了，心想：果然……

淡淡的光团映照下，钱坤以手抚摸柜子表面，仔仔细细，摸完又看。忽然，他回头道："这些刮痕谁弄的？"

"什么刮痕？""钱董氏"凑上来。

"就这些，喏，这么多！"钱坤的脸被光映得惨白，"你当时没看着吗？那些人把家具刮成这样，你都不知道？"

"我……""钱董氏"眼力不济，更不好说自己当时多半不在，不是泡茶就是换衣，要不就询问拆迁补贴的事，谁晓得怎么搞的，"那……那有了刮痕，是不是就不好卖了？"她比较关心这个。

钱坤脸色更白了，他盯着"钱董氏"，一副恨不得能用眼神杀人的表情。他一把夺过手电筒，按灭了光，恶声道："我叫你把手电关了！"雨棚子里顿时陷入漆黑。

"钱董氏"就在黑暗中说："干什么！你不是要看柜子吗，没光你怎么看？我好心给你照照，你发什么神经？"

"吱悠""吱悠"，臧杰注意力分散，稍微一动，棚子的支架瞬间"呻吟"，自上而下传导，听上去不堪重负，而存身其中的臧杰，凭借多年的经验，感觉更是不妙，大气也不敢喘。

"吱悠""吱悠"，他都不喘气了，架子仍是响。黑暗中，钱坤抬着头望："我问你，这刮痕是谁弄的？你回忆一下，是你，是守一，还是什么人？"时间长了，适应了黑暗，他肉眼扫过来，扫过去，好像发现什么了不得的东西了……

"钱董氏"道："我没事刮你柜子干什么？更不会是守一，他整天忙得要死，为他那个丈母娘，回来一趟也是急急赶赶的，还管你的柜子呢！"

"这么说，就是外人弄的了。你这儿平常也没人来，今天一天，却来了两拨人，你说奇怪不奇怪？"钱坤仰脸朝着棚子顶，手下一揿，电筒又亮了，光冲着地下。

"钱董氏"见他望，也跟着去望："是有点儿反常，不过也是因为拆迁，如果不是外面传得一天一个样，我也不会……你看什么？哎，那上面什么东西？那黑乎乎的是……"

钱坤微微冷笑："好朋友来了，你个老太婆还不知道呢！"手腕一翻，电筒突然反转，光束直刺臧杰。

臧杰一个闭眼，正在脑筋急转弯，下边的独门橱内，蓦地有歌声出来："女人花，摇曳在红尘中，女人花，随风轻轻摆动……"及时的歌声，救命的歌声，钱坤和"钱董氏"本来举起的头，瞬间转向。

歌是谁唱的呢？——不是金凤娇，更不是沈二皮，而是来自金凤娇身上的口袋，她的手机被人拨通了。出发之前，鄂娟娟再三叮嘱，把手机调成振动，处长太太可能一开始就忘了，也可能看完电视剧才忘，总之，旋律流淌，"女人花"开放，在暗漆漆的独门橱中，在四杠十七号的院子里。

这电话又是谁触发的呢？——包括臧杰、沈二皮和金凤娇在内，皆以为是鄂娟娟打来的，也许有什么指示，也许是提醒他们，钱坤已经入彀。然而此刻谁也没有瞧见，旁边屠老太家的窗户里，李国珍脸贴手机，很着急地打手势，扑腾个不停。

"快接啊！快接啊！唉，老蝙蝠进洞了，怎么一个个开始装死呢？"原来，鄂娟娟已提前告知，屠老太今晚不归家，留宿亲戚那里，李国珍就一个人在厨房，吞饭团，喝鸡汤，精神抖擞，扒着窗户，盯了大半夜，越盯眼睛越亮。零点过了，她毫无困意，除了手脚有点儿发僵，于是她一边做起"交通警察操"，一边视线不离窗外。正做到左手臂伸直，右手臂折起，那院子里突然有光，定睛一瞧——嘿！那个小老儿……可不就是那个叫人望眼欲穿的……赶紧告诉鄂小姐，手机按了两下，忽又发想，何必转个弯儿呢？现成的号码在这里，我就代替鄂小姐，先给处长太太、二皮通气了，不是来得更快吗？说干就干，便拨上了金凤娇的号码。

"我有花一朵，种在我心中……"那边"老兀鹫"不挂电话，这边独门橱内也一无动静，花儿继续开，歌儿继续唱。钱坤盯着橱门，慢慢地后退，将手电筒放到桌上。"钱董氏"惊慌地指着："这……怎么有人在唱歌？是不是小偷啊？"

"偷"字出口，钱坤猛地转身，弓着腰跑。臧杰一看，这还得了，爆嗓子喊："追呀，橱里的鬼，躲你娘胎呢！"一个大晃，欲跳下来，好巧不巧，独门橱一开，沈二皮率先蹦出："钱坤，你往哪儿跑！"跟着金凤娇也出来："真是姓钱的老狗？"接着是"钱董氏"的呼叫："谁啊?!啊，你们不是……"

"哗啦扑喇喇"！臧杰"紧急追降"，鞋跟一带，带得那雨棚子的支架，全面坍塌！软质的防雨布，盖得金凤娇、沈二皮一头一脸。硬质的铁架，"咚"的一下，敲在"钱董氏"端庄的额角，她头一晕，倒了下去。

臧杰不管三七二十一，脚刚落地就腾身跃起，跃上台阶，直追钱坤："姓钱的，姓钱的往这边跑了！"钱坤在前，他在后，两人经由小高地，朝山岗上蹿。

同时，屠老太家的厨房里，"老兀鹫"蹬着老腿，边走边大呼："这边，这边——"呼得史达才、刘振邦、包剑荣师生仨，齐齐发动，跑得"咚咚咚"。远远地，鄂娟娟不知从哪儿变出一个望远镜，听到呼叫，她端着望远镜，站到车顶上看。很快，她跳下来，返回车中，点火启动，脚踩油门，"呜"一声，车子一个U形转弯，往山岗上冲。四杠十七号的院子里，金凤娇和沈二皮也终于爬出了防雨布的笼罩，跌跌撞撞，一路紧赶。

正当钱坤引领众人，渐渐汇聚到山岗上来时，岗子上留守的向英，恰逢其时地，从树后探出点儿脑袋："什么声音？"

对于随地排解的人而言，即时关注四面八方的动静是必要的，向英也不例外。她藏身树后，刚找好地方，就听左中右三面，分别有低浊的、顿挫的、杂沓的声音逼近。那低浊的像是发动机，顿挫的好像轮胎轧过物体，杂沓的应该是人在奔跑……这个时候，全冲着向英所在的方位而来，她无论想排解什么，都被吓了回去。

"姓钱的，姓钱的！""抓住他！""那边，他往那边去了！"声音越来越高，此起彼伏，渐渐地攒拢来，好像网在收口。本来臧杰紧随其后，又有史达才、包剑荣从旁包抄，三人合围，极有希望将人逮住。不想离开民居，一无光亮，黑灯瞎火的岗子上，钱坤三晃两晃，仿佛真是只老蝙蝠，不用看路，就知道哪儿有坑，哪儿有坎，哪儿有荆棘，可以把"追兵"留住。领头的是臧杰，因此领头吃亏。眼见着越追越近了，伸手可揪衣领，岂料钱坤猛然一闪，臧杰收脚不及，一脚踏空，陷到坑里！坑是浅坑，结着薄冰，踏进去，水漫鞋口，再踏出来，不过几秒的工夫，钱坤已远。再一个是史达才，他憋着呼吸，甩着两腿，生平第一次真实上演"好人抓坏蛋"，那一腔热血，说不出地激荡。臧杰忽然陷落后，就数他离钱坤最近了，如果他能够生擒老蝙蝠，创下这样的事迹，那么于人前，于人后，于过去，于将来，此生都无憾矣！心心念念，喜不自胜，史达才盯着钱坤的眼里，仿佛已升起表彰的锦旗。可惜锦旗遮住了眼，看不清楚路，钱坤在前面突地一跳，他不明所以，刚要起脚，"咕咚"一下，被老树根绊倒在地。霎时眼镜歪了，锦旗落了，此生又要有憾了——唯一可庆幸的是，他的包老师"唰"地起跳，从他身上跃过，并没有一个来不及，"吧唧"踩在他身上，给他再造创伤。包剑荣到底稳重，有臧杰和史达才的前车之鉴，他格外注意脚下的路面，宁可拉开一段，也不紧紧相逼。快到岗子上，他瞅着钱坤手臂一横，怪模怪样，似是在遮脸。他生怕有诈，也跟着学，手臂挡脸，就听"刺啦刺啦"，一阵细碎的刮擦。不知是什么植物，针刺生得那么利，不是他戴眼镜、衣服厚、手挡脸，铁定要挂彩。就算是这样，他双手也被戳到了。一有护疼的心，脚下就慢了，等他跑到岗上，钱坤已成一个淡淡的黑影。

钱坤非常高兴——什么是老骥伏枥？这就是老骥伏枥！这些人年轻力壮，算是很灵巧了，结果还不是一个两个三个，被我全部甩开！你有张良计，我有过墙梯，哈哈，孩儿们，以你们的脑瓜，这辈子都是被耍的命，前头把钱给了我，现在你们也不要想追回……

钱坤正自鸣得意，知道儿子的越野车就在前头，借黑夜的光，就要跑过去了，树后的深草里，蓦然站起个人，把腿一绊！"啊！"钱坤千算万算，却哪里能算到这一出？嘶声大叫，埋头一栽！那人就势往他身上一坐："等你好久嘞！"

正是向英。她人坐下，跟着两手一钳，攥住钱坤："抓到了，抓到了，活跳跳一只！"陆续赶来的包剑荣等人一听，精神陡然振奋，纷纷地往这边跑。钱坤又哪里肯束手就擒呢？对向英飞脚抢拳。可把向英火给激了上来，她反手削头，一巴掌劈他后脑瓢儿！

不想由岗子南面，"轰轰"地跃出一辆车，黑夜里不打灯，暗影怪兽一般突袭。车侧边的门一开，跳下个人，借势一纵，向向英这边跑，刚叫一声："爸爸！"另有一辆汽车，气势汹汹，横冲直撞，"呜呜"由东面来，笔直的远光灯，"哗——"将所有人刺得雪亮。刹那间，大家扭头的扭头，闭眼的闭眼。

刚出声的那人，便是钱进。他情知不好，想要突围，拉一把钱坤："快上车!"自己抢先跳到车上。却不知钱坤被向英箍着,又有包剑荣、臧杰、史达才赶到,几个人拽腿的拽腿,拖手的拖手,水蛭一般死死吸附,钱坤哪儿还能动弹?钱进看着急了,又要下去,他招呼司机:"快来帮忙!"

司机另有其人。他瞧得清楚,方向盘急打,吼道:"都要撞上来了,还管那么多!"换倒车挡,一脚踩下去,"吱——"车轮摩擦出尖啸,后退十来米,撞在树干上,发出闷响。

"哗——"那辆疯狂的汽车没有撞上,险险挨着众人开过去,带起飞沙走石一片。它开过去仅一段,立即掉转,再次冲着越野车而去。越野车的司机咒骂不已:"真不要命啊!"须臾不敢耽搁,换至前进挡,往岗子下逃窜。

"可是我爸他……"钱进大叫。

"你爸害死人了,知道吗!"司机恨恨道。

同时后面传来嘶哑而断续的"到亭子去!到亭子去!……"依稀可辨是钱坤的声音。

钱进瞪着两眼,随车上下摆荡,惊魂不定。又听前头司机道:"砸东西,砸东西,砸后面的车子,不要让它追上,快,快!"说着打开了车顶窗。

钱进一凛,于颠簸中探出顶窗,将事先备下的一系列物事,什么水果、黄沙、胶水、广告单页……"咕咚咚""沙沙沙""啪啦啦",向后面那辆车子抛掷,抓到什么扔什么,甚至将车里的水壶都扔了出去。水壶连滚带翻,跳到后面那车的车轮下,"咔嚓"!把轮胎别住,车身一卡。"好!"越野车的司机大喝一声,加大油门,眨眼蹿出老远,将后车远远地甩下,一路向北去了。

那辆车缓缓地靠边停住,远光灯熄灭。驾驶座上,鄂娟娟往后一靠,双手往方向盘上重重一砸,片刻后,忽然放声大笑:"哈哈哈哈……"笑得神采飞扬,无所顾忌。

所有人都以为她刚才疯了,以那种鱼死网破的架势冲撞钱进的越野车,在他人看来,那是必疯无疑。问题是——如果她不疯,刚才钱进会那么容易走掉吗?如果她不拿出那种气势,或者她仅仅是做个样子,且被人看出来她仅仅是做个样子,钱进和他车上的同伙会被她吓住,从而不敢再纠缠,放弃钱坤而去?刚才她的确是在做戏,但像刚刚那种时刻,光做戏是不够的,你还得"入戏"。进入戏里,物我两忘,放手豪赌一场:赌对方一定会动摇,一定会逃;赌他们不敢直撄其锋。而她放手一搏的结果是,钱进仓皇而逃,钱坤被成功截留，她以全胜之局，完成了对金凤娇他们的承诺。

笑上一会儿，多少天来的郁气一扫而空，鄂娟娟稍稍从战栗中平静，回到眼前的现实。她看看自己的车，可怜的小破车，自从跟了她，就吃尽辛苦，如今更是被糟蹋得没了模样。她想了一想，开门下去，把水壶从轮胎下面取出来。重新上车，慢慢地往回倒，倒回到山岗上，她开了车窗，远远地看到沈二皮不知触动了哪根神经，兴奋地上蹿下跳，指着钱坤羞辱："你叫呀，你叫呀，嘿嘿，你叫破了喉咙也没有人来救你！"就有向英道："二皮，这老鬼儿好像没怎么叫啊！"沈二皮一怔："我……前面陪处长太太看电视剧，可能受了点儿影响……"轮到金凤娇愣怔："啊，电视里还有这一出，我怎么没注意?"……

鄂娟娟就微笑地取过手机发消息："恭喜捕获钱坤！我给各位助攻至此，接下来的事宜，想必处长太太不会令我失望!"

手机一收，鄂娟娟拨转方向盘，缓缓地下行。凌晨清寒的风，由车窗灌入，让人精神一振，遍体生凉。上了公路，鄂娟娟腾手关窗，目光瞥过天上，心道：今夜宜有星光啊！

却不见，云层之上，猎户座的群星正熠熠发亮。

第十四单元

"老蝙蝠"

司机向钱进道:"这么宝贵的一个时间差,你们爷儿俩不走,原来是躲在亭子那儿!"下了高速,运河已看不见,他把车速放慢,终于可以喘一口气。

钱进坐在最后,手搭额头,沉默了一路。听见司机说话,他鼻音"嗯唔",敷衍而过,并不去说明,这两日他跟钱坤并非人在亭子。不在亭子,又是在哪儿呢?这就不足为外人道了。

司机却想让他多道一点儿:"我还是搞不懂,你们爷儿俩这么好的机会,怎么就不快走呢?从年前磨到现在,今天还差点儿全军覆没,现在老爷子落人家手里,你是打算……"

半晌无回应,司机往后视镜里看钱进。钱进手放下来,视线低垂:"我没打算。"

"那老爷子他……"

"他?他肯定是有打算了。"淡淡嘲讽的口气。

司机又搞不大懂了。转过一个弯,他老话重提:"你说你们要是早上飞机走了,不就什么事都没有了吗?反正大头都到手了,还在乎那点儿零头?早一天离开,就少一分风险,今天也就不会……是吧?"

钱进笑了笑:"谁说不是呢?"

"所以我不明白,老爷子想什么呢?"司机一副熟稔人情的模样,"你们父子两个,是最亲的关系,又在同一条船上。都在一条船上了,还有什么可顾虑的?还不抓紧时间把船划到安全的地方去?这小孩子都明白的,对不对?……"

说来叹去，指望钱进能搭个话，然而半天不能如愿。司机瞄一眼后视镜，见钱进始终视线低垂，不知想些什么，他渐渐地也就闭口，专心开车。

　　晦暗的夜幕下，越野车朝北疾驰。

　　"滴答，滴答……"一个小小的空间，左右极狭，大约就是公共厕所两个隔间那么大。说到公共厕所——钱坤看一眼地上的蹲坑、墙上的水箱、面前斑驳的洗手池和滴水不止的龙头，这儿看起来亦是一处厕所。触目所及，还算比较洁净，空气中弥漫着一股消毒水和人排溺后的混合刺激性气味。由于没有窗，气味经久不散，全靠紧邻天花板凿出的唯一的通风洞排出。钱坤本想利用这个洞来做一些事情，但当他攀着水箱，想努力站上去却不留神滑落，结果一跤坐到下方的茅坑上以致尾椎骨隐痛至今，他就放弃了亲自逃跑的计划。

　　他想，在他这个年龄，已经不适宜做这种对四肢发达程度有要求的活动了，前番在四号那儿纯属是意外。在四号那儿，他透支了体力，并且很大程度上是凭借地利，才将那些人撂倒、甩开，而今到一个完全陌生的地方，他占不到一点儿便宜。

　　钱坤扶着洗手池，慢慢地坐到地上。地上铺砖，冰凉冰凉，可眼下不是讲究的时候。他想起在岗子上，那些人当着他的面争论，要这样，要那样，其中那个矮子，最是可恶，故意横加羞辱，鞋子一脱，拽下自己的臭袜子，套他脑袋上："遮住他眼睛，别让他看清楚路线！"袜子酸臭，简直不堪呼吸。便又听人道，是那个尖鼻子老太的声音："噫，二皮，你这又是跟电视上学的？"另有个小子道："虽然戏剧性很强，其实很有必要，这位爷爷能识途的……"接着那个姓金的处长太太，满嘴低吼，是高兴的低吼："给他戴上！二皮说得对，别让他看清楚！来来来，再给他套一个！拉下来，拉到底，这个样子……"一群微不足道的人，走了个狗屎运，带着愚蠢的喜悦，将他来回摆布。

　　戴上袜子后，钱坤被捺到车上，左右各有人，夹住他的手。上路伊始，还尚有方向感留存，知道他们是朝着市内去。等到转多了弯，左左右右，他渐渐地就模糊了。可恨还有小子道，就是前番说"爷爷能识途"的那个小子："绕点儿路嘛，不要省油，防止爷爷识途……"一车人便纷纷附议："小刘说得对！""还是小刘脑子动得快！"带着愚蠢的喜悦。他们一喜悦，钱坤就生气，气得肺部扩张，便吸进更多袜子的酸臭。如此更气了，气而懊恼，循环反复。

待车子最终泊住，那个矮子的臭袜子也差不多被他"过滤"洁净了，当袜子一摘，重见了光明，钱坤的面色铁青。

钱坤的眼前是一间陋屋，没待多看两眼，就被金凤娇拽着衣领，把他往里面一推，反锁起来。"大家赶快回去睡觉，现在已经是初三，没几小时就天亮了。那个……大家克服一下，稍微睡一会儿，天一亮就过来！""那肯定啊，要我说，不睡觉都行。""人放在这儿可以？不会出什么事？""放心吧，有我在……"一伙人叽里咕噜，一团马蜂似的，声音逐渐远了。

很长一段时间，钱坤静听外边的动静。他听到门的开阖，听到人的脚步，听那人走来走去，拿一二样东西，然后大约是躺了下来，"啊——"一声长叹息。寂静上一会儿，他听见了那人的呼噜声，以及隔一道墙，响起别个车辆的报警器。偶尔，有人自远处走过，片刻，又有汽车途经，车灯的光射进通风洞，从左往右一划，车子就过去了。

所以——这儿其实就是这伙人居住的地方吧？不然，他们还能将他带去哪儿呢？钱坤望着洗手池上方的小夜灯，开始思考。当他在路上还被袜子封住口鼻时，就开始思考这个问题了。他不应该高估这群人，钱坤想，从他们给他投钱被套的那一刻起，他就该知道，这群人能耐有限。能耐有限的财迷，喜欢在他那里放债；能耐有限的债主，只得把欠债的关到住宅区里来。对于这一类人，钱坤毕竟了解，老蝙蝠不能不了解自己吸血的对象。这些对象，说来都是经过挑选的，他们有一点儿血，却又不太多，被他一吸就干瘪了，再无余力来纠察。他所没有料到的是，这些人也会集结，还摸到了他"三窟"中的一窟，给他布了一个局。事到如今，钱坤仍然拒绝承认自己百密一疏，他仍然以为，凭这些人的脑瓜，这个布局是超出了他们的能耐的。难道说他们找到了靠山？钱坤紧张地思忖，头一个便想到那个河马般的处长太太。他倒不以为她去求助了她那所谓当处长的丈夫，依这光景，更有可能是她那个兄长在背后……钱坤回忆起岗子上那辆疯狂的汽车，心有余悸。那辆车最后上哪儿去了？是不是去追踪儿子了？儿子会被追上吗？一时间，他也失去了把握。

想到钱进那个儿子，他那聪明的长子，钱坤的心情就颇为复杂。从为人父母的角度而言，养儿聪明肯定胜过养儿鲁钝。一个聪明的后代，天生嗅觉灵敏，嗅得出风向，嗅得出"利"字所在，不仅嗅得出，还知道如何趋利，如何避害，如何更好地趋利，如何更好地避害——这样一份能耐，为钱坤所推重。

这样一份能耐，钱坤自己就有，是故他格外理解其中所蕴含的价值。但也正因为此，他也格外理解这种能耐一旦过度，即聪明过了头，这样一个后代对父母而言，就未必那么美好了。

老子聪明，有自己的"小九九"，儿子聪明，也有自己的"小九九"。二人同舟，在撒网"吸血"时还能齐心协力，待吸饱了血，载着满船所获，下一步该怎么走，父子之间就值得玩味了。都说"旁观者清"，照旁观者看，此时此刻，肯定是"三十六计走为上"，父子俩即刻跑路，到国外跟孙子儿媳妇团聚，如此钱有、人也有，不是很圆满吗？呵呵，钱坤在心里冷笑——所以什么叫"旁观者"呢？旁观者看得清的，永远都是些皮毛文章，像是一加一等于二那种东西。圆满？对于儿子、儿媳妇和孙子，也许是的，对于他自己，又有多少圆满可言？

"滴答，滴答……"水滴声阴凉，跟钱坤的心境一个样。他不是后来才考虑到这个问题，早在他策划怎样圈钱的时候，就已经推敲过了。在他这个年龄，身携巨款，到一个连语言都陌生的地方，不得不依靠儿子儿媳妇，以此度过余生，这绝非他所愿。在他这个年龄，手握巨款，自己真正能享受的其实有限，大部分还是便宜了后代，以及跟后代有关的人，比如他那个儿媳妇。钱遗给儿孙享用，他勉强还可以接受，钱给儿媳妇享有，他就不免意难平了。他铤而走险吸来的血，却把别人养得白白胖胖的，请问凭什么？就凭她给他们钱家生了个看上去资质平平的孙子？可这项任务这世上能完成的人太多了，怎么看都不是"非君莫属"。再说，他现在按着钱，按着弄钱出去的渠道，是占主动方，而一旦过去了，人和钱都移位，在他这个年龄，还能占多少主动，则成了未知数。可别到时候他在这边是吸人血的，到了那儿却成了被吸血的，这一番颠倒，可倒得不小！想他聪明一世，到头来却守不住，那些肥美的血不知便宜了什么鬼，他就恶气横生，宁可自毁，也不教他人染指一毫。

"老蝙蝠"夜路走多了，心性不大好。他推敲半天，以为跑路到国外，对于儿子钱进是上策，对于自己就难说了。这个分歧一起，慢慢地就有了隔阂，他看这个聪明儿子就不那么得意了。事发以来，两个人更是没少吵嘴，这个要这样，那个想那样。钱坤抱怨极了，他就道："我们把钱分分，你走我留，怎样？"钱进便就一愣，眼里闪烁不定，想来也是在斗争、在权衡。钱坤让他权衡去，聪明人就这点不好，想得多，胃口大，可以共谋事，不可同分赃。

眼下，他跟儿子正是到了"分赃"的时候，龃龉频发，而同时又一拨人，差不多也到了"分赃"的时候，他们会不会因此而分裂呢？"老蝙蝠"鬼胎一动，推己及人，猛回头，于困境中忽然发现了一条可以利用的"小径"。眼下这一伙人，单纯面对他的时候还能同仇敌忾，如今人已拿到，接下来该问他要钱了，这一个转变可就没之前那么单纯。钱被他按着，他愿不愿意说、愿意怎么说、愿意说给谁，全然在于他。比方说，他可以试着了解这伙人，挖掘出他们中间的"聪明人"，相对聪明的，再从这一二聪明人入手，将这群人的联合撬得松散，裂得粉碎。而一旦对方分裂，他的机会就来了，既然亲自逃跑无望，何不就利用这一二聪明人，让他（们）帮助自己……

通风洞在上，漏进来的光逐渐明亮。一夜之中，钱坤又是经历逃窜，又是被人禁锢，又在百般紧张中思索，凡此种种，对于他那衰迈的身躯，是过于沉重了。天光发晓，想到那河马般的金凤娇之前说"天亮时就来"的话，而今剩下的时间不多了，趁着人没来，他稍事休息，最好再进点儿食水——

"滴答，滴答……"食物暂无，水却随时供应。拧大龙头，钱坤啜了几口，凉水入肚，更觉饥寒。他忍耐着，突然想到，这岂不是个机会？就利用这个来探一探，谁是他们中的聪明人。不说多聪明，至少心思活络吧，只要活络……

金凤娇头重脚轻、东倒西歪地走在小区里，"咯里咯，嗒嗒""咯里咯，嗒嗒"，脚步较平常来得错乱。她眼皮半耷，走两步，河马似的把嘴一张，吼出一个哈欠，走两步，又把嘴张得跟河马似的，再吼一个哈欠。吼了几声，迎面走来一人，见了她，把脚停下，道："处长太太，您练功哪？"

金凤娇登时就醒觉了，张眼一看，是水正深那鬼老头儿，从头到脚打扮得跟老树干似的，怪不得没认出来。自从除夕那晚，为了个钱坤，她受累狠了，眼下见着个老头儿，就联想起钱坤。想起昨日在运河那儿忙，今日回来还要接着忙，昨日打过一场"硬仗"，完了今日还要打"软仗"。如此连轴转，使得她两天统共睡了不足八个小时，还要刨去失眠的时间，这都要拜钱坤那老头儿所赐。钱坤是老头儿，水正深也是老头儿，这些老头儿一个个都是硬骨头，啃一口，都要豁两颗牙。你看这不走得好好的，都能被人揶揄，不是她金凤娇皮糙肉厚，谁能顶得住？

处长太太悻悻然，苦于实在没有余力，不瞅不睬，转身想走开。谁知水正深又跟在后面道："处长太太，你往哪儿去？是不是去麻将档？今天一大早，我可看见好几个人过去了，什么李老太、向老太，那俩秤不离砣的不用说，还有那个姓刘的侄孙子，那头大大的小子跟一个男的，我没见过……哦对了，还有那个姓臧的，就是王小萍之前那个……现在又是你。我说今天才初三，麻将档又不开门，你们这么些人赶过去，是开什么秘密会议呀？"

"咯里咯，嗒嗒嗒嗒"，金凤娇左脚踩右脚，差点儿没跌一跤。她一溜歪斜地站住了，回过头来，不知该如何答对，她脖儿歪着，脸抻着，眼珠缓缓地转。

"处长太太？"水正深声声地问。

金凤娇保持着目视前方的姿势，目不转睛，突地她眉毛一跳，把手一指："看，马老太找你来了！"

"啊？"水正深一愣，下意识回头，却在这个当儿，金凤娇两蹄一撒，尥蹶子地跑，"咯里咯嗒""咯里咯嗒""咯里咯嗒"，跑得头也不回。一连串铿锵的蹬音在小区里回荡，留下水正深愕然地站在原地，两边望一望，这头固然没了金凤娇，那头又哪儿来的马莹平马老太呢？

"这个金老三啊，"他哑然失笑，"跑个什么劲儿，谁要管你那些破烂事哦！"嘴里念两句，头摇上几下，走了。

金凤娇一口气跑至小夹道，即"开元"麻将档的后门，进去后又返身，瞅瞅有没有人跟踪。脑袋在前，屁股在后，她正看得紧张，被人一喝道："处长太太，你干吗呢？"

一转身，沈二皮敞着外套，脚步轻健，从台阶上奔下来："一听声音就知道你来了！昨天可是你说天一亮就来的，现在可好，其他人都有，就缺你一个，你看都几点了？等你进去，吃吃东西，再摆摆谱，半天又过去了。天一黑，初三就过了，再拖到初四……你是大鱼，禁得起拖，我们这些小虾米可耗不起！"

金凤娇瞧着沈二皮，这个"矮陀螺"，就是这点好，越是经受生活的鞭挞，越是精神抖擞，陀螺一般转得"嗖嗖"。须知这几日，他不比自己承受得少，可这"矮陀螺"偏就气色红润有光泽，人还是那么矮，气势却分明拔了上去，持平旁边的墙头，对比一下自己……

话虽这么说，她还是得依照惯例，多打压、少夸许，以防止这"矮陀螺"

变得骄傲，从而不思进取。便听她道："我不来，你们就不能自己先讨论？反正人到手里，这最难的一关都过来了，简单的反而不会了？"身子端端，向门里走。

"简单？"沈二皮跟着她，"原来你这么认为，那正好！我们今天就全靠你……"

金凤娇一只脚踏进门槛，入眼的首个印象是一片黄白。黄白的李国珍，坐着嗑瓜子，头颅虚垂到胸前，是"老兀鹫"打瞌睡的模样。见到她来，李国珍点点头："处长太太……"后面的向英，披着薄被，仰在角落里，露一张黄白的胖脸，像是掺了陈玉米面的白馒头，五官皱缩，很辛苦地眯着。再有那姓包的老师，本来一张方白的脸孔，衬着雨过天青色羽绒服，二者搭配，有一种雪落青松的好看，而今白中带上黄，那就不是雪落青松，而是沙尘……至于那个叫史达才的小子，面色本就黄白，脑袋又大，非常像南瓜了，如今黄白上又添黄白，其实看不大出来，看得出来的是他那双牛犊眼，一夜之间好像患上沙眼，通红地冲着人眨。再一个小刘刘振邦，平时就一副黄多白少蔫了吧唧的样子，好似一棵过了时令的腌菜，这里一躺，那里一瘫，反正都是腌菜了，白也好，黄也罢，已经不构成妨碍。唯独那个臧杰，一张脸毫无摧残，两只眼骨碌打转，于所有人中鹤立。此时此刻，他一手碗，一手筷，跷腿喝稀饭，喝得"吸溜呼啦"，乃屋中仅有之生气。见金凤娇到，他筷子一举，很开心地招呼："处长太太，吃过饭没？热乎乎的香菇青菜粥，你也来一碗？"

沈二皮从后面迈上来："你倒会借花献佛！我大清早起来熬的粥，自己没怎么吃，大多便宜了你，你现在又拿我的粥……"回首向金凤娇比个手势，"那种大海碗，第四碗了，又把我的咸鸭蛋剥了两个半，你敢相信？"

金凤娇不接这些打诨的话。"咯里咯嗒"，她脚一跨，在专属的太师椅上坐了，瞅着臧杰吃，目光暗换。缓缓地，她回忆起一些事情，一些有关臧杰的事情。

"也给我一碗……"她指指煮粥的锅，冲沈二皮示意。示意过了，她仍一眼一眼地瞅着臧杰，嘴紧紧地闭着。依她的性子，想到什么，恨不得就冲口而出什么，不管他好赖，先劈头盖脸盘问个痛快：昨晚在四杠十七号，你人不在小高地上，却上哪里去了？怎么你喊的那一声，声音从顶上下来？你到人家棚顶上去干什么？你是不是偷偷瞒着我们……嗯？丛丛疑窦，本来还想不起来，这边一看到臧杰，见他举止轻快，吃喝从容，与其他人的衰相不同，不由得盯上这只鸡群中的鹤，疑心他藏私，藏私又藏奸。可这话头实在不好开，这话头一开，事情就复杂了，一时半会儿怕是纠缠不过来。眼下又在提问钱坤的关节上，金凤娇又是两天睡了不到八个小时，她的体力不允许她进行多点打击，必须按照优先级，先解决主要对手……

想到这儿，她便问："老蝙蝠呢？这么长时间，你们一个个就干坐着，不问他要钱？"

沈二皮盛好了粥，端在手里："还在厕所里趴着呢，厕所里有水，暂时死不了。"

包剑荣道："钱肯定是要要的，问题是怎么要。直接问他要，他就肯给吗？"手抚摩着水杯，往厕所的方向一瞥。

臧杰道："我看，先把人请出来吧，钱在人家手上，不好太怠慢的……"慢慢地按下碗筷。

李国珍早忍不住了："我也是这个话！把人弄出来谈，是好是歹，给我一个结果吧——我也好看看下个月是不是要多开些救心丸。"

金凤娇听得不入耳，莫名生出些不祥之感。她敛着眉毛把粥端到面前，筷子一支，又发令道："带他出来，我来会会这老东西！"趁着间隙，赶紧扒几口粥。

沈二皮就去了。

厕所的这一边，钱坤耳贴在门上，等候这一刻已经很久了。厕所背阴，地上湿寒不能久坐，加上半日来只有管子里的冷水可吃，他这身老骨从里到外，都十分地"干枯"。他站立着听候外边的动静，听候他们的声音、他们的对话，以一个老弱且处于逆境中的人仅余的心力，结合昨夜得来的印象，将外面的人一一地揣摩。他认出那个矮子的声音，昨晚上睡在这儿的也是他，并猜那个矮子就是此间的主人；他辨认出那个尖鼻子老太，依稀也是投钱的老客户了；以及那个胖老太，力气不容小觑，昨晚自己就是栽在了她的手上——想起当时挨的那几下，钱坤的脸色可不妙；还有几个年轻些的声音，大约是昨天追他的那几个，别的他听不出，那个会说"这位爷爷"的小子倒有些印象。听得出来，那小子不是个蠢的，如果能利用得上，那是最好，如果不能利用，却需要对他多注意……彼时金凤娇人还没到，这些人就"处长太太怎么不来"这个话题，先废话了将近一刻钟。说着说着，就吃起来，"嗯嗯唔唔""吧唧吧唧""呱嚓呱嚓"……响起各种进食的声音。门外边，他们吃得热，门里边，钱坤待得冷，且他们愈热，他愈冷，冷得不堪忍。到底有个亲切的声音发话了："老蝙蝠给吃了吗？他年纪不小，可别给折腾死了。"说得钱坤点头不迭，感到温暖的同时，便以为这人很好，也许可以"培养培养"……不过，为什么叫他作"老蝙蝠"？却听那个矮子道："关个厕所就能死人，那他真对不起他的名号！"算是给回绝了。门这边，钱坤就很不高兴，暗中骂那矮子，骂他又蠢又坏，凭这个态度，这辈子就别想发财。接着是那尖鼻子老太："我不是为姓钱的操心啊，二皮，你饭可以不给，但有一样你得考虑，那老儿不知道身体怎么样……我这里多带了救心丸，你拿一颗给他，要是他心脏不好，就给他灌了，千万别叫他发什么心梗脑梗的，死在你这里，多晦气哦，你还要不要做生意？"钱坤在这边听着，以为那老太要说什么呢，听到"吃药"两个字，不由愣住。一口气还没出，只听锁钥轻响，眼前的门扇一动，猛地被人打开，"砰"！门开向内，撞得钱坤脑袋一蒙，连连倒退，扶住了洗手池。"嘻，这位爷爷很好，你们放心啦！"一个戴眼镜的小子，露齿一笑，随即又把门关上，"咔咔"地反锁。钱坤眼瞪着，久久缓不过来，头上疼，心里恼，越发记住了这个小子，也记住了他的牙。

终于，处长太太姗姗来迟，对话间，说要会他。钱坤等到这一刻，只听得锁钥响，提前后退，望着门打开，那个叫沈二皮的矮子出现了。两人对视着，沈二皮胳膊一划，做个"请"的手势。两秒后，钱坤缓步走出。

他走到个温暖的房间，有人，有食物，有取暖器。乍离开厕所的阴寒，他微阖了眼，在这温暖之处尽情地舒展。

众人见钱坤站着不动，还把眼睛半阖起来，不懂他在闹什么玄虚。沈二皮见状，自己搬一张凳子，封住前门，又授意史达才封住后门口："大家可小心点儿，人家又在运功了，准备放大招，我建议先把门户给守住……"

几声轻笑，似乎是那个大头小子发出的。钱坤眼睁开来，精光四溅，左右一瞥，史达才登时笑声止了。他摸摸脸蛋，没摸到有损伤，这才稍稍放心，老实地抵着门，不敢再造次。刘振邦同坐在门边，他问史达才："这位爷爷的'暗器'比起老包的'梨花针'怎么样？"史达才还没开口，那头的沈二皮适时地一哼，以示对上述眼色警告的不屑：装什么装？你这些毛毛雨也就吓吓人家小犊子了，哼！

钱坤听到他哼，即转过去，面带假笑："请问——你让我出来干什么？"

沈二皮眉头一动，刚想说话，被臧杰抢道："请你来谈谈啦，不要上火，不要动手，大家坐下来，好好地把话摊开来说。你有什么要求，大家有什么要求，都说出来，交流交流……"主动将座下的椅子让给钱坤坐，自己挨到边上去。

钱坤认出这声音来，就是先前那个提议给他饭吃的可"培养"之人。而今面对了面，他看臧杰，见其人面白带笑，手指神经质地掀动，有几分大儿钱进的意思，却比钱进似乎还灵光。比儿子还灵光？钱坤先是一喜，继而一忧，既然比钱进还聪明……"你是——你也给我投过钱吗？"他认真地询问。

此话一出，刘振邦几乎拊掌：不愧是"老蝙蝠"，一眼就瞧出毛病来……众人的目光被引到臧杰身上。

臧杰呢，仿佛半愣，随即他含着笑容道："我人在外地，托熟人投了一点儿，当然跟这儿的几位不能比……"手指头始终掀动。

李国珍不关心这个，她只想她的钱："我说，你这钱打不打算吐出来？说个爽快话吧，少岔来岔去的！"

钱坤睨着她，不动声色。说爽快话从来不是他的风格，他也一向不喜欢说爽快话。轻易表明态度等于自己给自己捆绑，这手脚都捆住了还能制胜？尤其在这种不利的形势下，每走一步都要小心，口不轻易开，话不轻易说，似是而非，云里雾里，在一个个模糊的绕弯中，悄悄地把形势给化解过去。

所以他眼神一抛——李国珍以为他要说话了——却一下越过去，望到金凤娇身上："处长太太，您吃得好啊！"忽然间客气起来。

刚才他们在说，金凤娇在吃，闷不吭声地将一碗粥扒见了底，正欲舒一口气，就被点了名。她抹抹嘴，顺势搁下筷子："怎么，你也想吃？"想得美，不把你多饿几顿，你怕是不容易吐出那钱来！

钱坤正色道："论年纪，我算你的长辈，现在你想跟我谈，应该给我点儿待遇，不然我身体吃不消，有个三长两短，对你们也没好处。"

金凤娇身子一歪，跷个二郎腿："谁说没有好处？看着你这种人受罪，最大快人心了，我就算钱拿不回来，心里也高兴！"头颅高昂，志气扬扬，一副不受威胁的模样。

"啪、啪、啪!"沈二皮带头鼓掌,特别当他看到钱坤脸色微变,失去了"老蝙蝠"那镇定的派头,掌鼓得更欢了。

此处锋芒盛,宜避不宜闯。钱坤便再次转向,他转到包剑荣、臧杰、史达才这边:"你们也是这个意思?宁可要我的命,也不要钱了?"施施然地走到桌边,自己动手,往碗里舀粥。

"哎哎哎,谁同意你吃……你这是吃白食!"金凤娇猛地一站,伸臂拦截,"我告诉你,给钱才给吃,不给就没有!"同沈二皮前后夹击,来抢钱坤的碗。

"我弄的饭,你休想吃!""对,先还我钱!""拿来吧你!"他们抢,钱坤躲,长长短短的膀子,直往人脸上戳。拉衣服,揪耳朵,五六七八根指头,同时都掰住碗边,互相较劲。碗一斜,粥倾出来,溅到包剑荣身上。

"啧!"包剑荣就受不了了,"你们能不能坐下来说?闹来闹去,能闹出什么结果?"嫌弃沈二皮这边的抹布,用自己的餐巾纸擦拭。

臧杰道:"这样好了,大家各退一步,处长太太你让他吃,钱坤你吃了饭,就得跟我们谈,有一说一。你要是同意,就坐到这边来,我给你盛一碗粥,边吃我们边说。"

李国珍也道:"就是——为一碗稀饭动手,太小儿科,跟你们几位的身份不配啊!"

那边三个人就停下来。沈二皮道:"你们不知道,这种老家伙,让他吃饱了,他就要飞了!不给他吃东西,他就没力气冒坏泡儿,一旦力气回来,哼……"

钱坤自坐下来,向包剑荣道:"你们几位不错,我愿意同你们谈,那两个地头蛇,我很看不过眼,刚他们那个素质,你也看到了……"

沈二皮抹布一甩:"哎哟我的妈唉,吸血老蝙蝠也好意思跟人谈素质!"

金凤娇更是捏着拳头,"咯里咯嗒",冲上来拳头一扬:"我撕你这张胡咧咧的嘴!"

钱坤一副"我说吧"的神情,同包剑荣交换一个眼色,一切尽在不言中。

金凤娇吃个闷瘪:"你!"拳头就要砸下去,被一只热腾腾的粥碗挡住:"哎哎,处长太太,大家是文明人,动口不动手,既然钱坤有谈的诚意,我们就不好再搞刑讯逼供那一套……"

臧杰横在当中，将金凤娇隔离开去，转脸又冲着钱坤笑："来，接了这个碗，我们就正式开谈了。"

钱坤微微颔首："谢谢。"筷子一别，低头徐徐地吃。

到了这儿，沈二皮可看出点儿名堂来了，他悄悄地伸手，将金凤娇一拉，暗中使个眼色。金凤娇乜着钱坤，鼻子里重重一哼，拳头却也放了下来。

各就各位，众人那么多只眼，团团盯着钱坤，好像陪审团盯着唯一的犯罪嫌疑人。李国珍等不及，率先发难："还是那句话，我们在你那儿投的钱……"

"等等，"钱坤细嚼慢咽，"吸溜吸溜"，吃了好几口，抬起头来，"既然要谈，就应该有来有往，你们对我问问题，我也要问你们问题。你们问一个，我问一个，轮流着来，你同不同意？"

话一出口，其他人倒没什么，金凤娇大掌一挥："哎，你又想要什么花头？你还要问问题？你要问什么？你搞清楚，现在是你欠我们，不是我们欠你！"

隔着桌子，沈二皮又冲她使个眼色："没关系，就让他问，反正不管怎么问，我们都要向他讨债，这一点是不会变的。"

臧杰道："对啦，这才是债主该有的样子，大大方方……"

"不要算我，我大方不了，也不想做债主！"李国珍已经是第三遍发问，尖鼻子几乎伸到钱坤的碗里，"姓钱的，我就问一句话，我们在你那儿投的钱，你现在能不能还？"手朝两边按，警示所有人，"你们都别打岔，我要听他说！"

大家果然都噤声，或抱臂，或跷腿，姿态各异地盯着钱坤，就看他怎么回。钱坤知道躲不过，稍稍放了碗："这钱我要是不吐，你们是不是就一直把我关厕所？"

沈二皮道："你要是不吐，我们就慢慢磨呗！你这一把老骨头，大概挺耐磨的，就是不知那四杠十七号里的人，是不是跟你一样耐磨了。"这才是鄂娟娟提供的四杠十七号这个信息真正的价值所在——跟这个相比，那个藏黄金的床头柜又算什么？地棍出身的沈二皮最懂这个了！

"啪，啪，啪！"轮到金凤娇给沈二皮鼓掌，可惜是个孤掌，没什么人响应。

钱坤道："这样就没意思了，牵扯越多，你们也麻烦，万一做过火，你们也成犯罪嫌疑人了。"拖过去锅子，还要来一碗。

"怪不得我们，是你叫我们活不下去。"沈二皮点着李国珍，"喏，人李阿姨棺材本儿都被你吃下去了，将来连买墓地的钱都没有，一把火一烧，只好把骨灰冲进下水道——人李阿姨苦啊！苦得变成鬼，必找你姓钱的算账去，你死了还有你儿孙，反正都是姓钱的嘛……"

李国珍呢，明知道沈二皮施这"苦肉计"，是了追钱，是为大家好。可听到自己的骨灰被冲进下水道，她怎么听怎么觉着晦气，奈何又不能抗议，只好悻悻地回头，冲向英耳语："等过了年，陪我上鱼米寺，叠纸元宝烧一烧，去去霉气！"向英点头附议。

"那问题就来了——如果还钱，我还给你们多少合适？"钱坤回到座上，"我有话在先，如果还钱的话，还要钱进点头，而他愿不愿意，我无法保证。本来我们干这种风险的买卖，就是冲着大赚一笔去的，要是按本利全给你们，落得你们赚、我们赔，那就没的谈了。"

金凤娇正抓着一个鸡蛋糕："哎，当初我们白纸黑字签的合同，说好的利率多少多少，每一股怎么样，每个月怎么样，现在又变成没的谈了？这样吧，我也不要吃你多少，你把截止到年三十晚上的本利一分不少地算给我，这件事就算结了！你爱上哪儿上哪儿，我这边当没这回事，跟任何人都不会再提……"

"我不同意。"包剑荣忽然截口，他推一下眼镜，"像这样一种牟利的方式，违规是肯定的，就我个人也不赞成，本来这种利率高得不正常的事情，就是很荒谬……我代表我岳母，只要求把一开始的本金退给我们，再多的我不敢要，也不想要。至于你们私底下怎么谈，你们随意，只要把我岳母的本金退还，我就算完成任务，可以回去了。"

"砰"！金凤娇一拍桌子，二目圆睁，开始向包剑荣喷鸡蛋糕："这位老师，你教书教糊涂了吧？你跟我们可是一条沟中的泥鳅，一根绳上的蚂蚱，关键时刻不许互相拆台，这是我们让你加入的前提！你现在这么正人君子，只要回本金就好了——你怎么不早说？你要早说，我早把你一脚踹得远远的，鬼才要跟你这种酸不啦唧的人打交道！跟你打交道有什么好处，嗯？忙没帮上多少，腿倒拖了许多，还要看你的脸色，吃你的教训，最后再跟你一块儿，只拿一点点儿本金——你真好意思！要是没有我们，单凭你自己，你这位老师，能拿回你那点儿本金吗，嗯？你真这么清高，还要跑来追钱、还要本金干吗呀？你早去说服你那见钱眼开的丈母娘不就行了？你说你丈母娘了吗，嗯？你说了吗？你

说了吗？你说了吗？不要在家对着自个儿丈母娘，牙都不敢龇，对外头真正帮助你的人，那姿态摆得一套一套的！……"

鸡蛋糕屑如雨，骂人的话如泥，包剑荣多么爱干净的人，能受得了这里外夹攻，纷呈而下，兼以那不足为外人道的隐痛，被人一语戳破？还当着这么多人的面，当着他昔日的学生，想昔日他在学生面前是多么扬威——

"你说得对，"他站起来，面寒如水，"为了显示我的真清高，为了给我岳母以深刻的教训，这个本金我都不应该要。在这儿我表示，退出你们，放弃这次追钱——这种狗屁倒灶的事情，从一开始我就不应该参与！"

包剑荣激愤起来，抓着水杯，拎着包，冲撞到门口。守门的史达才慌慌张张，忙起身相让，"咚"！让得慢了，包剑荣猛力开门，门磕到椅背上。相磕的一瞬，他自挤出门外走了。

去了一人，屋里登时安静。史达才对着门发愣，一回头，沈二皮又冲他打手势关门，他把门关了，犹犹豫豫地坐下来。

刚坐下来，刘振邦头歪过来："要不要打赌，老包他是不是真的放弃追钱，就这么空手回去了？"

包老师第二次被气走，史达才好不糟心，失落道："我不知道……"

那边沈二皮则悠悠道："这位老师自己不爱财，不懂我们这些爱财人的心情——钱坤，你说是不是啊？"

钱坤一闷，本来想看一回鹬蚌相争，眼见着火点起来，再煽点儿风就好，谁知那个戴眼镜的什么老师，面薄如纸，这么不经说，一气就被气走，连钱都不要了，简直不可思议。他一走，相当于鹬蚌中的鹬飞了，剩下那只蚌对着渔翁他，矛头转着转着，又转了回来。加上那个矮子，紧咬不放，是蚌儿中最难缠的一只，这不，鹬刚飞走，他就咬上来了。

"等等，"钱坤"吸溜吸溜"，又吃了好几口，同时心念电转，"你们第一个问题已经问完了，该轮到我问你们，然后你们才能问第二个……"

李国珍不满意道："你又给我故意岔开！前一个问题还说得不清不楚，钱还不还，你不说，还多少，也不说，这就算是完了？你个老家伙挺能混啊！"

钱坤道："不都说了吗，得问我儿子。我现在身上又没钱，就算要还你们，也要联系上我儿子才行，看他什么态度。你们这边，就怎么还、还多少，要统一一个意见，我那边呢，也要统一，然后我们两边再谈……"

"这么复杂啊——"向英听着就摇头，"那看来这个钱正月里能不能拿到都难讲。"

钱坤乜眼看她："你也给我投钱了？"对于曾打过自己的对象，人总是难以忘怀的。

向英道："投过一次，后来就不投了，哈哈！你别看我，现在我们是两不相欠……"对于曾挨自己打的对象，人总是那么不放在心上。

"等一等，"金凤娇也学会了，她指着向英，"钱坤，这就是你要问的问题？"

"当然不是。"钱坤端正了碗，"处长太太，老实说，我蛮佩服你们的，你们这次在四杠十七号做的那些……那些举动，说真的我很难想象。那些举动——不像是你们的风格，不像是你们的那一路……"他频频打着手势，"所以我就想问了，处长太太，这一招是谁教给你们的？还是说，你们请的哪个班子？"

众人听了，皆是一愣，金凤娇和沈二皮对视一眼，也是没料到钱坤会忽然问起这个。

"这个嘛，"臧杰飞快接口—— 一定得接口，而且不能接慢了，"也没什么想不到的！往前数五百年，这种做戏骗人的招数可不少，包括你老儿今天这个事，也不过是其中之一。也是这世上拙人多，显得你老儿比较巧，也显得我们比较巧，其实放历史上，真算不得什么！"

"哦？"钱坤老眼精光，笃笃地打量臧杰，"这么说，这一回是你这位巧人指挥的他们？"

"算不上，算不上，"臧杰含着笑容，"是大家的智慧，集体的力量。"

"扑哧"，史达才不知怎的，看臧杰真真假假，装模作样，忍不住喷笑，之前因老包被气走而生出的愁肠都解开了。

他这一笑，却有点儿坏事。钱坤狐疑地瞧瞧他，又瞧瞧臧杰："我就随便问问，你们想说就说，不想说就不说，用不着跟我开玩笑。"

沈二皮道："不开玩笑！所以我们来说点儿实在的，也就是那第二个我们要问你的问题——你儿子在哪里？要怎么联系上他？昨天你好像是叫他去什么亭子，那又是什么地方？"

刘振邦一拊掌："嘻，我也想知道这个！"

他们越想知道，钱坤越不轻易说："什么地方？一个鸟不拉屎的地方，一个适合我们这样的人去避风头过渡的地方……"

"你这等于没说！"金凤娇又学会了，"我说钱坤，我们也是为了追钱才对你提问，不然谁管你们上哪儿？你想说就说，不想说就不说，犯不着藏着掖着地绕弯子。"

钱坤暂搁下碗筷，感到了七分饱："不是我不说，而是那个地方说给你们，你们也难找。就算你们找到地方，也找不到钱进，一顿瞎抓，说不定又把他吓跑……"

"这个简单！"李国珍手指着他，"我们把你带上，到了地头，你把你儿子叫过来，我们人齐活了，正好谈这钱怎么还。"

"等一等，"金凤娇今日十分长进，她乜斜着眼，"钱坤，你又想耍什么花头？昨天才在你那四号的窝里把你逮到，今天你又想引我们去你另外一个窝了？那什么亭子，是你的窝吧？你倒是不呆啊！知道在市内讨不了好，就想往外跑，只要跑回了窝，那还不是王八入水？我们这外来的旱鸭子想要再打捞你，那可比登天还难了！"

沈二皮点头附议："我想说的话，处长太太都说得差不多，我就再多一句。钱坤，你儿子的号码你有吧？你身上我昨晚看过，是没有手机的，不过没关系，只要你记得你儿子的号码，喏，这里有电话，你打个电话给他，就在电话里跟他商量。按你说的，你们两个去统一意见，就省得我们去跑什么亭子了。"

钱坤袖手坐着："我不信任这些东西，这些手机、电话……都太邪门儿了。这些东西我能不用就不用，不会随身带着，更不会用你们的电话、手机……我猜，用你们的电话打出去，那里面就会把号码保存下来。这号码一保存，想查就能查到，以后会发生什么事，谁也不知道。我不会冒这个风险，所以我不会打电话，有话我都喜欢当面讲……"

"唉，你要是这么疑神疑鬼，那还真没的谈……"向英的肚子已经在叫了，她估摸着差不多又到了午饭时间。

"那是你们的问题，我让你们去亭子那儿，你们又不肯。"钱坤取个水瓶倒水，"好了，又该轮到我问你们……"

"你又要问什么？我告诉你，你少岔七岔八的！我们找你，主要是谈还钱，这个谈不拢，你岔那些不相干的没用！"处长太太分外烦躁。

沈二皮又何尝不烦，他喝了口水，好降降火："你想问什么？"

钱坤就着碗，慢悠悠地吹气："就是你们两位——"成功地看到金、沈二人忽地一下坐直，狐疑地望过来，他慢悠悠地吸水，"你们两个昨晚躲我那个橱里边，就为了逮我，没有别的意思？我那家具上被人动了手脚，是不是你们干的？你们到底是想逮我，还是想盗我的家具？昨天我要是不出现，你们是不是就把我的家具盗走了？"

这话一揭，仿佛遮挡的帷幕掉了，众人的表情各具精彩。沈二皮和金凤娇眼珠子凝固，脊梁骨耸起，好像偷腥的猫儿被踩住了尾巴梢；臧杰整个人也凝固，俩眼珠子却依旧灵活，迅速地在各个人脸上一扫，似笑非笑；刘振邦露着牙齿，眼望沈二皮、金凤娇，寻思着；史达才自个儿寻思不出，悄声问刘振邦："他们不应该在院子外面吗，怎么到里边去了？"

向英也问："处长太太在橱里面？"

"是呀，"钱坤望着手中的碗，"还在橱里面放音乐，把我吓一跳……"

李国珍脸孔一调，戳手指道："哎，处长太太，你们怎么跑到橱里面去了？谁叫你们过去的？你们过去了，那谁又替你们的位置？你们的位置空出来……"巴掌一击，突然间明白，"哎哟！怪不得昨天钱坤那么大摇大摆地进来了，一个都不吱声，原来你们早不在外边，溜进人家院子，只顾你们自己的小算盘去了！"

刘振邦问钱坤："请问昨天你是从哪一面进去的？按道理，我们将你的院子包了个圆儿，不可能你进去了，我们外面的人不知道啊！"

钱坤道："我那院子北边，有个防雨布遮起来的小小门，除了自己家人，谁也不知道，平常也都不用，我昨天就是从那个小小门进的家。我还奇怪，怎么那么容易，担心是不是家里面有鬼……"

"哈！家里面是有鬼，却不是我们安排的了，我们也不知道他们会跑进去……"向英看着沈二皮和金凤娇，心下直摇头。

史达才也反应过来了："院子北边，正是该你们值守的地方，你们该守的不守，自说自话，连累我们大家，害我们差点儿前功尽弃，昨天要不是向奶奶……"对那比自己年长的两位，史达才不想说太重的话，只是一番鄙夷，却是免不了了。

金凤娇就叫起来，她知道自己没什么立场叫，但越是没有立场，越是得叫，不然就更被人痛打，更不能立足，生死存亡，在此一叫："你个呆头呆脑的小犊子，也来教训我！你哪只眼睛看到我盗家具了？钱坤这个人说的话也能信？我不在外面怎么了？在外面一定能抓住人？刚才钱坤也说，被我吓一跳，我躲在橱里，不正好给他一个出其不意？当时他人就在橱外面，我一伸手就抓到他了，要不是小臧那一嗓子……对了，都是小臧你害的！是你从那棚顶上跳下来，搞塌了雨棚，差点儿砸死我跟二皮！我都快被砸死了还能去追人？你们干吗都说我，不去说小臧呢？他当时人应该在小高地，为什么不在？为什么他会跑人棚顶上去？我跟二皮去看那家具的时候，上面已经有被人撬动的痕迹了，谁知道是谁弄的？说不定就是小臧，可能还有别的人……"

"哎哟我的处长太太唉！"沈二皮手捂眼睛，"你说什么不好，非得说这个，你这不是不打自招吗？"

李国珍脸孔转向臧杰："怎么，你也掺和在里面？"

臧杰目睛歪斜："小高地上风大，我爬棚顶上，其实更好……"他斜眼睛，沈二皮和金凤娇也跟着斜眼睛，三个心里有鬼的人靠斜眼睛来强壮声气。

李国珍看看他，又看看另外两个，最后她看着向英："就这个样子，还想追钱咧！他们一个人，就有七条心，那心眼子跑起来，我们老太婆赤脚都赶不上！我早那句话怎么说来着，还是多开两盒救心丸，比什么都实在！不要我投钱时，被人卖一回，去追钱时，又被人卖一回，卖来卖去，我有多少斤两够他卖的？嗐，我也是今年运气低，碰上你们这些鬼！……"数数落落，一路骂了出去，向英随在后头。刘振邦跟着他姨奶，史达才则跟着刘振邦，一个带一个，屋子里的人，瞬间去了一半。

等人走后，片刻，臧杰转向钱坤："姜是老的辣，你老儿这一手庖丁解牛，果然解得好……"

那边金凤娇和沈二皮听见，双双眉头一皱。

"那是你们的问题，我怎么知道你们这么不经问呢？"在三人的目光注视下，钱坤平静地喝水。

第十五单元

一拍两散

"老向，你来说说看这个事情，""老兀鹫"一边走，一边引吭而鸣，悲愤不已，"我在姓钱的那里栽一大跤，本来已经够寒心的了，指望人处长太太主持，大家团结起来，能把钱讨回一些来，不至于以后生个大病，还要磨着问儿女要钱。我们可是本本分分，绝对不动什么歪脑筋的，昨天一天，我们互相可以做证，在各自的岗位上，那都是认认真真。你在岗子上，你不知道，昨天我待在人厨房里，真叫惊心动魄，差一点儿被发现！那个女的多精哦，就钱坤那老太婆，看着不算太老，打扮得哦，那叫一个花枝招展，她直接闯到人厨房里来！"

"啊，那你怎么办的？"向英大惊，今天之前，她们两个还没工夫单独交流交流，"你有没有躲起来？"

"当然啊，不躲怎么行？"李国珍津津乐道，"你猜我怎么躲的？"

"猜不出来，我又没去过那个厨房，你……躲人家冰箱里？"

"啧，躲冰箱里，大冬天的我找死哦！""老兀鹫"鼻里一哼，"告诉你吧，我就跟她绕着厨房那个拐角，跟她绕圈圈！她往东，我往东，她走快，我走快，哦不对……我害怕被她看见，我是爬着来，就在地上爬！多不容易哦，就跟王八龟一样，膝盖骨一磕一碰，一磕一碰，如果不是我小时候鱼虾吃得多，骨头长得牢，谁能跟我一样，这么大年纪，动起来还跟小年轻似的！"

"啊，你真在地上爬？"对那样一幅画面，向英难以想象，同时又有点儿神往，"那从昨天到现在，怎么都没听你说？"

"哎哟，你又不是不知道我，"李国珍抚着胸口，"我从来都是不争功的！不管多大的苦头，我自己吃掉就算了，能不讲就不讲，讲出来又有什么意思呢，是吧？还不是那些鬼实在太过分，先是姓钱的，再是处长太太……姓钱的我就不谈了，吃人不吐骨头，说的就是他这种人！我这次，不就相当于被姓钱的吃掉半条腿？腿吃掉半条，还有半条，我好歹还能动，还有半条命的力气，对不对？这不一回头，遇见处长太太，以为她是好人咧，把大家召集起来，又是追钱，又是出气，又是这样，又是那样，结果呢？结果人家也想吃你！看在熟人的面上，不吃你的腿，把你半个膀子掰下来给她啃啃，就差不多了，老向，你看是不是这个意思？

"哼，我一个老太婆在前面放哨，他们年轻力壮的在后面鬼祟！我放哨放得头昏眼花，又是在地上学王八龟，他们几个呢，早看中人家家具，准备偷偷撬走赚一笔，我没说错吧？他们今回是没有成功，若真把家具卖了换钱，我们蒙在鼓里，你说他们会主动把钱分给你？鬼才信哦！我寒心就寒在这里，都已经去掉半条腿的人了，还要被人算计，还要被人再啃一口，而啃你的人，恰恰就是那些说要互相帮助的人，恰恰是跟你同一个战壕的人，这谁能想得到呢，你说？就好比我才从一个陷阱里出来，又跌到另一个陷阱里，这一连串子跌，谁能受得了？我小时候鱼虾吃得再多，也禁不住他们给我挖的一个又一个坑洼哦！"

向英道："你说得都对，但问题是，你要想搂钱，还只能跟你说的那些个鬼打交道，因为鬼一般都比较擅长搂钱。你看刚被气走的小刘的那个老师，人长得刚正，看着不大像鬼吧？喏，钱说不追就不追了，你能做得到？你能做得到，就不用去追钱，不用跟鬼来往。不跟鬼来往，也就不会被吃了……"

"老兀鹫"站在路中央，翻着眼睛："不追钱？不追钱的话，我现在是不用求鬼，就怕将来还是得求，差别就在我求的是哪个鬼。最好是给我一个法子，可以既让我追钱，又不用去求鬼，那样该多好……"

向英听着，心想：老李一下子受这么多刺激，就让她做会子白日梦吧！

李国珍想了又想，忽然想到："哎，小刘和大才人到哪里去了？他们俩不是跟着我们后头出来的吗？"

向英往后一看："对呀，他们怎么没跟上来？"

刘振邦本来跟着向英，出了小夹道，有心照老规矩，上老姑婆那儿蹭顿便宜饭。走了两步，听身后脚步声不对，回头一看，史达才正低了头，一个人默不作声地往小区外面走。

他几步赶上，在史达才肩头一拍："大头鬼，你上哪儿去？这件事没完，你不去老姑婆那儿听消息？"

史达才无意隐瞒，老实回道："我……我找老包去，想看看他走了没有……"

"哦，找老包呀！你知道他在哪儿？"凌晨一行人从运河回来，刘振邦半途就叫停车，抄近回他的出租屋，上床寻梦，对其他人后半夜是如何过的一无所知，尤其包剑荣这种在本市没个落脚的。他猜老包有可能在大头鬼那儿借宿一宿，也可能没有，不管怎么样，他都不太关心——他为什么要关心老包晚上睡在哪儿，会不会没有地方住？任何人，只要在"梨花针"的陪伴下度过三年，都不会想要去关心包剑荣晚上的住宿问题的。

史达才道："他就住在附近的旅馆，昨天我说他可以住我那里，反正我室友都回家了，老包他没有肯……"

"昨天？该是今天了吧？"刘振邦干脆跟他一道，"老包是什么人，会去你那儿借住？人家就算再落难，那点儿体面还是要维持的，怎么能跟你混一块儿，嘻！"

史达才莫名听得别扭："凭……凭什么这么说？跟我住怎么就不体面了？眼下大家都落难，正是应该互相帮助，有什么体面不体面的？"

"互相帮助？就老包那个样子，怎么个帮助法？你是让他帮别人呢，还是让别人帮他？让他帮别人，喏，高中三年，你也知道，给你解答问题可以，但同时他要射你'梨花针'，还要鄙视两句。让别人帮他吧，刚才你也看到了，他说翻脸就翻脸，一点点儿委屈都不能受，宁可不要钱，也要维持住体面——这样一个人，你说该怎么搞？"

史达才愁眉苦脸："那……那按你的意思，他现在已经坐车回去了？"

刘振邦耸肩："就是说不准，我才跟你来一块儿看看。不过他要真回去了，也不稀奇，说到底，这次丢钱的是他丈母娘，又不是他……"

在街上走过不远，两人来到一座朱漆彩画的旅馆门楼前。该店年前刚翻新过，维持"旅馆"的名号不变，以示亲民，却悄然地改换了价目表，直追"宾馆"的档次。新年里吊一排红盏盏的灯笼,广迎宾客,终于在初三凌晨迎来了首位入住者——一个白面戴眼镜的看上去素质颇高的客人。店老板挺激动,以为是个吉兆,这日便亲自值班,立在前台。果然到了中午,又有两个人上门。

"新年好啊,恭喜发财——两位住宿?"老板堆起笑脸。

史达才道:"呃……不是,我们就想问一下,昨天……呃不对,是今天……大概凌晨,你们这儿住的姓包的一个人,他……还在不在?"

听到不是来入住的,老板兴趣顿失:"干吗?我们一般不透露客人信息……"

刘振邦牙一龇:"他丈母娘家出事了,我们来找他商量事情!"

老板手臂一扬:"喏喏喏,就在里面,刚还在餐厅里看见,好像在吃饭……"将两人放进去。

餐厅乃旅馆自带,不仅向住宿的客人免费开放,旅馆的老板、员工平时也都在里面吃。重新开业,又是在正月里,尽管没什么人,几菜几汤、几荤几素、几饮料、几茶点,丝毫不含糊,分列起来,让人自助取用。此时此刻,那么多座位当中,就有一抹雨过天青色,背朝着门,进去就能看见。

"包老师!"史达才叫了一声,当即走过去。

包剑荣面前半碗残羹,坐着正在出神,蓦地听见人叫,一回头,原来是自己那两个学生。他脸色一讪,想起不久前金凤娇奚落的那些话,勉强应道:"你们怎么来了?"

史达才觑着包剑荣的表情:"包老师,你……你真不要追钱啦?"错开一个位置,在包剑荣的斜对面坐下。

刘振邦滞留在后,不忙过来,他勾着头,顺道将陈列的饮食挨个儿打量:"嗯,还可以嘛……"

包剑荣听见,趁机转移话题:"那个……你们吃饭没有?我给你们在这儿买两份……"

"哦,不用不用不用!"史达才慌忙摇手,条件反射性推辞。

"那行,我看这个虾子不错。"刘振邦欣然答应,他询问不远处一位员工模样的,"这边的东西都可以自己拿?"

那人朝着他们:"你们是一起的?一起的话,到前台买餐券。"

"我去,我去,"包剑荣站起来,手往口袋里掏,"你们吃,我去买!"

"啊，不用……"史达才手伸一伸，哪真有胆子跟老包"抢账单"？眼望着包剑荣利利索索，上了外边，他忍不住过去说刘振邦："我们怎么能让老包请客？无缘无故地，欠他一个人情……"

刘振邦施展筷子，自如地往盘子里堆烧鸡、焖大虾："你就不要拘这些小节了，大头鬼。像这种又要体面又难搞的人，在我看来他们唯一的优点，就是吃饭付账的时候还算爽快了。人家愿意付，你就安心受着，不要啰里八唆，把人家这唯一的优点也抹杀了。"

史达才无言以对，眼看着包剑荣又要回来，他胡乱取一碗粉丝汤，回到那个斜对角的位置，正待坐下，又发现筷子没拿。

取筷子的时候，包剑荣回来了，他望向史达才的桌面："你就吃这个？这东西没营养的。"

"就是，越吃越呆，放着好的不吃，专吃差的。"刘振邦托着盘碗，满载肥甘厚味，站到桌子前。此时包剑荣已落座，史达才占住他的对角，不出意外，包剑荣的正对方应由刘振邦填上。

不想刘振邦眨巴着眼，观望形势，突地脚跟一转，另辟一张桌："我就坐这儿，这边地方大！"将碗盘铺展开来。他这桌跟包剑荣和史达才那桌，相距不过一个手掌那么宽，包剑荣筷子一伸，便可夹走他盘中的菜。

师生三个，各据一头，坐成个品字形结构，彼此互相望望，说不出的一股尴尬。

史达才就赶快说话，好打破这股尴尬："包……包老师，你真不去追钱啦？"

包剑荣即刻悻悻，目光左右一瞥，好像更尴尬了："我不是都说了吗？闹成这个样子，我就算追钱，也不可能跟他们一起。"

"哎，我姨奶她们估计也一样！"刘振邦吃得头也不抬，不知是食物太过美味，还是不欲对上包剑荣那张脸，"老包你走得太早了，你要迟走一点儿，就能看到那更精彩的……"边吃边咕哝，将金凤娇、沈二皮以及臧杰疑似偷撬家具的内幕说出。他闷着头，看不见前方来人，包剑荣背对着门，也看不到来人，唯有史达才直愣着眼，见店老板拽扯一人，不让他进，那人却一再示意"嘘""嘘"，又朝史达才打手势，让他不要出声。史达才瘪瘪嘴，望着那人走近。

"……所以现在，李奶奶也气得不得了，说他们一个人有七条心，嘴上一

174

套，背后一套，拿别人当踏脚板，这样子是追不来钱的……"

"还有这种事？"包剑荣听着，心下微微冷哼，"不过也正常，像那位太太那种为人，她做出什么事，我都不奇怪。"

"那位太太什么为人？"身后忽而有人道，"其实金老三算好的了，这位老师，你是没见过那更……"

包剑荣蓦然回首，见臧杰笑眯眯地杵着，店老板抓着他胳膊："这个人，也说来找你，还没问几句，就往里面闯！"

臧杰把胳膊撤回来："我找他说两句话，又不妨碍你什么，大过年的，搞这么紧张。"说着，在刘振邦对面坐下，二郎腿一架。

店老板憋气，转眼看包剑荣。包剑荣望望臧杰，也是磨不过脸，含糊其词："是一起，一起的……嗯……"

店老板在意的不是这个："这儿是餐厅，进来都要凭餐券，不然你私自拿了东西吃，这种事说不清楚的，我不可能对着监控一个一个看……"

臧杰单手摇着："不拿，不拿你东西，你放心啊！你要是不放心，可以坐这儿看着。"

店老板被这话一堵，他当然不会真的亲身监视，于是迈步走到餐厅员工那儿，指着这方，做一番叮嘱。臧杰见了，轮番掀动手指："还真把我当贼了啊！"

"难道你不是？"包剑荣一句话刺来。他本就不乐意同臧杰为伍，何况又听说了他偷撬家具的事，何况臧杰还说那位太太好，这样一个上不了台面的人，能在人前给他留点儿面子，已经够仁至义尽，人后就没有这个必要了。

臧杰双目一睐，冲着包剑荣："这位老师，你就这点不好，我又没妨碍你什么，何必这么尖刻呢？"

包剑荣瞟他一眼，"梨花针"隐约闪动："说得不错，那看来我还得向你道歉？"

臧杰打个哈哈，轮指间，将"梨花针"的锋芒化于无形："这个倒不用——我来不过想跟你们商量，你们愿不愿意跟我一块儿，把钱坤那几个值钱的家具卖了，卖来的钱大家分一分，权当作补偿！眼下来看，就这件事还比较容易，至于钱坤那头，想让他把吞下去的钱再吐出来，我觉得希望不大。"

几句话，说得另外三个都望着他。包剑荣仿佛听不大懂："什么意思？你自己撬不动人家的家具，想叫我们去给你做帮手？"

刘振邦则道："你是把所有人都叫上，还是只叫——"手势一旋，"我们几个？"

"当然是所有人都去了！每一个人都在场，每一双眼睛都看着，从头到尾，从搬家具，到卖出，到分账……每一个环节都弄清楚，再根据损失的大小，每人按比例分。我们人多，卖家具的钱这么多人一分，大概也没多少了，但还是比没有强，你们说呢？钱坤那头，我觉得没什么指望，他要是不肯说，一直这么来来回回兜圈子，你们有没有时间在这儿耗我不知道，反正我是没有时间。这位老师，我想你的时间也比较紧张，不可能一直守在这里，所以我就想，既然钱坤欠我们钱，而他家里也有值钱的东西，那我们就用那些东西抵销点儿损失，不也一样？多少可以拿回一点儿，我们这两天的功夫也不算白费……"说完了，仍旧五指掀动，三番五次，睇视那盘中的虾。

刘振邦道："嘻，听上去行啊！我也觉得比起撬钱坤的嘴，还是撬他的家具更容易。"筷子夹虾，给臧杰递过一只去。臧杰笑纳。

包剑荣蹙着眉头，暂不吱声。史达才看着这方："那……那钱坤同意用家具抵偿？"

"啧，管他同不同意，他不同意也得同意！"臧杰不掐头，不去尾，囫囵地把虾放嘴里，"他人在我们这儿，他儿子呢又跑了，那院子里就那一个老嫂子，我们就直接问她要债。她要不信，我们就把合同什么的给她看，再不行，可以把钱坤一起带去，当面对质——这种方式，你这位老师可能会比较喜欢，丁是丁，卯是卯，条条框框，都捋清楚了，其实吧，真要依我……"

"真要依你，你还是觉得偷撬人家的比较痛快。"包剑荣又是一刺，却是忍不住表情，笑了一下。

臧杰摇头："你要这么说就没意思了。你说家具里有名堂，我去看看是不是真的，这就叫偷撬？也不想想，就昨天那情况，那么大个家具，我一个人能撬走吗？最后还不是要跟你们通气，找你们帮忙？我这人呢，喜欢搂钱是一方面，但我也不会吃独食，大家一起吃肉喝汤、开开心心是最好的，像钱家父子那种吸血自肥、不管别人死活的事，我就做不出来。"

他一边说，一边舞弄手指，起起落落，凭空舞出了花儿。另外三个被那"花儿"吸引，就顾不上臧杰另一只手，往刘振邦面前拈东西吃。

"你还蛮会粉饰自己的。"包剑荣懒得跟他计较，"可除非钱坤同意用家具抵偿，照合同的形式，书面写下来，否则这事还是名不正、言不顺啊！而且，就算钱坤书面同意，这件事还是有问题，投出去钱，却用家具来抵，越弄越复杂了就……"

臧杰持续地拈吃："这件事起头就名不正、言不顺，开头就这样，你还指望后面能怎么正回去？"

刘振邦不介意他吃："那这件事……你跟处长太太他们说过了吗？他们也都同意？"

臧杰略顿一顿："我还没有说——那两个人这次亏得多，不大省油，钱坤又在他们那儿，一时半会儿怕是谈不下来，所以我先来找你们，再去找老太太，然后再去找……我是这么想的，我事先跟你们所有人都说一声，你们知道了，心里有个考虑，愿意去那是最好，如果不愿意，那就不好怪我，是你们自愿放弃的。"

听到"自愿放弃"，刘振邦轻声地"啊"，包剑荣目中的"梨花针"又隐约作闪。

"呃？"史达才不由紧张，牛犊眼张来张去，轮番地瞅包剑荣、瞅刘振邦、瞅臧杰，"那……那我们可以考虑多久？"

"这种事还要考虑多久！"臧杰失笑，"愿不愿意，你自己心里还不清楚？实在决定不了，喏，给家里挂个电话，跟家人商量一下——当然要快，越快越好！钱这个东西，是动如脱兔，你稍微手慢一点儿，兔子就被别人逮去了。"

"逮去就逮去吧，"包剑荣不为所动，"就那些家具，里面还不知道是什么东西，值得这么上心？况且你这么干，能行得通吗？我就这么说吧，那些家具要是值钱，钱坤不会答应给你，他那个态度，刚才你也说了，就是不想还钱的态度。而那些家具要是不值钱，则那位太太不会同意。为什么？你也说了，他们亏得多，费那个心，还要这么多人来一起分，太不值得。尤其我们这么一分，很可能我们几个，加上老太太，就满足了，就不追究了，就散伙了！好，被你这么一搞，追钱的人反而变少，钱坤受到的压力变小，压力一小，他更不会把那位太太的大钱给吐出来了。那你这么做，不就是拆那位太太的台？那位太太她能同意？所以，她不仅自己不去，更不会同意你去，不信，你可以去跟她说，看她什么反应。"

臧杰轻拍手："这位老师分析得太好了，还真是这么回事！"眼望包剑荣，微微含笑，一副由衷赞佩的表情。

能够得到赞佩，还是来自同性的赞佩，虽说出自臧杰这般人吧，包剑荣到底有点儿痛快："你这个想法就是行不通啊，就算我们愿意，老太太愿意，到处长太太那儿还不是给你挡回来，你说是不是？"

臧杰沉吟着："我一个人去，肯定讲不下来，但要是我们大家一块儿去，再加上老太太，说不定可以……"他热切地注视包剑荣。

臧杰望包剑荣，刘振邦和史达才也望包剑荣，三股目光殷殷，合力将包剑荣推举。包剑荣从来没享受过这种待遇，这种被其他成年人所注目的待遇，至少在家门以外还没有过。这是一种新鲜的体验，新鲜又令人着迷，他整个人好像都在升发，向上，再向上……这大概就是当领导的感觉吧——被人仰望、被人信任，被人依赖，他感到这些人其实在往他身上加负担，但同时也感到，这是甜蜜的负担。甜蜜的负担，也是甜蜜的云雾，包剑荣身处云雾之中，想要不负众望，于这小小的团体，也充一回领导，几乎就要点头，忽然他脑中闪过："闹成这个样子，我就算追钱，也不可能跟他们一起。"记得不久前，自己这么说过。

"不行，我说过不再跟那位太太共事。"言语快于心意，一口回绝出去。

刘振邦嘴巴一张，牙齿毕露："老包好记性啊，我还以为你要变卦，食自己的言哩，嘻！"

包剑荣一听，当即捏一把汗，这个"振邦永远最伶俐"，敢情在挖坑给他跳呢，真是好险，差点儿上这小子的当！

可惜"世间安得双全法"，自己坚持了原则，就免不得让群众失望。刘振邦是"特殊群众"，暂且不算，那边就有史达才，低着脑袋，窝着肩背，呆了神气，活像一个苦主，走到了穷途末路。

"唉——"这边臧杰又倾情一叹，"你这位老师，还真是一丁点儿都不肯将就。"手上那几根修长的指，很是落寞地舞。

包剑荣立刻感到自己辜负了什么似的，这个体验又很新鲜："我是不会去，但……不还有他们两个吗？你合着他们俩，再叫上老太太，够你跟那位太太叫板了。"把自己的两个学生给推了出去。

刘振邦偏不让他如愿："啊，我不合适！我一没丢钱；二不想分钱，就是个充数的，你们别指望我啊……"说着起身取食，远离这一潭浑水。

"我……"剩下一个史达才，孤立无援，也向后面缩，"我……打个电话回去，看我家人怎么说……"

臧杰手上的"花儿"就谢了。"你们几位——唉！"他推桌而起，"算了，我还是上老太太那儿碰碰运气，希望她们老当益壮，更加有勇气吧！"手腕一抖，从桌上又拈一只虾，吃着走了。

他人是走了，甜蜜的负担也随之走了。只觉身上一轻，云雾破开，包剑荣重新跌落回"群众"、跌落回"小包"——那不被人所注意、更不会被仰望的凡夫俗子中的一个。一时间，他微感茫然，好像一种魔法突然被收回。这不是第一次魔法被收回了，在漫长的学生时代，他就体验过这份魔法，每一次考试、每一次回答问题，都是作为学生的他的魔法时刻。他沉浸在这些时刻里，踌躇满志，视之为当然，不觉日月之轮换。直到有一天，他不得不从学校毕业……

重新成为群众的包剑荣心情糟极了，平时尚可压抑的不满此刻遽然汹涌，亟待发泄。如果可以的话，他最想冲他的同事"小蒋"发泄，再就是学校的若干领导、那些讨厌的学生、学生那更加讨厌的家长、他的丈母娘，以及处长太太……可惜眼下这些人都不在，而那个"振邦永远最伶俐"又添菜未回，看来看去，只有一个史达才，浑然地支着脑袋，丝毫察觉不到暴风雨的临近。

包剑荣心下一叹，他当然知道这个拙人何其无辜，可谁叫史达才偏偏在这个时候坐他面前，又不肯随臧杰去，帮他这个老师圆个脸儿呢？可怜的东西，这就怪不得老师了——

"大才，"就听他平平的一声，"你不打电话吗？"

"呃？"史达才反应不及，"打……打电话？"

"你不是说要打电话问家里吗，你忘记了？"满腔郁愤，淬炼出最精纯的"梨花针"，寒芒耀目，伺机而闪。

史达才觉出一点儿危险来，他颇不自在地解释："不用……不用打电话，你们都不去，我去……不太好……"

"啧，大才呀！"包剑荣一声长叹，终于给他逮着，"你知道，你这个人最大的问题是什么吗？"

"是……是什么？"

"就是迂！——不是笨，不是矬，而是迂！并且这一个方面，带动了其他所有方面。"不知不觉间，包剑荣又执起了教鞭，教训起这个学生，"你今天是来干什么的？是来追钱的。这个钱对你家重要吗？很重要吧？那么对你家来说，什么叫好，什么又叫不好？很简单，追回钱就叫好，追不回就叫不好，对不对？那你这趟来做的所有事情，就该围绕这一个目标，其他的都放一边。不要你明明是来追钱的，却因为不好意思，碍于脸面，这个钱明明可以追回来的，最后变成追不回来，这就很可笑了！做事情跟做题目一样，目的要清楚，你就属于那种不清楚的，脑子里一团糨糊。能力本就不怎么样，做事情已经很吃力了，结果还学人家，顾忌这个，顾忌那个，什么我们不去，什么不太好——这是你应该考虑的吗？你考虑这个又能起什么作用呢？你为了一时的好面子，错失追钱的机会，两手空空地回家，你把前因后果跟你家人一说，你家人会怎么想？他们会理解你吗？还是把你当作二百五？虽然不会明着讲，但背地里难听的话却是一句不少，以后一有机会，都会把这个话拿出来提一提……"

包剑荣讲得投入，充满了真情实感。他偶然间一瞥，见刘振邦托盘站在边上，龇着一嘴牙，惊奇地瞪眼睛，渐渐地，眼珠一动，一副想到什么的样子："咦……"

"那个……你们吃，我找店老板问个事！"训话戛然而止，抢在刘振邦说话前，包剑荣起身匆匆离去。

对着老包的背影，刘振邦若有所思，此时此刻，他极愿意同人探讨一下。他换个座位，换到包剑荣原来坐的正对方，按着碗盘，道："大才，刚刚老包说你的那些话……"

史达才却郁闷不已，他也有问题想问："……怎么都毕业这么长时间了，老包他还能逮到机会骂我？"更郁闷的是，那些话骂得还都挺对，令人无法反驳，令史家长孙的心情在大年初三这天跌落谷底，"早知这样，我就不拉他来了，好心没好报……"毕竟上学的时候挨骂，那是本分，毕业了还要挨骂，这又是哪门子的情分呢？

刘振邦道："嘻，老包他刚在指桑骂槐，这你都听不出来？"

"指桑骂槐？"史达才脸色果然一亮，"那……那谁是那个槐？你吗？"

轮到刘振邦表情一闷，他偏过脸，无力地对着史达才。

螳螂捕蝉

金凤娇和沈二皮分列桌子左右，很是沉默地坐着。

自从众人分崩离析，陆续地散去，连臧杰也开了门缝溜走，他们俩就一直这么坐着，时而望天，时而看地，时而鼻子里哼两气。最后沈二皮想起什么来，拨个电话，打去"喷喷香"："喂，小磊啊，不拘什么菜，也无所谓冷热，给我送两个来……对，就送麻将档后面……鲈鱼？鲈鱼可以。红豆烙？不要，不要红豆烙，我现在心里苦，吃不下甜的东西。叉烧肉？那也行吧！你快点儿，我给你算运费……不不不，要算要算，两步远也是路，我是给你，你别让你妈知道呗……"

他挂了电话，处长太太终是忍不住："人说虱子多了不怕痒，你就是大钱丢了，小钱也懒得省了，一起撒啊撒地花出去，花完了就清净了……"

沈二皮转过身子："那我不花干什么呢？省着省着，窟窿等着，最后——喏，都给姓钱的老蝙蝠省去了，我死不瞑目啊！"

"声音小一点儿，人家就在厕所里，被他听去了，不要太长人家的志气哦。"金凤娇仰在太师椅上，给他提个醒儿。

提到钱坤那个始作俑者，沈二皮摸着鬓须，想起方才众人四散，渐渐地屋里只剩下他、金凤娇和钱坤三个。见人越走越少，钱坤那张老脸上也起了波澜，他瞄着另外两人，说了一句："如果两位想要继续谈，我没有意见。"

两人听了，金凤娇看看沈二皮，沈二皮又看看金凤娇。随着金凤娇把手一扇，沈二皮就上去，扣着钱坤的颈子，又拖又拽，把他拽到了厕所里。钱坤手扒住水箱，一脚滑进茅坑，跪了半身消毒水，半天爬不起来。沈二皮见他狼狈，心里才有点儿快活，锁上门自回屋里坐了。

"你说得对，"沈二皮回想起来，接上金凤娇的话，"我们是太长老蝙蝠的志气了，从我们问他讨债开始，我们就在助长他的气焰，被牵着鼻子走，被耍得团团转。明明他是欠债的那个，却弄得好像反过来，要我们上赶着求他，他说什么就是什么，他想怎么样就怎么样，以为这样就能把钱要回来。处长太太，你我也是活了几十岁老大不小的人了，你来说说看，这钱什么时候是可以求来的？我只听人说'挣钱''赚钱'，好像还没有'求钱'的说法吧？"

金凤娇仰个脸盘子，虚望着半空，重重地发一声哼。

沈二皮接道："所以在这件事上，我们一开始的认识就是错的！我们以为我们是在投资，其实不是，我们以为投出去的钱能够盈利，其实也不是，姓钱的压根儿就没打算兑现。他们就不是想做生意，他们是想做骗子，他们也一直都是骗子，他们的身份就是个骗子的身份，是我们自己拎不清，还跟他谈合同上的东西——屁的合同！我们早就该知道，这钱一旦被骗，基本上就回不来了。你去求骗子把钱还你，这可能吗？你跟骗子讨价还价、讲道理，他们能听吗？能听的还叫骗子吗？他们冒这么大风险，舍得一身剐，不就是为了把钱全闷下去，自己花不了，还有他儿孙，儿孙下面又有儿孙，说起来，也是前人栽树后人乘凉了……"

"乘凉？"处长太太双目一睁，忽地从椅背上起来，"这钱已经被他们弄出去了？"

"不是这个意思，"沈二皮声音低低的，打着手势，也要金凤娇声音放低，"钱不可能全部出去，顶多出去了一部分，大头还在他们自己手上呢，之前鄂小姐不也这么说？我的意思是，这个钱如果这次弄不回来，那其他人也别想给弄去，要破财大家一起破财，让姓钱的陪我们一起！目前为止，我们的血是给他吸走了，但他能不能把这血吞下去，消化得好，那还是两说。出去的血想再回来，确实不容易，但我们把这血倒掉、弄脏、和一些泥巴屎尿地沟油什么的，叫他咽不下去，咽下去也要犯恶心，也要细菌感染烂肚肠，那就容易多了……"说着，沈二皮望望那边紧闭的厕所门，"事情变成现在这样，不瞒你说，处长太太，我现在想的已经不是追钱，而是想泄愤，找姓钱的泄愤。怎么泄愤呢？小臧之前有句话说得对，我们是文明人，不搞刑讯逼供那一套。那一套不说过时吧，效果其实并不好，特别是对这么一个老弱病残……”手点着厕所门，“没多大意思！人家反正都是望天的日子远，入地的日子近，没多少年好活了，我们这么一搞，反而成全了他的美名——在钱家往后多少代儿孙眼里，钱坤这种宁死不吐钱的铁骨，简直就是他们钱家发达的开始啊！你想想，他一个人受苦，却因此让多少代儿孙享福，这一份功绩，还不让他稳坐他们钱家祖宗牌位的正中央？说不定啊，将来钱坤在地底下看见，真能含笑九泉呢！”

金凤娇认真地聆听，用心地体会：“你说得不错，光弄钱坤不划算，弄掉一个姓钱的，又有千万个姓钱的站起来，为了不叫他们站起来——”

正说到酣处，有人轻敲屋子的门，喊道：“饭来了，饭来了！”是臧小磊的声音。

屋里的两个人便就打住。沈二皮过去开门，付账的时候，顺便一问：“小磊啊，你爸他人在店里吗？”

臧小磊站在外头，不往里面瞧一眼：“我爸不在，他早上说要来你的麻将档……”

“啊，可他半小时前就走了呀！”

臧小磊依旧波澜不惊：“那就不知道……”收了钱款，一声不响地去。

沈二皮回转过来，脸上出神，他慢慢地放下饭盒：“……刚刚我们说到哪儿？”

金凤娇不是太饿：“说到‘不能让他们站起’……”打开盒盖，取一点儿在嘴里，当作零食吃。

“就是这个话，”沈二皮戳一块叉烧，“那怎么才能不让他们站起来呢？”

就这个问题，两个人边吃边议论，在追钱的“大道”之上，又另辟一条蹊径，以安放他们那无可抒发的怒火——破财的怒火、“失血”的怒火、被人揭穿的怒火、受到鄙夷的怒火……火烧肺腑，火燎五脏，火焰一直向上，灼红两人的双眼。议论的声音越低，他们的眼睛越红。金凤娇手搓一根鲈鱼的骨刺，好像搓着一柄匕首：“对……对……就要这么办，我们就以这种文明的手段……”

沈二皮道：“当然得文明了！姓钱的可以文明地骗我，我也可以文明地回报他，回报他们一家……”

意见达成，饭也吃停当，筷子放下来，两个人面朝厕所的方向，用鱼刺剔了一会儿牙。片刻，沈二皮使个眼色，他跟金凤娇便双双起来，"咯里咯嗒""咯里咯嗒"，走到厕所前面，取钥匙开门。

"咔咔"两下，门开了。昏光中，钱坤的身影一动，目光警戒地射过来。

"钱坤，"沈二皮尽可能让语气听起来友善，"我们商量过了，决定带你去你的老巢，那个什么亭子，我们跟着你去，去找你儿子要钱！"

"没错，我们开车带你，那个地方叫什么？我们这就去！"处长太太跟着催促。

钱坤看着他们，不声不响，迟迟不予表态。双方正在僵持，外面突然叫曰："二皮，二皮，你们出来！"

"二皮，二皮，你们出来！"李国珍在前，向英在后，臧杰在最后，三人堵在小夹道内，好比三把强力锁，封死了麻将档的后门口。

"快点儿啊，快出来！再不出来的话，我们自己上那四杠十七号倒卖家具，到时可别怪我们私吞，不通知你们！"

向英也跟着起哄："就是，就是！来来来，我们来倒数，数到零我们就走，九——八——七——"

"六——五——"李国珍也加入进来，两人拉着长调，一高一低地唱。她们一个是铜钹嗓，一个是唢呐腔，当着小夹道，唱得旁若无人。

唱到"四"时，沈二皮从门里现身："李阿姨，你又想干什么！"压着声音，左右一看，把门在身后掩上。

李国珍道："干什么？就是来告诉你们，我们准备去昨天的那个四杠十七号，把那些值钱的家具拿来卖了，大家把钱分分，就当是弥补损失了！"

沈二皮一怔："啊，谁说的？怎么突然想起这个……"

"谁说的？大家说的！"李国珍怪眼一翻，"我们的目的就是要追钱，现在正好有钱在那里，我们就分那个钱，能分多少是多少，分到比分不到好！我这可是大大方方地说出来，不像某些人，鬼鬼祟祟地摸鱼，谁晓得已经摸去了多少……"

"哎，我说李阿姨，大过年的，不带你这么诬赖人啊！"沈二皮面皮微红，"我正式说明一遍，钱家的那些家具，我跟处长太太不过看了几眼，是半点儿都没有碰。那家具原来什么样，现在还是什么样，那里面到底装的是什么，是金子还是草，我们也不知道！”

李国珍手一挥：“我管你知不知道！我不是来问你这个，我来就是告诉你们一声，我们马上就要用那些家具来抵债，你跟处长太太要是愿意，就算你们一份，要是不愿意——当然你们不可能不愿意，这个头就是你们起的，不是你们先盯上那家具，我也不可能想到还可以用家具来抵！”

“你想到？”沈二皮嗤一声，瞄着最边上的臧杰，“我看是有人让你想到的吧，这个人不用说，肯定是小臧你啦！”

臧杰就不得不说话了：“是我没错——我也是想皆大欢喜，让大家都开心一点儿，不论钱多钱少，尽量少损失一些，心里好过点儿。特别像李阿姨她们年纪大了，禁不起折腾，没那么多精力慢慢耗，现在有现成的东西抵债，不很好吗？包括那个院子里其他东西，只要是钱家的财产，都可以拿来抵。”

他说话的时候，门扇一“吖”，金凤娇也出来了。她横着眉毛，听臧杰说完，她道：“又搞什么鬼？之前骂我们，说我们惦记那些家具，哦，现在轮到你们自己，就是理直气壮，还院子里其他东西，也可以拿了？”

沈二皮见她出来，脸背过去：“你来干吗，里面没有人……”

“怎么不可以，还不是跟你们学的！”向英笑道。

金凤娇推开沈二皮：“不要烦，没事没事……”俩眼睛一鼓，就冲着向英，“向阿姨，我说这里有你什么事呀，嗯？你这回又没有丢钱，比我们不知强出多少了，大过年的，你不高高兴兴地出去拜节，吃点儿好的，怎么老跟着我们一路搅和？说回来，我叫你一声阿姨，是出于礼貌，不要你自己心里没数，真以为生得比我早，有什么了不起了，倚老卖老，煽风点火，说风凉话！”

“哎，处长太太，你这话说得可不对！”李国珍又跳出来，“老向可没跟着我们搅和，昨天捉钱坤，老向她可是首功！不是她把人摁住了，就凭你们几个拖拖拉拉的劲儿，姓钱的还不早跳上车子，跑得无影又无踪？人家这么大一个功劳，你可不能红口白牙地就给她涂抹了，你可是处长太太，说话更要有数！”“老兀鹫”抖擞羽毛，猛啄金凤娇的脊梁骨——啄处长太太的脊梁骨，这个机会可不是每天都有，眼下出现一个，还不赶紧抓住！

金凤娇脸一红，明显被啄痛：“向阿姨有功，我承认，但她那个功劳……属于误打误撞，说得难听点儿，就是走狗屎运，恰好被她捡到！昨天不管换谁在岗子上，其实都能逮住钱坤，换我、换二皮、换你李阿姨都一样！”

向英道："嘿嘿，老李，你听听，人家认为自己也行，不肯认你咧！都到这份儿上，还有什么好说的？走走走，我们走，上四杠十七号，拿了家具卖去，不要跟他们废话！"说着，合着李国珍，两人作势要出小夹道。臧杰趁机一溜，等金凤娇撵上来，都不见他影了。

金凤娇一把捞住"老兀鹫"："李阿姨，不许走，不许走！"

沈二皮则拖住了向英："哎哟，阿姨唉，你们怎么突然来搞这一出？你们知不知道，你们这么一搞，会让我们很难办？"

"你们难办？你们难办什么？喏，四杠十七号就在那里，被骗钱的都可以去拿东西，话说得这么明白，你们不过去，还怪起我们来？"李国珍对上金凤娇，等于"老兀鹫"对上"河马"，"老兀鹫"被"河马"咬住了，一时解脱不开。

"所以说你们这些老太太，小眼薄皮，就是拎不清！"沈二皮一边拉扯向英，一边惦记着屋里，唯恐钱坤那边有失，"要是把那个院子掏空，就能把欠的款子填上，我们又何必巴巴地去捉姓钱的老贼头？我们昨天不就可以干这个事？我们费这么大力，困住老贼头，就应该有更高的追求，不要光想那些小钱……"

"得了吧！怎么追求都是为了钱，哪里有钱我追哪里……放开，放开啊！我现在自己去追钱，你们敢来阻止！"吵吵嚷嚷，推推搡搡，几个人在小夹道里，纠过来，缠过去，恶声恶气，巴掌也呼起来了。很快吸引来一干闲人，好奇地往小夹道里看。

饭后，包剑荣师生三个出了旅馆，往小区这边来。包剑荣面如平湖，一个人走在前面，身后相距不远，跟着刘振邦和史达才。他们一个"王顾左右"，仿佛第一次来到这里，对街景瞧个不停；一个则"臣该万死"，好像下一刻就要就戮，讪讪地挂着头颅。包剑荣本想说些什么，偶一回头，见两人如此形状，嘴没张开，想说的话就随呼吸飘散在空气中了。

一路无话，进了小区，转角处遥遥地望见麻将档的招牌，包剑荣不觉踌躇。想到可能会遇见"那位太太"，他脚下一缓，就听见声音嘈嘈，"追钱""放开""哎哟""不许"……听上一会儿，他惊讶地发现，声音都不陌生，再听一会儿，发现声音居然就来自麻将档后的小夹道！

他疑怪着，回头一看，两个学生也是一脸纳闷。三双眼睛一对，他们不约而同地小跑，"咚嗒咚嗒"，跑至小夹道口，那儿已然围了一圈的人。

包剑荣和史达才被人挡着，刘振邦垫着砖头，越过旁人的头顶，照了几眼，跳下来道："被老包说中了，两边叫上了板，正打得难解难分哩，嘻!"

"啊，真打起来了?"史达才急了，"那我们还不去劝架? 李奶奶和向奶奶岁数大了，怎么是他们的对手?"

刚要向前冲，被刘振邦拽住连衣帽："你等等等等等……大头鬼，你不要见风就是雨，老姑婆的事情，老姑婆她们自己会解决，还要你操心? 你这个样子，一看就知道，对'老姑婆'三个字没有深刻理解。"

刘振邦攥着帽子不撒手，像拽什么似的，把史达才拽到一边，远离了小夹道。包剑荣看了一会儿，也慢慢地过来。

"在那儿闹的好像只有四个人，没看见臧杰?"包剑荣问。

刘振邦攥着帽子不松开："还真没有，就他们四个。"史达才拧过身子，气愤地打他的手。

"这就奇怪了，那个人跑哪儿去了? 他不是最积极的吗?"包剑荣示意刘振邦放开史达才，"总不会两个老太太在这里打头阵，他一个人溜到四杠十七号去卖家具了?"

"这——用得着吗?"刘振邦把手一松，"他真要想，根本不用通知任何人，早一个人偷偷摸摸过去不就得了? 干吗还要找这个商量，找那个商量，大张旗鼓，还要让处长太太他们知道呢?"

"问题就在这里。"

史达才得了自由，却是气呼呼道："他……他不是说他自己不贪心，希望大家一起分钱的吗?"

刘振邦龇着牙笑："拜托——大才，你多大的人了，这种标榜自己的话你也信?"

包剑荣也用·种类似于怜悯的眼神瞟瞟他。史达才熟悉这种眼神，以前每当有学生连很简单的问题都答错，老包就会眼角一垂，幽幽地任由这种眼神飘落。

"那……那也可能他自己一个人做不到，只好拉我们一道。"史达才被那种眼神一瞟，心里紧张，不由自主挣扎，"他一个人，大概很难让钱坤的老婆信服，把家具心甘情愿地给他。他就算去偷去骗，一个人……其实也不好办的……"

包剑荣望着对面小夹道，不再有什么表示。刘振邦一同望着，口中却道："可惜呀，分身乏术，这时要是有人跑一趟运河，看臧杰有没有上那边就好了。"

史达才听得半愣，随即嗫嚅："那个我……我其实可……"

陡然听得一声长号："钱坤不见啦！钱坤——钱坤他不见啦！！"调门扭曲，撕心裂肺，从麻将档内传出。

围观的闲人中，好几个听得皱眉，好几个讶然后退，好几个支着脖子，到处问人："谁不见了？""他在叫谁？"小夹道里，金凤娇带头往屋子里跑："你说什么！"李国珍和向英跟着跑。不远处，包剑荣一听，拔脚往这边赶，史达才和刘振邦也不落后。"咚咚咚咚"，踩着脚步声，众人接连撞进屋来。

屋子里，沈二皮像一只快要散架的陀螺那样到处蹦跶："钱坤不见了，这下好了！这下好了！你们就打吧，就吵吧！我就知道要出事，我就知道！果然……果然……"从前蹿到后，从左蹦到右，"咕咚"，碰到了这把椅子，"当啷"，推一下那张桌子。顶着充血的两只眼睛，他又跳着咆哮："都怪你们！都怪你们！都是你们害的！成事不足败事有余，说的就是你们！"粗短的手，冲着这边乱指。

好几个闲人跟了进来，见沈二皮如此失态，全不是平日里那副和气生财的模样，新年里不知在发什么疯，都瞧着他，怪有意思地笑："呵呵！"

处长太太身子一转："笑什么笑？出去出去，这里没你们的事儿！走走走，大过年的，别给自己找不痛快！"轰人出去，把门给关上。

沈二皮仍是跳脚："还保密哪？还有什么好保密的？人都没了，还怕人笑话？现在我们是人财两空！人财两空，你知道吗？"

厕所门开着，刘振邦探头去看，果真空空如也。他道："怎么回事？你们不是在这儿看着的吗，这门不也应该是锁上的？"

金凤娇听了，欲言又止。沈二皮嘲道："锁——当然锁了，不是正开门问他话的时候，李阿姨在外头叫得厉害吗，我就出去应付李阿姨，让处长太太看着钱坤。后来处长太太不知怎的也出来了，我就觉着不妙，闹了半天，等我赶进来看——果然，钱坤没了！"巴掌一打，冲着金凤娇，大家都去看她。

金凤娇压力陡增，她叫起来："都看我干吗？当时外面那么急赤白脸的，我哪想得到那么多？我以为二皮他麻将档前后左右都封得好好的，我们人全堵在后门，钱坤绝不可能从我们眼皮底下溜……"

忽地手一抬，金凤娇点着"老兀鹫"："李阿姨，这件事你可得负责！你说你早不早迟不迟地，怎么偏偏在那个时候跑上门来，还说那么多难听的话？我们多少年的邻居了，你不相信我，却去信那个小臧，信他的挑唆！小臧这种人，你又不是不知道……"

说到这儿，她倏然想起："哎，小臧呢？小臧人到哪儿去了？刚才不是在外面？"忙去开了门，却是一看看到个闲人，正冲着她傻笑。

"砰"！金凤娇用力把门一关，想一想，还是将门开开，探头出去张望。一会儿，她头缩回来："你们谁看见小臧了？他人不在外面……"

大家互相看看，都没什么印象。李国珍神气恹恹："人家早溜啦！处长太太一出来他就溜了，现在大概已经卖掉家具，在那儿数钱了！我是年纪大了，跑得慢，要是年轻个十岁，嘿嘿，我比他溜得还快……"

向英眼睛直眨："不对，老李，好像不大对……"拉着人胳膊，"他想那些家具，早可以自己去弄，没必要拉着我们俩老太啊！他先拉着我们，跟处长太太干一架，然后再一个人去弄家具，这不是脱裤子放屁——多此一举吗？"

说到"多此一举"，包剑荣正蹲下系鞋带，突地他动作一顿。他低着头，接上向英的话："请问老太太，这个人找你们的时候，是怎么跟你们说的？你们过来找处长太太，为什么不进屋子里说话，却站在外面讲呢？"系好了鞋带，他慢慢地站起来。

向英道："我也奇怪咧！来找处长太太没问题，可他要我们就在外头喊话，说是大庭广众，处长太太不好耍赖皮，管她什么态度，我们说完了就走，省得关起门来，大家一扯皮就没完！"

"哎，他还说，就算闹起来，外头也比屋子里方便，大家眼睛看着，处长人人不敢闹太过！"李国珍补充。

金凤娇那边听见，不禁冷笑几声："听听！你们老太太就是这样，谁愿意分你们钱，你们就跟谁走，一点儿主心骨都没有，这不转眼就被人卖了……"

李国珍道："我们被人卖的次数多了去，也不差这一回！"抽着尖鼻子，乜视金凤娇。

金凤娇明白她的意思，一脸悻悻，心想这种老姑婆，半截身子入土，半截身子露出，打不得，骂不过，最是狗皮膏药，缠夹不清，早知如此，当初又何苦拉她们入股……也是无法可想，转去看沈二皮："钱坤从哪儿出去的？你这儿不是都封得好好的？"

　　就有刘振邦在这千载难逢的"案发现场"，开展侦查工作。只见他站在椅子上，扒着麻将档前堂一角的气窗，宣布道："他从这个气窗逃走的！他先踩着这把椅子，够上气窗，再把气窗的护栏给掰断……这两根护栏都快烂了，一掰就断，你们看！"手攥护栏，左右摇晃示意，"这面墙上，还有他踏脚的鞋印，喏，有好几个，都是半只脚掌的，他肯定是这样抵在墙上用力……"一边说，一边做出示范动作，老姑婆们都围拢上来看。

　　"还有这边——这边的摄像头也被他拆了，只剩下光秃秃的桩子在这里！"史达才立在另一角，手舞足蹈，往天花板上指，"这边、这边的都拆了，这张桌子就是他用来垫脚的……"他颤巍巍地爬上去，确保站得要高于"振邦永远最伶俐"，"怎么样，看到了吗？李奶奶，你想一想，这边原来是不是有摄像头，现在却没了？"

　　"这个……"李国珍起了踌躇，她牌技不佳，不常来这种高水平"竞技场"，更不会去注意什么摄像头。然而她是"老兀鹫"，平时连小区里张家煮饭用多少米、王家如厕用什么草纸都摸得一清二楚，这种关键时刻，怎么能承认自己不知道摄像头呢？摄像头这种高科技玩意儿，敢情不比大米、草纸更能体现她的目光如炬、与时俱进？

　　于是乎她仰着脸，绕视一周，道："真是，还真是！这个姓钱的老东西，还真会挑，这小相机多值钱啊，至少好几千块吧，说弄就弄没了！这下子，不是让我们的二皮闹肚子又逢没带草纸，雪上又加霜吗？"

　　沈二皮靠在一边，道："你们几个行行好呗，现实已经这么残酷了，你们就不要用更残酷的方式来把我形容了，行不？我这几日过得不容易啊，真不容易！自从年三十晚上处长太太从这个门跑进来，告诉我钱被卷跑了，一直到现在，我都在倒霉！一直在倒霉，从未被拯救——哦不对，那个鄂小姐倒是拯救了一下，但光一个鄂小姐有什么用呢？当所有人都在拼命往烂泥巴里陷，鄂小姐她就算能倒拔垂杨柳，也不能把我们所有人都拔起来呀！当所有人都在泥里打滚，你打我，我打你，各位——别说鄂小姐，那就算是二十吨重的吊车，也是没法把我们从烂泥中吊出去的！"激烈地配合着手势，上下翻舞。

金凤娇听了这话，见沈二皮又是把鄂娟娟夸上了天，鼻孔里一哼，却是不便多说，心道：得，三个和尚没水吃，这追钱的事今天也就到此为止了！

包剑荣走了过来，他看看摄像头原先的位置，看看下方垫脚的桌，又走过去，看看气窗，看看护栏，看看椅子和墙，一路看下来，一言不发。

向英忽道："不对呀，这个……不对呀！钱坤为什么要拆摄像头呢？他跑都跑了，还怕摄像头拍下来吗？摄像头对着屋里，又不对外面，我们又不可能知道他往哪里跑，更不可能去追……"

"说到外面的摄像头，"处长太太灵光乍现，"街上不到处都是？调取一下监控，不就知道姓钱的跑哪儿去了？上次那个谁走丢了，不就是喊人来调的监控？"

"调监控？理由呢？"沈二皮如今可不敢再轻信金凤娇，"人家问为什么要调监控，你怎么跟人家说？再说了，钱坤这么一跑，我们要调多少条街的监控才能够？他要在市区，那还好说，要是他跑到了没有监控的地方，比如运河那边，又该怎么办？总之，难啊，处长太太，不是一般地难！"

说是"困难"，沈二皮却是不自觉地取手机，准备问问一二狐朋狗友，这调取监控是个怎么回事。屏幕按亮，上面赫然一条消息，令他"起死回生"，猛地向上一蹿："咦——！！"

只见那消息为：去沽钓亭。落款则只一个字，就是"臧"。

第十七单元

黄雀在后

命运之鞭再次抽到沈二皮身上，将他抽得兴奋不已："看，看这个！这人是小臧吧？小臧他要我去这个地方！这地方肯定就是……哈哈！天无绝人之路，天无绝人之……"

话没说完，上方阴影一落，金凤娇不由分说把他的手机夺过去看，李国珍和向英也自两旁并入。刘振邦一个起落，奔到这边桌子上，好像狼扑着狈那样扑着史达才，居高临下，同去看那消息。连包剑荣也眼珠倾斜，向这边靠拢。对那几个字，一行人看了许久。

刘振邦第一个抬起头来："沽钓亭？这就是那个什么亭子？老蝙蝠的终极巢穴？"

史达才听得心生迟疑："那……那是什么地方？"

"没听过，应该不是什么好地方，"李国珍面色凝重，"但就算是龙潭虎穴，也得去闯一闯！小臧既然透露了这个消息，看来他已经追过去了，如果是这样，我们也不能落后。那个地方越危险，我们越不能让他一个人去，越是要合大家伙儿之力，合成一股三叉戟，把姓钱的老巢捣得稀巴烂！"

"哪有那么夸张，"处长太太把手一扇，"他是老蝙蝠，不是什么地头蛇，就他们那个坑蒙拐骗来一车烫山芋、吐不出来又消化不了的样儿，能有什么老巢？他配有老巢吗他！"

向英道："不管这个，现在的问题是，那个地方在哪里，我们要怎么去，还有……"

沈二皮已然奔走起来："开车去，跟着地图导航走，实在不行，还可以问人！要去就要快，马上就上路，我顺便给车加个油，争取晚上到，要是能追上小臧就更好啦！"风风火火，跑进跑出，再次启用昨日去运河的那辆面包车，往车上搬食水。大家都跟着拥出来。

包剑荣对着手机看地图："你们晚上肯定能到，这上面说大约两个小时的车程，你们现在走，顺利的话，能赶上在那边吃晚饭。"

"这个不用担心，我车里吃的喝的，什么都有，在路上就可以吃，当然了，只能填饱肚子，吃不了太好。"沈二皮迅速在麻将档里巡了一圈，挨个儿锁好门户，最后抓着水杯，出了小夹道，"上车吧，各位！昨天我们出征运河，大有收获，今天我们再次出征，上那个沽钓亭，一定要再接再厉，不虚此行啊！"

处长太太和李国珍无须吩咐，早早地钻上车。向英随在后头，心存疑虑："就这么上赶着走？可是二皮，你那个摄像头还是不对劲，钱坤他没必要拆走你的摄像头啊……"

"别管什么摄像头了，"沈二皮迫不及待，硬是把她搡进车座位，"他要拆就拆吧，反正他不拆，我马上也要更换，拆了正好！"

史达才稀里糊涂的，见他们上车，跟脚也要上，刚跨出去，却是头一回，见包剑荣站着不动，刘振邦也不动。相反，那个"振邦永远最伶俐"仿佛在打什么主意，看看汽车，又看看包剑荣，笑意迷迷。史达才见了，心窍一动，跨出去的脚便又缩了回来。

沈二皮要关车门了，他一转身，见这师生仨仍杵在原地："咦，你们怎么不上去？"

包剑荣十分淡定："我说过了，退出你们，就不跟你们去了。"

刘振邦笑道："嘻，老包不去，我也不去！"

"呃，我……我也……"史达才期期艾艾，一点儿也不知道该怎么说。

就有处长太太隔着车窗发话了："这位老师，你这又是何苦？气话嘛，说说就行了，没人指望你守着它过一辈子！"

包剑荣依旧淡定："我没说要守着过一辈子，这位太太，你过虑了。"

主动伸出的橄榄枝被驳回，金凤娇眼皮一翻，懒得再讲。倒是李国珍探出头来，不遗余力地劝说："这位老师，你别跟钱过不去呀！你可以跟其他任何东西过不去，但是你跟钱过不去……钱是养人性命的东西，它是能供你吃饭的！难道你不需要吃饭，还是你家里人不需要吃饭？你跟钱过不去，就是跟吃饭过不去，你一天跟钱过不去，你就一天吃不上饭，吃不上好饭。这样一天挨一天，慢慢地你越变越干，越来越瘦，最后你会饿死的！你自己饿死也就算了，可你是做老师的，你饿死了，你的学生会怎么想？他们会不会觉得你做得对，都来跟你学？那这样一来，你不就害了他们，把你的学生都饿得死光光？"

包剑荣听着，脸上一丝讽笑："你老太太更多虑了，这种事情是绝对不会发生的。"

"谁说不会？"李国珍手指刘振邦并史达才，"他们这两个小年轻，现在不就受你影响，不肯上车，跟你一样放弃追钱了？"

刘振邦就叫起来："别算我啊！我本来就没丢钱，我是看老包神情异常，担心他出事，留下来照看一下。"

包剑荣的淡定便维持不下去："刘振邦……"话说了一半，后半句不大好说——请不要再伶俐了。

史达才依葫芦画瓢，刘振邦说老包神情异常，他便说："我……看刘振邦神情异常……"

这一下，轮到刘振邦和包剑荣一起转眼看他，街灯在他们脸上落下无力的影子，还有冰凉的小点扑面。

史达才被看得莫名心虚："我……呃……又没说错……"

沈二皮去心似箭，简直受不了："这都什么乱七八糟的，一个两个都不正常！行了，我知道了，强扭的瓜不甜，你们不就不想去吗，闹得好像我逼你们似的……不去不早说，浪费我五分钟时间！"

"呼啦"把门一阖，自己冲进驾驶座，点着了火，面包车呜呜着，开始颤动。

李国珍还扒在车窗上絮叨："真是呆瓜哟，一个大呆瓜，教出两个小呆瓜！不是呆瓜，就是没胆，你们自己说是哪一个……"向英把她拉下去："走了走了，别嘴打锣舌打鼓，人家说不定有别的事，把窗户关起来，风进来了！"

面包车一个打弯，缓缓地上路，开往小区外面，接着又一个弯，车身就看不见了。

冰凉的小点越来越多，打在衣服上，"沙沙沙"响，史达才这才发觉，原来是下雪了。傍晚的微雪，轻轻点点，刮在皮肤上，说不出的一种刺激，叫人隐隐怀疑，是不是有事情要发生——是好事还是坏事呢？

果不其然，面包车刚一不见，包剑荣急道："你们两个赶快绕过去，到那个气窗外面，看有没有人出来！"

　　"呃？"史达才完全跟不上，"……什么气窗？"

　　刘振邦则问道："有人出来？谁呀？"张着眼，被雪粒打得一个激灵，"哎呀！难道是——"

　　"别猜了，我们出来了。"一个声音施施然地在后面说，"这位老师，你很不简单嘛！"

　　声音乍起，似乎还有关门的一下，一个瘦长的人影从小夹道里走出来，那面孔被街灯一照，史达才惊呼："臧……臧杰，他怎么会……"

　　待看清他身后还有一个人，沙黄的灯光下，那个其貌不扬的老头儿分明是——

　　"嘻，还有这位爷爷哩！"刘振邦不禁拊掌，"我就说嘛，老包怎么会突然开了天眼、一副一切尽在掌握的样子，原来是因为你们……"

　　那老儿正是钱坤，他一只手被臧杰钳住，不情不愿，有两次试图挣脱，却是撼动不得。他睨着臧杰，道："不是谈好了吗，我又不跑，我还指望你们，要搭你们的顺风车呢！"

　　臧杰含着笑容："以防万一，以防万一……"手面上毫不松动。

　　史达才就不懂了："你们俩怎么会从里面出来？你……刚才不是才发了消息，让我们去沽钓亭吗？"他问臧杰道。

　　臧杰掸着身上的雪粒："消息随时随地都可以发，我给你们发消息，不等于我不在你们方圆五米之内。"

　　说着，他人转向包剑荣："这位老师，敢问你是什么时候发现我们的？我跟钱坤猫在那堆破桌子烂椅子下面，按道理，几乎不可能有人怀疑。我还费力巴拉地把气窗护栏给弄断，又把摄像头给拆了，伪造成钱坤由气窗逃走的样儿，随你们发挥去。听着二皮在那边呜里呜啦的，我以为你们都相信钱坤自己跑了，绝不会想到我们还在屋里。"

　　"你们就躲在那堆桌椅下面？"史达才十分惊奇。他想起来，那个杂物间一隅的确堆有许多大大小小的二手旧桌椅，椅子又比桌子多，一个架一个，重重叠叠，表面落着厚灰——这两个人原来一直藏在那里吗？

刘振邦道："怪不得你要拆摄像头，你是怕沈二皮一调监控，你们就露馅了！"

"没错，挺无聊的，但为了以防万一，还是顺手拆了……我自认这一番做得天衣无缝不敢说，考虑得也算周全了，所以我才想请教这位老师，我又是哪里露出了破绽，让你怀疑起来？"

臧杰头微微歪着，朝向包剑荣，目光投注，语气诚恳，那副衷心求解的态度，可以说比他许多学生都令人满意。作为这一谜底的唯一发现人，此时此刻，包剑荣的感觉可谓好极了。在场的人都看着他，有人向他请教问题，漫天微雪中，学生时代的魔法恍惚间又降临到他身上。雪粒冰凉，他整个人却在发热——

"破绽就在你自己身上。"他极力地控制住声音，使之听上去分外淡漠，好像他不过在解释一个微不足道的问题似的，"你的手是患了什么多动症吗？吃饭的时候在动，说话的时候在动，要藏起来不能被人发现了，你的手还是在动。我系鞋带的时候，光从侧面照过来，就看见地上有个影子，一动一动，跟一朵花儿一样。这种神经质的动作，除了你，我还没见过第二个人有。"

包剑荣一边说，一边拎着臧杰的袖子，将他那只手高举。众目睽睽，只见那几根指头上下起伏，掀动不已，不受控制似的。

大家都在看着，臧杰把手一攥，懊恼道："原来是这个怪癖，我千算万算，居然漏算了这一着，唉！我什么时候能把这个戒掉，什么时候我的人生就能更上一层楼了。"

"你人生的楼层已经很高了，我们都望尘莫及，"包剑荣揶揄他，"譬如你之前表演的那一出'项庄舞剑'，让我们都以为你想要卖家具，其实你真正的目标是钱坤。你把大家都鼓动起来，让我们在门外吵闹，好拖住处长太太和沈二皮。这样一来，屋子里就空了，你正好趁乱开溜，从那个气窗钻进去，撬开锁，把钱坤带走。却没想到处长太太他们比你预料的还要粗心，连锁都没锁，更加便宜了你……"

史达才听到这里，终于恍然："原来……原来你早就计划了这么多，原来你那时到旅馆找我们，就已经是在做戏、在表演了！"手指着臧杰，不可思议于这份绵长之心机。

臧杰道："是又怎么样？反正你们都谈崩了，不如把钱坤给我，我正好有用。"立在街灯光下，他无所谓地笑，"这位小弟，你其实应该感谢我，因为我给你上了重要的一课。以后你就该记住，一个人表面的行为，不一定指向他真

196

正的动机，他真正的动机在哪里，要你一点儿一点儿地去挖……这些东西，我打赌这位老师绝对不会教给你。"

包剑荣道："说得对，你还可以开一个这样的培训班来误人子弟。"

臧杰哈哈一笑，他擎着钱坤的手："钱坤，你觉得我在误人子弟吗？"

飞舞的雪粒中，钱坤的脸色发青，他望着远处一辆白色的汽车，对臧杰的话仿若未闻。

臧杰又笑着转向刘振邦："这位小弟，你说呢？"

刘振邦眼瞄着老包："这个嘛……"笑着跺一跺脚，俯仰了几个来回。

正说间，那辆白色的汽车在他们附近停下，还是一辆皮卡。车门打开，冒出来臧小磊："老爸，我把车开来了，油也加过了。"

臧杰眼睛一亮："好了，座驾到了！这位老师，请坐到司机位置上，有劳你充当一回司机，开车带我们去沽钓亭……"

"我来开车？"包剑荣吃了一惊，"为什么要我来开？要是我不会开呢，你打算怎么办？"

臧杰接过臧小磊的车钥匙，塞给包剑荣："因为我们这几个人中，你的驾照最有可能处于正常状态。本来你要是不发现我，你们早跟着二皮的车子走了，我就只能自己来开……别看我，我开车技术不差的，就是驾照不好使，容易惹麻烦。现在为了嘉奖你发现我的破绽，我决定带上你们，而有你这位老师充门面，我就不用冒险亲自上阵了。毕竟我这样的人，能不跟公家打交道，就不跟公家打交道的好，不要说，还有这位钱老先生在。"

包剑荣望着臧小磊："他是你儿子？他不能开车吗？"

"他？他不行。"臧杰冲臧小磊打个手势，示意他可以走了，"小磊要来，座位就不够了，他还要在店里帮忙……对了，车子是我让他偷开出来的，这位老师，回头还请你将车子开回来，还到'喷喷香'去。他们大概初七就要营业，得在这之前把车子还回去，好不耽误他们进货。"说着，便催包剑荣上车。

包剑荣抓着车钥匙，听到臧杰居然还有要求，几乎被他气笑，"我去还车，那你干吗？你这是把车全部扔给我？你就不怕我把你这车给开跑了？"

"不怕！你这位老师，我信得过，我就喜欢和你这样的人打交道。"臧杰说了这么多，仍盯着钱坤不放。他像塞什么货物似的把钱坤塞上了车，自己也爬上去，又回首招呼："快来，快来呀！"

刘振邦看看包剑荣，龇牙偷偷一笑，缩脖儿攀上后座，跟臧杰一道把钱坤夹在中间。史达才就慢了一步，不得不屈居副驾，享受面前广阔的视野以及跟老包并排的待遇。

那个臧小磊早走得没影儿，包剑荣独自站立，街灯冷黄，路面昏暗，雪粒越发袭人，形势如此，他也是别无他法——

拉开车门，他上了驾驶座："我可警告你们，我平时很少开车，技术差极了，我要是一不小心，把车开到沟里去，后果你们可要自负。"

"自负，自负！"后视镜中，臧杰笑眯眯的。刘振邦见臧杰一直在将老包的军，也龇起大白牙，表示同意。史达才懵懵懂懂，不太明白这两个人在高兴什么，不过看到他们笑，也就跟着笑。唯有一个钱坤，冰山上的岩石也似，阴着面孔，目光不动不摇。

包剑荣不动声色，点着了火，挂好了挡，稳住方向盘，突然脚下一轰，"呜——"！

"哎哟！""我的妈！""我去！"呼声大作，不是系着安全带，几个人非要屁股朝天，翻一个后滚不可。

后镜中的笑脸全部变成哭脸，轮到包剑荣春风乍暖，柳眼初舒，笑容在脸上荡漾开来。第一次开这种皮卡，手确实很生，好在街上没几个人，道路通畅，车身歪扭着出去，也能一路向前——

他们又在路上了。

第十八单元

各显神通

雪粒纷纷，夹杂着雨点，"啪啪"打在眼镜片上。走上一段，眼前水汽模糊，钱进停下来，背着风，默默地擦拭眼镜片。

同他一道的司机小潘，即之前开越野车的那一位，回过头来，道："你真的不需要带什么见面礼？这人虽然是你的本家，但现在这个行情，你也知道，人眼睛里只认得钱，你又是求人家帮忙……"

这段时间以来，小潘始终就是这个腔调，好像钱进突然之间发了财，不是什么好事，反而是走了衰运，整天替他叹气，不是这个行不通，就是那个很难办。钱进本就烦闷，见小潘这样，更是气不打一处来，恨不得大骂一通，心里才痛快。

但钱进没有骂人，现在不是骂人的时候，小潘也不是该骂的对象，尽管处境逼仄，钱进这点儿理智还是有的。他把眼镜重新戴上，深吸一口气："我就是去问一问，做不做还不一定。老实说，干这种营生的人，我不是很想跟他们打交道，出国这么久，还只能干这种营生，怎么说呢，勇气是可嘉的，但一定程度上也反映出，这种人身上有问题……"

说着，钱进冒雪走到前面去，没听见小潘在后面嘀咕："人家营生有问题，那你跟你老子干的营生就没问题了？"

一前一后，两人来到个院落前。院落位于此段向阳坡的尽头，依山而建，背靠树林，尽管黑夜中看，房屋的样式颇为普通，但钱进很清楚，在沽钓亭这个百业待废的地方，能占据这样一块土地造屋，此间主人的来头必是不一般了。

他们上前叫门，很快便有了回应——狗吠的回应。脚步声也响起来了，有人呵斥那吠不停歇的狗："嘘——阿尔法！"

阿尔法？钱进还没反应过来，铁门一动，一个男人出来问道："谁啊？"语气僵硬。

钱进道："我找钱定才钱老板，我想出一批货，找钱老板谈一谈。"

男人打量着钱进："怎么称呼？"

"我也姓钱，钱坤是我父亲。"

"你等一下。"男人阖上门，消失了一会儿。等门再度打开，他道："你们进来吧！"

钱进和小潘一路跟着他，在黑黢黢的院子里穿行。正屋之前的台阶上，另一个男人正蹲着吸烟，他脚边趴着一条狗，头颅扁狭，见有生人来到，那狗呜呜地发出低吠。一人一犬，望着他们走过去。

雨雪俱下，钱进又看不清楚东西了，他抹一把眼镜片，见那男人不走正屋，却把他们向侧旁一间玻璃屋顶的房子引去，他有点儿警觉："钱老板他……"

那男人没有说话，他步态懒散，走到玻璃房子边上，冲里面道："老钱，人来了。"

老钱？钱进走到门里，站在灯光下，发现这里俨然一座暖房，地上矮趴趴地长着像是苦苣之类的蔬菜。一个老头儿穿着工作服，套着胶鞋，拖着橡皮水管，朝这边来："你是钱坤的……"

钱进道："钱坤是我父亲，他……过两天到……"

老头儿看看钱进，钱进回看这个名叫钱定才的老头儿。同样姓钱，同样是并不高大的身材，同样是精明的老于世故的眼睛，钱定才只有两个地方跟钱坤不同，一个是他脸上的苦纹更加深邃，一个是他头顶的毛发更加稀拉。是故不用干活的时候，钱定才第一件事就是戴上一顶迷彩帽："你跟你父亲这次弄了不少货吧，你们打算都弄出去？"他示意钱进和小潘在门边的几张椅子上坐下，他自己则坐在靠墙的工具箱上，"干子，你也坐。"他对那个引路的男人道。

干子？那男人一直没走，钱进看着他几块泡沫一摞，毫不在意地在那上面坐了，并不看任何人，态度颇为沉默。钱进猜这个叫作"干子"的人大约算钱定才在沽钓亭一带生意上的助手，可能还是比较得力的一个。

他沉吟地回复钱定才："都弄出去不敢讲，但肯定要出去一批，我们自己也要过去的，至于要弄过去多少，我们还在想……"

钱定才一边听他说，一边手里还在干活："看你们要过去干吗了，还有，你们想去待多久，是去避上个三五年，还是——一去不回？"

钱进假笑一下："捅这么大个马蜂窝，只能一去不回了吧？"

"也是，回来也是尴尬，不如走得干净点儿。"钱定才望一眼钱进，"不过，我猜这回要不是这个事，你父亲怕是还不容易走，我没说错吧？"

钱进假笑不断："这个……老年人嘛，突然换一个环境，都会比较抗拒……"

"他不老的时候也抗拒，当年他要是跟我一起出去，一切都会不一样，"钱定才拿出一块磨刀石，仔细地磨着剪刀，"不说别的，你肯定不用为了赚钱，铤而走这个险。只要你父亲能把刚开始出去的苦给扛下来，你这一代会很顺风顺水，读读书，找个工作，到时候，买辆车，再买栋独立屋，都是很正常的事情，根本用不着这么折腾……我女儿年纪跟你差不多，她就是这么过来的。没办法，这世界上的苦就是这么多，不是你多吃一点儿，就是你的后代多吃一点儿，看你想怎么分配了。"

听了这话，钱进莫名地感到不快。小潘却指着钱进笑起来："如果老爷子当年就出去，那哪儿还会有现在的他？那……那找的老婆首先就不一样了，更别说生的孩子，这个……"以为这位钱老板挺会说笑话。

钱定才望一眼小潘，那副表情分明表示小潘会错了他的意思，但他绝不会出言解释这一点，他只要钱坤的儿子明白就好了。而从钱进脸上的神情来看，他的话无疑起了作用，一丝怨怼在那张自矜的面孔上滑过。

要的就是这个。"好了，不说这些废话，事成不改，重要的还是眼前。"钱定才趁热打铁，将事情迅速向前推进，他由工作服的口袋里取出来纸和笔，写画了片刻，"你把钱在我这里存入，我给你一张类似于支票的东西，你到那边按照当日汇率取出来外币，到时我会告诉你到那边去找谁兑换，我在那边也有业务。当然了，我们要收你一些手续费，但因为跟你父亲认识，我少收你一点儿。譬如你在我这里存入一万块，到那边你大能取出这么多，你先看一下……"把纸递给钱进。

钱进接过去，扫了几眼，又听钱定才道："如果出货量大的话，你们要尽量提前告诉我，我好替你们安排，毕竟货太多的话，容易引起注意，这在哪里都一样。"

小潘好奇地斜着眼睛。钱进捏着那张纸，见一切并未出离心中料想的范围，暗中一喜，语声跟着轻快："我那边也有认识的人，这样吧，我们先试一次，我在你这边存点儿钱，让我朋友在那边帮我取出来，一切顺利的话……不过这个支票，我是不是要寄过去？"

"这个没关系，反正发货之前，那边都要跟我联系，我不点头他们不会发货的。只要我这边没问题，有没有支票都一样，这个你可以放心。倒是你在那边的朋友，一定要非常可靠，我不想在这上面出什么纰漏……"

钱进道："这个肯定的，出纰漏我也麻烦。那我就先回去考虑，第一次出货多少，再跟那边的朋友联系一下，也就这两天，我给你个答复，怎么样？"

钱定才很是从容："没问题，我这一阵子都在这里，要是我不在，你就找干子，他会来联系我。"

被推出去介绍了，那个叫作"干子"的冲钱进一点头，勉强表示一下友善。钱进笑着做出回应。

谈得愉快，气氛愈见融洽，双方甚至说笑了几句。钱进望着暖房里一地茂盛的苦苣，对钱定才道："羡慕你啊！整天自由自在的，没事种种菜，干干活，顺便做点儿生意，这种神仙日子，多少人都求不来。"

"都是年轻时挣下来的啊！"钱定才笑得仿佛很安详，"当年也很为难，父母都反对我出去，毕竟我是儿子嘛，哭得一把鼻涕一把眼泪的，说又不是吃不饱饭，干吗漂洋过海，跑那么远……是我自己豁出去。我这么一走，自己在那边吃苦是不用说了，在这边就剩下一个姐姐陪我父母。他们这辈子是受累了，最后也没享到什么福，等到我能寄钱回来帮衬他们的时候，意义也不大了。所以我姐姐姐夫现在都不跟我来往，我有意把他们的小孩接过去，再帮他留下来，不管想什么办法，你知道那边这样的人很多，他们跟我说不用——你说傻不傻？就为赌这一口气。现在我在这边，有点儿孤家寡人的意思，但我不后悔，不可能后悔。我就说一句话，我当年要是心软留下来，我不可能过上现在的日子，像你说的，没事种种菜，干干活，想做生意就做，不想就不做了。更不要说我女儿，你看我女儿现在过的什么日子？她的那些表兄弟又过的什么日子？我只能说，一切向前看，人是向前走，儿女是在前，父母是在后。我向前是为自己，也为儿女，我没法向前又向后啊，对不对？那样子根本没法走路……"

202

将今生最重要的经验，向钱进推心置腹，那副态度之诚挚，言辞之恳切，无一不入到钱进的心坎里，令他连连点头称是："其实人不管选择什么，都会有遗憾的，你现在这种状态，真的非常好。相信我，你当初的决定，从哪个方面看，都算不上错……"

一宾一主，达成了深刻的谅解。最后钱进告辞时，钱定才让干子去取伞来，要亲自送他们出去，被钱进婉谢："风大，有伞也撑不住，雨雪其实还好。钱老板你别送了，我这就回去联系我那边的朋友，过两天来找你！"

"没问题，没问题！"钱定才还是坚持送别至门口，看着钱进和小潘两个下了坡子，才由干子关门，稳步转回来。原先抽烟的男人闻声从正屋里出来，那只叫"阿尔法"的狗懒洋洋地尾随。

"龙喜，马上有货到，给你拿去开场子，"钱定才叫住那个男人，"但是记住，一定不要搞出事来，现在不是以前了。"

干子道："不知道刚那人肯出多少货，看他戴副眼镜，文文气气，估计不是什么大方人。"

钱定才笑了："越是文文气气，越是会幻想，会幻想的人，不怕他不大方，重点是让他大方的理由……"随手拍拍"阿尔法"的脑袋，"阿尔法"受用地摇摇尾巴。

北风萧萧，雨夹雪粒，纵贯天地之间，仿佛一张罗网，要将所有行路的拦截。沈二皮一鼓作气，离开最后一个高速公路服务区，脚就没离开过油门，踩得都有些抽筋了，终于一甩方向盘，"呼啦"，面包车急转下闸道。金凤娇本来歪着身子，脸埋进去吸溜桶装方便面，一不留神，汤汁倾斜，溅到眼皮上，"哎哟！"漂着红椒的辣味方便面，给眼膜以极大的刺激，处长太太疼得眼睛直眨："快、快给我水洗洗！"向英弯腰到座位下面摸矿泉水，不想弯道中，矿泉水"骨碌碌"越发滚得远了。李国珍本在喝水，见此情形："来来来，我这儿有水……"举着喝剩下的半瓶子矿泉水，对准金凤娇眼睛，正要倒下去，旋转中失了准头，随着车身一正，"哗啦"全浇到了沈二皮脑袋上，"哎呀，这什么东西……"他仍然毫不停顿，脚踩油门，于混乱中一往无前。

等过去了不知第几个路口，四面灯光轻微，开上好一会儿，似乎只有他们这一辆车，顽强地行驶在风雪肆虐的小道上。

"怎么，还是打不通？"车内终于恢复了秩序，而沈二皮鼓了快两个小时的气，也将近泄漏完全。旁边金凤娇用他的手机，拨打臧杰的号码，可拨了一遍又一遍，都是"您拨的号码暂时不在服务区"。

处长太太不耐烦了："这是他的号码吗？"呼一口气，手机一扔，还给沈二皮。

"不就是发消息来的那个号码吗，让去沽钓亭的？"沈二皮左右望路，随着人力疲乏，信心也开始摇晃。总联系不上臧杰，他也不大敢接着开，生怕一脚下去，开过了，还要倒回来，麻烦又费油。他慢慢地将车在路边一块空地上泊住。

李国珍手抓着肉夹馍，道："没有他就没有他，我们自己找过去嘛！那个姓臧的，一辈子都在流窜，联系不上那是本分，哎……"车内暖气充溢，肉夹馍又吃得饱足，兼有沈二皮当那免费的司机，"老兀鹫"敞着棉袄，散着围巾，脸孔上不知是油还是汗，看上去油亮亮的，表情流露出满意。

"我们自己找？那要怎么找？人生地不熟，鬼都不认识！"沈二皮一路劳累，脚底正酸，偏又失了前路，不知往哪儿开是好，嘴里就没好气。

处长太太对着小镜子撑开眼皮："这个地方小归小，旅馆总该有吧？找个旅馆问一问，晚上就在那儿住下，明儿白天慢慢打听。"

"慢慢打听？你还准备安营扎寨怎的？"沈二皮又亲自拨一回号码，果然还是"不在服务区"，泄气地把手机反扣，"我是原打算今晚追过来，三下五除二地拿到钱，连夜就返回的！你当出来度假呢，还找地方住下来……"沈二皮将"雷锋帽"往脑袋上一扣，开门下车去探路。

金凤娇不以为然："你想得美哦，三下五除二拿到钱，你抬头看看这鬼天气再说话！不找地方，不找地方住能行吗，这又是风又是雪的……"抱定双臂，不肯离开车中残余的暖气。

后排向英道："我看，就在这汽车里随便窝一晚好了，大晚上的，路又不熟悉，开车容易出事。"

沈二皮下到地上，两手伸出去："都没什么雪了，就是风大！哎我说，这旁边不都是房子，看来有人住，要不我过去问问，看我们到底开到哪儿了，这儿是不是就是那什么沽钓亭……沽钓亭，沽钓亭，不应该有个亭子才对吗？"嘴里咕噜着，朝西边一处去了。

李国珍透过车窗，看着沈二皮走远，转过脸来，打个激灵："处长太太，趁二皮不在，麻烦你开一开暖气，这个地方的温度比我们天堂街至少要低五度，你们年纪轻的感觉不到，我们老太婆就……"

金凤娇正有此意："什么年纪轻，李阿姨，我身体也虚得很啊，受不得冻的！一冻我头就疼，都是这个二皮，小气巴拉，停这一会儿都要关暖气。"沈二皮车钥匙并没有取走，这时被她拿过去，自行点火启动。

"哎！"金凤娇别着独臂，捣鼓半天，钥匙是戳进去了，却是拧不大动。处长太太身子起来，脚伸出去跨到方向盘面前，手握钥匙使劲。她跨过来的时候，似乎碰到了操纵杆，她自己没发觉，被李国珍瞧在眼里。

一下子好奇心起，"老兀鹫"立刻探手，把操纵杆拨动一回。

向英见了，忙道："老李，你干吗？别把二皮车子弄坏了，回头他找你赔！"

提到赔钱，李国珍登时收手："哪那么容易坏，又不是豆腐，碰一下就碎……哎，这杆子是怎么放的？"自己也吃不准了。

她去看向英，向英道："你就坐下来别管了……"李国珍想一想，记得杆子似乎原来该在这个位置的，忍不住又用手一拨，好巧不好，就在这个时候——

汽车轻鸣，"好了！"金凤娇高兴地叫，脚下一踏，触上了油门，面包车忽然颤动，往前滑了出去。

"哎哎哎——""怎么回事这？！"原来李国珍最后这一下，拨到了"前进挡"上面，处长太太又触动了油门，汽车自然而然就往前去了。

三个人都呆住，远处沈二皮还在回首张望。紧张之际，金凤娇脚下踩得更用力了。"要死咧！"眼见前方就是一棵大树，向英连忙起来，把方向盘一抢。面包车让过大树，突地朝东边冲去，"哗啦啦啦"！撞上一片灌木的声音。金凤娇受了个大惊，四肢一缩，终于松开了腿脚，"咚"一个闷响，车头歪抵在人家的院墙上。

"完了，完了！这下子可闯下大祸了！"沈二皮看得头皮发麻，连滚带爬地跑过来，"你看看，你看看！我都不想说那句话了，可你们偏偏干的就是那样的事，能叫我怎么办？成事不足败事有余，我还能说什么呢？"

处长太太惊魂未定，一个旋转，从车门里扑出来："我的妈唉，又捡回一条命！"

沈二皮手插兜里，望着前方冷哼："是啊，命捡回来了，就可以赔人家钱了。"

"什么？"金凤娇"咯里咯，嗒嗒嗒嗒"，步伐摇晃几下，耳中就听见好几个人呼叫"祸事了！祸事了！""大水冲了龙王庙，大车轰了解家的灶！""小心一点儿，别是那些场子里的活宝，上这里找货来了！""把他们的车扣下来，不要放他们走！"愈说愈汹汹，人出来得愈多，几个人高马大的男丁冲在前面："干什么的？干什么的？"

见此形势，处长太太及时噤声，李国珍和向英更是缩在汽车里，探出半个脑袋，知趣地合上了嘴。

对方的作风还是比较古典的，见这边三位都是妇女，就沈二皮一个男的，二话不说，全冲着他来："干什么的？""这个汽车是你们的？""怎么一回事？"

沈二皮却是极富现代精神的人，他对对方只围攻他一个的做法大为不满："问我干吗，要问就问她——"手冲着金凤娇一指。

对方便来看金凤娇。金凤娇没辙，只好大事化小："不好意思啊，下雪轮胎打滑，我没有给刹住，手忙脚乱地，就……撞到你们家了，都是无心，实在不好意思……"

李国珍跟着附和："我证明，事情就是这样！这地方我们第一次来，不知道东南西北，这个说往这儿开，那个说往那儿开，这不就乱套了，唉……"

向英也道："不是故意撞的你们，不是故意的……"

人群之后，就有一个人听来听去，越听这几个声音越疑惑，终于她忍不住道："老向，老李，是你们吗？"

人丛中，摸索着走出一位戴小便帽的老太太，个子高而伶仃，这个时候了，脸上还架着一副小墨镜。她由解家一个女眷搀着，那个女眷道："怎么，你认识他们？"

李国珍、向英一见之下，喜出望外："老解，老解！""哎老解，你怎么会在这儿？"她们从汽车里奔下来，近看果然是解德芳。于这未卜之地，三个老邻居意外"会师"。

"这儿是我老家，我不是告诉你们，我回来喝喜酒吗？"解德芳见到两位老友，同样高兴非常，同时又很好奇，"你们又上这儿来做什么？"

高速公路服务区的一家面馆里，包剑荣师生三个加臧杰、钱坤两个共五个人，正围坐着吃面条。面是臧杰提议吃的，说这话的时候，钱坤来了一句："我身无分文，就不奉陪了。"臧杰的回答是："那不能够，你老儿一定得吃，绝对不能被饿死了。"钱坤便道："那我没钱啊！""那没关系，我们有钱就行。""你们？"钱坤皮笑肉不笑，扫着前面开车的包剑荣，"你们是哪个？是你还是……"包剑荣听在耳朵里，到这儿听出意味来，却是不动声色。臧杰笑道："钱坤，你别整天惦记着肢解我们行不行？知道你宝刀未老，可你也别没事就挑拨啊！这位老师会请你吃的，你不用担这个心，更不用动什么歪脑筋。"这么一来，包剑荣就忍不住了："哎，我的钱包，你来替我主张请客，你这个人——"可真够厚脸皮的。臧杰不慌不忙："我把车借给你开，你请吃一顿饭，不很公平吗？""公平？"包剑荣几乎失笑，"明明是你逼我开的车，再说……"再说这车是你的吗？这车好像是你……包剑荣却吃亏在对臧杰的过往不熟悉，心中有所猜测，却不方便直说出来，唯恐一个说错了，有失颜面。而知道这车属于臧杰前妻王小萍的刘振邦，全程以手掩口，挡住笑得露出的牙齿，对总能让老包败下阵来的臧杰极为欣赏，自然不会多这个嘴。至于史达才，眨着牛犊眼，对这几位长辈是各有各的敬畏，长辈之间斗口，他只有恭听的份儿，听了这么多，他只知道马上可以吃饭了，肚里对此颇为期待。

说来说去，进了面馆，还是包剑荣付的账。包剑荣自嘲懒得跟臧杰扯皮，如果要付账，那干脆就全部付掉得了，反正不过几碗面条。哪怕面条端上来，怎么看都匹配不上那价格，但考虑到时间、地点，以及同行的人，他就不说什么，筷子一提，开吃就是。

钱坤对饮食一事，向来兴趣不大，他看看桌子上的面，举头跟墙上的价目表对照一番，心里有了数。他对着边上吃得头也不抬的臧杰道："你这个人，占小便宜很有一套，像你这样混吃混喝，一年下来也能省不少钱。"

"比不上你啊！"臧杰的脑袋终于抬起，"我占小便宜，你占大便宜，归里包堆，我还是要向你老儿学习一个。"夹着半个鸡蛋，向嘴里一送。

这一下子，连包剑荣都忍不住笑，"呵呵！""嘻！""哈哈哈！"刘振邦龇着门牙，史达才咧开嘴巴，尖着眼睛都能望到他舌尖上的西兰花。谑浪声中，钱坤紧紧闭口，筷子一分，决定还是吃点儿东西为佳。

他闭了口，臧杰却开说了："钱坤，你这个习惯很不好啊，我可是一直都在帮助你。我从天窗翻进麻将档的时候，你也正想出去，要不是我，你以为你逃脱的概率有多大？光凭你自己，你准备怎么逃出来？我愿闻其详。"

钱坤字斟句酌："你确实不错，在这方面经验丰富，跟你们谈判的时候我就看出来了，你是个聪明人，这一点我不否认。"

原来"老蝙蝠"机关伶俐，那边处长太太和沈二皮一被吸引出去，他忙不迭抓住这个空当，决定设法逃逸。可惜机关伶俐，四肢却不济事，面对麻将档封锁得铁桶一般的四壁，他踌躇了半天，正在这个时候——

天窗一响，一双仿佛兀鹰脚爪那样的手攀住窗台，跟着臧杰的脑袋升了上来。钱坤警觉地闪在一边，眼见着臧杰轻车熟路，用个老虎钳式样的工具，几下轻拧，护栏一推而断。臧杰起伏间，由天窗钻入，一眼望到钱坤："正好，你老儿跟我来，我带你去你儿子那里，别再跟他们闲耗。"

钱坤自然警惕："我儿子那儿？你知道我儿子在哪儿？"

臧杰收起工具："不是沽钓亭吗？难道你不想去？"

"你怎么会知道？"钱坤表情一破，终于第一次真正地表现出动容。本来对这些人他是很有优越感的——掌握钱款的是他，知道内情的也是他，这些都是极其宝贵的筹码。是故即便以寡敌众，处于不利地位，他仍旧可以镇定自若、游刃有余，一举一动，都牵动着这些人。看这些人怒，看这些人骂，看这些人自乱阵脚，这就是坐拥筹码者的底气。筹码生底气，底气源自筹码，筹码在，底气在，而筹码一旦破损，哪怕不再独享，底气也就跟被针扎的皮球一样，自然塌泄。钱坤料到臧杰的聪明，料到这样的聪明人也许会提供帮助，却也料不到这个人聪明到知道"沽钓亭"，聪明到染指他的筹码的程度——这种程度的"聪明"，他可一点儿都不喜欢，非常非常不喜欢。

臧杰道："听来的……时间不等人，外面的人随时会进来，你到底要走要留，给个痛快话！"一边说，一边爬高下低，动手将麻将档内的摄像头拆了个干净。

"走？往哪儿走？还是……爬这个窗户？"钱坤当机立断。

臧杰侧耳听外面："不是我看不起你老儿的身手，翻窗户这件事，恐怕不适合你。喏，那边一堆椅子，你钻进去藏好了，在这最危险的地方躲着，躲到最安全的时候，躲到他们离开，我们再走不迟。"脚底"嗖嗖"，布置好了现场，使之看上去仿佛钱坤由天窗潜逃，他一转身，"你还愣着干吗？你想再被关厕所？"

钱坤终于反应过来，只得矮身往那堆桌椅底下钻。臧杰跟着他同钻，还伸脚把他往里踩一踩："再进去一点儿，别被他们看出来了！"

钱坤掸着身上，满脸生愠："等等，你为什么要帮我？你的目的是什么？"

"目的？"臧杰笑了，"一个人在这世上忙来忙去，都是为了什么，钱坤，你还要问我吗？"

钱坤压着声音："你想拿回你的本息，或者更多？你想要多少，你报一个数吧！"

却没等臧杰报数，沈二皮"砰"地冲了进来，两个人不便再交谈，把眼睛瞪得闪闪，藏身一隅，唯恐被人发现。此后屋内的一系列动静，也皆被他们听在耳里。

这个时候，钱坤便也想起来："……我说你们怎么会知道四杠十七号那个地方，原来是鄂娟娟那个女人带你们去的……你们发现我不见后，在麻将档里说的那个'鄂小姐'，就是鄂娟娟，没错吧？"说这话时，他面带微笑，眼神却纹丝不动，泛出冷灰的光，兵器般冷灰的光。

包剑荣自己就有"梨花针"，对这般光芒太熟悉了，他忙提醒钱坤："打击报复是要罪加一等的，老先生。"他不由自主地懊恼，懊恼当时大家怎么会那么不当心，口无遮拦，把鄂娟娟的名字出卖，看这情形，日后她会遇上什么危险也说不定。

钱坤又吃起来："我还什么都没说呢，你紧张什么？你替那个女人紧张，呵呵……"吃了两口，"那个女人能知道四杠十七号，多半也是我儿子漏给她的，至于那个女人怎么让我儿子漏给她的，你们可以发挥一下想象。"

包剑荣眉头皱起，第一次觉得钱坤这老头儿龌龊极了，不愧被称为"吸血老蝙蝠"。刘振邦咳嗽一声，摸手机在手，开始在上面敲击。臧杰笑一笑，则继续吃面条，他阅世深矣，平生什么事情没见过，钱坤的言下之意在他看来，简直不值一提。唯有一个史达才，他好像听懂了钱坤的话外之音，又好像没有听懂，但不管怎么样，钱坤言语间对鄂小姐那种刻意贬损的态度，他是听出来了："鄂小姐帮助我们，你损害我们，损害别人的人一般都不会喜欢帮助别人的人，所以你不喜欢鄂小姐。你都不喜欢鄂小姐了，自然不会说她什么好话！"

言之凿凿，逻辑顺明，一时间，钱坤居然无法反驳。包剑荣对史达才就有点儿刮目：这个大才也没那么朽木不可雕啊！我的学生要是在德行上都能达到这个水平，我这个老师当得也算无憾了。

然而被这个戆头戆脑的小子弄得失了老脸，钱坤如何能忍："你呀，还是太年轻……"撇拉嘴角，不住轻蔑地笑。

刘振邦忽道："嘻！我刚发了消息，提醒鄂小姐，说她已经暴露了，建议她多注意安全。"说着将手机收起。

包剑荣并史达才立刻双双朝他看，不无惊奇之意。史达才道："你、你怎么会……"

刘振邦知道他想问什么："处长太太不有她的联系方式吗？我早留了个心眼儿，要来她的号码，现在果然派上用场！"咧嘴嘻嘻得意。

包剑荣眼望他的这一位学生，心下一叹：想不到当初给他取绰号"振邦永远最伶俐"，居然取得不错！

臧杰将筷子指着钱坤："其实这老儿有句话说得是对的，你们没必要替鄂小姐紧张。鄂小姐既有胆量做，必然想得到会有什么后果，她看上去像是担不起后果的人吗？所谓'能吃能受'，那个'人有多大胆，就迈多大坎'……何况这老儿现在一头烦恼，根本没工夫去找鄂小姐算账，你们就放心吧！"

钱坤一旁听着："我烦恼？请问——我烦恼什么？"

"你不烦恼吗……"臧杰搅动筷子，"你人在这里，钱却在那里，跟你儿子在一起，将近二十四小时过去了，你被我们网着，你那儿子却连个屁都不放，不来过问你……可能我这人心态不好吧，反正我要是你，我就挺烦恼的，唉！要知道儿子是假的，钱才是真的，这个兔崽子莫不是要——"

"儿子是假的，钱才是真的?!"史达才听得眼睛直眨，他越来越搞不懂这些人的所思所想了。

"狭隘如我，就会这么想，"臧杰笑望钱坤，"比不上别人高瞻远瞩……"

钱坤眼神下落，正吞了一嘴面条，装作忙于咀嚼的样子，以掩饰面部表情的抽动。偶一抬眼，别人也许看不见，包剑荣却瞧得分明，那双老眼中的一派冷灰终于丝丝地出现裂痕。

第十九单元

破罐子破摔

　　高敞的房屋，温暖的大灶，大盘大碗的饮食，一屋子不打不相识的朋友，此情此景，尽是沈二皮平生最爱。他歪搭在灶台上，一口气啃下大半只风鸭，又将那清醇的米酒灌了两碗，慢慢地解开襟怀，拉住个人就要述说。

　　"……事情呢，基本上就是我刚给你们说的那样，我们几个在那钱家父子手里栽了，那么多积蓄投进去，损失海了去！本来已经找到人，不小心又给他跑了，听人说跑到你们这儿，我们不就只好过来了吗？不然，谁刮风下雪的愿意出门啊？好好的年也过不下去，害得处长太太手臂又骨折，李阿姨她们这么大年纪了，也咬牙跟着……"他拉住的是解德芳的兄长，"唉，窝囊啊，想想真该死的窝囊！这几天我是吃不下，睡不着，又丢钱，又丢人——"

　　解德芳的兄长是个神气恹恹而憔悴的老人，他望着桌面上吐得小山也似的骨头，有些拿不准这人说的"吃不下"是夸张呢还是自谦，然而不管怎么样，破财总归是一件伤心事，他跟着叹息："现在都是这个样子，人家看见你手里有点儿钱，就开始打你这个钱的主意，你根本防不胜防。像你们还算有点儿办法呢，要我这样的遇到这个事，那不是只能自认倒霉，说不定连身体都要垮一下，一口气过去了也有可能。"

　　"哼！一口气过去了，那就真便宜那俩姓钱的了，"金凤娇将吃完的猪脚骨头一扔，"他们巴不得我们这些人气死了，他们才好高枕无忧！"

　　解德芳万万想不到这一伙老邻居会遇上这种事情："那你们现在怎么办？你们知道那人在哪里？沽钓亭这个地方，人口是不多，但大家来来去去的，到处流动，又是山地，要找个人真不容易……"

"何止不容易？"解德芳的嫂嫂踞在一端，陪着喝米酒，"这儿就是蛇鼠一窝，干正经事的没几个，到处都是场子，明的暗的，我当年嫁过来时还规矩些，现在嘛……"她瞟着临门吸烟的解德芳的幺舅母。

"场子？"向英不敢确定他们说的"场子"是不是她理解的那一个。

幺舅母鸡皮鹤发，披个花袄，一直不作声地吸烟，将这些人说的话从头听到尾，她喃喃道："贼要贼拿，赌钱要赌钱人拿，你们找不到跟他们一窝的，这个钱你们要不回来。"

李国珍端碗喝汤："赌钱？"她转向解德芳，"那这个场子，就是那个……"

解德芳轻点头："牌九、麻将……就那几样吧。"

对那位幺舅母的话，沈二皮下意识地咀嚼："这位老太太见识深呀，不愧是拔尖儿的老寿星——那么我就敢问，我该上哪儿去认识那些贼或赌钱人呢？"

"不容易！"幺舅母肯定地摇头，"那些三脚猫的小点子，到处都是，但帮不了你们；那些老鬼爪子呢，能帮你们，但你们请不动。他们那一窝儿，不干正经事，但把贼和赌做出名堂来，做成了红人儿的，那一份傲忽气，你们可以掂量……还有一个，就算他们同意帮忙，照他们那个名头，要抽你们多少利钱，你们再可以去掂量。不要到头来闹得不划算，钱全让这些老鬼爪子得去了，你们才哭都来不及……"

老寿星言，胜于九鼎。

听见事情绝非容易，屋子里的人都有些默然。风阵阵地冲击门户，偌大的厨房里不复初始的温暖。

处长太太拨弄着手边的猪脚骨："贼要贼拿，赌钱要赌钱人拿……"忽而扭头，"二皮，再打小臧的电话，这样一个现成的赌钱人，我们早该牢牢地攥在手里才是！"

沈二皮手机在手，此时已经贴在耳朵上："就怕他这样的红人儿，不是我们能攥到手的，你没听人老寿星说……"听上一阵，手无力地垂下，把头摇了一摇。

李国珍道："那个小臧也不是什么好东西！用这位老阿姊的话讲，他就是一老鬼爪子，特别能盯钱的！这样的人知道哪里有钱，还会告诉你？还会去帮你追钱？我就不相信。我说——别是他骗我们，那老蝙蝠其实没往这里飞，他把我们骗过来，自己却在别的地方跟钱坤私私分赃……"

幺舅母又说话了："这也是我担心的，为什么老鬼爪子不好找，一个找不好，你知道，他们狮子大开口，闹得你们划不来。万一被其他老鬼爪子知道你们的事，知道沽钓亭这儿突然掉下一块大肥肉，有肥货跑进来了，那就乱喽！这几年，风声紧，货是一年比一年少，前一阵子，我就听小二点子说他们着急'进货'，场子都快开到醉湖那边去了……哎，小二点子人呢？让他进来讲讲。"

解德芳的嫂嫂道："别喊小二点子了，他家人就怕他不学好，防备着呢，你这样一问，被他们知道，回头又要闹死了！"

沈二皮手抚髭须，自言自语："款子就是肥肉，一个闹不好，老鬼爪子也盯上这块肉……哼，这肉已经被姓钱的叼去，抢不回来了，横竖没什么希望，我看不如……"

"不如怎样？""老兀鹫"耳听六路，脖子抻得老长，要他快抖落下文。其他人闻见，目光闪闪，齐聚到他身上。

沈二皮单掌往下一切："不如下一剂猛药，给他来个以毒攻毒！与其怕狼怕虎，害怕这块肉被人盯上，不如我们自己把肉扔出去，引得这些虎狼争抢……"

"争抢？"李国珍不解，其他人同样听不大明白。唯有处长太太似懂非懂，点着下巴："对头，要下猛药，以毒攻毒！这肉我们吃不到的话，他们也别想轻易吃到，要挨饿大家一起挨饿嘛！这样一来，肚子虽然还是瘪的，但心里面痛快——做人不就是图个痛快？"

她这么一注解，众人脸上有的愈加疑惑，有的似乎领悟，值此之际，却听幺舅母招呼："小二点子，来来来，有用你的地方！快来快来，别嫌麻烦，做好了有利钱拿……"

"利钱？"沈二皮眉头一皱，没来得及反应，门帘掀处，钻进来一个年轻人，黄黑面皮，身形厚实，一手插口袋里，一手夹着手机。

此人就是"小二点子"，之前在大门外跟沈二皮一行对峙过的，他懒洋洋地环视屋内："找我干吗？哪儿有利钱拿？"

幺舅母指着沈二皮道："他们丢了一批货，怀疑落到了场子里，想你带他们去问问。"

"是肥货吗？""小二点子"来了点儿精神，"这年头还有肥货落下来，我还没听谁说呢！现在连场子都开得少，更别说货了。"

"这个不要紧，你认识场子里的谁，带我引见一下，我给你介绍费！见一个，给一笔，多见多给，多劳那个多得……"沈二皮终于反应过来，随手将皮夹子摆到桌上，露出一角粉乎乎的颜色。米酒在胃腑里升腾，面孔喷红带笑，他知道他该怎么做了。

山地间一团孤光，绕来转去，迎风连续地颠行，那是包剑荣一行已经进入沽钓亭。路面湿滑，行路不易，高度近视的包剑荣到这时节，几乎被来来回回的雨刷晃花了眼。他艰难地掌控着方向盘，紧张得头上冒汗，雨过天青色羽绒服已然褪下，被臧杰顺手捡去，套在自己身上。羽绒服里没有贵重物品，包剑荣由他去穿，他自己冲着后视镜，一味追问钱坤："是这条路吗？我们下高速已经快一个小时了，怎么还没有到？"

先头几次，钱坤还道"继续开，继续开"或者"左转弯，下这个坡"，渐渐地，他忽改口："这地方我也不熟，之前来的两次都是白天，看山坡认的路，现在这个样子，我也比较困难……"

包剑荣听见，不由得将车速放缓："这么说，我们今天晚上是找不到了，是不是最好等到白天……"他看着后视镜，却是问的臧杰。这么积极的一个人，自从出了面馆，离开高速，就不再有什么话，窝在一角，对着个手机用功，那副态度着实令人费解。事情本是他所计划，钱坤亦是随他而来，如今他这个主事的却不闻不问，不参与意见，只偶尔抬头，四下里打量一番，很快又龟缩起来。鉴于前事，包剑荣不得不怀疑此人又在秘密筹谋着什么——会是什么呢？

还是钱坤接的话："不管白天晚上，都得下车去看，坐车上没有方向感，我又被夹在这中间……"他望望左右两边的臧杰和刘振邦，两人皆捧着个手机，捣鼓了一路。

他这一望，两个人倒是知觉地仰起脸来，互相看看，表情莫名。史达才啃着一只卤蛋，也往后面转。

包剑荣抓住机会，干脆把车就近停靠："老先生说要下车认路，你们什么意见？我们是现在就下去，还是等到明天白天？路好走一点儿，也不用摸黑。"

刘振邦笑道："如果态度端正，白天晚上都一样，态度不端正，天再白也没用，我们还是会到处乱转，把汽油转光了、人转晕了为止，嘻！"

"呃？"史达才不吃卤蛋了——这话是什么意思？什么叫"态度端正"？谁、谁态度不端正了？

包剑荣深深地朝刘振邦望一眼，车内昏暗，旁边钱坤的脸色愈显阴凝。他略一思忖，看向臧杰："你就没有话想说？"

臧杰瘦小，套着他的雨过天青色羽绒服，活似穿着偷来的衣服。"问题不在白天晚上，而在他那个儿子……"他懒懒地朝钱坤一瞥，"现在钱在他儿子那儿，这段时间他儿子会干些什么，谁也不好说。如果他儿子是个孝子，事情反而好办了，我怕就怕……"到这儿他戛然而止，抹口一笑。

含义丰富的几秒留白，大家伙儿心领神会，便连史达才也大致明白了，他牛犊般的目光瞅在钱坤身上，说不出的一股同情叹息之意。

钱坤先是一蒙，就不可遏止地恼怒起来——这个呆头呆脑的东西胆敢同情他?! 有什么资格同情他?! 这个傻了吧唧的东西，连同这辆车里的人一道，统统都是他的手下败将，手下败将没有资格来同情一个赢家！简直岂有此理，这些愚蠢的垃圾，认不清自己的地位，居然爬到他头上来施舍怜悯，好显得在这方面他们高于他，以为这样就能够扳回一局——做梦，休想！永远也不可能！永远、永远！

这下不单面色阴凝，钱坤连同声音也变得阴凝起来："你怕什么？"

臧杰拥着羽绒服："我怕的东西可多，全凭你老儿拯救，怎么样？我们现在下去认路，一起找到你儿子，把事情给了结了。了结了我就不怕了，而你老儿也不用假装不怕了……"

钱坤凝视臧杰，眼珠深陷。半晌，他表情一动，发号施令："开门，下车，我去带路！记住，这是你们让我去的，不是我自己要求的！"愚蠢的东西，自作聪明，看我怎么让你败在你那愚蠢的聪明上。

"感谢，感谢！"臧杰笑着开门下车，眼看着钱坤钻出来。其他人一见，纷纷地跟进，包剑荣急忙熄火拔钥匙，下车后一把拉住臧杰："真的非要现在去？你就不怕……"

臧杰拍他胳膊，回了一句话："这位老师，舍不得孩子套不着狼呀！"夜色中紧一紧那件原属于包剑荣的羽绒服，仿佛套上了戏袍，"对了，你这衣服不错，我暂时借穿一会儿。你这位老师若不嫌弃，喏，车里有小磊的旧外套，穿上好挡风！"随手拖出一件短衣，拎着倒挺厚重，抛给包剑荣。

包剑荣一般不会接受他人的衣物上身，甚至臧杰顺去的羽绒服，他也不准备再要回。然而荒郊地界，风声呼呼，才站一会儿就被吹得肌肤贴骨，他匆匆地套上那件旧衣服，把拉链一直拉到颔下，才急急地赶着臧杰，以及他那两个学生："把电筒打起来吧，手机自带的手电筒！你们手机电量还够？够就打开，不够就算……"

一行五人，几束光线晃荡，依着来路，顺坡而下，来到一条还算平整的水泥小道上。他们由钱坤打头，臧杰紧随，接着是刘振邦和包剑荣，史达才独自殿后。史达才且走且回头，对身后一眼望不尽的黑幕——明知自己刚走过，却总忍不住怀疑——怀疑其中有什么活物，会伤害自己的活物。草叶簌簌，时左时右，那是风过的声音，还是别有异样动静？

包剑荣打开手电筒，盯着前面的人，却也时刻留意身后，留意他的学生。察觉史达才没跟上来，他略微一顿，道："快一点儿，不要落后！"

史达才听见，"咚咚"紧跑几步："呃，好像有什么东西在草里……"

包剑荣道："在草里？那不是老鼠，就是黄鼠狼。唉，你们从小局限在钢筋水泥里的就是这样，少所见而多所怪……"两句话一说，师生俩都耽搁下来。

刘振邦回头张望，见那两个人不知为什么落下一截，隐隐觉得不妙，有心催促一下，回过头去。钱坤忽然变道，取右侧的野径，弓身攀登向上，动作倒是慢的，想来因为年老的缘故。臧杰追在后面，问他："……上去就能看清楚了？这边一转都是林子，你能看清什么？"

刘振邦便顾不得落后的两人，三脚两步，蹑在臧杰之后，踩踏泥浆，拨开树枝，很快登上山坡。他没有开启手电筒，人刚上去，还没站稳，便听一声叫："哎呀！"是臧杰的声音，自前方传来。刘振邦惊而迈步，想过去查看，不料地势崎岖，两步之后，第三步一脚落空，整个人扑跌下去，磕在露出地表的树根上，顿时大声嗷嗷。

"怎么了，怎么了？"包剑荣闻声而上，手电筒的光同他的人一块儿冒出。电筒的光一晃，照出整个地貌，只见枯木之间，大块大块的岩石埋伏，成群成片，这里一凹，那里一陷，十步之内，都没有一块完整的平地——好一个山坡之巅！

包剑荣小心踩步，走去看望刘振邦："你摔到哪儿了？严重不严重，还能起来吗？"

这时，另一束手电筒的光过来了，那是史达才笨笨拙拙，又急功近利，不想踩陷坑里，就模仿起羚羊，在岩石间轻轻跳跃："哎！哎！"

看得包剑荣眼皮跟着跳，他叫道："别跳了，慢慢走过来！下雨石头上面滑！"

谁知话没说完，就被他言中——史达才脚跟打滑，落地未稳，一个摩擦，擦着岩石坐下，石头跟尾椎骨相碰，自下而上，至头盖骨都是一震！

震得史达才眼泪水飘出，生怕挨老包的骂，兀自不敢哀呼，憋在心里苦。

"怎么样，你摔得怎么样？"此时此刻，包剑荣一个头有两个大，唯恐两个学生同时摔坏，那这一晚可太精彩了。

史达才哼道："还好，还……还好……"手一撑，慢慢从地上起来，还将身上掸掸。

见他仿佛没什么事，包剑荣就忍不住了："我告诉你不要跳，怎么样，跌跤了吧？一双鞋子能有多金贵，踩烂泥巴就踩了，总比人跌下来好吧？安全第一，什么时候都是安全第一，这我有没有跟你们讲过？讲过吧？唉，讲过也记不住，我跟你们讲过的东西，你们就没有一个能记住的……"

他鼻孔里喷气，转来看另一个："刘振邦，你怎么样？有没有摔到哪里？"

刘振邦横在陷坑里，这么长时间，就保持一个姿势："肋……肋骨疼……"

"肋骨疼啊？"包剑荣登时紧张，近前看看陷坑，正好看到刘振邦趴在那露出地表的树根上，"这么说，你现在动都不能动了？"

"啊不……可以……可……"刘振邦开口破碎，艰难地翻转身，捂着肚腹，喉咙里一阵哮喘，"唔唔……呼呼……"还试图自己爬起。

包剑荣疾呼："你别动，你别动，不要越动越坏！你就先躺着，我打电话叫救护车。"

欲拨号码，刘振邦忙道："不用，不用，不用！我……就肋骨疼，但……但应该还没断，就那些跌打损伤的药，搽搽就可以，救护车就不要了，不要叫了，叫了……也是浪费……"最后那一句，声音极低，含混在嘴里，除了他没人听见。

包剑荣听他这么说，以为这个"振邦永远最伶俐"性子不虚，耐得住疼，心下倒有些不过意："真的不用救护车？那你这个样子，还能走路？这边可是山地，路不好走的。"

刘振邦暗地里一笑："那不是有大才吗？有他架着我，走慢一点儿就是了。"

"呃？"史达才口里不说，身体上却是分明不适，这个时候可不能再逞英雄，"我、我也刚摔一跤，不是很舒服……还有其他人呢，就是那个叔叔，那个……哎，他们两个人呢？"后知后觉，发现居然没了臧杰和钱坤，手电筒的光闪过来闪过去，除却他们师生，满目的岩石静默、林木枯寂，哪儿还有别的东西？

包剑荣冷笑："那两个早跑了，你还找呢！这就是个局，你还没看出来吗？"

史达才真没看出来："是……是个局？"

包剑荣冷笑连连："你想想啊，天时地利人和，这哪一条适合今天晚上探路？一条都不适合，对不对？这问题你问小孩子，小孩子都知道的，那两个老油条会不知道？他们就是故意的，我告诉你，特别那个臧杰，他就是故意的，故意想甩掉我们！在这种时候、这个地方，他跟钱坤两个甩掉我们太容易了，比昨天钱坤在四杠十七号甩掉我们还要容易，他们可能很早就串通一气……"想了又想，"跟老油条打交道就是这样，一刻都不能放松，我就说他怎么那么好心，带我们一块儿来沽钓亭。他肯定一开始就想好要怎么甩掉我们了，哼，故意哄我来当司机，还骗走我的羽绒服……当然衣服无所谓，主要是分钱的人不能多，甩掉我们是因为分钱的人太多了。僧多粥少，谁也不会喜欢……"

说着，他再次去看刘振邦："怎么样，白忙一场，你又跌成这样，唉！那个……大才，你跟我一边一个，看能不能把刘振邦架起来……"

就听刘振邦道："不用麻烦，我就……这边撞着了，那个……稍微扶我一把……"胳膊一竖，指向史达才。

史达才不消吩咐，也是别无选择，上前帮助刘振邦，轻拉慢拽，一力托举，在老包的协助下，终于将不断哼哼的"振邦永远最伶俐"架着站起。站是站起了，奈何感觉超重，史达才并非什么大力士，何况尾椎骨又不舒服。他背着包剑荣抱怨了："你外号叫伶俐，体重却十分不伶俐，明明你这人看着也不胖……"

刘振邦龇着牙："这你就不懂了，死人最沉重，背尸体比背活人感觉重多了。我虽然不是死人，但也不完全是活的，身体部分机能受损，相比平时会显得更重。"

说的人轻描淡写，听的人两眼发直，汗毛忽起。史达才望到刘振邦那两排雪亮的门牙，张开闭合，闭合张开，联想起来，顿生一股怯意。

包剑荣擎着手电，将脚下的路径照亮："先回车上再说。"回头看看，见刘振邦尚可支撑，史达才也比较乐于助人，心下稍宽，"你们慢慢地，跟着我，不要着急……"

他们三个互相帮扶，从坡顶上下去了。

包剑荣一行去后，声光消融，险象环生的坡顶上再次寥落下来。雨雪已止，风声不息，风中远远地有鸟儿夜鸣，突兀的那么三两声，稍纵即逝，消逝在益发冷峭的山风里。

良久良久，久得那些让史达才受惊的活物都销声匿迹，山坡中段的一块岩石后面，一个黑影蠕动。他先是探出半个头，深陷的一双老眼机警四顾，不复灵敏的耳朵也在收听。他想知道，那几个人是否真的放弃，他们会不会是假装离开，却实际上蹲守在哪里，准备在他现身时再次将他捞捕？

他久久地在原地伏身，此前他潜伏得更久，他必须确保万无一失，等对方全部撤离，才好进一步行动。他又何尝不着急呢？他又何尝不想马上赶去儿子那里，看目下情况如何？他又何尝不担心……可再如何担心，那也是他跟儿子之间的矛盾，是他们家庭内部的问题，跟那几个外人没有关系，没有任何关系。肥水不流外人田，不管怎么样，把钱给儿子终究好过把钱给了外人。如果一定要他选择，如果他自己享受不到，那么在儿子和外人中选择儿子、让儿子代替他有钱是很自然的。古往今来，所有人都是这么做，也都会这么做，这其实不是什么选择，他也没有什么选择。他甚至不能深究，同样是自己享受不到，把钱给儿孙和把钱给外人，两者真的很不一样吗？不，他不能深究，世上很多东西都是不能深究的，你一深究就完了。你只能依靠本能，凭着本能行动……

风声又起，他一个齀髍，终于决定，不能在这个湿冷的地方再待下去了。记得他藏身山洞里时，听见那几个人说话，似乎有个小年轻不慎摔下来，摔得还挺重，所以他们才没怎么搜找，匆匆地撤离。若真如此，那的确够他们忙上一阵，毕竟沽钓亭可没有什么像样的医疗设备。在这种地方，人只会被折耗，绝不会受补益。

正是机会，他完全地由缝中钻出，伸展几近麻木的腿脚。此时此刻，他相信眼下这个坡上只自己一个活人，而他现在要做的，是沿着水泥小道向前，翻过北面那个山丘，就是他的目的地……

钱坤——此人当然便是钱坤——摸着岩石，脚步哧溜，小心地下了坡，一踩上水泥径，立马健步如飞。疾走上一段，他回身张望，那些人应当是走掉了吧。他们没有可能不走，他听着他们走的，他听见那位老师，他听见那两个小年轻，他听见……

钱坤倏然止步，一个冰凉的念头如蛇般攫住心脏——他好像没有听见那个人，没有听见那个人的声音，那个……那个脸上永远笑眯眯的……

一个黑影从天而降，仿佛巨大的兀鹰，扑到钱坤背上！"啊！"钱坤二目倒竖，刚呼出半声即被扼住咽喉。他不堪冲击地扑倒在地，耳边一个声音道："你别叫啊！人刚走你就叫，你躲到现在的苦心不就白费了？"

果然是臧杰的声音，钱坤认出了他，反而平静下来，身体随之放松。臧杰察觉到这一点，手上一转，不扣他的咽部，反去扣他的胳膊："借你的光，我们又是对一了，没有那些多余的人，现在我可以要你兑现在麻将档说的话了。"

钱坤胳膊被反拧，姿势别扭，他不理会对方说的，反问臧杰："刚才你人在哪里？"

"刚才我们不都在躲猫猫吗？"臧杰笑道，"你老儿走得好好的，一转过岩石，就不见了踪影，我就知道，你要变戏法了。可见你老儿之前说的，对沽钓亭不熟悉，定是弄虚作假。你一心造假，我也只好奉陪，这里大概有山洞互通吧，你老儿往里面一钻，我可没那个工夫揪你出来，干脆也找个遮挡，往里一藏，跟你比耗。那几个也真是巧，偏偏地摔了一跤，退出这场游戏，于是就剩下你和我，看谁耐得过谁了……后面就不用我说了。还是你老儿等不及啊，顶着风走，你在上风我在下，我不过落后你一点儿，你就听不见我，现在落我手里，这是第二次了。之前麻将档是第一次，统共两次，都不算我冤你吧？"

钱坤静静地听，暗中他瞧不清楚臧杰的表情，却从臧杰的声音里听出一种自得、一种自信、一种面对对手技不如己、自己握有绝大胜算时的不惧。狭路相逢勇者胜，一方如果不惧，那另一方便要承受恐惧了。钱坤同臧杰交手几次，均未能占上风，他对其越是了解，越是感到此人难以把握，不仅头脑多智，身手也——

他稍微动作，臧杰的手立时收紧："你老儿怎么就没有一点儿分享之心？我问你要的，于你不过是九牛一毛，你都这么不愿意，那要是将来你运气不好，被人举报，钱全部没收，一分不留，你岂不是要气得在牢房里面上吊？"

这一句话，不过是戏谑，臧杰倒也无心，可听在钱坤耳里，就别有一番意味了。行险路的人，防备惕厉之心总是较常人为多，生平最怕遭人觊觎，初起要求与之分享所得，倘若未遂，那么就以向上举报作为报复。钱坤防人心切，向来不惮以最大的恶意揣测别人，现如今臧杰一再将他挟制，又口吐"分享""举报"之词，触动"老蝙蝠"最敏感的神经，使他大为忧虑：这个人是不是打算举报他？所以向他要钱，其实是在讨要"封口费"？他要给多少"封口费"，才能够不被举报？如果给了一次，未能封口，是不是还会有第二次、第三次……乃至后面无穷的麻烦？这也是当初他所担忧的，汲取那些良民的钱，不会有什么麻烦，可一旦被哪路牛鬼蛇神给缠上，事情就不会简单。这也是为什么当初金大富撤资，他做的第一件事不是试图阻止，而是严厉警告儿子以后绝不再接受此类"劣质"的客户。什么样的客户不是劣质的客户？就是像那位老师那样的，有积蓄、讲体面、息事宁人、爱好和平。值得庆幸的是，这样的客户在这世上足够多，而不幸的是，一旦你被一个劣质的客户缠上，你从那些优质客户汲取来的一切都很可能土崩瓦解。此时此刻，臧杰就是这样一个劣质的客户，一个让钱坤感到越来越难以应付的牛鬼蛇神。面对这样一个敌手，这样一个挥之不去的阴魂，这样一个极有可能影响到他最终成败的阴魂——钱坤终于意识到，不能再这样下去了。他急需驱散这个阴魂，永久性驱散，使其再也不能回归，再也不能对他造成影响，而阴魂所知道的关于他的一切，也将随着阴魂的消失而埋葬，永远地埋葬。

钱坤被臧杰拖起站住，就在这站立的几秒钟内，他下定了决心。决心一旦下定，他人反而放松了："你本领不错，我不得不承认，论文论武，你都是出挑的。我只是闹不懂，你这样出挑的人才，为什么总跟我一个老头儿过不去，盯着我这点儿小钱不放，有这精力，你干什么没有……"仿佛示弱的样子。

臧杰道："你老儿不用给我戴高帽，你老儿的钱不小，我也没你说的那么出挑。何况年头不好，我能捞一票是一票，以防将来捞无可捞了，我还指着你的小钱度日呢!"

钱坤便问:"你要多少?你至今还没给我一个数。"

"你先带路,见到你儿子再说。"臧杰不知从哪儿取出一根细带,将钱坤胳膊反缚,余出一截攥在手中,好像牵什么似的牵住钱坤。

钱坤受此大辱,如何不恨,那个决心越发坚定:"你能不能让我心里有个底?不要冒大风险的是我们,最后摘桃儿的却是你,合着我们父子辛苦一场,都是在为你忙。"为你忙,为你忙,忙到最后把你葬,呵呵!

"我不说了吗?只拿你一根毛,不牵走你的牛。"臧杰懒得再废话,推他一把,要他快走。

钱坤胳膊被缚在背后,平衡维艰,其实无法快走。好在臧杰见他配合,也就不苛刻,除了偶尔吆喝一两声、踩着钱坤的脚踵:"不好意思,不是故意,都是你老儿步伐太秀气!"钱坤能说什么呢?自己被人牵住,唯有忍气吞声,寄希望于不久之将来,施斩草除根之毒计,一雪今日之耻。

两人摸黑行进,没入水泥小道的深处。钱坤既然要雪耻,自然一改态度,认认真真引路,将臧杰引上北面一道山丘,渐次登顶。臧杰察觉到他脚下不虚,一步接着一步,目的明确,颇有诚意,心中暗暗称奇。待登上山丘,钱坤主动指点说:"喏,最西边那一幢,就是我的老屋了。"这也没有作假,那个确实是他的老屋,是他生根、发芽的地方。本以为当初离乡,自己会一去不回,谁知这个地方成了他而今唯一能想到的庇护所?不仅庇护他,也庇护他的儿子,庇护他们两个钱姓之人在这世上的汲取——这座历经风雨的老屋,这次能将他和他的汲取庇护到底吗?

臧杰夜色中眺望,只见这个时间,那一座院落隐约有光。沽钓亭一带丘陵连绵,不少人家的房屋高高低低,皆是依山而建。唯一不同的是,其余人家或三五、或成群,热热闹闹,聚众而居,唯有钱门一户,遥取西边一处,落落寡合,仿佛不屑与世人为伍。臧杰眼见之下,玩味这些钱氏祖宗的心思,不觉笑道:"这么晚了,那屋里还有人,我跟着你过去,怕不是自投罗网,捉鳖的反被捉,进到瓮里去?"

钱坤道:"你要这么说,我也没办法。总之那儿就是我的地方,不出意外,我儿子就在那里,你要不要过去,全在你。"

臧杰自忖:如钱坤这般的人,疑神疑鬼,怕是对亲儿都会猜忌。何况现在突发横财，朝不保夕，没有可能招揽更多的人来替他守卫。须知多一个人，便多一张分食的嘴，而这些嘴不仅要吃肉，还会乱说话，这后一个难道不比前一个更遭"老蝙蝠"的忌？

思量完毕，笃定那边的人头不会超过五个，包括钱坤的儿子在内，他便拍着钱坤道："走吧，我跟你过去！"

钱坤阴恻恻地笑："你不怕有陷阱？"

"怕，怕死了！"臧杰取出手机一晃，"所以我刚才发消息给小刘，告诉他我的定位，如果接下来没有动静，就表明我牺牲了，他们也就可以……"

"你……"钱坤一时愣住，转不过弯来，"你跟小刘？你们……你跟他们……"

臧杰又变得笑眯眯："是啊，我们在车上就商量好了！你想什么呢，我从来就没想要甩掉他们，我从来都是个乐于分享的人，我就喜欢有钱大家赚，有游戏大家玩……"

第二十单元

浑水摸鱼

史达才面朝黄土，负重前行。气温将近零摄氏度，他愣是走出一身的汗。然而冬衣穿得一层又一层，哪一层都轻易不能去，去了也无处搁置，便只好跟"振邦永远最伶俐"一道，集中于史达才一身，仿佛某种刑罚，命他承受。史达才也说不清楚，事情怎么就变成这样，明明一开始是架着刘振邦走，慢慢地就变成搀扶，过了一会儿又变成拖拽，最后干脆身子一倾，变成史达才背负着人走——刘振邦跟他，正是一长一短，他是无论如何也没法儿将刘振邦完全背起离地的。饶是如此，刘振邦的脚拖在身后，一路"囊囊"敲地，也几乎要了史达才的小命，他就好比那昔日的苦力，"背上的压力往肉里扣，他把头沉重地垂下"！

当然包剑荣是愿意帮忙的，几次三番，他道："来来来，我来担着刘振邦。"要求跟史达才交换位置。这个倒是老包的真心，源自一个班主任爱护学生的惯性，并没想要借题发挥什么的。

可刘振邦却道："不用麻烦，不用麻烦，这样子挺好！我……咳，我这边疼，最好不要乱动，换来换去的……我这个姿势正好，就不麻烦了！再说，大才可以的，一路下来脸不红，气不喘，没有任何问题……"

可怜史达才，声声呼喘，见刘振邦这么说，一来同情他受伤，二来也是不愿打破最后那句肯定，认下"不可以""有问题"，不堪使用，只能将困难推托给师长，落一个令人失望的印象。诚然在学校，他早已令老包失望了三年，局面可谓难以扭转了。可正因为此，他才益发地想要突破，想要去证明，证明自己并非那么不堪，是一块"朽木"。那种人人称羡的栋梁之材，他大概是做不了了，可在同学身体不好时背负一路，他自问咬咬牙还是做得到的。尽管他的尾椎骨仍旧不那么舒服，尽管这个"振邦永远最伶俐"真的如活死人般重得要死，但他情愿担当，仍可承受，下意识地想要在老包面前表现，好争取一点儿改观，以便今后想起他来时，老包或道："史达才啊，虽然不够伶俐，但为人还是正的。"诸如此类。

于是乎，史达才道："是啊，我可以的！不用麻烦，快走到了，就不用麻烦了！"同刘振邦的口径保持一致。

包剑荣少数服从多数，见他两个都这么说，也不勉强，乐得在前照明，轻松指路，道："慢一点儿啊……慢一点儿！注意这边积水……哎！"

刘振邦被人驮着，不费什么力气，颠头摇脑，主要负责哼唧，乃一介安逸的"病人"。至于史达才，自己充的胖子，打肿脸也要装完，步履滞重，腰酸背痛，一副眼镜摇摇晃晃的，快要勾不住耳朵，滑到鼻尖以下。此外还得跟上老包的指示："这里有积水！"好，左脚跨过去了，右脚"啪叽"，还是踩到水里。老包又道："这边有石头！"好，步子举高了，正待落下，刘振邦在上面一个咳嗽："咳！"震飞了史达才的眼镜。史达才吃个惊，身子一弯，想要追回眼镜，哪知疲乏之下，居然就跪了下去。刘振邦这时身体一下就恢复了，动作敏捷，就势在地上一撑，一撑而起。史达才呢，跪在那边，到处摸他的眼镜。摸得慌慌张张，他知道又丢个大脸，急切想要弥补："那个……刘振邦！"生怕把人摔坏了。史达才摸着眼镜，刚站起来，立足未稳，又是一个趔趄——这回倒没跌倒或下跪，四肢一撑，却是撑在泥里，泥浆水反溅，溅得一头一脸，身上更是多。

包剑荣看着："唉——"忽然眼前一暗，亮光熄灭，原来他的手机耗到现在，电量已然用尽。

包剑荣回一下神，发现他们距离皮卡车停泊的地方已经不远，他便道："刘振邦，你没事吧？来来，我搀你到车上去……"

三尺开外，一微弱的光线亮起，只见刘振邦目视手机："嘻！臧杰说他还活着，已跟到钱坤的老巢，就在山坡对面的顶西。他要我们先找个地方过夜，暂时不要过去，随时待命……"

包剑荣眼瞪着他，半晌，他的思维才重新接续："你怎么会跟臧杰……他不是……"

刘振邦道:"他一吃完饭就跟我互通消息了,我们在车上主要就干这事。依他的意思,我们这么多人,钱坤肯定不愿意还钱,对沽钓亭又熟悉,随便耍个花招,就能钻了空子,几下一钻就没了,我们拿他还没办法,这就叫作'仗着地利,以少胜多'。你看,刚才就被臧杰料着了……"

这时史达才终于戴上眼镜,一身泥泞,狼狈不堪地走近,他还没来得及跟上节奏,那边包剑荣又问:"所以他……他不是想甩掉我们,他其实是……"

"他就想单枪匹马,独斗钱坤,"刘振邦似乎有一点儿感慨,"用他的话讲,'贼要贼拿,赌钱要赌钱人拿',钱坤是贼,他是赌钱人,差不多可以成个对手。而我们这些人呢,既不是贼,更不会赌钱,一辈子安分守己,拿什么跟钱坤交手?人数又多,又起不了什么作用,他就劝我们退守,由他一个人深入,摸清情况再说。如果运气好,他还能给我们分点儿钱,如果运气衰,姓钱的狗急跳墙,对他下黑手,就是说他没有继续联系我,失去音信,那就表明他失败了,也许肉体也被消灭。要是那样,他要我们赶紧开车逃走,不要再管他了,转头去四杠十七号,把那边的家具卖掉分分,还能落一点儿钱……"

包剑荣听着,一时愣住,史达才更是半懂不懂,对这一个一百八十度大转向感到难以理解。打心底里,包剑荣是拒绝这种转向的:"他、他刚在车上这么跟你发消息说的?他不会是在诓你,好把我们骗走,自己还是跟钱坤私相授受去了?"

刘振邦道:"不会吧?要是那样,他没必要跟我说那么多,他完全可以一个字都不说,而且他刚发了定位,嗯……我也好奇他怎么那么好心,问他为什么要帮我们,明明他可以甩掉我们,自己照样行动。"

"是呀,他为什么一定要带我们这些起不了什么作用的人一起玩呢?"包剑荣急于知晓答案,非常希望最后得出结论,臧杰如此示好,其实是包藏祸心,维持住他一贯的赌徒形象;他可千万别突然高风亮节起来,为了那些劳什子钱,奋不顾身,牺牲如许,令人大跌眼镜,简直消受不起。

刘振邦便对着手机,大声地念:"照他自己说,他喜欢赌钱,也喜欢玩游戏,这种现实对赌的游戏,他最喜欢玩了。'游戏玩的人越多,越是有趣,何况说起来,你们也是站我这边的,我干吗要甩掉站我这边的人呢?"人和"这个东西,如果做不到,那么人越少越好,如果做得到,那就是人多力量大。我以为我们之间还是可以合作的,所以愿意带你们玩——仗着人和,压倒地利,以多胜多，你看怎么样？再说我卖你们这么大一个好处，将来若有需要，你们为人正派，当不会拒绝我——这一点我没说错吧？人都看我独来独往，以为我是独脚蟾，单兵作战，却不知我满世界播撒好处，到处培养我的脚，看不见的脚。人们见我总一个人，便当我真的是一个人，那是只知其一不知其二。日常上网，我常看人说什么看不见的手，不知道我这看不见的脚，比起那个手来如何，哈哈'……"刘振邦一边走，一边念，行动自如，绝无丝毫异常。包剑荣在后听着，仿佛打开了新世界的大门，望不尽的曲径通幽、异草奇葩，半天都不作声。

作声的是史达才。他才不管那什么"看不见的手脚"，顶着一头脸的湿污，撅着不适的尾椎，他赶到刘振邦面前，道："别念了，我有问题！"

刘振邦手机一收，微侧着头，表示洗耳恭听。

史达才声音提高："你事先跟臧杰通过气，那……那在山坡上你那一跤是不是假摔？"

"啊……"刘振邦仿佛才想起来，"怎么说呢？只能说，不完全是。"

"什么叫'不完全是'？"史达才凶巴巴的，他预感自己又上当了。

"意思就是，我的确摔了一跤，但是不严重。臧杰要我想法子拖住你们，让你们别再跟了，钱坤在场，我不好明着跟你们说。偏偏那时我摔了一跤，嘻，灵机一动，正好将计就计，假装摔得动不了，吓住你们，那边臧杰就趁机脱队，一个人撵钱坤去——现在看，这一招还挺管用！臧杰果然撵到钱坤的老巢，一切都按计划进行……"

这一下，不仅史达才，连包剑荣也脸色莫名——他们俩同时盯住"振邦永远最伶俐"。

司机小潘仰在临时铺就的钢丝床上，面对手机，假装在上网，其实两耳竖起，关注着楼板之上的动静。夜很深了，本是睡眠时间，可依眼下这种风声鹤唳的情形，这座老屋里的人想要睡着怕是不太容易。比如说小潘自己，平日里跑长途，不拘环境，随便觅个地方蒙一觉，本是常有。不想这次来沽钓亭，有门有户，有床有铺，吃得也饱足，心里面却是总犯嘀咕，坐在屋里、躺在床上，莫名不得安身。尤其今晚从那个叫什么钱定才的老侨商那儿回来，钱进便一头扎进主屋，猫在楼上，走来走去，挪东移西，若风声停歇，还能听见"嗒嗒"的键盘敲字声。小潘人在下面，知道钱进准备有所行动，"老钱"不在，这个"小钱"想要自谋出路了。他回想起今晚从钱定才处返回，他问钱进："你真的准备通过这个人，把钱弄出去？"钱进道："总要试一试，一点儿一点儿弄，这个人不行再换。""那老爷子怎么办？""谁，我爸？"钱进仿佛心不在焉，"我先把钱弄出去，确保钱安全了，再来找他。那些人无非要钱，不会拿我爸怎么样……"小潘听了，睃他一眼，没再说话。

本来，他大小不过是个司机，问那么多，是有奖金拿怎的？不要因为多嘴，惹来疑忌，最后钱没挣着，还赔进点儿什么去，太不值得。钱进这般人，本是个利字当头鬼，对自家亲爹尚且如此，何况对自己一个外姓人？记得初来沽钓亭，钱进引他到老屋，当着他的面，只打开这一处门锁，让他在此暂住。钱进自己呢，由侧门入主屋，进去后就上锁，还由内置的楼梯上楼、下地窖，走几步，开个锁，走几步，再落个锁。小潘在山墙这边听见，觉得老大没有意思，被人如此防备，自然格外避嫌。屋里屋外，绝不去多走动、到处看看什么的，净在这一间指定的房中坐着。顶多待得闷了，跑到院外去透透气，有时碰到帮忙做饭的那对老夫妻，也绝不去搭讪，打听什么事情。那对老夫妻就挨着院墙住，每天慢慢地蹬辆小三轮，上附近的超市购买食材。沽钓亭似乎没什么人种地，小潘无事眺望这一带的丘陵，心想：这肯定不是地形的原因。

风声继续，黑夜却不可继。看到手机上显示的时间，小潘知道，必须要睡觉了。是好是歹，都得先睡觉，不管什么事，睡个觉再说。翻一个身，手机放好，眼皮堪堪阖上，就听见有人声，由外面而来："啊，啊……是你！""嘘，不要大声！""他们都在里面，他们……就是你儿子，还有一个开车的……"

小潘一个骨碌起来，同时主屋那侧一阵"咚咚咚"，那是钱进从楼梯上下来。小潘忙按亮灯，过去开门。门开处，迎面就是钱坤那张窄小的脸，一日不见，他变得有点儿憔悴，也变得越发性躁。

"钱进呢？"他劈头就问小潘，凹陷的老眼四下里看。

门锁响动，侧门开了，钱进由门内出现："爸……"声音干巴巴的，"你怎么……"紧接着他就望到另一个人，一个陌生的男人，男人穿着件松垮垮的羽绒服，雨过天青色的羽绒服，笑得颇为奇异。钱进本能地反感这个男人，反感他穿衣的品位，更反感他的笑，钱进问钱坤："这人是谁？"

钱坤把手一摆："我们上去说！"回头冲着那个男人，"你先坐一下？"

男人笑道："坐一下没问题，就怕时间太长，坐出痔疮……"

小潘瞄着这个男人，又瞄瞄钱坤，只见钱坤沉着脸，一言不发，扭头上楼。钱进打量这个男人几眼，随在他老子后面，侧门再次反锁上。

房间里，就剩下小潘和那男人两个。小潘走过去把门关好，回头来穿外套，一边穿，一边觑着那个男人，猜测他跟钱坤的关系，却绝不多问一句。

那个男人——自然就是臧杰了——羽绒服敞开，坐在桌边，手指拂过桌上一列碗盏，道："这地方还真不好找……"目光掠过小潘，状若无意。

小潘不欲接他任何话茬，取过手机，拣另一个角落坐了，还是假装在上网，其实留意着臧杰，以及楼板之上的动静。

臧杰微微一笑，自己给自己倒水，两指一夹，拈着桌上的一碟炒花生米，慢慢地吃。风声静了，钱家父子的声音断续穿透下来。

"那些钱……""钱在……我就想……""……钱呢？""我晚上……"小潘深埋着头，是遮人耳目地听；臧杰昂着脑袋，是大大方方地听。前面几句，声音都不大，连听带猜，只能得个大概。"你把钱给钱定才了？！"也只有这一句，陡然高亢，听得出钱坤很愤怒，"你知不知道钱定才……？！吃人不吐骨……你知不知道他……？！当年他……你知不知道他在外面……"叽里呱啦一长串，好像水混流沙，粗糙地倾泻一片。

二楼房中，钱进静静地挨批，等钱坤叱骂完了，停下来喘气，他回一句："总得弄点儿钱出去，那边还要用呢！他要不靠谱，我也不会一棵树上吊死，我又不是傻子……"边说，边在电脑上面敲字，钱进敲出来四个字："他要多少？"其上还有之前敲出来的："他谁？"

钱坤这边见了，嘴里冷笑："你不是傻子？哼，你要不是傻子，鄂娟娟那个女人怎么会知道你妈那个地方的？我告诉你，那些人之所以找过来，就是鄂娟娟带去的……你还说你不是傻子？你呀，你连那个女人都玩不过，还想跟钱定才玩，哼！"口说手写，在一旁的纸上潦草道："你别插手，我来处理。"上面一行，也有几个字："要钱的。"

钱进听说这话，神情一愕，随即掩饰道："这不可能！"心下却是清楚，自己是在哪里大意了。他不欲在这个话题上多纠缠，便又敲字："他凭什么要钱？他也是客户？我怎么没印象？"

钱坤道："人都找上门了，还不可能？算了，我不跟你讲……"唰唰几笔，在纸上道："这人我来处理，其他的你别管。"

钱进手按键盘，想要追问"怎么处理"，心念电转，又把手放下来。他管就他管，给老爷子一点儿事情做，正好顾不上他跟钱定才那边。话说明天钱进就打算去送钱，一定不能给老爷子看到，希望老爷子明天不在，最好能把他给支开……

冷不丁地，一只手掌伸到钱进面前。钱进讶然抬头，钱坤立在桌子边。

"钥匙给我，"钱坤低低道，手捺键盘，抹去屏幕上所有的字，回手把纸一攥，撕得碎碎的，走去丢卫生间马桶里，水箱一抽，"呼啦啦啦"，转眼间无踪。

他走回来，钱进仍旧坐着，不大明白他所指：为什么要钥匙？老爷子想要干吗？

钱坤再次伸手，声音蓦地拔高："还钱啊——人家都上门坐着了，这钱还不还吗？"

初四这日，雨雪初霁，太阳一出，金光灿然，普照沽钓亭，早起就一派喜气。

李国珍却喜不起来。大清早的，沈二皮同金凤娇在前，她跟向英在后，由那个"小二点子"引路，一处一处地拜访山头，面见各路"老鬼爪子"。所谓"老鬼爪子"，绰号听得稀奇，待真见了面，长得大都寻常，住着普普通通的房子，穿得普普通通的样子，若不是"小二点子"介绍，这个是"某某佬"，那个是"某某头"，那边的那个是"某某刷子"，李国珍真不相信这些人会有什么本领。沈二皮和金凤娇在里面说，她跟向英坐门口，望着外面悬挂的风鸡、风鸭、咸鱼、咸肉……矫健的土狗跑来跑去。她道："都是老鬼爪子了，还要吃咸肉，也太不讲究排场！他们至少应该戴墨镜，戴礼帽，头发梳得亮光光的，才配得上这名号！"向英道："那是电视上才这么演，你还当真了！"让李国珍别扯淡，她要听二皮讲什么。

在每一处，沈二皮都是一个说辞："我苦啊——受了姓钱的骗！合着家里几个亲戚，共损失这么多钱！"他这边诉苦，金凤娇那边叹息，再扯一张抽纸，抹抹眼角的泪水——眼角自然没有泪水，处长太太可劲儿地揩，硬把眼角揩红了，肌肤受疼，还真挤出两点泪。可惜作为"老鬼爪子"，对眼泪并无兴趣，见金凤娇哭，表情越发呆滞，李国珍正是见到这副表情，才怀疑这些人名不副实——跟电视上的乡巴佬没两样嘛！"共损失这么多钱！"沈二皮伸出手指，比了一个数，他要把"老鬼爪子"从呆滞中唤醒，"这么多，这么多！"手指换来换去，每一处比的都不一样，但这不是重点，重点是——"老鬼爪子"的眼睛亮了，呆滞消失，一股生动之色从他们的眼里出来。那是来自灵魂深处的光彩，沈二皮一眼就识得，可惜李国珍转身去擤鼻涕，无缘得见了。"这么多吗？""老鬼爪子"眼放异彩，脑和胆同时活跃起来，"在沾钓亭？""是啊，是啊！"沈二皮点头不迭，"可靠消息，姓钱的跑来这里，这里你们最熟，或者能替我追回一点儿……"说着一封红包，顺桌推过去，"匆忙出来，没带什么礼物，一点儿意思，恭喜发财……"

恰逢李国珍回头，看到这一幕，心里直呼"怪哉"，还用脚踢向英，让她也看。向英何须她提醒，早已目见，其时两人也不好说什么，唯有一旁等待。

等到沈二皮点头哈腰，谢过"老鬼爪子"，同金凤娇辞别出来，李国珍把他拉到一边："二皮，你脑子昏了？一个子儿没追回来，还大把地撒钱，你嫌你钱包不够瘪怎的？"

沈二皮道："李阿姨，你知道什么，我为的早就不是我的钱包，而是这一口气！掂量这个形势，反正没什么希望了，我索性再出点儿血，发动这些'老鬼爪子'，叫他们去追钱，搅他个天翻地覆！不管最后钱落谁家，只要不落到姓钱的手里，我都高兴！"

李国珍总算听出来了："敢情你是破罐子破摔呀！唉，我说二皮……""老兀鹫"接受不了，在她心里，哪怕是个破罐子，哪怕修修补补，也不能就这么摔了呀，摔了还弄个大风！

沈二皮耸着肩膀笑："李阿姨，你要有点儿大无畏的精神啊！破罐子烂在手里，那真是一点儿用也没有。这地方不是山就是坡，上来下去的，你知道钱坤那只老蝙蝠在哪个洞里挂着呢！就算把他捉到了，他嘴那么硬，你能跟他谈钱？想靠谈把钱给追回来，那是不可能的，我们又不是没谈过，结果你也看到了。对这种人，想他还钱，好比让他把吃下去的肉给吐出来——难啊！本来最好的办法，是趁他没消化，给他催吐，可他会乖乖配合你吗？他不会的！也不能给他吃泻药，帮助他消化，不然出来的就不是肉，而是……对不对？这俩都不行，所以最好的方法是什么呢？"

"是什么呢?"李国珍不由自主地问。

沈二皮突然对着空气出拳:"是一记铁拳,打他肚子上!要他不吐也得吐,呕得空空的,打得他不能招架,站都站不起来,这肉自然就归我们了。"

李国珍慢慢点头,忽而又摇头:"哎,可是……'老鬼爪子'……"

沈二皮叹一口气:"'老鬼爪子'就是这记铁拳呀!这拳也只有他们才能出,只有他们才能打得老蝙蝠痛,我们做不到的事,他们能做,最后他们把肉叼走,也不算冤,我们……"他移近李国珍,"我们到时候趁乱,说不定还能捡一点儿肉末残渣,说不定还不止!你想啊,老鬼爪子出动,漫山遍野,到处闻那个气味、流那个口水,要瓜分那些肉,这个时候,老蝙蝠还能待得住?他一待不住,就要出洞,就要转移,就要跑路,那个时候,还不知道乱成什么样呢!但也唯有他乱,我们才有机会摸鱼,那个时候可就各显神通了啊李阿姨,谁也别指着谁,逮到谁的算谁的,总之——李阿姨,要有点儿大无畏的精神,你请记住,情况最坏的时候,往往也是一切皆有可能的时候!"

沈二皮边说边打手势,昂首挺胸,站得好像个小树桩,说到激动处,唾沫星子斜飞,李国珍不得不别过身去:"还大无畏,我老都老了,能呼吸就不错,还精神……"

另一边,金凤娇跟"小二点子"结算今日上午的介绍费,一张一张,都点数清楚了,"小二点子"抓着钱笑:"下午还有好几家,就在马上回去的路上,也有可拜访的。"

金凤娇一脸悻悻:"你这个钱,真真来得容易,却不知我这一双脚,真真走不下去了。早知是这个地形,我就不穿这双鞋来了!""咯里咯,嗒""咯里咯,嗒",处长太太忍着脚疼,一瘸一拐,已经走了好一会儿。

向英道:"回去换双鞋子吧,老解他们肯定有,让他们找一双出来给你。"听其声,观其形,想起水正深打趣金凤娇的那句"下山的骡子"的话,而今正是应景。唯有"骡子"脚掌坏了,是水老头儿始料所不及的。

"不用,不用!"金凤娇表示拒绝,不愿脱下这一双给自己增添自信的全牛皮女士高跟靴。

沈二皮也道:"不用,不用!我们处长太太最是大无畏,穿高跟鞋上山下乡,正是这种精神的体现。脚疼一点儿算什么,又不是脚断了,这不还是可以走路的嘛!"话虽这么说,他到底伸一只手,扶住金凤娇,唯恐她折了一臂之外，又跛两足，成了个暂时的残疾，最后还不是连累自己。

处长太太既走不快，众人也都慢慢地走。李国珍见沈二皮扶着金凤娇，像那什么扶着什么似的，心道：现在的人，吃得也不差，怎么腿脚这么不活络呢？一个个年轻力壮的，还不如我一个老太婆……转念一想：是了，我小时候吃得多好啊！河里的鱼虾，一捞就有，吃得发腻，昂刺鱼熬汤，那又白又黄的油哦，足足这么厚！都是自小打下的基础，后面补不上来的，所谓"童子功"是也——

李国珍正在自鸣得意，眼睛乱张，居高临下，就在那山道上瞥见一个人。"老兀鹫"每日扒窗户台，锻炼眼神不辍，持之以恒，还真培养出一点儿对事物的敏感来。这不，坡下那一带林子，冬日里灰扑扑的，走在里面的人，也大都灰扑扑的，可"老兀鹫"瞥眼间，愣是从那灰扑扑中瞅出点儿不一样，瞅出点儿熟悉的印象，等一等，那个人……那个小头小脑的好像是……

她尖着眼睛，往下面眺望，勾着脖子，挨到坡沿上："……那个是不是钱坤？"

众人皆愣，李国珍着急地指点："就是那个，就是那个，那个穿藏青色衣服的……是钱坤吧？你们看……就是他，就是他！"

沈二皮立时丢了金凤娇，顺势一望："哎，好像……是哎……"

金凤娇一听之下，忘记脚疼："那还不快追！"处长太太果然大无畏，嫌寻常的路绕远，身子一掉，走个捷径，原地起步，沿着陡坡跳下。一路连跳带滑，刮着那荆棘、榛莽，跌跌爬爬。其余的人见了，也是激动，追随那金凤娇，手脚并用，又是泥，又是土，又是枯枝败草，沾了一身。好不容易下了坡来，个个都狼狈："钱坤呢？""钱坤人呢？""钱坤在哪里？"大呼小叫，四散开来寻找，边找边走，一路向西，顺着钱坤移动的方向，追过了整座山岗，再未见到穿藏青色衣服的。一行人气喘吁吁，慢慢地重新归拢："没有啊！""没有。""跑不见了……"彼此都道失望。

金凤娇颧骨隆耸，头发怒张，奔得急了，什么也顾不得，泥巴涂满鞋面，蛛丝蒙到脸上。"咯里咯嗒""咯里咯嗒"，脚痛甚剧，却一挥手，拒绝沈二皮的搀扶，前后跛着步，她转身道："不行，这个地形，对我们太不利！钱坤熟悉这里，我们不熟悉，怎么说都是我们吃亏。必须找一个向导，找一个有脚力的，让他替我们抓……"

李国珍一听："那……上哪儿去找这样的人物，还有替人捉人的人呢？"醉翁之意，担心又要破费，虽然沈二皮他们不要求，可身为"老兀鹫"，难道真好意思看着别人出血，自己却一毛不拔吗？

沈二皮道："这个……"也觉得是个问题，处长太太异想天开，以为"钱到成功"，却不想哪儿有这样现成的人？想来想去，见"小二点子"由那头过来，开口问他道："你有没有什么人可以介绍？那些'老鬼爪子'里，可有这样的材料？"

"小二点子"虽说知道他们的事情，但毕竟没见过钱坤，因此刚才他们冲下陡坡找人，他不过跟在最后，晃晃悠悠，插不上手。后来那些对话，他是听去了，如今见问，倒冒出一个主意："'老鬼爪子'不行，他们只抓钱，不抓人的。照你们的要求，又要有方向感，又要能跑会跳，还要能捉到人，要求这么高，我只有一个推荐——"

"谁？""你推荐谁？"以金凤娇为首的几个纷纷地问，都想见见这个"高人"。

"小二点子"卖个关子："你们跟我来吧！"顺下坡道，将他们领至沽钓亭最热闹的场所，平直的道路两边，商户民居相连。他们来到一家茶叶店内，"小二点子"自走进去："龙喜，你家阿尔法呢？有人要借用——给钱的！"

里间似乎咕哝了一声，人未出现，一条扁颅长脚的犬率先蹿出，身姿轻健，上下跳跃。

"阿尔法，阿尔法……哈哈，你还认得我？""小二点子"招呼。

"啊，这、这就是……"包括处长太太在内的一行人，全都傻眼。

"小二点子"哂道："要不你们指望是谁？真有符合你们要求的人物，还能待沽钓亭？不早人往高处走，飞黄腾达去！"

第二十一单元

杀机暗藏

钱坤怀揣"订金",走在林间小道上,边走边回想昨夜的"还账",臧杰出乎意料,并没有过多索要,数字一报,钱坤不由愣住:"你……确定只要这点儿?你……是打算一次吃一口,细水长流?"

臧杰笑道:"你这老儿——我要多了,你肯给吗?我倒是想细水长流,可你也长着脚,难道不会跑?听说你还想跑国外去,我可没那本事,追你过境呀!"

听到他说"出国",钱坤心思复杂,却是不动声色:"你忙这么久,就取这么点儿,我替你感到不值啊!都是吃肉的人,谁不晓得谁呢?凡是吃肉的,捕一次猎,可以吃上好久,甚至吃一辈子也不是没有可能——我们为的就是这个啊!不然都改吃草算了,劳劳碌碌,一年嚼到头。似你这般人物,以你这次的表现,到头来却只取一点儿肉末,不容我不怀疑,你是何居心?我只见过吃草的强行吃肉,还没见吃肉的自降身份去吃草,所以,我愿你摊开来说,不要装模作样,你我其实是一路人,不存在理解上的困难……"

臧杰击案赞叹:"姜是老的辣,蝙蝠是老的不瞎!既然你诚心诚意地发问……"

后来臧杰坦言,要钱坤在沽钓亭"赞助"个场子,择近日开一局,双方各凭本事,场子里见真章。如此他非"明抢",钱坤亦有机会,而今晚上取的这一点儿小钱,便是臧杰的"货本"。至于钱坤一方派谁代表,"出货"多少,画下怎样的道儿,钱坤尽可以去准备,而最终不论输赢,亦不能够反悔。

钱坤当时的反应是:"我说嘛,原来你是场子里出来的人物,我早该看出来的。"望着臧杰的手,心里飞快盘算,终究答应下来。

臧杰愉快地笑,当着钱坤的面,将钱收取,临走时丢下一个手机号码,让钱坤万事俱备了,告诉他时间、地点,他定当赴会。说完,他开门扬长而去。

钱坤看着他把钱拿走,虽说早有预感,但亲眼见到那到口的肉、肥美的血分与别人,仿佛一部分生命被分出去了,心底里那一番抗拒,和那因抗拒而产生的害病般的呻吟,若非亲身经历,绝难以想象。

臧杰走后,钱坤呆呆地坐着,形容颓败,接受不了钱财消减的事实,后来睡觉,几乎不能合眼。他想着仅一个臧杰,取走这点儿小钱,自己就难过如许,遑论一旦开了这头,什么蛇蛇鼠鼠都敢上前,这里挖一块,那里啃一口,渐渐侵蚀他的财产,那一种得而复失的痛苦,当在今夜多少倍之上!所以,绝对不能散财,绝不能开这个头,破财不会消灾,只会一直一直破到他人亡为止。所以,要将那邪恶的苗头,掐灭在萌芽状态,要将那不祥的婴儿,扼杀在摇篮里。所以这个臧杰……

重重铁律,都指向了臧杰的结局。钱坤步伐凝重,走在泥泞的小道上,一步一个脚印。怀中那一笔"订金",是越走越觉沉重。渐渐走得汗热,他未敢轻心,闪到一块山石后面,脱下棉衣,将"订金"团团包裹。两个衣袖打结,正要提着走,山坡上遽然声响,"噼里啪啦",冲下来不少人。离得远了,只听他们呼"钱……""钱……"什么的,飘散在林间。

钱坤做贼心虚,一听到那个"钱"字,顿时如惊弓之鸟。不管那些人是谁,不管他们说的是真的钱,还是指他的姓氏,他都感到危险。此地不宜久留,他仰头而望,望到身后的山岗——亲切的山岗,他再熟悉不过的山岗。那些人既然下来山岗,他不如反其道而行,秘密返上去,绕过这一带,抓紧时间,先解决姓臧的事情。

说走便走,钱坤返身攀登山岗,避在林木间,心中把握着方向,有路走路,无路辟路,成功地逃逸开去,神鬼也不知觉。提着颗心,他来到沽钓亭的一处山阴,在那里找到了阿万——他将要交付"订金"的对象。

"订金"不多,但对阿万是足够了。阿万并不出色,但胜在漫不经心,对别人的性命不经心,对自己的性命也是一样。钱坤来时,他还没有起床,就坐在被窝里听着钱坤说,听钱坤左一句"除去",右一句"毁灭",他听得哈欠连天，眼泪水涟涟。

"事情倒不难，一个外乡人，没了也就没了，问题是……"阿万把"订金"托在手，轻轻掂量，"现在沾钓亭的场子，都归干子他们管，你在他们的地头，做这种污场子的事，他们肯定不乐意。"

钱坤冷笑道："你说的干子，是钱定才那老儿的嫡系吧？正好我跟钱定才有过节，我污他们的场子，就当是个回敬。"

阿万漫不经心的，不置可否。钱坤又在那边跟他算账，支付"订金"是要他做哪些事，支付"一期款"又要他做哪些事，支付"二期款"……支付"尾款"……钱坤害怕陈述不清，还专门戴上老花眼镜，用纸笔细细勾勒。

阿万捂着哈欠，要不是"订金"在手，他真要睡过去了。望着钱坤那股劲头，那种精益求精的模样，他忽然很想吓一吓他，吓得他滚蛋，少说点儿废话，烦死了——自己都被人盯上了，还盯着别人不放呢！

"你老儿今天就这么过来的？"阿万突地开口，打断钱坤的话，"你独个儿提钱来？"

"怎么，"钱坤心生狐疑，以为阿万嫌弃钱少，要跟他讨价，"我不一个人悄悄地来，难道还敲锣打鼓，弄个仪仗队伍来送我？"

"不是这个意思，"阿万从被下摸出手机，"是你老儿跟你老儿的货已经在沾钓亭传开了，谁传的我不知道，可能是哪个'老鬼爪子'。他们刚还发消息给我，问我知不知道你，知不知道你的货……我本来是不知道，现在算知道了。这种情况下，你老儿敢独个儿提钱过来，还敢肇别人的事，我是有点儿佩服的。果然都市里来的，就是不一样……"

钱坤瞪着他，半天说不出话。冷不防地，他一把夺过阿万的手机，五指齐滑："你给我看，你给我看……"

皮卡车停靠在山墙下，包剑荣窝在皮卡车里。山墙的另一边是当地农户，沾钓亭少有的还在耕作的人家，常年龟缩一隅，不敢妄动；平日里自种自食，偶有剩余，挑着出去走一圈，换点儿钱聊作补贴。因此当包剑荣师生三个忽然半夜叩门，假称汽车故障，又迷了路途，要叨扰些餐饭，愿意多付些钱，这户人家非常高兴。这边油锅没热，那边就开始数钱，还特意打了两个铺，邀请他们过夜。

包剑荣吃饭尚可，却绝不会在别人的床铺上睡，因此借口看车，让两个学生去睡。俩学生中，刘振邦比较爽快，睡就睡了，没有多余的话。唯有史达才，不知为何，睡到一半，撅着尾椎，跑来敲窗户："包、包老师，我来守夜，你去屋里睡！"包剑荣思绪良多，好不容易眯着，被他敲醒，想骂骂不出，只好婉拒："我来就行，你去睡吧。""我来吧，你去睡……""你去！""你去……"临着风露，两人互相推让，最后还是包剑荣打开车门："你再不去睡，我踹你了！"史达才才抖索地夹着尾椎走。

车内蜷缩一夜，自然睡得不好，整个白天，包剑荣除了吃饭，就是坐车里闭目养神。他想起昨日之事，心里的感受难以描摹，至于那个臧杰，更是让人无法言说。这几日发生的事太多了，出现的反转也太多，足以叫他这个常年被作业本和考试卷包围的人民教师眼花缭乱，不能以校门之内的眼光来看待这个校外的世界。这一个世界，不是他日常熟悉的那一个，而他自以为熟悉的学生（比如刘振邦），也似乎变得不同以前。他就像生活在狭窄密闭空间里的人，一不小心溜到外面，见识了以往所不曾见的广阔天地，一个充满动荡和风险的世界。他曾经非常厌恶这样的世界，他至今仍对这个世界抱有一丝反感，但同时他不得不承认，这样的世界挺有趣味，因为不确定，所以有趣，因为"贼可拿贼，赌钱人可拿赌钱"，所以并非没有优点。而倘若这一回臧杰没有食言，果真拿到了钱，让他也一同沾光，那他真要不胜感慨，感慨这样一个赌钱人，竟然比他那些同侪更加令人愉快！——当然了，话不宜说早，臧杰目下并无消息，接下来会发生什么，他拭目以待。

当老包坐车里浮想，老包的徒弟们正躲屋里"疗伤"。当然刘振邦是不"疗伤"的，他捧着手机，躺在铺上，主要负责开解史达才，叫他勿要跟自己置气。史达才伏在他对面的铺上，将从农户那里讨来的红花油涂抹到伤处。隐私事大，为此史达才特意把床单当帘，在两铺之间拉起，还凶巴巴地警告刘振邦："不许偷看！"刘振邦嗤之以鼻："别说你不是美女，就算你是，我也不会看啊——我是那么猥琐的人吗？"史达才揶揄："哼，难说！"刘振邦无奈耸肩。

"大才啊，你真的不能生气，"刘振邦胳膊枕在脑后，眼望天花板，"别人可以生气，唯独你不行，为什么呢？因为别人一来气，马上七窍生烟，污言秽语，开始骂街，很容易把气给放了出去，好维持里外气压的平衡。换作是你，你行吗？你好意思骂街吗？你好意思不分青红皂白，冲着别人放气？你不好意思的嘛！你呢，只会气生出来了，别别扭扭的，就是放不出去，憋在肚子里。长此以往，肚皮就给你憋大了。再生几次气，肚子里头装不下，怎么办呢？只好往上走，走到脑袋里，把脑袋给憋大，大得像南瓜……"

史达才没好气："你就扯淡吧——我再像南瓜，也比你做戏骗人的强！害我背你一路，忍着尾巴骨疼，以为你多严重呢，原来都是装的，早知道这样，我不把你往烂泥坑里撂才怪！"他边说边抹油，活像一只胖头鱼在那儿扭。

刘振邦道："我愿意做戏骗人吗，我那不是没办法吗？我昨天已经解释，臧杰突然发来消息，说了一大通话，我都没时间思考，更别说知会你们了……"

"为什么不能知会？"史达才昨天就是被刘振邦这么堵住了口，他睡睡醒醒地，想了一夜，终于给他发现破绽，"臧杰他可以发消息给你，你就不可以发消息告诉我们？哼，你这个'振邦永远最伶俐'，我替你说个实话吧，你就是不想告诉，而不是不能告诉，用文言文说就是'非不能也，实不肯也'！"

"嘻，大才果然大才也！"刘振邦嬉笑拍手，"你别得意，我夸的只是你的措辞，而不是……"

史达才干脆都替他说了："得了吧你，你就是想出风头，怕我们跟你抢呗！所以臧杰告诉你，你偏不告诉我们，一个人在那儿演独角戏。做戏骗我，又骗老包，亏我们还担心同情你，你自己悄咪咪得意！"

"哪有——"刘振邦藏在帘布后，笑得大白牙发亮，却做出一副庄重的声腔，"大才，你与其纠结这些问题，干吗不思考一下，为什么臧杰只发消息给我，而不给你或老包发呢？可能你会说臧杰没你们的号码，可他一开始也没我的号码呀！当时我们一起吃饭、坐车，他完全可以加上我们所有人的号码，可他偏偏只加了我的，只来联系我，这是为什么呢？我们三个人中，他独独挑中我，把事情交代，这又是为什么呢？他为什么不群发消息，跟你们一块儿说了算了，省得还要我在里面周旋？我建议你想想这个，别净揪着我不放。我呢不过是奉命行事，依照臧杰的思路，不想节外生枝罢了。"

刘振邦摊着双手，表示十二分之无辜，他自铺上跃下来，"我要出去享受阳光了，你呢继续在小黑屋里疗伤。不是我说，大头鬼，出了事情，不要老从别人身上找错误，要多搁自己身上找原因啊！"

将这个针对灵魂的拷问抛给史达才，刘振邦优哉游哉地出门去了。留下史达才不由自主，当真纠结起来，犯想为何臧杰不选择自己这个问题。他好像有点儿知道这个问题的答案，又好像不太知道，迷迷瞪瞪的，心里莫名的不是滋味。好在这一回，他不是一个人，臧杰没有选择他没错，但臧杰也没有选择老包啊！史达才想了半天，忽然想到自己还有个难友，这实在是个莫大的安慰——他何德何能，能够跟老包相提并论？这么一想，眼前顿时没那么黯淡，他马上扔下红花油，整理一番，也跑出门，寻寻觅觅地，去找包剑荣。

他在皮卡车内找到了包剑荣，开门见山，把那个问题提出来："包老师，昨天……为什么臧杰只把计划告诉刘振邦，却不知会我们呢？刘振邦之前跟他应该也没什么特别的交情，同样是第一次打交道，为什么他就找上刘振邦，而把我们排除在外？"

"大才啊，"包剑荣本来没什么，被他这么一说，心里也有点儿不是滋味，"这种细节用不着太在意，如果臧杰真的能追到钱，分给我们，他是找刘振邦还是找谁又有什么关系？做事情要抓重点，知道吧，不要想眉毛胡子一起抓，你抓不过来的。这回我们的重点就是追钱，其他的不要太纠结，就像我以前要你们做考试卷，做会做的题目，碰到不会的直接跳过去，不要浪费时间。"

"哦。"史达才本不是想听这个，无奈老包说的就是这个，他不想也得听着。

包剑荣自知有点儿敷衍，索性给他点破了："为什么找刘振邦，不找我们，因为刘振邦是那块材料，而我们不是，就这么简单。臧杰认为比起我们，他跟刘振邦更容易沟通，刘振邦做事更让他放心。每一个人，哪怕是臧杰，都会根据自己的标准来选择对象，而我们不大符合他的标准，至少他是这么认为的。"

"哦！"这个大约就是史达才想听的了，然而听到了，又忍不住难过。

包剑荣见了："不要太纠结，这都很正常。每个人长短不一样，有的人适合这件事，有的人适合那件事，没有必要跟别人比自己不擅长的方面。刘振邦他伶俐，他在那些方面就擅长。我们虽然在那些方面比不上他，但我们也有我们擅长的事情啊，对不对？你要这样想，就不会钻牛角尖了。"

说的每个字都正确，史达才似乎得到安慰，频频点头：老包当然有他擅长的方面，这个绝对不假，我史达才呢，现在的工作干得也不坏，只是……想起饭桌上亲戚们的评价，未免心有所虚。

觑着老包，瞧他心情不坏，史达才忽然斗着胆："呃，包老师，那、那你看我擅长的方面是什么呢？"充满希冀地望着包剑荣。

包剑荣一愣，沉吟良久，拍一拍他："大才啊，你多实践，多尝试，不要泄气！我相信，你很快就会找到自己擅长的事情，发挥才能，实现自己的价值的！"

呃……史达才无言以对，感到一丝丝气，真如刘振邦所说，憋在了脑壳儿里。

第二十二单元

奔跑吧，李国珍

又过一日，阴云四合，阳光不如昨，好在南风微微，悄然送来春天的气息。

"阿尔法，阿尔法！""小二点子"吊着嗓门儿，撮唇呼唤，声荡树林，那只叫"阿尔法"的犬脚不沾尘，箭一般眨眼冲到面前，拖着舌头，滴着馋涎，盯着沈二皮手中的牛肉粒，摇臀又摆尾。

沈二皮无奈，只好抛出几粒，"阿尔法"几下轻跃，立刻追着牛肉粒，不遗余力。牛肉粒是顺手买的，从昨天到现在，已经下去五斤。看包装的塑料袋渐渐瘪了，沈二皮道："可惜啊，钱坤不是这牛肉粒，不然早就粉身碎骨，轮不到我们操心了！"

离他不远，金凤娇坐在树底下，松绑鞋扣，两脚跷起，已经休憩多时。她对着天边阴云，口嚼牛肉粒："我说，你就别忙活了！沽钓亭这么大，你这样一户一户巡山，要巡到几时？美其名曰地毯式搜找，你找到什么了？钱坤他又不是死人，在那儿躺尸等着你，闹不好他跟你打游击，你东他西，你南他北，这样绕来绕去，绕到元宵节，我看也绕不出花儿来！"

原来昨日付大价钱，租借来"阿尔法"，沈二皮几个便率犬奔驰，在昨天偶遇钱坤的山岗附近来回巡视。其中沈二皮身先士卒，攥着"阿尔法"并"小二点子"，马不停蹄地奔。奔波途中，每遇一户，他都会上前询问："这里有谁姓钱？他们住在哪里？认识一个叫钱坤的老头儿吗？"结果那些个人家，不是关门闭户，绝不回应，就是一问摇头三不知，不是摇头，就是摆手，转身快快地走。

奔得脚软，问得失意，到这个时候，即便是"矮陀螺"也转不大动了，沈二皮回道："我能怎么办？'老鬼爪子'那儿一个消息也没，我不自食其力，还能指望谁？人在外地，又不比在家，做什么事都不方便，想打听个什么，人家都不一定告诉你……"

对此"小二点子"是比较了解的："这也不能怪他们。我之前不说么，沽钓亭是什么地方，稍微有点儿本事的都奔着大去处走了，谁会待这里？无非是一些避难的、躲仇的、靠场子吃饭的……人员来来往往，房屋租来租去，外号代号满天飞，谁会以真面目示人？除了有点儿交情的，谁也不知道别人的情况，当然不是说没有体面人，但要体面的都搬县城去了，剩下来趴在山坡上的……"

"那你们老解家呢？"沈二皮自觉没戏，塑料袋往地上一掷，干脆全给"阿尔法"，"你们老解家不也住这儿，你们体面不？""阿尔法"高兴极了，臀股高撅，拱在袋里吃。

"小二点子"笑道："凡事都有例外么，我又没说日子一定不能过，特别是老年人，你让她搬个地方，她还不乐意，我们只好迁就她么……"

提到"老年人"，沈二皮就想起李老太和向老太两个，早上还跟着跑了几步，到了中午，几口忆苦思甜的饭一吃，这倒好，跟解家几个老家伙唱和起来，说过去，说现在，述往思来，渐渐地偏离正事，让沈二皮他们先去，她们随后就来。这个"随后"是多后呢？总之至今没有出现就对了。

"唉，李阿姨她们也不知道怎么回事，说不定啊，哼，还没出门呢！"沈二皮悻悻道，"没出也好，反正跟着我们也是白跑，她们那么大年纪，哼，走都够呛，不要说跑……"

他正在自言自语，处长太太突然惊起："什么声音？"回首去望山岗。

除了"阿尔法"，大家全都去看，只听上面一阵噼里啪啦的声音，急促、尖锐，远远近近，仿佛上演着某种捕猎或厮打。

金风娇不知想到什么，她问"小二点子"："你们这儿……不会有老虎吧？"

"我们这儿还能有老虎？""小二点子"叫起来，觉得这个问题过于好笑。

沈二皮侧耳聆听，片刻，他轻轻地唤："阿尔法，阿尔法！"

"阿尔法"埋着头，不理睬他。

"阿尔法，阿尔法！"他再次敦促，要"阿尔法"上去一探究竟。

"阿尔法"不听他的，牛肉粒还没吃完，它才不要去跑腿呢。

"阿尔法，阿尔法！"沈二皮不得不走过去，动手去拽。"阿尔法"跟他拔河，死死地赖着塑料袋。

于是一人一狗，开始角力。

"……老向你说，我这辈子是不是命硬？"李国珍果然如沈二皮所说，先是在解家的饭桌上，将生平遭际添油加醋吹嘘了一通，引得在座的啧啧称奇，轮流恭维她，还向她敬米酒，说她"大难不死"，有特别之福，得老天爷额外保佑，大家要借敬酒来沾光，还祝她"长命百岁"。

"老兀鹫"畅快极了，被人左捧右捧，飘飘然如脚底踩云，一顿中午饭吃到下午两点多才散。完了休息一会儿，才被向英催着，去跟二皮他们会合。李国珍一面走路，一面又在讲，翻来覆去，夸说当年的事迹。向英自从认得她，这些话已经听李国珍讲了不下五百遍，每一遍细节上都有出入，向英也不戳破她，习惯性"捧杀"："你命硬！你命硬得好比那金刚钻，不管什么人、什么事，都被你钻了个洞，没能熬过你。像你家老头儿那样保养自己，跟你拼寿命，最后也没拼过——可见你命多硬！"

"可不是嘛！"李国珍越听越顺耳，越想越得意，"老向，不是我吹，我这辈子真不是什么人都能过得了的，但凡你软一点儿、呆一点儿、脑子糊涂一点儿，嘻，还不知道活成什么烂泥巴样儿呢！说道起来，只有这一次在姓钱的手上，我跌得惨重了……"

语气急转直下，由飞扬变为怨艾，越是琢磨，越觉得这是一个耻辱、一个莫大的败笔。想她"老兀鹫"，自打从蛋壳子里出来，历经多少颠险，从未失手，即将功德圆满，却冷不丁地被一只"老蝙蝠"偷袭，撕走了皮肉，令她又痛又惊，又恨又怒，不想便罢，一想起就耿耿于怀。

"想不到我聪明一世，最后犯个大糊涂，把我一辈子的脸都丢尽了！临死给一记闷棍，叫我咽不下气，你说我憋不憋得慌？"李国珍絮絮叨叨，"我跟你讲老向，这次不光是钱的问题，不光钱的问题啊！"

向英走着走着，依稀感觉不对："你少想点儿那么多有的没的，二皮他们还在等呢，得赶紧过去，别让人家说我们老太太没用，一点儿路走那么长时间。"

李国珍听见"没用"二字，一股悲凉油然而生："唉，我这话也就跟你说，人老了，真的不顶用，没有年轻时顶用了。想我年轻时，情况不比现在困难多了？我也没觉得怎样，每天还有劲得很……"

向英不管她了，脸孔四面转着："……不会走错了吧？"

原来这几日来来去去，老太太们都是跟着"小二点子"走，心里不留神，大概知道路该怎么走，却从没有单独走过。不想中午吃饭，吃得兴起，忆苦思甜，沈二皮他们等不及先去了。李国珍后来被向英催不过，才拖拉着出来，心情雀跃之下，信着脚步走，渐渐地走远，岔上了别的路，李国珍还不觉得，向英却是看出来了。

"不对，不对，好像是走错了。"向英开动脑筋，"方向是对的，错的是路，按道理我们距离二皮他们，应该没有多远，不知道这里有没有路直接下去……"捡一根树棍，让李国珍一道来探路。

李国珍心思不在这儿，老向让她探路，她拾个树枝子，东走两步，西走两步，转来转去，不一会儿，中午喝的米酒尽成了水，隐约有尿意。她拖着树枝子，刚走到灌木丛边，后面突然钻出来一个人——小头小脑，披着藏青色衣服，表情绷得很紧。他见到李国珍，猝不及防，猛地一呆。

李国珍亦是一愣，随即树枝子一扔，叫道："好哇，总算叫我遇到你！"

那人正是钱坤。自从昨天支付了"订金"，钱坤又将这条山岗走了两趟。第一趟是昨儿夜里，阿万将地方找好了，用来作场子，又将计划如何实施，跟钱坤敲定了细节。一切都谈妥，交付了"一期款"，钱坤当场发消息给臧杰，约他赴会。第二趟就是现在，钱坤带着"二期款"，也是最大的一笔款子，准备提前赶去，再做一番布置，以备万全。时间赶得紧，为的就是速战速决，解决了臧杰这个大患，早点儿抽身，好离开沽钓亭，不要被那些"老鬼爪子"碰着，平白脱一层皮。当初考虑沽钓亭，是看中这边荒僻，地势起伏，方便隐匿。即使有"老鬼爪子"，想他姓钱的少小离家，早跟他们撇清，这么多年过去，那些人难道就没个生老病死的？只要他足够秘密，不与外人发生联系，在沽钓亭避上一阵，度过眼下这个风头，当不是问题。可惜他算来算去，还是漏算了一件事。

那就是他那聪明儿子钱进，自作主张，去接触钱定才，擅自同外人发生联系，背着他做安排。背着他做安排，这是意料之中的，且不去说，问题是"同外人发生联系"，尤其同那个钱定才……聪明的钱进，忽然间变笨，轻轻巧巧地把最不应该告诉别人的东西告诉了钱定才，以为那头是什么规矩人，一旦合作不通，随时可以终止，自己不会损失太多，却不想想，钱定才是什么人？出过洋的"肉食者"，沽钓亭那些"老鬼爪子"的头！当然，说他是"老鬼爪子"的头大约夸张了，但他联络那些"老鬼爪子"，发动他们来围猎钱家父子手上的"肥货"是最有可能的。

如此一边是红脸，即钱定才帮钱进把钱安排出去，一边则是白脸，"老鬼爪子"们来势汹汹，明借暗抢，说借钱去开场子耍，笃定保本归还。一诱一逼，外边又是那种风声，钱进有什么能耐不就范？为避免钱被"老鬼爪子"借去，唯有把钱往钱定才那儿存，乖乖地接受对方提出的条件，哪怕那条件并不合适。甚而将来人到国外，还要继续受钱定才的拿捏，毕竟把柄在他人手上，为什么不使用呢？

钱坤奔忙在外，忧思于内，自从从阿万处听得消息，心情便趋沉重，一日里吃吃不下，睡睡不着，全凭一口硬气吊着，来回操持，预备先将姓臧的解决掉再说。先是姓臧的，再是钱定才，再是"老鬼爪子"……一拨一拨，都是该死的"分羹者"！钱坤不是没想过，作为"肉食者"的自己捕猎成功后，会被人所觊觎，会有人想来抢他的战利品。他只是没想到觊觎的人会有这么多，一茬一茬，层出不穷，四面八方都出动，而他那聪明儿子甚至还没意识到危险，仍然背着他做安排，打着自己的"小九九"……

便是在这种状态下，在山岗的这处狭路，钱坤跟李国珍对上了。又因为儿子的举动，钱坤净把事情往钱定才身上联想，全然不以为是沈二皮他们在其中捣鬼，更不会想到面前这个尖鼻子老太，对自己正怀抱怎样的信念。他紧张又疲惫，陡见李国珍，一惊过后，见附近只她一人，身体稍稍放松："哼！"不欲李国珍看破自己的去向，扭头往回路上走。

"你还想跑，门儿都没有！"李国珍提步就追，支着两手，要来抓人。

钱坤听见，步子一切，跑动起来，以为凭他自己甩掉这个尖鼻子老太，当是不在话下。却不料那老太想钱，不屈不挠，跑着跑着，居然被她追上，钱坤听得耳后有风，脊背上就挨了一拍！这一下拍到，可轻易不能脱开，李国珍一把揪着他衣服，道："老向，快来……"

钱坤发了急，衣服里有款子，可不能被这老太拽去了，又担心附近还有老太的同伙，自己孤身一个，绝对讨不了好。层层重压，压迫出"老蝙蝠"的毒牙，钱坤突发猛力，夺回自己的衣服，同时一脚向李国珍踹去："去死吧！"

"老兀鹫"力气弱了，衣服脱手，那边腿脚又来。她本能地往后一让，拿手去挡，手与足碰撞，"老兀鹫"跌坐在地。

抓住这个机会，钱坤转身就跑。恰在此时，向英闻声而来："……叫我干吗？"

李国珍挨了一脚，登时又添了个新仇，新仇并旧恨，激出她的性子，发起她的恼来。她瞪着钱坤的后影，猛吸一口丹田气："打蝙蝠！"一跳而起，再度出击。

只见她鼻子如枪，目光如钩，脖子向前探出，以前所未有的架势，咬在钱坤身后。本来凭借先发优势，钱坤人在前头，窜出去一大截，以为尖鼻子老太是个妇女，年纪又在那儿摆着，不可能追赶得上，他便一心一意地奔，见树绕树，穿插枝丫，故布迷阵，既想甩脱了李国珍，又不叫她看出行踪，追去老屋的方向。钱坤背着衣服，负着款项，心跳如鼓，气喘如牛，耳朵标着后面李国珍的脚步，心道：她要跑不动了，她要没劲了，她马上就要停下来……然而那个声音，如影随形，不仅没有远去，反而越来越清晰。钱坤便又发急，奇怪这个尖鼻子老太什么来头，是做什么的出身，如何这样能奔？甚至怀疑后头追来的，可能不是那个尖鼻子老太，早已换了个人，只是自己不知道……

李国珍出生于战争时期。就像一些动物的幼崽，危机四伏下，一出娘胎很快便会站立以及奔跑，李国珍打记事起学会的第一项重要技能就是"跑反"。警报一来，凡是能走的，都呼啦啦地跑，跑到哪里算哪里，能跑多远跑多远，直到你认为安全，直到危险过去。人虽然稚幼，跑得多了，慢慢也锻炼出来，那边一个风吹草动，小小的李国珍马上撒腿，宛如流星赶月，一骑绝尘，家里人喊都喊不住。为此时常挨骂，小李国珍却是不以为然，以为自己本事很高，为了保命，没有什么不可以。

就有一次，警报大作，飞机在天上呜呜，人群在地下哭哭，李国珍一个激动，如脱缰之马，不随人去山洞，反跑去河边的芦苇丛，一个猛子扎进水。她蹲在芦苇丛中，一蹲就是一天一夜，渴了直接张嘴，饿了生吃泥鳅。待到外面平静，她从水里出来，皮肤泡得浮起，手一搓，白皮簌簌掉落。

等再回去找人，却怎么也找不到了，这也不稀奇，当时多少儿童，就是这么跑失的。自此李国珍跟家人分离，被迫独自生活。当年的她，年纪虽小，却有主意。立在开阔路上，一眼一眼地瞅人家，瞅见一个面相慈善的，便做出一副可怜相，撇嘴抽鼻涕，嘴里哇哇着："饿哩，饿哩!"一为讨饭，二是顶好能被人收留，在成年之前有个落脚地，不至于夭折。

还真被她碰着，就有一个老妇，养了好几个孩子，尽皆病弱，战火中接连没了。偶然遇到李国珍，听她哭声嘹亮，中气雄壮，再看那一对眼中，目光精乖，定是个好养活的，老妇心里一动，二话不说，将人领回了家，认作养女。

老翁老妇，大约不是贫户，家中有塘有田，虽然亲自下地，但也雇有若干长短工。平时一日三餐，常有咸肉蒸饭，以及许多鱼虾，吃得满嘴流油。李国珍饭吃得好，渐渐地忘了前事，又变得神气活现，每日里跟着下田、放牛、养鱼，样样活计，做得十分爽利。

战事逐渐稀少，老翁的族里凑钱请了个先生，教娃娃读书，老翁把李国珍领去，让她也学习。那么多男娃娃中，就她一个小丫头，先生瞧着碍眼，连李国珍自己也不乐意。对于学习，她是浑无半点儿兴趣，那边先生口念"赵钱孙李"，教写"周吴郑王"，她勾着兀鹫眼睛，不知打什么主意。那先生便故意点她，让她上去写字，李国珍写不出来，照例要挨罚。先生戒尺在手，眼看要打下来，李国珍一见，这还得了，性子一起，踢翻了先生的座椅，一个竖蜻蜓，蹿到门口，大声唱了两句顺口溜："赵钱孙李，先生没有椅，周吴郑王，先生没有床!"一群娃娃们哄堂大笑，乐不可支。先生却是气得发昏，举着戒尺，追上来要打。李国珍一个激灵，想起那第一等保命的本事，脚底抹油，一溜烟地跑了，先生哪能追得上?不过因为这事，她的学堂生涯也到此为止。

如此过了几年，老翁因病去世，老妇年事亦高，族里欺她孤寡，嚷嚷着分家。依老妇的意思，李国珍是养女，无论如何要有她的一份。奈何那群子弟如狼似虎，叫嚣她一个外来的，不配分配财产，半夜里一人一棍，围堵起来，要李国珍签字放弃。李国珍就是不签，以一敌众，左冲右突，惹得对方不耐烦，棍子一抄，说要弄死她。李国珍一个惊骇，再次启动本能，趁人不备，撞出门去，对方也挥棍来追。

性命之所系，李国珍是马不停蹄，想着那些子弟势力广布，远近的十里八乡都待不得了，农村已无她容身之地，干脆上城里碰碰运气！

于是她再次只身一人，为前途奔命。一路上逢山就翻，逢桥就过，遇到水道实在宽阔，衣服一脱，顶在头上，泅水过去。整整十天十夜，奔驰一百多公里，终于在一个清晨跑步进了城。她身上带的钱，此刻早已用尽，正想问人讨口水，望见前边有人排队，已经排得很长。李国珍左右无事，便也过去排队，听了一会儿才知道，原来是工厂招工，会问许多问题。轮到李国珍，她便又跟儿时似的，嘴一张抽泣。眼泪一把，鼻涕一把，将自己那平生遭际删枝去叶、添油加醋，说得那些招工的人无不陪着叹息落泪，同情她孤苦，将她收录，自此"老兀鹫"总算择上了安稳枝头，一生有了着落。

及至后来，市里开展工作，强行"扫盲"，摁着李国珍的头教读写，一摁若干年，完成了当年那个先生不曾完成的任务。李国珍又用新学的本事，尝试着给老家去信，辗转中，居然给她联系上了失散已久的家人，骨肉重逢，喜乐非常，当然这都是后话了。

总之，李国珍能奔善跑，是真刀真枪、实践出来的本领，全然不是钱坤猜测的尖鼻子老太经常健身的那种跑步可比。由于不明原委，错看了"老兀鹫"，听得后面声音一点点儿近了，钱坤惊惊乍乍，不禁心潮起伏。计谋正忙，他还没来得及除仇，钱财到手，他还没来得及享受，值此紧要关头，他怎么能被这个尖鼻子老太绊住，打乱他的计划，破坏他的财富？

能活至老年的人，大都不是省油的灯，李国珍不是，钱坤更不是。为了保卫身家，为了富贵荣华，钱坤迫近生命极限，全力逃奔，李国珍在后穷追。他们一个是"老蝙蝠"，一个是"老兀鹫"，一个方向灵，一个翅膀厚。一个忽左忽右，乱钻乱投，想要设计陷阱困兀鹫，一个横冲直撞，跌倒即起，誓死紧咬蝙蝠不松口。两人一前一后，奔在山岗上，身为老年选手，速度依然可观，只听脚步声闷重，枝叶断裂挂擦，噼里啪啦。李国珍到底早年咸肉蒸饭吃得好，时间一久，表现出长足的后劲，绵绵不绝。眼见着再次逼近，手一伸就可把人扭，突然钱坤身形一闪，眼前一个陡坡，李国珍不及收势，一个弯腰，再一个后仰——

钱坤可不会给她机会，他气力已竭，必须将尖鼻子老太就地解决了，自己才得平安，"哈哈！"他哑笑着，声都发不出来，提起一足，正要踹下去。身后的灌木丛中，蓦地跳出一个胖老太，蹿上去将李国珍一拉："吓死个人！"

李国珍精神高度集中，被人一拉，顺手拽扯旁边的钱坤，两人的力道交加，旋转一百八十度，团团地将那藏青色外套扯下！

钱坤大惊，及时拖住最后一点儿衣袖，不叫她们夺去。

那胖老太正是向英，之前本在探路，惊闻李国珍叫，喘吁吁过来时，人已经跑不在。她立在岗上，望了一望，望见李国珍追着什么人，朝东过去了。这道山岗，大约是个马蹄的形状，刚才向英探路，差不多有数，猜想抄个直道，或许能把人截住。说干就干，不管不顾，在那无路可寻的灌木丛里扒，扒得昏天黑地，正怀疑是自己慢了，还是方向错了，就一头撞出去，不偏不倚，见到李国珍危险，当即把人一捞！

捞着了人，向英脸转向后，不知李国珍拽了钱坤的衣服，更不知钱坤又把衣服扯住了。她只觉后面有股力量，要把自己并老李拖后。后面可是陡峭的山坡咧，被拖下去还有好吗？向英骇个一惊，马上发动膂力，拉着老李，奋力向前挣。她这边一加劲，钱坤更加吃力，可为了保卫财富，他咬着假牙，也豁出去了！于是向英拽着李国珍，李国珍拽着藏青色外套一端，钱坤拽着另一端，一个不让一个，三个人站在坡沿上面"拔河"。

向英其人，乃烧锅炉的出身，那种五千大卡的煤，一拉一车，一铲一锹，一干就是三十年，不仅练出两膀子好力气，就那下盘，也是极扎实的，要不四杠十七号那个晚上，她一个巴掌呼下去，钱坤乖得跟个孙子似的？以前单位里比赛拔河，他们几个烧锅炉的往那儿一站，脚下不动，只两个膀子那么轻轻一拽，对面那些男男女女就跟小鸡仔儿似的趴跌，不费吹灰之力，赢了十二个炒锅回去。如今的向英，力气跟三十年前是不能比了，然而危急关头，可不是以前的拔河比赛，输了只不过没有炒锅拿，眼下要是输了，可能要送命！这样一想，肾上腺素爆发，向英腿一蹬，肩一扛，两臂往前一甩："嗨呀！"身子前冲，"咕咚咚咚"，她跟老李两个，连带那件衣服，一个惯性，冲到地上，"哎哟，我的妈唉——"

衣服突然被抽，钱坤人在那头，是一个惯性向后。后面却没地儿了，沿着那山坡滚落，宛如一只巨大的蝙蝠，接连坠下，几经反弹，"咚！""哗！！""噗啦啦啦！！！"

处长太太正仰着脸，望那岗子上什么名堂，眼睁睁地，就见一个东西扑下来，冲着自己，气势汹汹。她目瞪口呆，一声都发不出来，最后只听"噗啦啦啦!"那东西掼到树上，枯枝、尘沙，到处弥漫，飞了处长太太一脸。

其时沈二皮正在跟"阿尔法"较劲，瞧不见身后的事情，轰然一声巨响，他还没什么，平日里养尊处优的"阿尔法"却是一个矮身，以为降下了什么魔怪，吓出了几滴尿，登时什么也不管了，牛肉粒也不要了，尾巴夹着，一拖牵引绳，没命也似的逃了。"小二点子"一见，可不得了，"阿尔法"身价不菲，要是没了他可拿不出那么多钱来赔，便追在后头，"阿尔法""阿尔法"地叫着，很快就不见了。

"呸! 呸!"金凤娇吐着尘灰，终于张开眼来，一看之下，"啊!"发出一声怪叫。

沈二皮马上过来："怎么了，怎么了?"

金凤娇指着树梢："这……这个是……"

沈二皮定睛一看，顿时也张大嘴："老蝙蝠……"

只见钱坤脸孔冲下，手脚颠倒，就那么挂在树上，表情仿佛死了般安详。金凤娇和沈二皮两个站在树下，口吸凉气，看得心惊肉跳。两人伸头探脑地望了半天，慢慢地回过了味，处长太太两掌一击："哈哈，你也有今天!"以为是老天爷出手，替她除去了这个大敌，意外之喜，可把她乐得手舞足蹈。

沈二皮比较冷静一点儿："等等，他怎么会从上面掉下来? 会不会是被人推下来的? 是谁推的他? 会不会是……"以为发动的那些"老鬼爪子"起作用了，只是这个作用未免起得太猛，怎么都闹出人命来了!

金凤娇道："哼，多行不义必自毙，恨他的人肯定多，谁叫他一个人吞了那么多钱，也不给别人留一点儿? 整天吸血吸血，吸得真高兴啊，最后……哈哈，还不是倒挂在枝头，做他的蝙蝠大梦去!"金凤娇正在眉飞色舞，沈二皮面向钱坤，忽然眼珠凸起，脸色刷白："咦——"好似见了鬼，慢慢往后退。

金凤娇感觉不对，转头去看，一转脸，堪堪对上钱坤的眼睛。灰白灰白的眼睛，不知何时睁开来，正一动不动、死鱼一般瞪着。处长太太心脏骤停，骇然无已，几乎坐到地上：这……这难道就是传说中的诈尸?!

正值薄暮冥冥，四围逐渐阴森，蓦地钱坤一动，一只胳膊举起——

"啊!""妈呀!!"沈二皮和金凤娇吓得魂飞魄散，顿时尖叫着逃窜，"咯里咯嗒""咯里咯嗒""咯里咯嗒"……转眼消失在山道上。

他们当然也就听不见，钱坤微弱无力地道："救……救命……"

"哎哟……""我的妈唉……"山岗之上，向英和李国珍就着冲撞的姿势，歪胳膊扭手地趴在原地，过了好久，终于呼天哀地、极尽艰难地爬起。

"还好还好，老命还在，亏得我争气，没有把老命给送出去！"向英手抚胸口，庆幸这劫后的余生。

"老命是还在，这寿命就不一定了。"李国珍还坐在地上，有气无力，"老向唉，我今天这一趟跑，不跟你夸张，少说也要折我五年的寿！别看我平常吃得好，今天一趟就给我报废了，一下回到解放前！嗐，没处说啊，没处说，我只能跟你这儿……哎，这是什么东西？"她捞着钱坤的那件藏青色外套，掂在手上，觉得挺有分量，打开来看。

向英到处转了一转，渐渐地疑窦上来："咦，那个钱坤呢？他刚不是在……"

李国珍把衣服一翻，整齐的钞票滑出来："啊——"

向英见到了，也是一愣："这是那老蝙蝠的东西？他东西在这儿，他人到哪儿去了？"想起刚才山岗下的巨响和尖叫，忽然有个不好的预感。

李国珍努嘴："哪儿去了……掉下去了呗！他刚跟我抢这衣服来着，我早该想到，这衣服值多少钱，他怎么就死命地不肯放，原来这里面有宝贝！啧，看样儿还不少，我来数一数……"

"掉下去啦！"向英大吃一惊，"那……那他掼死了？"

李国珍忙着数钱："不会吧！这才有多高，又不是悬崖，这要都能掼死，那只能怪他命不好，老天爷要他亡，我也没办法……"

向英踌躇："那个……我们要不要下去看看？"

李国珍眼一瞪："要死哦——你脑子跌坏了！刚才那一出，我只知道，不是老向你捞我一把，那眼下掉下去的大概就是我，唉……"李国珍心有余悸，数钱的手一停。

向英便就想起，方才那个瞬间，钱坤站在后面，一足上扬，正是踹向老李的模样——寒意透人心胆，一时间，都不敢吐露实情，那真正残酷的实情。

李国珍想上一会儿："你死我活，真真是你死我活，打仗的时候是这样，现在还是这样！话说回来，我们得赶快走，刚才下面有人叫，你听见没有？看来下面有人呢！对对对，赶快走，离开这个是非之地，来来来，我们从这边下去……"

"那……那这衣服？"

"衣服？当然扔了了事，至于这个钱，"两人没入到林子里，声音逐渐远去，"虽然比我在那边存的还差不少，但终究追回来一些，比没有要强！刚才那一趟，我是像二皮说的，大无畏了，老向你呢，救我一命，胜造七级浮屠，更是大功一件！我想啊，这个钱我们这样子分……"

第二十三单元

夜放花千树

夜色混沌，寒气下沉，沽钓亭一处废弃的火葬场里，陆续地来人。灯烛摇晃，骰子齐备，各色圆脸方脸长脸短脸人等，闪着亮煞煞的眸子，伸手缩脚，各就各位，已经等得颇不耐烦。其中一个圆脸的，乃"红人"一枚，今晚特地被邀请来，要他慢施手段，将局面拖住，如此其他人方好动手。"红人"都有脾气，看看时候不早，这位就忍不住："你们谁去问问阿万，今晚这局还做不做？人家说好事多磨，这种事情也好慢慢磨吗？"

就有那负责望风的，跑过来找阿万："人都急了，问你要个准话儿……"

阿万又何尝不急？他站在风口，吹得脸都僵了，盼望钱坤，心下里敲鼓，不知这老儿闹什么玄虚。局是他发动的，人是他要铲除的，结果到了节骨眼上，别人都到位，他这个主谋的不知跑去哪里，把个烫了一半的山芋叫他阿万捧着，进不能进，退又没有台阶退——大过年的，这算什么事儿！

"哼，他问我要准话儿，我又问谁要去？"阿万就很不高兴，漫不经心地，想要骂咧几句，发泄发泄，就被人拉去一边，走了好几十步，站到深草里。

那望风的道："莫烦，莫烦……你货到手了吗？到手就干，不到就断，很简单嘛！"

阿万道："到是到手了，可就到了一半，还有一半，那老儿说他今天会带来，结果到现在他还没到。奇了怪了，昨天才见的面，说得好好的，他那个劲头，不像是要变卦……"

"这种事情，他要想变卦，谁还能强迫他不成？"望风的左右看看，声音低

254

低，"货给了就行，怎么都不算白费，对方点子不是也还没到吗？再等等看……"

"幸亏对方点子没到，不然还真麻烦，"阿万眼望深草，心思却在别处，"我是已经跟他们说好了，汽油、蜡烛、信号……就等一声令下，四面一阖，把人闷在里面，就地火葬，天生这里就是烧人的地方。可那老儿不到，货给不齐，要是对方点子来了，你说这把火——我烧还是不烧？"

那望风的一顿，这话可不好说，干脆跳过去，说一点儿别的："对方点子是什么人，你知道吗？还要专门为他做个局，看来也是个'红人'了！"

"可能吧，我也不太清楚，那老儿说穿个天青色羽绒服，名字嘛，是叫张杰还是臧杰的……"

身旁的草一动，没有人在意，因为正有人疾跑了来，掷出一句："来了，来了，对方点子来了！"

"要死！"阿万咒骂着，不敢耽搁，跟那望风的一道，几人匆匆离去。

他们前脚刚走，身后的草深处，冒出史达才的大脑袋。他牛犊般的眼睛瞪着阿万他们消失的方向，那头灯火闪烁，人影幢幢。他想起刚才听来的话语，心下惊疑不定：他们刚说的是什么意思？什么叫"就地火葬"？那个"对方点子"难道就是臧杰？他们刚才说要"烧人"，这个人不会就是……

也难怪他惊疑。臧杰今天一大清早给他们消息，只道"分红有望"，要他们晚间早点儿过来，注意隐蔽，等他"收割"毕了，就近碰头，再慢慢"分肥"。语气轻快，仿佛这已经是板上钉钉的事，没什么难度可言。刘振邦把消息出示了，包剑荣也参不透，想来想去，只当臧杰自有他的办法，问钱坤把钱讨回来。至于用的什么办法，臧杰不说，他们揣着糊涂，也犯不着去问，乐得轻松，袖着两手等钱拿——不管多少，拿到一点儿是一点儿，到手就回家，如此出门一趟，总算得个圆满！

因此师生三个，受那条消息的感染，都跟着轻快，以为今夜之行，等于上银行取钱，甚至讨论要带上多大的口袋会比较好装钱。还是包剑荣道："宁可少，不可多，适可而止的好。安全第一，千万不能要钱不要命。等到晚上，我提前把皮卡车开到附近，不论那个钱能不能回来，今晚都必须回去。明天就是初六，假期就要结束，我们谁都拖不起……"

老包发话，其他两人自然无不同意。于是早早地吃饭，跟那农户结算了食宿费用，趁着暮色，向那废弃的火葬场进发。当然他们并不知道，那儿曾经是个火葬场，远远地看，只见建筑物破落，林木高耸，暮色中十分萧索，难免心生惧意，庆幸不需要亲自踏入，参与其中。依包剑荣的意思，最好他们三个全在车中安坐，坐等臧杰的消息。可皮卡车停靠的地方，离那头远，离大路近，三个人全员偏安，是否显得太怠慢了？就有史达才自告奋勇，愿意走近些，暗中观察，这里面不用说，有在包剑荣面前表现的意思——我明明有的是长处，老包怎么就看不见呢？

　　然而包剑荣做了多年的班主任，保守起见，最不赞同这种奋勇："太危险了，你一个人跑那么近，出事都没有人照应！""我可以来照应呀，"刘振邦冲史达才挤眼睛，"老包不必多虑，所谓匹夫无罪怀璧其罪，翻译过来就是，钱没到手之前，大才穷酸一个，人家是不会盯上他的！等钱到手了呢，就算出事，也很简单，把钱一抛，人家忙着盯钱，自然也就放过他了。总而言之，想要安全，就不要想钱，要想钱呢，就别想安全，你看大才的模样，像是能有钱的吗？不像吧？所以，他会非常安全，就像草里的石头那样安全……"乱七八糟一通饶舌，饶得包剑荣烦死，只得松口。最后他们师生三个在火葬场和皮卡车之间，是一人一处，插下三个"暗哨"，其中以史达才最为深入。刘振邦本想跟他一起，说是"老包说的，让我们别离太远，两个人好照应"。史达才道："不敢！我是安全的穷酸，你是不安全的阔佬，你可别往我这儿蹭，连累我跟你一块儿遭殃！"史达才记着刚才的话，小心眼子发作，夹枪带棒，把个"振邦永远最伶俐"给轰跑了，自己则往草里一蹲，真真跟一块顽石似的，不吭不响，不动不摇，那样子仿佛蹲上五百年也不成问题！

　　这么长时间，他始终表现得很好，没想排溺，也没想打喷嚏，一心一意装石头。原以为真的就这么简单，今晚将这么平静地过去，那边人声忽来，越说越近，字字句句，落进耳孔里。这块"石头"立马就动了，幸而无人发现，又在他最惊抖时，对方撤离回去，他得以"原形毕露"，就刚才听来的，向自己提出问题。

　　问题一个接一个，个个都紧急。史达才不是不会思考，更不是推不出答案，他只是不能相信，不知道该怎么办：倘若自己猜测的都是真的，那……那臧杰他……史达才登时心急如焚，因为据刚刚那人说"对方点子来了"，也就是臧杰来了，臧杰来了后，他会遭遇什么呢？

隐隐约约地，史达才感到一场谋杀即将上演，就在自己面前，而对象就是那个臧杰！得知这个事实的他，又该怎么办呢？

他孤立无援。此时此刻，他很想按亮手机，去问问刘振邦怎么做最合适，怎么做才能既解救臧杰，又不暴露自己？他终于有点儿后悔刚才把"振邦永远最伶俐"轰跑了。可是手机一亮，对方会不会发现，这又是一个问题。史达才到底不敢冒险，手机摸着了又放下，放下了又摸起——老天爷啊，能不能打个小抄，告诉他该怎么解这道难题！

臧杰如约而至——嗯，比约定的时间迟到了一会儿，但不管怎么样，他人终究是来了，来了比不来要好。所以当臧杰望眼一周，发现钱坤居然没有来时，不由失笑："主事的在哪里？那样老当益壮的一个人，总不能临阵脱逃？"

阿万心道：我也想知道。面上却不露丝毫，他看着臧杰："钱老儿临时有点儿事，由我们奉陪，也是一样。反正本钱就这么多，按老规矩，输完为止，你愿意就来，你要是不愿意……"

臧杰笑道："怕不是钱坤舍不得钱，让你们做个小局来敷衍我？"身子一顺，端坐下来，"想不到我千算万算，还是被这老蝙蝠给算计了，唉！早知道是这样，我也懒得跑这一趟了。"两手一抹，将自带的本钱摆开。这钱说回来，还是前日在钱坤手里取的，输了也是"物归原主"，没什么心疼——当然他是不会输的。

听到他说出"算计"二字，好几人脸上神色浮动，朝阿万这边看一眼，仿佛问他要信号。阿万见了，在心里骂：看什么看，再看对方点子要起疑了！他埋怨钱坤小气，这么点儿预算之下，只能请来这等水平的帮闲，成事不足，喜怒形于色。眼下钱坤失联，差着尾款，再面对这几个呆瓜，本就漫不经心的阿万越发懒了，头一掉，跑去对门坐着，心里憋气，也不看桌上的局。

这一下，那几个帮闲更加摸不着头脑，不知道阿万这副态度是何故，你看我来我看你，五官皆动，越发没有风范，就差当着臧杰的面做议论："烧不烧？""不知道！""不是说好……""等他信号！"唯有那个圆脸的"红人"风度依旧，他向臧杰伸出一只手："请！"按照计划，另有两人落座，这局便仍旧发动。

这种大码的牌，真正推起来是很快的。只见臧杰十指掀动，好整以暇，不到两圈，几乎将其他人的本钱吸尽。面前筹码厚厚，手一碰，丁零当啷，在他听来，堪称世上最美的声音。不到两圈，臧杰也基本摸清楚这几人，除了那个圆脸的，简直毫无本领，莫非今晚钱坤就找这几个"软脚蟹"跟自己对垒，心甘情愿，把钱奉送给他？

钱坤其人，臧杰最为了解，在钱财面前，绝不可能不争。既然要争，就不应该请这种"软脚蟹"。请了"软脚蟹"，自己又不露面，那边一个做代表的心不在焉，这边打下手的挤眉弄眼，这是几个意思？面前的筹码越堆越高，臧杰的心思渐渐转移，这桌上的局，已越来越无趣，这桌子以外，却越来越引发他的兴趣。

一个向来趋利的钱坤，突然一反常态，轻易输钱给他，这其中会不会暗含陷阱，包藏某种危险？想到这个，臧杰手势忽停，用眼角的余光将众人挨个儿细细打量。他不是第一次面临危险，面临别人的杀意。事实上，他对别人的杀意非常熟悉，他知道那种气息，他理解那种逻辑。只是那种气息、那种逻辑，今夜的他好像突然把握不到了，他似乎无法确定，他感到这些人似乎也无法确定……

可他必须确定，生死之间是不能有模糊地带的。于是两圈结束，臧杰推桌而起："里边太闷了，我出去抽根烟，你们也休息一下，至于这钱——"他用袋子装走一部分，余下一些以稳人心。

其他人立时紧张，纷纷躁动。阿万举棋不定，喊了一句："别走太远！"

"放心，我就抽根烟，你们看见烟头的光，就知道是我。"臧杰微笑着，携钱而出。

出来点上了烟，臧杰夹在指间，却并不去抽，雨过天青色羽绒服在微光下分明显眼。他一边走，一边四处看，翕动鼻子，闻取周围的空气。天寒地冻，闻不出什么特别，走到林木间，他住脚立定，回望身后，心想：老蝙蝠的葫芦里，到底卖的什么药？保险起见，是不是干脆算了？

史达才愣在草中，内心正在打架，忽见一团浅影飘然过来。他愣上加愣，心道：咦，那不是老包的羽绒服？老包他怎么会在这儿？……待人走近，仔细看去：哪里是什么老包，正是那个穿走老包衣服、即将要遭毒手的臧杰！天幸他还活着，史达才松了老大一口气，顿时决定，管不了那么多，把内幕告诉他，让他先逃出生天再说！

臧杰四面看看，看中了一棵矮树，他趁望风的转过头，抖手将香烟尾端插在枝梢上，又除下来羽绒服，正要挂起，就听草里一阵窸窣，有人向他靠近，一只手摸到他的脚上："喂！"

血液登时凝固——却只凝固了一秒，下一秒，臧杰一脚踢上那人正脸，手上一送，身势斜走，几个动作一气呵成！枝丫上，羽绒服空空荡荡地悬挂；几步外，他一动不动地在黑暗中立定。

史达才挨了一脚，鼻腔酸疼，跌在草中，兀自不敢呼痛，唯恐被人听去了。"臧杰，是我！"叫苦不迭，却是不敢耽误，四肢着地，爬了几步，"臧杰，是我，我史达才！"看不到臧杰的人，也不管了，"我告诉你，你快逃！他们要拿火烧你，是钱坤让他们干的，我刚偷听到……你快逃，趁他们还没动手，快逃啊，快！"对着一团黑暗，脑袋昂起，用气发声，不管臧杰听没听见，他可是仁至义尽，竭尽所能了。

黑暗中，臧杰闻之一惊，果然……与之前所猜不谋而合，再不多待一秒，他道一声："多谢！"将手中的口袋往草里一掷，脚步轻点，转身逃之夭夭。

"哎哟！"史达才刚听到那句"多谢"，脑袋上又挨一砸，这一下没有留神，忍不住叫了出来。那边望风的立即转头，见烟头光闪，羽绒服直挂，说明对方点子还在，但毕竟不放心，冲这边喊："喂，你没事吧！"

轮到史达才血液一凝。他手抓刚才砸他的东西，是一个口袋，就手一摸，口袋里那么沉甸甸的是——

望风的见没有回应，心下起疑，踏草慢慢地过来："喂，你给个话儿！"脚步声愈来愈近。

史达才瞪眼望着手中的钱币，晦暗中，不用看也能感觉到钱币上人像那温蔼的微笑。他的掌心冒汗，他的心跳加速，他好像已经听见那人在他头顶上说："……你别玩花样！"

不知哪儿来一股勇气，史达才突然将那口袋一抱，一跃而起，"给你钱！"兜手把几张钱往那人面前撒，同时捯脚飞窜。

望风的也是个不清醒的，猛然纸影一飘，瞬间惊吓，呼道："点子跑了，对方点子跑了！"镇定下来一看，原来是钱啊！哪还顾得上喊，在草里转来转去，低头捡拾不迭。

那边场子里的人一听，群情沸腾，呼啦啦拥出来，此呼彼应："哪儿去了？""那边，在那边——""快，快追！"阿万混在其中，面上不断鼓噪，心里却道：跑得好，跑得妙，跑得呱呱叫！你个钱老儿尾款不齐，点子跑了，我可不负责替你追。我做做样子，给你追两步就得了，你个老儿自己都不当回事的东西，我更无所谓……领着一伙人，叫得很欢，追得却比较慢，边跑边喊，惊得那林中老鸦呱呱，不知道的，还以为千军万马出动，发生了什么了不得的事情哩！

史达才就是那个不知道的，听到后面嘶喊，抱着钱袋狂奔。一路奔，一路撒钱，一路道："给你钱，给你钱！""你发财，你发财！"希望那些人忙于拾钱，不急来追他，这也是他急中生智，想起刘振邦说的"钱与安全不可兼得"的话。如此出手豪阔，纸币漫天飞舞，此情此景，无论过去还是将来，他都不可能再现了！

待冲到刘振邦那儿，刘振邦早已起跑，远远地奔在前头，仿佛接力赛跑中过于激动的选手，不等接力棒到就蹿了出去。声势浩大，连最远处的包剑荣都听见了，晃眼间，那个"振邦永远最伶俐"已经跑到面前，他急问道："怎么回事?!"

刘振邦道："不知道啊，我先跑为敬！"大白牙一闪而过。

包剑荣一个愣怔，忽然想起："钥匙在我这儿，车门锁着，你进不去！"只好跟着跑。

两人前后脚冲到皮卡车处，往上一跳，点着了火，车头掉好，门开着，只等史达才来到，立刻踩油门逃跑。史达才没让他们久等，远远地望见车灯明亮，好似胜利在望，他钱也不撒了，话也不喊了，一鼓作气，奔至车旁，往座上一蹦："快、快跑！"

这时包剑荣也不问三七二十一了，既然人家来追，那么跑总是没错的。脚底下使劲，方向盘一卡，皮卡车"呜呜"轰鸣，碾石轧土，上了山道，头也不回地去了。

去时史达才正回头，看见那些追来的人，望着车后灯兴叹一会儿，就低头忙着找钱，看还有没有散落的纸币。而远远地，在那深邃的山中，不知什么人在放烟火，许久不见的烟火。礼花高飞，缤纷绚烂，一柱一柱，不断升腾，伴随着他们离开沽钓亭，正可谓——

东风夜放花千树，更吹落，星如雨。

尾　声

　　包剑荣师生三个驾车飞驰，终于于大年初六凌晨回到市里，回到那家旅馆。疲惫外加兴奋，回去后就睡倒了，三人全挤在包剑荣的房间里，这时节也不拘了，横来竖去，或床上，或地铺，胡乱睡到天明。却因事情未结，三人一早又起来，从昨晚那袋子里，抽出一沓子钱。先去给皮卡车加油，加满了，亲自开去"喷喷香"，把车子交还。其时王小萍正为了这件事气得睡不着，大清早地指挥臧小磊干活："……你怎么做得出来的啊，把车子偷借给臧杰？他那么一个四六不着调的人，车开走了还会还回来，那得臧家祖坟都要冒烟了！"臧小磊一声不吭地擦抹天花板，王小萍就坐在那里数落，骂父骂子，骂有其父必有其子，正骂得口干，外头车喇叭"嘟嘟"，她头一撇——呵，皮卡车好端端地停在门口！等她出来，包剑荣便上前做解释，大意就是"感谢感谢，抱歉抱歉"——感谢借车给我，抱歉不及相告，把责任揽到自己身上，原委却略了过去。又拿出一沓子钱来，给王小萍做补偿。车子回来，王小萍先就有三分欢喜，再看这包剑荣模样中正，说话又动听，最重要的是，还肯给钱——老板娘燃了整两日的火，终于熄灭。她把车检查一番，没发现损失，心气平定了，那一沓子钱，瞧着可爱，却也不多取，象征性地摸了几张，她道："行了，车子回来就好，我也不说什么了。只一句话，像你几位人物，怎么跟那臧杰混到一起去？这我始终都想不明白……"包剑荣便讪笑着，再次道谢，领俩学生回旅馆里来。

　　在旅馆里买了早餐，师生三人坐到房中，边吃边议论。昨夜之事，其离奇、其荒诞、其诡谲，疑点重重，至今他们也参不透，只大致猜想，钱坤并不想还钱，因为被追得紧，就想谋害臧杰，偏偏计谋又被史达才听去，阴差阳错，救了臧杰一命，歪打正着，顺手发了个小财。只是发财的经过，包剑荣一想起来，就为之捏汗："万幸对方并不十分狠毒，不然昨天取你小命，还不易如反掌！"这说的便是史达才。

史达才挠着大脑袋，嘿嘿地笑，也觉得昨晚自己的表现，堪称超水平发挥，回想起来，不仅不害怕，反而颇得意。然而师长面前，总归要谦虚一点儿，他道："也是多亏刘振邦，他那些话，听着很馊，用起来却……"便将昨晚撒钱的缘故再次讲述，并向刘振邦瞪眼示意——看我多么大肚量，在老包面前赞美你！

刘振邦龇着牙齿，但笑不语，那边包剑荣却点头道："这一次，你们两个都有功，都应该受奖励。"说着，将那钱分成三份，让他们收好，"说实话，这次钱能回来，哪怕就这一点儿，我都是没想到的。而你们两个居然能起作用，我更是没想到。还有其他人，都起了不小的作用，我就更是……"不知想起了谁，眼望虚空，徒自感慨。

刘振邦取下几张钱，将余下的又推回去："我这次顶多是陪练，反正闲着也是闲着，随你们跑跑，老实说，还挺开心的！说有功劳，也就那样，稍微意思一下就行了，千万别跟我客气！钱这个东西，就应该像流水，流到最低洼最需要它的地方去，你们这回损失大了，就不要再推推让让。我是有一说一，这种事上没什么面子不面子的……"

在某些方面，史达才非常善于学习，比如这个"钱应像流水"的话，他默念半天，暗自羡慕，极度想拿一个小本子把这句话抄记，以后工作中发言、写报告，把这句话一加，那会是怎样一个效果！

心有所思，面有所表，刘振邦觑着他，道："大才，你又在打什么见不得人的主意，表情那么猥琐……"

史达才一惊，像是真的被他看穿了，脸涨得通红，急忙大声否认："我怎么猥琐了？又怎么见不得人了？整天就会胡赖、瞎说……"当着老包的面，不便过分声张，争了几句，低头吃饭为妙。

这么一打岔，包剑荣也想开了，事实如此，自己又何必谦让？点一点头，钱拿过来，一份予史达才，一份自留。到此事情完结，他们也要回去了。

初六这日，史达才和包剑荣搭乘列车，分别回至家中，两家那一番惊喜，是自不必说。史家那一众，包括史帅和鲁冰花在内，都难以置信，史达才这个老实疙瘩蛋，平常着急起来，话都说不流利，如何这次能从老虎口里夺食，抢得一些钱财回？一张张嘴，声声地追问史达才，要他详细说说这几日到底是个什么情形，他都是怎么过的。然而史达才再怎么老实，这时候也知道要"深藏功与名"，即便史帅和鲁冰花来问，也只道是"我就跟在别人后面，别人去哪儿我去哪儿，都是那些人有办法，我就跟着看看"……

面对那些亲戚，他绝口不提自己的英勇事迹。他的那些叔伯听罢："我想也是这么回事，那些大户闹得凶，对方就怕了，我们才能跟着蹭一点儿，否则光凭史达才，八辈子也要不回来啊！"史达才在旁听了，憋了又憋，眼看着脑袋又要憋大一圈，病床上的爷爷乍闻喜讯，原地回血，红光满面，那模样好像下一刻就可以出院。他期许地望着史达才："不愧是长孙啊！"一锤定音，驱散所有噪声，众亲戚闻之缩头，史帅出乎意料扬眉。史达才抚着尾椎，喜不自禁，委实觉得这个年过得堪称完美，能得爷爷这一句，其他又算得了什么呢！

包家那边，对于钱能回来，虽然感到惊喜，却没有太多意外，尤其那个丈母娘，似乎比谁都信任包剑荣，以为这个姑爷出马，必定成功，甚至还来一句："没有全拿回来吗？"包剑荣听得愣住，岳父忙道："你这个老太婆，还贪心哪！能回来这些就不错了，你以为很容易吗？你还想要多少？真是贪心不足……"又道"小包"劳苦，去了这几天，人都黄瘦了，可见事情不易。妻子也帮忙说话，让母亲多注意身体，别整天想钱了，这个岁数上，还这么想不开。轮番上阵，说得丈母娘闭口。岳父感激，妻子展眉，就连小儿满满也活跃，趁机大吃糖果，并无人来说他。阴云散去，阖家欢喜，包剑荣人在那儿坐着，经过这几日，他再一次与家人同在了。回想起这几日，今夕何夕，恍然若梦，他能与何人说呢？正梦着呢，妻子替他整理行装，突然发现："咦，你那羽绒服呢，你没带回来吗？"

正月十五，元宵佳节，往年"开元"麻将档都会在这天免费发一碗赤豆元宵，六十岁以上双份。天堂街的老年人都养成习惯，十五这天上麻将档吃元宵，插科打诨，互相调笑，一吃多少年，以至于哪回不去就好像少了点儿什么，跟没有过节似的。

轮到今年，人们像往常一样，聚集过来，却发现麻将档门户紧闭，挂着大锁。一无通知，二无风声，更奇的是，门前那只鹦鹉，已经断粮断水，支着翠羽，叫都叫不出，歪了脖子挨命。就有好心的人，帮忙添了食水，回过头来，互相打听："二皮是不是出事了？过年这么多天好像都没看见他，你们谁有见到吗？"

水正深水老头儿道："能出什么事，大清早地才见过，喏，开着车跟处长太太一道，这几天是连着早出晚归，不知道干什么……"

马莹平马老太道："他们两个能干什么，除了搂钱就是搂钱。还记得年三十晚上，处长太太跟二皮两个慌慌张张，好像丢了魂儿，往后几天，又是来来往往，人进人出，老李她们好像也在里头……哎，老李，你别走！过来跟我们说说，到底怎么个事情。"

李国珍跟向英买菜归来，路过此地，伸一伸耳朵，探一探舆论，压根儿就没想吃元宵。谁知愈听愈不对劲，眼见火要烧身，头一低，赶紧若无其事地走。可惜还是慢了，被马老太叫住，名字点到头上，众目喇喇齐聚过来，便是想走也不成。

既然如此，李国珍和向英交换一个眼神，心照不宣，活到她们这个年纪，什么能说，什么不能说，是绝对不需要人再教了。于是由李国珍出头，打个哈哈："我们哪会知道？老解她这次不是回老家过年吗，我们闲得没事，正好搭二皮的车子，跟去一道玩玩。二皮他们为什么要上那边，我们就不知道了，他们肯定有他们的事，他们不说，我们也不好问，问了也帮不上忙，你说问来干吗呢？"

向英接道："是咧，统共也没去几天，初六就回来了！回来就各回各家。出门一趟，太累了，也没聊什么。"

这倒是真的。那日钱坤从天而降，生死未卜，把处长太太和沈二皮骇个半死，本来想大张旗鼓，叫人来看，谁知跑着跑着，福至心灵，沈二皮拉住了金凤娇："小声，小声！我们回去后什么也别说，要有人问，就说不敢多事，见人掉下来，我们就跑了，什么都不知道。"金凤娇道："那……那钱坤……""嘻，他老窝在那儿，会没人管？我们要做的是赶紧回去，去那四杠十七号，搂住那家具，把那里面的金子……要去就得快，不要让人捷足先登了，只我们两个，不要别人。只我们两个，私底下一分就完事，可千万别再拉人！"处长太太想一想，便同意了。

于是等见了面，两边都藏私，老太太们道"迷了路"，沈二皮他们道"跑得快"，接着处长太太便提议打道回府："沽钓亭还是太危险，我们不能要钱不要命啊！"一句话，得到所有人的赞同。出于不同的原因，大家都想早点儿离开这里，唯有解德芳不明所以，道："才来就要走，也不多住几天？唉，也没什么，过了元宵节我也要回去了……"就此道别。回程中，两边更是东拉西扯，使足了功夫，好不叫对方怀疑，当日回到天堂街便各自散了。

那日散得容易，今日对上这群看客，不会更加困难。俩老太太一通大而化之，潦草敷衍，在场的人即使怀疑，也拿不出把柄，见两人不愿细讲，不好勉强，彼此含混几句，便各自散去。

钱守一最近比较烦：先是丈母娘生病住院，要人照看；再是大过年的，母亲院中的棚子不知怎的倾倒，砸到了老太太，于是自己母亲也入医院，跟丈母娘正好上下楼，成了病友；接着母亲居住的四杠十七号面临拆迁，很多东西需要清理，母亲脑袋晕啊晕的做不了主，一会儿说这个贵重，一会儿道那个值钱……钱守一分身乏术，每日忙得自己脑袋都快晕了，这天好不容易抽空，喊了个专收旧家具的，给几个钱，从那个塌了的棚子开始，让人把那些破东烂西统统拖走。结果那个收家具的抱怨家具过重，嫌不划算，要他加钱："你这几样东西，现在都没人要的！我收回去也是扔垃圾站，重得要死，光运费都不够我的！"讨还半天，终于成交，钱守一拿出吃奶的劲儿，终于帮那人把家具搬上了车，看着去了。他站在街口，还在抹汗，就有两个人—— 一男一女，一矮一壮——不知从哪儿冒出来，冲到面前，声声地问："钱守一先生吗？""我们收古董家具的，跟你老太太说好，今天来提货。""请问家具在哪里？你们院门是开的，我们刚才看过，家具不在！""家具在哪里？"钱守一累得要死，就没好气："拖走了，拖走了，拖到垃圾站了！" "啊?!"那个矮男大惊失色，"可……可那是古董，有收藏价值的啊！"钱守一不为所动："我不懂什么古董不古董，我只知道那些东西搁眼前看着就烦！你们想要，自己上垃圾站找吧！"

于是备受天堂街一众邻居牵挂的沈二皮和金凤娇，此时此刻，就在运河对岸的垃圾山上攀爬，在成块的建筑垃圾中搜寻当日那个床头柜。

南风起了，中午时分，极其温暖，忙得不知四季之变换的处长太太仍旧穿一身冬衣，吊着石膏，踩着高跟，在那儿苦苦地求索，求得汗流浃背，周身散发出一股垃圾气味。连续几天，废寝忘食，饿得虚了，她直起腰来往天上看，一阵阵发晕。

"唉，我得……我得坐一坐，歇一歇。"弯腰久了，腿脚发麻，她突然换个姿势，根本撑不住，整个人一晃，"哎哟！"

沈二皮在另一堆垃圾山上忙碌，本没工夫留意金凤娇，是他手机响了，下意识接听，拇指一滑，贴到耳朵上，顺便看看处长太太搜到哪儿了，一转脸，正见到金凤娇跌落——

下面都是建筑垃圾，坚硬带棱，处长太太侧着下去，独臂难支，重量一压，"哎哟！"

电话是狐朋狗友之一打来的，只听那头笑道："喂，二皮，沈老板，怎么样，这个年发了不少财吧？有没有空一起聚聚，大家分享分享？"